현산어보를 찾아서 3

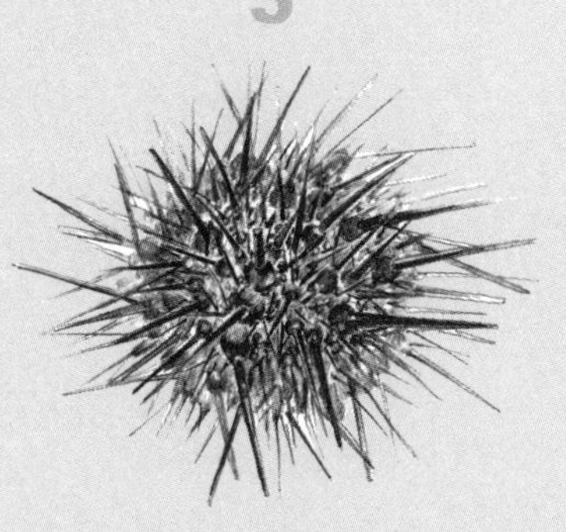

현산어보를 찾아서 3

사리 밤하늘에 꽃핀 과학정신

1판 1쇄 펴낸날 —— 2002년 12월 5일
1판 4쇄 펴낸날 —— 2003년 12월 5일

지은이 —— 이태원
그린이 —— 박선민
디자인 —— 조혁준

펴낸이 —— 정종호
펴낸곳 —— 청어람미디어

주간 —— 김장환
편집 —— 이선희 · 김성은 · 구화정
마케팅 · 관리 —— 김대현 · 문경아

등록 —— 1998년 12월 8일 제 22-1469호
주소 —— 121-841 서울시 마포구 서교동 465-11 동진빌딩 301호
E-mail —— blue21@kornet.net
전화 —— 02-3143-4006~4008
팩스 —— 02-3143-4003

ISBN 89-89722-18-7 03810
89-89722-15-2 (전5권)

* 잘못된 책은 바꾸어 드립니다.
* 값은 뒤 표지에 있습니다.

현산어보를 찾아서 3

사리 밤하늘에 꽃핀 과학정신

이태원 지음

청어람미디어

왜 『현산어보』인가

그동안 이우성, 임형택, 정민 등에 의해 『자산어보玆山魚譜』의 '자玆'를 '현'으로 읽어야 한다는 주장이 꾸준히 제기되어 왔다. 정약전은 책의 서문에서 "흑산이라는 이름은 어둡고 처량하여 매우 두려운 느낌을 주었으므로 집안 사람들은 편지를 쓸 때 항상 黑山을 玆山이라 쓰곤 했다. 玆은 黑과 같은 뜻이다"라고 하며 玆山이란 이름의 유래를 밝힌 바 있다. 비록 '玆'을 '자'로 읽는 것이 일반적이긴 하지만, '玆'이 '黑'을 대신한 글자라면 『설문해자說文解字』나 『사원辭源』 등의 자전에 나와 있듯이 '검을 현玄' 두 개를 포개 쓴 글자의 경우, 검다는 뜻으로 쓸 때는 '현'으로 읽어야 한다는 것이 현산어보설을 주장하는 이들의 논리였다. 나는 이들의 주장이 옳다는 근거를 하나 더 제시하면서 '자산어보'를 '현산어보'로 고쳐 읽기를 감히 제안한다.

정약전이 말한 집안 사람은 다름 아닌 다산 정약용이었다. 정약용은 〈9일 보은산 정상에 올라 우이도를 바라보며九日登寶恩山絶頂望牛耳島〉라는 시에 "黑山이라는 이름이 듣기만 해도 으스스하여 내 차마 그렇게 부르지 못하고 서

신을 쓸 때마다 '玆山'으로 고쳐 썼는데 '玆'이란 검다는 뜻이다"라는 주석을 붙여놓았다. 정약용이나 정약전이 '玆'을 '자'로 읽었는지 '현'으로 읽었는지에 대해서는 그들의 발음을 직접 들어보기 전에는 알 수 없는 일이다. 설사 '玆'의 정확한 발음이 '현'이라 해도 그들이 '자'라고 읽었다고 한다면 그뿐이기 때문이다.

그런데 신안군 우이도에서 구해본 『유암총서柳菴叢書』라는 책에서 이 문제를 해결해줄 만한 결정적인 단서를 발견했다. 이 책의 저자 유암은 우이도에 거주하면서 정약전의 저서 『표해시말』과 『송정사의』를 자신의 문집에 필사해놓았고, 정약용이나 그의 제자 이청과도 친밀한 관계를 유지했던 것으로 추정되는 인물이다. 정약전이나 정약용이 흑산도를 실제로 어떻게 불렀는지 알려줄 수 있는 사람이란 뜻이다. 『유암총서』 중 「운곡선설」 항목을 보면 "금년 겨울 현주玄洲에서 공부를 하게 되었는데"라는 대목이 나오며, 이 글의 말미에서는 "현주서실玄洲書室에서 이 글을 쓴다"라고 하여 글을 쓴 장소를 밝혀놓고 있다. 현주는 흑산도를 의미한다.* 흑산을 현주라고 부른다면 玆山도 당연히 현산이라고 읽어야 할 것이다. 玆山이란 말을 처음 쓴 사람이 정약용이고, 그의 제자 이청이 절친한 친구였다는 점을 생각해볼 때, 유암이 흑산을 현주로 옮긴 것은 정약용이 흑산을 玆山이라고 부른 것과 결코 무관하지 않을 것이다. 아마도 유암은 이청으로부터 흑산도를 현산이라고 부른다는 말을 전해듣고 현주라는 말을 사용하게 되었으리라. '玆山魚譜'는 '현산어보'였던 것이다.

* 예전에는 우이도를 흑산도나 소흑산도라고 부르기도 했다.

차례

한밤중의 복성재

오징어 까마귀를 먹다

영광 법성포에서

운명의 갈림길

정약전의 첫 유배지, 신지도

정약용의 유배지, 강진

해변의 지배자

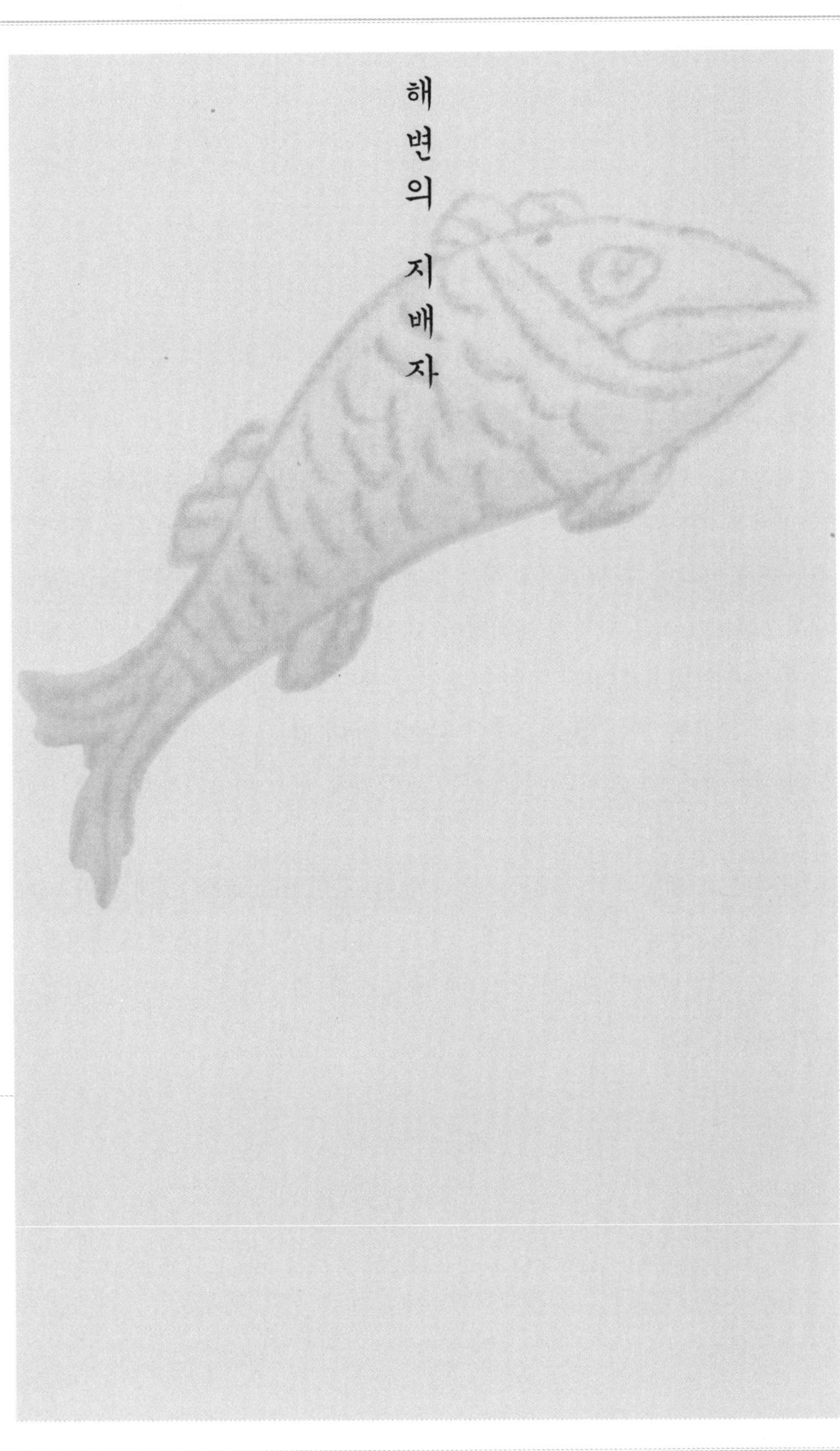

모래밭의 유령

오후 햇살이 너무 뜨거워 낚시를 접고 갯가를 둘러보기로 했다. 해변을 따라 걷고 있는데 모래 위로 작은 생물이 움직이는 것이 눈에 띄었다. 이리저리 방향을 바꿔가며 재빠르게 달려가는 모습이 마치 바람에 날리는 듯했다. 한참을 쫓아다닌 후에야 겨우 이놈을 잡을 수 있었는데, 자세히 들여다보니 새끼손톱보다 작은 달랑게 새끼였다. 관찰을 끝내고 나서 다시 살짝 모래땅 위에 놓아주었다. 그런데 이놈은 도망갈 생각조차 하지 않고 그 자리에 멈춰 서서 모래를 모아 입으로 집어넣는다. 적이 별로 무섭지 않다고 판단한 모양이다. 박도순 씨와 박판균 씨는 달랑게에 대해 이야기하자 금방 어떤 종인지 알아보았다.

"봤지라. 모래벌에 구멍 뚫는 거. 옹알이. 옹알기라 그래. 모래 파면 나와요. 모래 똥글똥글하게 만드는 것도 뭐라 그러고 구멍 파서 잡기도 했지라."

"모래 위를 뛰어다닐 때는 겁나게 빠르지라. 잡으려고 그라면 날아다녀. 모래 파면 나와요."

달랑게는 조간대 상부의 모랫바닥에 수직으로 50~70센티미터 깊이의 구멍을 뚫고 살아간다. 달랑게의 주식은 모래 사이에서 살아가는 단세포 생물의 일종인 규조류이다. 달랑게는 작은 집게발로 모래를 집어들어 그 속에 있는 규조류를 골라 먹고, 남은 모래는 동그란 덩어리로 만들어 구멍 주위에 내다버린다. 그러고 보면 구멍 주위에 쌓아놓은 모래더미는 창자를 통과하지는 않았지만 달랑게의 배설물이라고 말할 수 있겠다. 달랑게의 달리는 속도는 너무나 인상적이어서 한번 보면 좀처럼 잊혀지지 않을 정도이다. 정약전도 이런 모습들을 관찰했던 모양이다.

[백해白蟹 속명 천상궤天上蹶]

팽활보다 작고 흰색이며, 등에는 검푸른 바림 무늬가 있다. 집게발의 힘이 매우 강하여 물리면 몹시 아프다. 민첩하고 잘 달리며 항상 모래 속에서 굴을 만든다.

이청의 주 이시진은 팽기를 닮았고 모래 구멍 속에 살며 사람을 보면 금방 달아나는 놈을 사구沙狗라고 했다. 여기에 나오는 백해가 곧 사구이다.

달랑게는 전형적인 게의 모습을 하고 있다. 좌우 약 2센티미터로 정사각형에 가까운 몸체에 갑각의 윤곽은 모가 뚜렷한 사각형이다. 눈자루는 자유로이 세웠다 눕혔다 할 수 있고, 시력이 좋아서 사람이 조금만 가까이 가도 재빨리 구멍 속으로 들어가버린다. 달랑게의 집게발은 크기가 작고 한쪽이

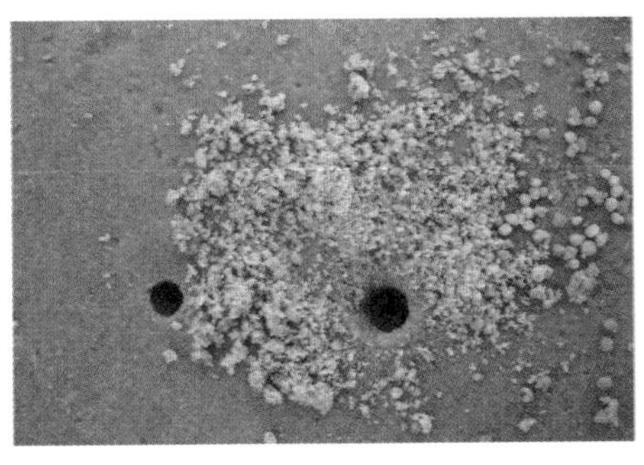

◉ **달랑게가 뚫어놓은 모래 구멍** 달랑게는 작은 집게발로 모래를 집어들어 그 속에 있는 규조류를 골라 먹고, 남은 모래는 동그란 덩어리로 만들어 구멍 주위에 내다버린다.

눈이 머리 위로 툭 튀어나와 있다.
몸은 상자형이다.
기다란 걷는다리로 모래 위를 빠른 속도로 걸어다닌다.
집게발은 어느 한쪽이 다른 한쪽보다 약간 크게 발달해 있으며 집는 힘이 매우 강하다.

다른 쪽보다 약간 크다. 처음 달랑게를 보았을 때 귀엽게 생긴 게라고만 생각하고 손으로 집으려다 물린 적이 있는데, 물린 자리에서 피가 나올 정도로 고통스러웠다. 정약전이 집게발이 강하다고 특별히 밝힌 이유를 짐작할 만하다.

달랑게는 한밤중에 모래 위를 스르르 움직이는 모습 때문에 '유령게' 라는 이름으로도 불린다. 재원도의 함성주 씨는 달랑게를 '불기' 라고 부른다고 했다.

"여름 밤에 사리 들물 때 모래밭에 나가면요. 한밤중에 그 불기들이 얼마나 우글거리는지 정말 볼 만해요. 낮엔 다 굴속에 들어 있지요."

함성주 씨의 말처럼 달랑게는 야행성이다. 낮 동안에는 대부분의 시간을

◉ 달랑게 *Ocypode stimpsoni* Ortmann

◉ 위협 자세를 취하고 있는 달랑게 집게발의 힘이 매우 강하여 물리면 몹시 아프다.

구멍 속에서 숨어 지내다가 날이 어두워지면 밖으로 나와서 활동하기 시작한다. 정약전은 달랑게를 백해, 즉 흰게라고 했다. 달랑게는 몸색깔을 변화시키는 능력이 있어서 오랫동안 햇빛을 쬐게 되면 몸이 검붉은색으로 변하고, 해가 지고 나면 모래와 비슷한 색깔로 되돌아온다. 정약전이 달랑게를 흰게라고 한 이유는 밤에 관찰했거나, 낮 동안 잠시 구멍 밖으로 나와 색깔이 짙게 변하지 않은 개체를 관찰했기 때문일 것이다.

사리 마을 사람들은 달랑게를 '옹알기'라고 불렀다.

"여기서는 옹알기라 그래요. 옹알기는 안 먹지."

어쩌다 옹알게란 이름이 붙었는지는 알아내지 못했다. 옹알거린다는 것은 입속말로 똑똑하지 않게 말한다는 뜻이다. 그렇다면 옹알거린다고 옹알게인 것일까? 실제로 달랑게는 소리를 내는 흔치 않은 게다. 큰 집게발 안쪽에 가느다란 선이 많이 새겨진 띠 모양의 부분이 있는데, 이것을 같은 다리에 있는 돌기와 마찰하여 소리를 낸다. 또 다른 추측도 가능하다. 달랑게는 모래덩어리를 집게발로 집어 올려 입 앞에 갖다대고 턱을 오물거리면서 경단을 만드는데, 이때 입을 오물거리는 모습을 보고 옹알게라는 이름을 붙인 것은 아닐까?

달랑게는 고운 모래밭을 주서식처로 삼아 살아가는 생물이다. 그런데 사람들에 의해 해안의 모래밭이 훼손되어 가면서 그 수가 급격히 줄어들고 있다. 사리 마을도 이런 상황의 표본이 되는 곳 중의 하나이다. 사리 마을의 본래 이름은 '모래미' 마을이다. 사리는 모래미를 한자로 옮겨 표현한 이름

◉ **검붉은색으로 변한 달랑게** 달랑게는 몸색깔을 변화시키는 능력이 있어서 오랫동안 햇빛을 쬐게 되면 몸이 검붉은색으로 변하고, 해가 지고 나면 모래와 비슷한 색깔로 되돌아온다.

이다. 그런데 막상 사리 마을의 해변에는 모래가 별로 없다. 사리에서 해안선을 따라 동쪽으로 나가면 소사리라는 마을을 만나게 된다. 소사리는 마을 앞쪽으로 예쁜 모래밭을 끼고 있다. 얼핏 보아도 사리 마을보다 모래밭이 훨씬 잘 발달해 있다. 소사리라면 작은 사리 마을이란 뜻이다. 사리보다 소사리에 모래가 많다면 뭔가 잘못된 것이 아닐까? 박도순 씨의 말을 들어보면 예전에는 사리가 이런 모습이 아니었던 것 같다.

"원래 백사장 저 아래까지 모두 모래였어요. 좋았지라. 일제시대 때까지도 돌이란 게 없었다고 해요. 이쪽 모래가 질이 좋다고 해서 일본 사람들이 규사 구하러 올 정도였고, 내가 어렸을 때만 해도 도시 사람들이 모래찜질하러 왔지라. 아마 방파제 세우고 나서부터 모래사장이 없어졌을 것이라 생각해요."

사리 전 이장 박정국 씨도 같은 말을 했다.

"옛날에는 요 앞이 순 모래였제. 일본인들이 모래 파 가려고 해서 선친들이 싸우고 그랬어요. 그런데 지금은 싹 없어졌어. 새마을사업할 때 많이 써서 없어졌는지. 방파제 선착장 만든 지가 70년대 초반이니께 그때도 많이 퍼다 썼겠제. 그런데 사리 모래가 소사리로 가버렸다는 말도 있어요. 소사리에는 모래가 없었는데 말이여."

사리 마을에 모래가 많던 시절 정약전은 파도처럼 움직이는 달랑게의 대

군을 관찰했을 것이다. 모래밭이 사라져버린 지금은 찾아볼 수 없는 광경이다. 자연은 우리가 생각하는 것보다 훨씬 민감한 존재다. 천년만년 변하지 않을 것 같은 자연의 웅장함도 조그마한 사람들의 손길 앞에 여지없이 무너지고 변형된다. 또 그러한 변형의 결과는 어떤 식으로든 다시 우리 자신에게 영향을 미치게 된다.

◉ **자갈로 뒤덮인 사리 해변** 지금은 자갈투성이인 사리 해변도 예전에는 제법 큰 백사장을 이루고 있었다.

바다의 천민

정약전은 『현산어보』에서 총 15종의 게를 다루고 있다. 이 정도면 정약전이 게에 얼마나 큰 관심을 기울였는지 충분히 짐작할 수 있다. 게라는 종류 자체가 워낙 해변에 흔하기도 하지만, 정약전이 게에 관심을 가졌던 이면에는 그가 일생 동안 존경해 마지않았던 성호 이익의 그림자가 드리워져 있었을는지도 모른다. 이익은 경기도 안산에 살면서 주변 갯가에 서식하는 게 열 종류를 직접 관찰하고 기록으로 남겼다. 그리고 다양한 중국 문헌과 비교하여 이를 고증하려 했다.

갯가와 바다 속에 게가 많은데, 내가 본 것으로는 열 종류가 있다. 여항의 『십이종변十二種辨』과 『해보蟹譜』·『본초강목』·『도경圖經』·『자의字義』 등의 서적을 상고해본 결과, 게의 종류가 지대에 따라 다르다는 사실을 알았다. 또한 알려진 사실 중에 옳은 것과 그른 것이 있다는 것도 함께 알게 되었다.

앞에서 나온 달랑게도 이익이 언급한 종류 중의 하나였다.

사구沙狗란 것은 팽활과 흡사한데, 모래에 구멍을 만들고 사람을 보면 이리저리 방향을 바꾼다.

정약전은 이익의 글을 읽고 그의 박학함에 깊은 인상을 받았을 것이다. 그리고 그가 말한 열 종류의 게들과 이익조차 알지 못한 새로운 종들이 흑산도에 살고 있다는 사실에 흥미를 느꼈을 것이다. 그리고 그 흥미는 『현산어보』의 게 항목으로 이어졌다.

이청은 이익과 마찬가지로 다양한 중국 문헌을 참조해가며 게에 대한 내용을 정리했고, 이를 게 항목의 맨 앞에 실어 놓았다. 이를 통해 정약전이 옛 글을 읽으면서 느꼈을 게에 대한 이미지들을 그려볼 수 있을 것이다.

[해蟹]

『주례周禮』의 「고공기考工記」에는 "옆으로 가는 것이 게의 한 습성이다"라는 주석이 붙어 있다. 또한 이에 대한 소疏에서는 "요즘 사람은 게를 옆으로 간다고 해서 방해旁蟹라고 부른다"라고 했다. 부현의 『해보』에서는 게를 방해螃蟹, 또는 횡행개사橫行介士라고 기록했는데, 개사라는 이름은 그 껍질을 보고 붙인 것이다. 『양자방언揚子方言』에서는 게를 곽삭郭索이라고 했다. 이는 게가 걸어갈 때 내는 소리를 흉내낸 이름이다. 『포박자抱朴子』에서는 게를 속이 비어 있다고 해서 무장공자無腸公子라고 했다.

◉ 해 게는 다리가 여덟 개에 집게발이 두 개이다. 여덟 개의 다리가 굽어져 무릎을 꿇은 형태를 하고 있으므로 궤蛫라 하고, 두 집게발을 들어올려 오만하게 뽐내는 것 같다고 해서 오螯라고 부른다

『광아廣雅』에서는 "수놈은 낭의蜋螘, 암놈은 박대博帶라고 부른다. 대개 배꼽(臍)이 날카로운 놈이 수놈이고, 배꼽이 둥근 놈이 암놈이다"라고 했다. 사람들은 집게발이 큰 쪽이 수놈이고 작은 쪽이 암놈이라고 한다. 이것이 게의 암수를 구별하는 또 한 가지 방법이다. 『이아익』에서는 "게는 다리가 여덟 개에 집게발이 두 개이다. 여덟 개의 다리가 굽어져 무릎을 꿇은 형태를 하고 있으므로 궤跪라 하고, 두 집게발을 들어올려 오만하게 뽐내는 것 같다고 해서 오螯라고 부른다"라고 했다. 요즘 사람들이 해蟹를 궤라고 부르는 것도 아마 이 때문인 것 같다. 『순자荀子』「권학편勸學篇」에서는 게를 육궤六跪 이오二螯라고 했는데 이는 잘못이다. 집게발을 제외한 나머지 다리는 여덟 개, 즉 팔궤이기 때문이다.

게는 갑각류의 일종이다. 정약전은 게를 개류介類로 분류했다. '갑각'과 '개'는 모두 딱딱한 껍질을 의미한다. 개류와 갑각류는 모두 딱딱한 껍질을 둘러쓰고 있는 게의 특징을 잘 나타낸 이름이다. 갑각류는 몸이 딱딱한 껍질로 싸여 있기 때문에 자라기 위해서는 정기적으로 허물을 벗어야 한다. 게를 '해蟹*'라고 쓰는 이유도 이 때문이다.

게는 갑각류 중에서도 십각류에 속한다. 십각류란 10개의 다리를 가진 동물이란 뜻이다. 집게발 2개와 걷는다리 8개를 더하면 말 그대로 십각류가 된다. 이청은 이를 '2오螯(집게발) 8궤跪(걷는다리)'라고 설명하며, '2오 6궤'라고 잘못 설명한 『순자荀子』「권학편」의 내용을 비판했다. 그리고 이청은 집게발의 크기로 게의 암수를 구별하려 했다. 집게발이 큰 것이 수놈, 작

* 게 해蟹 자는 벌레 충虫 자에 풀 해解 자를 더해서 만들어진 글자이다.

은 것이 암놈이라는 것이다. 그러나 종류에 따라 암수의 집게발 차이가 두드러지지 않는 경우도 있으므로 이 방법만으로 암수를 구별하기는 힘들다. 오히려 배꼽〔臍〕의 모양으로 암수를 구별한다고 말한 『광아』의 내용이 보다 확실한 방법이다. 배꼽이란 게의 배마디를 의미한다. 게의 수놈은 배마디가 뾰족하고 암놈은 둥글다는 것이 구별의 초점이다.

게는 4쌍의 다리를 이용해서 옆으로 걷는 특징이 있다. 횡행개사橫行介士* 라는 이름이나 옆으로 걷는 걸음을 '게걸음'이라고 부르는 것도 이러한 습성과 관계가 있다. 여자가 임신을 하면 게를 먹지 못하게 하던 풍습이 있었다. 임신중에 게를 먹으면 태어난 아이가 옆걸음질을 하게 된다는 속설 때문이었다. 과거를 보러 가는 사람이 게를 먹으면 시험에 떨어진다는 말도 전해온다. 앞으로 나가도 붙을까 말까 한 시험에 옆걸음질만 쳐서야 합격할 리 만무하다. 꼿꼿한 지조를 중시하는 송시열이나 김장생 가문에서 게를 먹지 않았다는 이야기도 유명하다.

무장공자無腸公子도 게를 일컫는 이름이다. 게는 배가 작게 퇴화해서 머리가슴 아래쪽에 접혀 있기 때문에 마치 내장이 없는 것처럼 보인다. 그러나 이 작은 뱃속에도 분명히 항문으로 연결된 소화관이 있다. 뿐만 아니라 입과 연결된 대부분의 소화기관은 배가 아니라 머리가슴 속에

◉ **게의 암수** 수놈(위)의 배마디는 뾰족하고 암놈(아래)의 배마디는 둥글다.

* 옆으로 걷는 껍질이 딱딱한 놈.

있으므로 창자가 없다는 말은 온당하지 않다. 그러나 옛사람들은 게에게는 창자가 없다고 생각했고, 속이 빈 놈을 신성한 제상에 올리기를 꺼려 했다. 게를 제상에 올리지 않는 이유를 엄숙한 자리에서 눈알을 부라리고 게거품을 피우기 때문이라고 해석하는 이들도 있다.

유전적 본능은 속일 수 없다는 뜻으로 '게 새끼는 집고 고양이 새끼는 할퀸다' 라는 속담이 있다. 아무 소득 없이 손해만 보았을 때 '게도 구럭(게를 담아두는 망태기)도 다 잃었다' 라고 한다. 사람이나 동물이 괴로울 때 흘리는 침을 '게거품' 이라고 부르며, 음식을 빨리 먹을 때 '게 눈 감추듯 한다' 라고 말한다. 이렇게 게에 대해서는 좋은 말이 별로 없다. 그러나 민화 속에 나타난 게는 그 의미가 180도 선회하게 된다. 게의 가장 큰 특징인 단단한 등딱지를 갑甲으로 보고, 이를 으뜸〔甲〕으로 해석하여 과거에서의 장원과 동일시한다. 천덕꾸러기에서 단숨에 장원급제를 기원하는 상징이 되어버린 것이다. 또한 게를 갈대로 묶어놓고, 이를 '갈대를 전하다' 란 뜻의 전로傳蘆라고 부르기도 한다. 전로는 과거에 장원한 사람에게 임금이 특별히 내리는 음식인 전려傳臚와 중국 발음이 같다는 점에 착안한 말이다.

문인이나 화가들이 어떻게 생각했든 식용으로서는 항상 게가 중요한 자원이었던 것 같다. 다양한 옛 문헌들에서 그 종류와 산지에 대한 기록이 발견된다는 것이 이러한 사실을 뒷받침한다. 『동국여지승람』의 토산난에 게〔蟹〕가 들어 있는 고을은 강원도를 제외한 7도이다. 여기에서 말하는 게는 대부분 참게였을 것이다. 또 자해紫蟹가 경상 · 강원 · 함경 3도 11개 고을의

◉ 거품을 내뿜고 있는 게 사람이나 동물이 괴로울 때 흘리는 침을 '게거품' 이라고 부른다.

토산물로 기록되어 있는데, 이것은 요즘 사람들이 영덕게라고 부르는 대게였으리라 생각된다. 이 밖에도 『우해이어보』에서는 경남 진해 인근 해역에서 나는 게류 8종을 기록했으며, 『전어지』에서는 20여 종, 『물명고』에서는 10여 종의 게를 소개하고 있다.

◉ **민화 속의 게** 민화에서는 게의 가장 큰 특징인 단단한 등딱지를 갑甲으로 보고, 이를 으뜸으로 해석하여 과거에서의 장원과 동일시했다.

놀장게들의 합창

달랑게 외에도 여러 종류의 게들이 돌아다니고 있었다. 그중에서 개체 수가 가장 많은 것은 역시 무늬발게와 풀게, 납작게였다. 박도순 씨는 갯가에 사는 조그만 게들을 모두 '놀장게' 라는 이름으로 부른다고 했다. 서해안의 삽시도에서는 같은 종류의 게들을 '똘챙이' 라고 부른다. 놀장게와 똘챙이는 정약전이 말한 돌장궤와 같은 이름으로 보인다.

[팽활蟛螖 속명 돌장궤突長跪]

농해보다 작다. 빛깔이 검푸르며 두 집게발은 약간 붉다. 다리에는 반점이 있다. 대모와 비슷하다.

이청의 주 『이아』「석충편釋蟲篇」에서는 활택螖蠌의 작은 놈을 노蟧라고 했다. 또 이에 대한 소疏에서는 팽활과 같은 것이라고 했다. 소송은 "가장 작고 털이 없는 놈이 팽활이다. 오나라 사람들〔吳人〕은 팽월彭越이라고 잘못 부르고 있다"라고 했다. 지금 우리가 돌장궤라고 부르는 것도 모두 팽활의 일종이다.

본문을 읽어보면 팽활이 무늬발게라는 사실을 쉽게 짐작할 수 있다. 검푸른 바탕색과 다리에 박힌 반점은 무늬발게의 가장 중요한 특징이기 때문이다. 무늬발게라는 이름도 다리의 반점 때문에 붙여진 것이다.

무늬발게는 바위게과에 속하는 종으로 물이 맑은 조간대의 바위나 자갈지대에 산다. 등껍질은 털이 없이 매끈하고, 뒷부분이 약간 좁은 사각형이다. 길이와 폭은 대략 3센티미터 정도이며, 옆 가장자리에는 3개의 톱니가 나 있다. 껍질의 표면은 털이 없이 매끈하다. 등껍질과 다리에는 적자색의 크고 작은 반점들이 흩어져 있는데, 대모와 비슷하다고 한 정약전의 말은

등껍질과 다리에 적자색의
반점이 흩어져 있다.
3개의 톱니가 있다.
뚜렷한 H자 모양의
홈이 있다.

◉ **무늬발게** *Hemigrapsus sanguineus* (De Haan)

이를 표현한 것이다.

그런데 도감을 내어놓자 박도순 씨는 납작게와 풀게를 가리키며 놀장게라고 지적했다. 그리고 무늬발게는 전혀 다른 이름으로 불렀다.

"여기 무늬발게가 참게네. 참게가 맛있제. 놀장게는 잘 안 먹어요."

참게라는 이름을 가진 게는 『현산어보』에 따로 등장하고 있다.

[소팽小蟛 속명 참궤參跪]

빛깔은 검다. 몸은 작고 다소 납작한 편이다. 집게발 끝부분이 약간 희며 항상 돌 틈에서 산다. 젓을 담으면 좋다.

정약전이 말한 참궤는 무늬발게가 아니라 납작게나 풀게에 가깝다. 특히 납작게는 무늬발게와 모양이 비슷한 데다 크기가 작은 편이어서 '소팽'이라는 이름에 잘 어울린다. 풀게 역시 무늬발게보다 약간 작지만 그 형태가 유사하고 사는 곳도 같아서 소팽의 후보로 놓을 수 있다.

박도순 씨뿐만 아니라 사리의 주민들은 게를 분류하는 방식이 제각각이었다. 무늬발게, 납작게, 풀게 모두를 놀장게라고 부르는 사람이 있는가 하면 모두 참게, 심지어 꽃게라고 부르는 이들도 있었다. 위에 든

◉ 풀게 무늬발게보다 약간 작지만 그 형태가 유사하고 사는 곳도 같아서 소팽의 후보로 놓을 수 있다. 풀게의 가장 큰 특징은 수놈의 집게발 사이에 조그만 털뭉치가 달려 있다는 점이다.

세 종류의 게는 모두 사리 해변에 흔하고 생김새가 닮아 분류하기가 쉽지 않다. 정약전도 게를 분류하는 데 큰 혼란을 겪었으리라 짐작된다. 그러다가 결국 비교적 구별하기 쉬운 무늬발게를 돌장궤로, 나머지 비슷한 종류를 참게로 나누어버렸을 것이다.

게 분류법의 혼란은 '황소팽' 항목에서도 계속된다.

[황소팽黃小蟛 속명 노랑궤老郎跪]

소팽의 일종이다. 다만 등 부분이 노란 것이 차이점이다.

납작게와 풀게의 등껍질 색깔은 변이가 많아서 같은 종끼리도 큰 차이를 보이므로 사람들로부터 한 종류가 아니라 여러 종류인 것으로 오해를 받기도 한다. 황소팽도 납작게나 풀게가 색채변이를 일으킨 개체들을 가리킨 것 같다. 사리 해변에 있는 풀게들 중에는 노란색이 많았고, 납작게들도 거의 누런색을 띠고 있어 황소팽이라고 부를 만했다.

◉ **납작게** 납작게의 등껍질 색깔은 변이가 많아서 같은 종끼리도 큰 차이를 보인다.

말랑말랑한 몸살게

정약전이 소개한 게들 중 가장 독특한 종은 역시 몸살게다.

[주복해蛛腹蟹 속명 몸살궤毛音殺跪]

크기가 팽활과 같고 껍질이 연해서 종이 같다. 두 눈 사이에 송곳뿔이 있는데 사람을 상하게 할 수 있다. 온몸은 부어 있는 것 같고, 배는 거미를 닮았다. 멀리 달리지 못하고 바위 틈새에서 산다.

몸이 말랑말랑한 게라고 하는 표현을 듣고 처음 떠올린 종은 두드러기어리게였다.* 두드러기어리게는 여러 가지 면에서 정약전의 설명과 잘 부합한다. 우선 크기가 밤알 정도로 무늬발게와 비슷하다. 정약전은 몸살게를 "껍질이 연하여 종이와 비슷하다"라고 묘사했는데, 두드러기어리게의 배를 만져보면 이를 쉽게 이해할 수 있다. 처음 이 게를 잡았을 때 주머니 모양의 말랑말랑한 배를 보고 신기해했던 기억이 떠오른다.** 두드러기어리

* 적갈색 갑각 표면에 둥그스름하고 비늘 모양을 한 돌기가 많아 이러한 이름이 붙여졌다.
** 말랑말랑한 배와는 달리 두드러기어리게의 집게발은 돌같이 단단하다. 오른쪽 집게발이 왼쪽에 비해 더욱 크고 억세어 물리면 매우 아프다.

오른쪽 집게발이 매우 크고
강하게 발달해 있다.
다리와 등껍질에는
울퉁불퉁한 돌기가
흩어져 있다.
머리가슴의 좌우가
크게 부풀어 있다.
배가 말랑말랑하다.

게는 항상 암초 지대의 돌 틈에 틀어박혀 살아간다. 아마도 약한 배를 보호하기 위해서일 것이다. 이런 습성은 "멀리 달리지 못하고 바위 틈새에서 산다"라고 한 정약전의 말과 정확히 일치한다. 그리고 두드러기어리게는 머리가슴의 좌우와 배 부분이 크게 부풀어 있어 온몸이 부어 있는 것 같다는 표현과도 잘 어울린다. 또한 머리가슴 뒤에 커다란 배가 달려 있고 몸의 후반부로 갈수록 커지는 체형이 거미를 연상시키는 바가 있다. 이러한 특징들 때문에 정약전은 두드러기어리게에 '주복해蛛腹蟹*'라는 이름을 붙여놓은 것이다.

사리 마을에 도착하던 날부터 사리 해안에 이 종류가 있는지 살펴보았지

◉ 두드러기어리게 *Oedignathus inermis* (Stimpson)

* 거미와 같은 배를 가진 게.

만 한 마리도 발견하지 못했다. 하는 수 없이 청문 조사에 들어갔다.

"몸살게라고 들어보셨나요?"

"못 들어봤어요. 몸살게?"

박도순 씨는 이름이 재미있는지 웃음을 터뜨렸다.

"게가 좀 말랑말랑한 건데요."

"아, 그런 거 있어요. 능큼이라고 해요. 능큼하다고 해서 능큼기. 똥게라고도 하고요."

"집게발만 단단하구요."

"맞아요. 단단해."

박판균 씨는 두드러기어리게를 알지 못했지만 박판균 씨네 아이들은 이 게를 잘 알고 있었다.

"예. 말랑말랑한 게 있어요."

"집게발이 크고 딱딱하지?"

"바위 틈에 있어요. 물 빠졌을 때 잡아요. 틈에 박혀서 잘 안 빠져나와요."

도감의 사진으로도 두드러기어리게가 사리에 살고 있다는 사실을 확인할 수 있었다.

뱀을 닮은 게

동네 서편 선착장 입구에는 죽은 게 껍질이 널려 있었다. 도둑게의 껍질이었다. 속이 비어 탈피한 흔적처럼 보이는 것도 있고, 속살이 아직 완전히 썩지 않은 것도 있었다. 도둑게의 사체는 조망대가 있는 야산 풀숲에도 많이 흩어져 있었다. 그렇다면 사리 마을 주변에 꽤 많은 수가 서식하고 있다는 말이 된다. 도둑게는 육상 생활을 좋아하는 게다. 주로 해변에 가까운 육상의 습지, 냇가의 방축 돌 밑, 논밭 등에서 서식한다. 여름 산란기가 되어 수정을 마친 암컷은 자신의 배껍질에다 알을 낳아 키우는데, 알이 깨어나 조에아라는 유생이 되면 밀물 때를 맞추어 해변으로 몰려와 유생을 바닷물에 털어 넣는다.

도둑게는 다른 바위게 무리처럼 사각형의 등껍질을 가지고 있다. 껍질의 등면은 매끈하며 약간 볼록하다. 양 집게발은 대칭인데, 수컷의 집게발이 더 크다. 도둑게의 가장 큰 특징은 색깔이다. 도둑게의 집게발은 진한 적색을 띠고 있다. 몸빛깔도 바탕은 어두운 청록색이지만, 이마와 앞 · 옆 가장

◉ **도둑게의 껍질** 동네 서편 선착장 입구에는 죽은 게 껍질이 널려 있었다. 도둑게의 껍질이었다. 속이 비어 탈피한 흔적처럼 보이는 것도 있고, 속살이 아직 완전히 썩지 않은 것도 있었다.

자리에 황색이나 적색이 나타나고, 때로는 갑각 전면이 붉은 개체도 볼 수 있다. 집게발이 붉다는 사실과 특이한 생태적 습성은 정약전이 기술한 '사해'의 특징과 잘 들어맞는다.

[사해蛇蟹 속명을 그대로 따름]

크기는 농해와 비슷하다. 몸은 푸른색이고 두 집게발은 붉은색이다. 땅 위에서 돌아다니기를 좋아한다. 항상 해변의 인가 근처에 머물면서 흙과 돌 사이에 구멍을 판다. 뱀게라는 이름은 이런 이유로 붙여진 것이다. 식용하지는 않지만 낚시 미끼로 쓰는 일이 있다.

이청의 주 바닷가에서 사는 게 중에서 이 뱀게를 제외한 나머지는 모두 먹을 수 있다. 논바닥의 진흙이나 냇물, 계곡에 사는 게들은 참게 외에는 먹어서는 안 된다. 채모蔡謨는 팽기蟛蜞를 먹고 죽을 뻔한 후에 『이아』를 읽었지만 숙독하지 못한 까닭이라고 탄식했다. 논바닥의 진흙에서 사는 작은 게를 먹었던 것이다.

정약전은 뱀게라는 이름을 구멍을 파는 습성에서 유래한 것으로 해석했다. 굴을 파고 사는 것이 뱀의 습성과 비슷하다고 본 것이다. 박도순 씨는 뱀게를 '뱅게'로 알고 있었는데, 뱀게라는 이름과 유래에 대한 설명을 듣고는 놀라워했다.

"예. 집게다리가 빨개요. 그렇지, 집에 들어오는 게를 뱅게라고 하지라.

◉ 도둑게 도둑게의 집게발은 진한 적색을 띠고 있다. 몸빛깔도 바탕은 어두운 청록색이지만 이마와 앞·옆 가장자리에 황색이나 적색이 나타나고, 때로는 갑각 전면이 붉은 개체도 볼 수 있다.

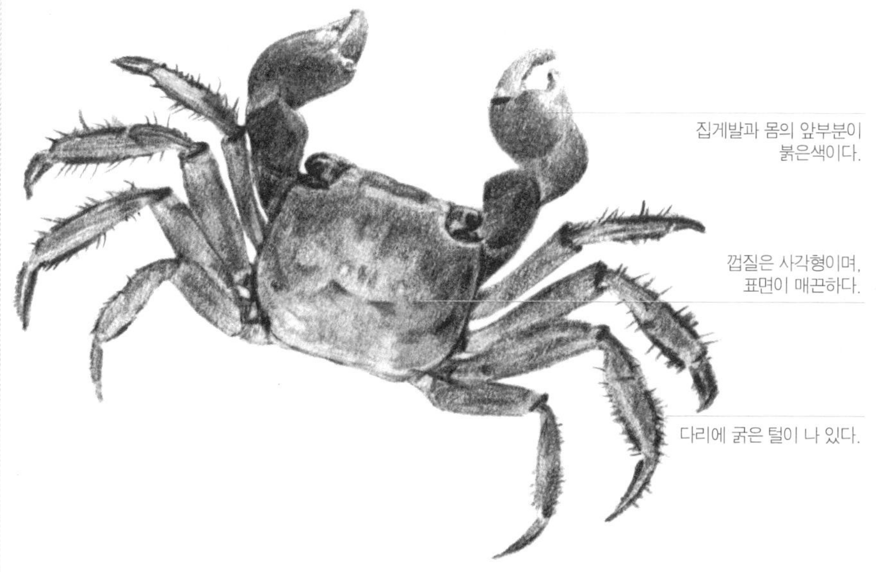
집게발과 몸의 앞부분이
붉은색이다.
껍질은 사각형이며,
표면이 매끈하다.
다리에 굵은 털이 나 있다.

그 뱅게가 뱀게였구나. 처음 알았네."

인가에 접근하는 것도 도둑게의 중요한 습성이다. 도둑게는 장마철이 되면 집안으로 들어오는 일이 많은데,* 부엌에까지 들어와서 음식을 훔쳐먹기도 한다. 도둑게라는 이름도 여기에서 유래한 것이다.

박판균 씨도 뱀게를 잘 알고 있었다.

"집에도 들어오고 산에도 돌아다녀요. 뱀게가 집안에 들어왔다가 나가면 장마가 거둔다고 그래. 예. 반찬도 훔쳐먹고 몹시 귀찮죠."

이청이 말한 바와 같이 사리 사람들은 뱀게를 먹지 않았다. 뱀게를 똥게라고도 불렀는데, 이름에도 사람들이 가졌던 좋지 않은 이미지가 묻어 있

◉ 도둑게 *Sesarma haematocheir* (De Haan)

* 사리 마을에는 도둑게가 떼지어 몰려다니면 비가 온다는 말이 전해온다.

다. 박도순 씨는 똥게라는 이름을 이렇게 해석했다.

"사실 놀장게 같은 것도 똥게라 그러긴 해요. 그래도 뱀게 같은 놈들은 마을 거름 똥더미 위에 더 잘 돌아다니지라. 그러니께 먹지 말라 그라제. 더럽다고. 어렸을 때 우리는 안 먹었는데, 다른 애한테 구워서 주니까 잘 먹더라구. 하하."

이청은 바다에 사는 게는 뱀게를 빼놓고 다 먹어도 좋지만, 민물이나 기수역에 사는 게들은 참게를 제외하고는 먹지 말 것을 권했으며, 이를 위해 『진서』「채모전」을 인용하고 있다. 민물에서 나는 게들은 기생충을 가지고 있는 경우가 많으므로 요즘 사람들도 그의 충고에 귀를 기울일 필요가 있을 것 같다.

바위를 뒤덮은 융단

해변에서 돌멩이를 들출 때마다 무늬발게와 풀게, 납작게가 기어 나왔다. 동네 아이들은 이를 모두 꽃게라고 부르면서 주워 모았다. 선착장 위쪽에는 사각게가 많이 돌아다니고 있었다. 노란 놈과 거무튀튀한 놈이 있었는데, 색깔이 비교적 화려했다. 박도순 씨는 사각게가 당골래기의 일종이라고 했다.

선착장 옆 바위 틈에는 거북손과 게들이 빼곡하게 들어앉아 있었다. 숨어 있는 게들은 대부분 무늬발게였다. 게가 없는 곳은 울타리고둥, 갈고둥, 총알고둥들이 빈틈을 가득 메우고 있다. 선착장 아래쪽의 바위는 조무라기따개비로 완전히 덮여 있었다. 조금 더 아래쪽으로 내려오니 삿갓조개류와 군부류들이 눈에 띄었다. 군부는 거의 모두가 애기털군부였다. 물이 조금씩 고인 곳에서는 맵사리와 몸을 잔뜩 웅크린 말미잘이 다시 물이 들어오기만을 기다리고 있었다. 분홍색 해면과 갖가지 해조류들은 울긋불긋한 색채로 바위 표면을 한껏 치장하고 있었다.

조수 우물 속에는 꼬시래기 종류가 많았다. 짙은 보라색이고 모양이 머리

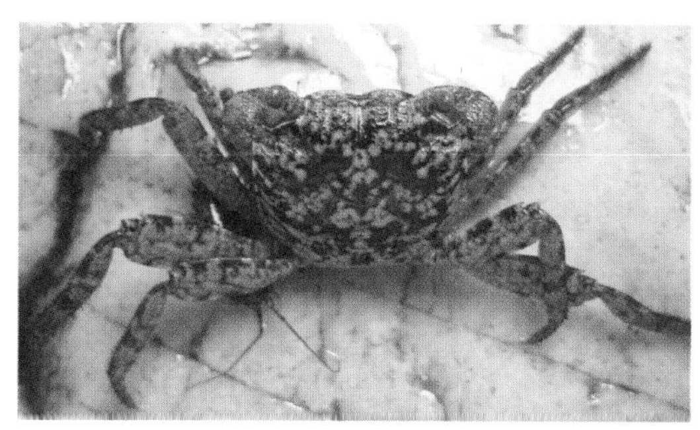

◉ **사각게** 선착장 위쪽에는 사각게가 많이 돌아다니고 있었다. 노란 놈과 거무튀튀한 놈이 있었는데, 색깔이 비교적 화려했다.

카락과 비슷했다. 건드려보니 탄력성이 있는 것이 우무질을 많이 포함한 모양이었다. 그러나 해조류들 중에서 가장 인상적인 것은 역시 지충이였다. 힙합 가수들의 땋아내린 머리칼처럼 생긴 지충이의 물결은 해변을 부드러운 융단으로 수놓고 있었다. 길이는 대략 50센티미터 전후였지만 한 포기 한 포기가 수십 갈래로 갈라져 매우 무성한 느낌을 주었다. 정약전은 지충이를 보고 말갈기를 떠올렸던 모양이다. 그래서 지충이를 한자로 옮길 때도 갈기 '종騣' 자를 써서 지종地騣이라고 표기했다. 결국 지종은 땅 위에서 돋아난 말갈기란 뜻이 된다.

[지종地騣 속명을 그대로 따름]

길이는 8~9자 정도이다. 하나의 뿌리에서 하나의 줄기가 나온다. 줄기는 끈처럼 가늘며 거친 털이 나 있다. 줄기 둘레에 짧은 털이 8~9개씩 나 있는데 빈자리가 없을 정도로 빽빽하다. 매번 조수가 밀려갈 때면 더부룩하게 모인 것이 엉클어져서 처져 있는 모양이 말갈기처럼 보인다. 빛깔은 황흑색이며 해조(모자반)의 위쪽 지대에서 자란다. 보리밭의 거름으로 쓰인다.

지충이는 갈조식물 모자반과의 해조류로 조간대 하부에서 많은 개체 수가 모여 자란다. 몸체는 곧게 뻗는 중심가지와 불규칙하게 생기는 곁가지로 되어 있는데, 줄기 표면에서 돌기 모양의 잎이 빽빽하게 돋아난다. 정약전은 지충이의 이러한 형태를 정확히 묘사하고 있다.

◉ **갯바위를 뒤덮은 지충이** 해조류들 중에서 가장 인상적인 것은 역시 지충이였다. 힙합 가수들의 땋아내린 머리칼처럼 생긴 지충이의 물결은 해변을 부드러운 융단으로 수놓고 있었다.

정약전은 지충이를 보리밭의 거름으로나 쓴다고 했다. 그러나 지방에 따라서는 지충이를 국에 넣어 먹거나, 줄기 끝부분만을 뜯어 모아 살짝 데친 다음 양념에 찍어 먹기도 한다. 또 약이 귀하던 시절에는 말려 두었다가 가루를 내어 소화제나 구충제로 요긴하게 쓰기도 했다. 해산물의 쓰임새에 관심이 많았던 정약전이 이를 언급하지 않은 것은 무슨 까닭일까? 어쩌면 맛있고, 영양 많은 해조류가 지천으로 널려 있는 이곳에서 지충이는 낄 자리조차 없었던 것인지도 모르겠다.

줄기 표면에는 돌기 모양의 잎이 빽빽하게 돋아나 있다.

잎의 크기와 모양, 줄기의 길이, 곁가지의 유무,
가지나누기 방식 등에 변이가 많다.

잎과 줄기는 탄력성이 있고, 단단한 느낌이다.

◉ **지충이** *Sargassum thunbergii (Mertens ex Roth)* Kuntze

둥글넓적한 뿌리 부분으로 바위에 달라붙는다.

김치 맛을 돋우는 해조류

조간대의 맨 아래쪽에는 모래와 자갈이 적당히 섞여 있었다. 밀려오는 파도의 리듬에 맞춰 홍합 껍데기며 미역 조각들이 춤을 추고 있었다. 미역 조각들 틈에 사슴뿔처럼 생긴 해조류가 섞여 있는 것이 보였다. 청각이었다. 어머니는 갯가를 거닐다가 청각을 보면 항상 김장할 때 넣어 먹으면 맛이 좋다며 주워 모으시곤 했다. 그런데 정약전이 살던 시절에도 역시 이 해조류가 김치 맛을 돋우는 데 사용되었던 것 같다.

[청각채靑角菜]

뿌리 · 줄기 · 가지가 모두 토의초(톳나물)를 많이 닮았으며 모양이 둥글둥글하다. 감촉이 매끄러우며 빛깔은 검푸르다. 맛이 담박하여 김치 맛을 돋운다. 음력 5~6월에 나기 시작해서 8~9월에 다 자란다.

옛날의 김치는 현재 우리가 먹고 있는 붉은 김치와는 상당히 달랐다. 김치에 넣을 고추가 없었기 때문이다. 고추는 남미 원산으로 임진왜란을 전후한 시기에 우리 나라에 들어왔다. 고추가 들어오기 전에는 단무지와 백김치 같이 소금에 절인 형태의 김치만이 존재했을 것이다. 새로 들어온 고추는 다소 밋밋하던 전통 백김치에 자극적인 맛과 색을 부여했다. 우리 민족은 외국에서 들여온 고추를 짧은 시간 내에 토속음식과 조화시켜 새로운 맛을 창조했던 것이다.

정약전이 먹었던 김치는 어떤 김치였을까? 역시 고추를 넣은 현재와 유사한 김치였을 것으로 생각된다. 이러한 사실은 정약전과 같은 시대에 살았고, 비슷한 시기에 유배 생활을 했던 김려가 읊은 〈고추〉라는 시를 보면 쉽게 짐작할 수 있다.

겨울철 김장 양념에도 반이나 차지해
맵고 짜면서도 향기로워라
녹각채도 고추만 못해
무나 배추라야 맞먹을 테지

여기에서 이야기하고 있는 녹각채는 본문의 청각채와 같은 말이다.* 고추만은 못하지만 고추에 필적할 만한 김장 양념으로 청각을 들고 있다는 사실은 청각이 김치 맛을 돋운다고 한 정약전의 말과도 일치하는 바다. 흑산도에서 머물고 있던 정약전도 청각과 고추를 넣고 담근 김치를 먹었을 가능성

* 녹각이나 청각이나 모두 사슴의 뿔 모양을 빗댄 이름이다.

이 높아 보인다.

청각靑角은 녹조식물 청각과의 바닷말이다. 우리 나라의 전 연안에 분포하며, 수심 1~20미터의 깊은 곳, 파도의 영향을 적게 받는 곳에서 자란다. 부드럽고 탄력성이 있는 몸체는 짙은 녹색을 띤다. 단면이 둥근 가지는 여러 갈래로 갈라져 부채꼴 모양이 되며 15~40센티미터까지 자란다. 청각류의 대부분은 암수가 따로 있어 유성생식을 한다. 그러나 몇몇 종은 독특한 무성생식법을 이용해서 번식하기도 한다. 겨울이 되어 몸이 시들기 시작하면, 몸 위쪽의 가지가 갈라지는 부분이 잘록해져서 떨어지게 된다. 이때 떨어져 나온 조각들이 물에 떠다니다가 바위나 굴 껍질 같은 단단한 곳에 붙으면 새로운 청각으로 자라나게 되는 것이다.

다시 조간대 위쪽으로 올라왔다. 비닐 같은 재질의 파래들이 자갈이나 바위 위에 많이 붙어 있었다. 파래로 덮이지 않은 곳에는 간간히 굴이 붙어 있었다. 그냥 굴도 있었지만 대부분은 표면에 우둘투둘한 돌기가 있는 가시굴이었다. 배에서 꼬르륵거리며 신호가 왔다. 흑산도 김치를 다시 한번 맛봐야 할 시간이다.

끝이 둥글다.
가지는 사슴뿔 모양으로 갈라진다.
짙은 녹색을 띤 몸체는 둥글고 탄력성이 있다.

◉ 청각 *Codium fragile* (Suringar) Hariot

흑산도의 물고기들 2

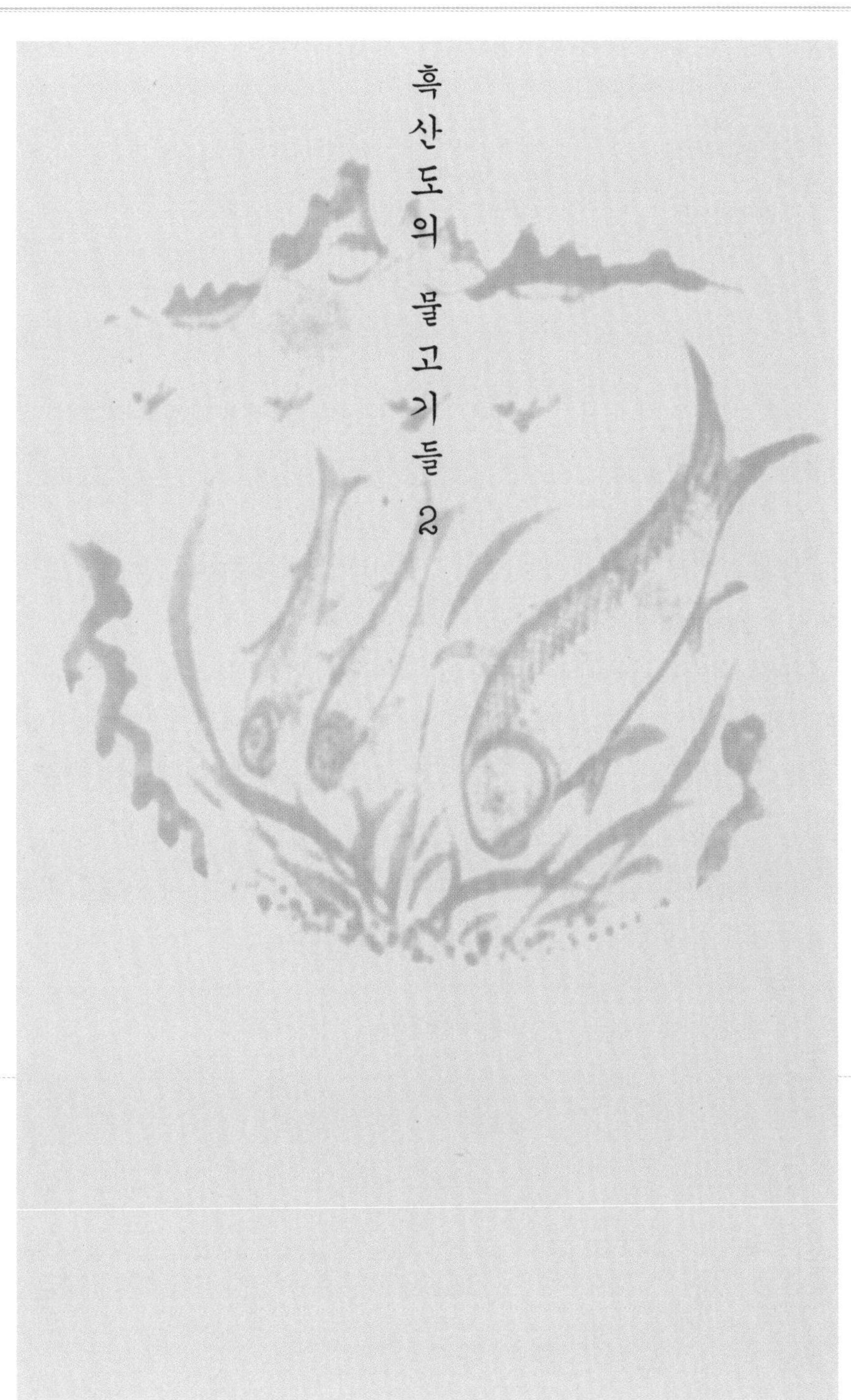

사각형의 물고기

식사를 마친 후 다시 물고기 이야기가 이어졌다. 먼저 사각형의 물고기 병어에 대해 물었다.

"여기서는 병치라고 부릅니다. 회로 많이 먹지라."

"재원도, 지도 같은 데 병어 많이 잡히지라. 병어도 그물로 잡아요. 낚시에는 안 걸리제. 병어는 맛있어요."

병어에 대한 평판은 대체로 호의적인 것이었다. 그 이유는 물론 맛이 좋기 때문이다. 병어는 회로 먹을 때는 단단하게 씹히는 맛이 있고, 익혀놓으면 육질이 부드러워 누구에게나 인기 있는 생선이다. 병어의 맛은 예로부터도 널리 인정받았던 것 같다. 정약용의 시 중에는 다음과 같은 구절이 나온다.

물가의 누각에서 눈을 들어 바라보니
푸른 물결 띠처럼 도성을 감고 도네
저 뱃길로 옛적에는 장요미를 바쳤는데

갯가 저자 오늘날 축항어를 사온다오

축항어는 병어를, 장요미는 몸통이 좁으면서 긴 쌀로 질이 좋은 쌀을 가리킨다. 장요미에 대응될 정도라면 축항어, 즉 병어가 얼마나 귀한 물고기였는지를 알 수 있다. 정약전도 병어의 맛을 높이 평가했다.

[편어扁魚 속명 병어甁魚]

큰 놈은 두 자 정도이다. 머리가 작고 목덜미는 움츠러들어 있다. 꼬리는 짤막하다. 등이 툭 튀어나오고 배도 튀어나와 그 모양이 사방으로 뾰족하며, 길이와 높이가 거의 비슷하다. 입이 매우 작다. 몸빛깔은 청백색이다. 맛이 달고 뼈가 연하여 회나 구이, 국에 모두 좋다. 흑산도에서도 가끔 잡힐 때가 있다.

이청의 주 지금의 병어는 아마 옛날의 방어魴魚가 아닌가 생각된다. 『시경』에서는 방어의 꼬리가 붉다고 했다. 『이아』 「석어편」에서는 "방魴은 비魾다"라고 했고, 곽박은 이에 대해 "강동江東에서는 방어를 편鯿이나 비魾라고 부른다"라는 주석을 붙였다. 육기는 시소詩疏*에서 "방어는 넓적하고 얄팍하다. 성질이 순하고 힘이 약하다. 비늘은 잘고 맛이 좋다"라고 했다. 『정자통』에서는 "방어는 머리가 작고 목덜미가 움츠러들었다. 배가 나오고 등은 높다. 비늘이 잘며 몸빛깔은 청백색이다. 뱃속의 살이 매우 기름지다"라고 했다. 이시진은 "배가 넓고 몸이 납작하다. 매우 기름지고 살져서 맛이 좋다. 세차게 흐르는 물을 좋아한다"라고 했다.

* 모시초목조수충어소毛詩草木鳥獸蟲魚疏의 줄임말.

이상 여러 가지 설에 의하면 방어의 모양은 병어와 흡사하다. 다만 방어가 냇물에 서식한다는 점이 의심스러울 따름이다. 『시경』에서는 "어찌 물고기를 먹는데 반드시 황하의 방어라야만 될까?"라고 했다. 『향어鄕語』에서는 "이수伊水와 낙수洛水에서 나는 잉어와 방어의 맛은 쇠고기나 양고기와 같다. 양수梁水에 사는 주민들도 방어를 잡아 식량으로 삼는다"라고 했다. 『후한서』 「마융전馬融傳」의 편어에 대한 주注에서는 한수漢水에 살고 있는 편어가 매우 맛이 좋아서 사람들이 나무를 베어 물 흐름을 막고 이를 잡으므로 사두축항편槎頭縮項鯿이라 한다고 밝혔다.

여기에 나온 편어는 곧 방어이며, 방어는 냇물에 사는 물고기가 분명하다. 그러나 병어가 냇물에서 난다는 말은 금시초문이다. 오로지 『산해경』만이 대편大鯾이 바다에서 산다는 사실을 기록하고 있는데, 이에 대한 주석에서는 편과 방이 같은 물고기라고 설명해 놓았다. 이시진은 방어의 종류 중 크기가 20~30근이나 되는 놈이 있다고 했다. 방魴 중에도 바다에서 나는 종류가 있었던 것이다. 그러나 20~30근이나 될 정도로 큰 병어는 본 일이 없으므로 이시진의 말은 믿어지지 않는다.

병어는 다른 종과 구별하기가 쉽다. 작은 입에 열대어를 연상케 하는 마름모꼴의 납작한 몸체가 한번 보면 잊혀지지 않을 만큼 독특한 인상을 주기 때문이다. 등과 배의 튀어나온 부분에는 각각 등지느러미와 뒷지느러미가 날카롭게 솟아 있어 대칭을 이루며, 배지느러미는 아예 없고, 꼬리지느러미는 길게 두 가닥으로 갈라져 있다. 몸빛깔은 선명한 은백색이며, 등 쪽은 푸른빛을 띠고 있다. 비늘은 아주 잘고 떨어지기 쉽다. 따뜻한 곳을 좋아하여

◉ 방어 머리가 작고 목덜미가 움츠러들었다. 배는 나오고 등은 높다. 비늘이 잘며 몸빛깔은 청백색이다. 뱃속의 살이 매우 기름지다.

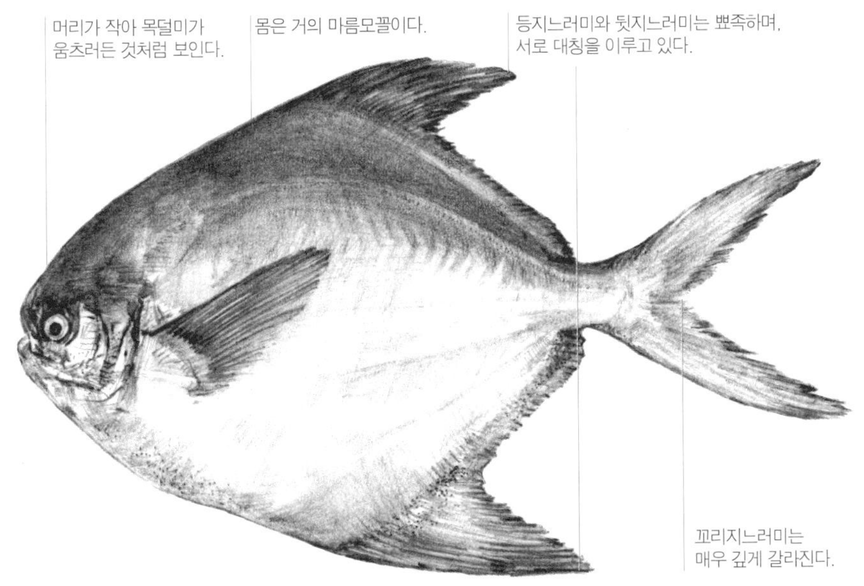
머리가 작아 목덜미가
움츠러든 것처럼 보인다.
몸은 거의 마름모꼴이다.
등지느러미와 뒷지느러미는 뾰족하며,
서로 대칭을 이루고 있다.
꼬리지느러미는
매우 깊게 갈라진다.

우리 나라의 서남해에 많이 분포한다.

병어는 예전부터 많이 어획되던 물고기였다. 『신증동국여지승람』에서 병어를 경기도와 전라도 몇몇 지방의 토산물로 싣고 있으며, 『난호어목지』에도 병어가 서남해, 특히 호서의 도리해에서 많이 난다는 기록이 나온다. 이로써 병어잡이의 역사가 수백 년을 거슬러 올라간다는 사실을 알 수 있다. 그런데 이 문헌들에 기록된 병어兵魚는 우리말 '병어'를 한자로 옮긴 것일 뿐 중국 이름이 아니다. 이청은 여러 문헌들을 고증한 뒤, 이 물고기가 중국의 '방어魴魚'와 같은 종이라고 추정했다. 중국의 강과 호수에는 지금도 편

◉ **병어** *Pampus argenteus* (Eupherasen)

扁, 혹은 방魴이라고 불리는 물고기가 살고 있다. 편은 편평하게 생긴 체형을 빗댄 이름이고, 방은 몸이 마름모꼴로 모가 났다는 뜻이다. 모양과 색깔, 맛 등 여러 가지 성질로 봐서 중국의 방어는 우리 나라의 병어와 특징이 거의 일치한다. 그런데 문제는 이청이 인용한 문헌들 중에서 『산해경』을 제외한 모두가 방어를 민물고기로 밝히고 있다는 사실이다. 이청이 끝내 명확한 결론을 내리지 못한 것도 바로 이러한 이유 때문이었다.

이청에게 남은 마지막 한 가닥 희망은 『산해경』에 나오는 대편의 존재였다. 이 책에는 대편이 방의 일종이며, 바닷물고기라고 나와 있었다. 이청은 대편이라는 이름을 이시진이 말한 무게가 20~30근이나 나가는 방어에 연결시켰다. 조금이라도 방어가 바다에 산다는 전거典據를 확보하고 싶었기 때문이었으리라. 그러나 이시진의 방어는 너무 컸다. 병어 중에서 20~30근이나 나가는 종류를 한 번도 보지 못했던 이청은 쉽사리 병어를 대편에 연결시킬 수 없었다.

정문기는 『한국어도보』에서 평안도 근해에 덕대라고 하는 길이 120센티미터에 이르는 큰 병어 종류가 난다는 사실을 소개했다. 이청이 들었으면 반가워할 만한 소식이다. 실제로 이 정도 크기라면 20~30근의 무게가 나가는 대편의 후보로 손색이 없다. 그러나 정문기가 말한 덕대는 문자 그대로 큰 병어를 말한 것으로 보인다.* 진짜 덕대는 병어보다 오히려 크기가 작으므로 정문기가 말한 덕대와는 분명히 다른 종이며, 대편으로 보기도 힘들다.**

* 박도순 씨도 커다란 병어를 특별히 '덕자'라고 부른다고 말해 이러한 추측을 뒷받침하고 있다. 덕자는 덕대와 같은 계열의 말이 틀림없다.

** 병어와 덕대는 생김새가 거의 비슷해서 구별하기 힘들다. 그래서 일반인들은 두 종류를 구별하지 않고 병어라고 부르는 경우가 많다. 실제로 우리가 시장에서 만나는 병어의 상당수가 덕대다.

정보화 전쟁

이청은 우리 나라의 물고기를 중국 문헌에 나오는 물고기와 억지로 끼워 맞추려고 하다가 잘못된 추론을 펼치게 되었다. 사실 우리 나라의 생물을 중국 문헌 속의 생물과 비교하려 한 사람은 이청뿐만이 아니었다. 과거 대부분의 학자들은 언제나 중국 문헌에 지나치게 의존하는 태도를 보였다. 자국의 생물을 논하는 데 있어 외국의 문헌에 지나친 권위를 부여한 느낌이 가시질 않는다. 국내에서도 지역에 따라 나는 산물이 틀리고, 같은 종이라도 다른 모습을 띠고 있는 경우가 많은데, 거리상으로 멀리 떨어져 있는 데다 다양한 기후대를 갖고 있는 중국과 우리 나라의 생물상이 큰 차이를 보이리라는 것은 자명한 사실이다. 그러나 중국 문헌에 나오는 이름들을 우리 나라에서 찾아보려는 노력은 오랜 세월 동안 줄기차게 시도되었다.

18세기를 전후한 시기에 실학의 기운이 무르익어 가면서 점차 우리 것을 알고 가꾸려는 노력들이 일어나기 시작했다. 우리 나라의 언어, 역사, 지리, 풍속을 정리하려는 움직임도 활발해졌다. 정약전도 이러한 시대적 조류 속에서 『현산어보』를 저술했고, 그 결과 우리 나라 토종 생물에 대한 최초의 본격적인 연구서가 세상에 나오게 되었다. 그런데 방언을 함께 밝혀두긴 했지만 『현산어보』에 나온 생물들의 이름은 중국식이 대부분이며, 이청은 정약전의 글을 고증하기 위해 거의 전적으로 중국 문헌들만을 인용했다. 정약전과 이청이 우리 문화에 대해 깊은 관심을 가지고 있었으면서도 중국에 기댈 수밖에 없었던 가장 큰 이유로는 우리 나라에서는 마땅히 찾아볼 만한 자료가 없었다는 점을 들 수 있을 것이다.* 만약 우리 나라에서 생물에 대한 연구가 꾸준히 진행되었고, 그 결과가 충분히 쌓여 있었더라면 정약전이나 이청도 자랑스럽게 우리 나라의 문헌을 인용할 수 있었을 것이다.

어떻게 보면 중국의 지식을 받아들인 것을 비판만 하고 있어서는 안 될 것 같다. 지식과 정보라는 것은 물과 같아서 정체되어 있으면 퇴락하게 마련이다. 학문의 발전을 위해서는 지식과 정보가 끊임없이 들어오고 빠져나갈 수 있는 열린 체제가 필요하다. 한 개인이나 국가만의 지식을 고집한다는 것은 의미가 없다. 한 사람의 힘보다는 두 사람, 두 사람보다는 세 사람의 힘이 크다는 사실은 명백하다. 멘델과 다윈이 유전학과 진화론이라는 위대한 생물학상의 업적을 이루었지만, 그 연구의 밑바탕에는 수많은 동료 선배 학자들의 피땀 어린 연구 노력의 결과들이 자리잡고 있었다. 그러한 지식들의 원천은 자국에만 한정되어 있지 않았다. 한 나라에서 발견된 과학원리는 빠른 시간 내에 주변 국가들로 파급되었고, 주변 국가의 과학자들은 이를 지체 없이 받아들였다.

* 과학을 천시하는 학문 풍토 때문에 자연에 대한 지식의 축적이 미약했던 것은 물론이거니와 개인이 고생 끝에 쌓아올린 업적도 후학들에게 제대로 전해지지 않고 사장되기 일쑤였다.

사회 문화적으로 급격한 변화가 일어나는 시기에는 정보의 원활한 소통이 더욱 절실하다. 근대화의 격변기에서 서양이 동양보다 앞서갈 수 있었던 데에는 여러 가지 원인이 있겠지만, 무엇보다도 중요한 것은 정보의 축적과 소통이 잘 이루어질 수 있는 사회 구조였다고 생각된다. 우리가 중화사상에 얽매어 있을 동안 서양의 여러 국가들은 서로 간에 정보와 인력을 교류하고 새로운 지식에 대한 이해의 폭을 넓혀갔다. 한두 나라의 학자와 여러 나라의 학자들 간의 경쟁이란 것은 애초부터 결과가 뻔한 싸움이었다. 이렇게 본다면 왜 중국의 지식을 받아들였는지가 아니라 왜 더 많이 받아들이지 못했는지, 그리고 왜 중국의 지식만 받아들였는지를 문제삼아야 할 것이다. 정약전과 이청이 더 많은 중국 문헌을 검토했더라면 보다 정확하고 깊이 있는 연구가 가능했을지도 모른다. 서양의 생물학 관련 문헌까지 참조할 수 있었더라면 훨씬 훌륭한 업적을 이루어낼 수 있었을 것이다. 정약전이 죽은 후, 100여 년의 시간이 흐르는 동안 『현산어보』에 필적하거나 이를 능가할 만한 생물학상의 업적은 다시 나타나지 않았다. 이 또한 기존의 지식을 축적하고 보급하는 일에 소홀했으며, 급변하는 지식의 흐름을 제대로 받아들이지도 못했기 때문이라고 해석할 수 있을 것이다.

문제는 지금도 상황이 그리 크게 개선되지 않았다는 점에 있다. 우리 나라와 미국, 일본에서 과학을 공부하는 학생들 사이에 개인적인 실력 차이는 거의 찾아볼 수 없다. 그런데도 우리와 서방 선진국의 과학 기술이 큰 격차를 보이는 것은 나라의 문화 풍토와 지식 기반이 뒤져 있다는 데 큰 원인이 있을 것이다. 다른 여러 분야도 마찬가지겠지만, 우리 나라의 과학 관계 문헌은 그 양과 질에 있어서 매우 빈약한 실정이다. 사소한 정보를 찾아보려 해도 외국의 문헌을 뒤적이지 않으면 안 된다. 정보의 양과 이를 받아들이는 속도가 뒤지는데 전체적인 학문 수준이 높아질 리 만무하다. 이들과 경쟁하기 위해서는 발 빠르게 정보를 받아들이고, 이를 축적해나갈 수 있어야 한다. 정보를 받아들이기 위해서는 의사 소통 능력이 있어야 하고, 그 정보를 보다 많은 사람들이 이용하게 하기 위해서는 정보를 자신에게 맞게 가공하여 쌓아놓고 공급할 수 있는 체제가 필요하다. 정보통신망을 확충하고, 보다 많은 사람들이 정보를 활용할 수 있게 번역 · 공급할 수 있는 체제가 갖추어진다면, 국내에서도 경쟁력 있는 과학자들과 업적이 쏟아져 나오게 될 것이다.

황새의 부리를 가진 물고기

헤밍웨이의 『노인과 바다』에서 산티애고 노인과 사투를 벌이는 '마알린'은 새치류의 물고기다. 새치 무리에는 청새치, 돛새치, 황새치 등이 속해 있는데, 모두 창처럼 생긴 길쭉한 주둥이와 3미터 이상에 달하는 커다란 덩치가 특징인 물고기들이다. 그런데 이 새치라는 이름을 가진 물고기가 『현산어보』에도 등장한다.

[관자어鸛觜魚 속명 한새치閑璽峙]

큰 놈은 1장丈 정도이다. 머리는 황새의 부리와 비슷하다. 이빨은 바늘과 같으며 즐비하게 늘어서 있다. 빛깔은 청백색인데 고깃살 또한 푸르다. 몸은 뱀같이 생겼다. 역시 침어 종류이다.

정문기의 『한국어도보』나 정석조의 『상해 자산어보』에서는 관자어를 청새치로 보고 있다. 이러한 추측도 무리는 아니다. 청새치는 황새처럼 뾰족한 부리를 가지고 있으며, 크기도 2미터를 훌쩍 넘긴다. 그런데 관자어를 청새치로 보기 힘들게 하는 이유가 몇 가지 있다. 우선 흑산도 앞바다에 청새치가 살고 있는지 의심스럽다. 새치류는 따뜻한 저위도의 먼바다에 주로 서식한다. 만약 새치가 흑산도까지 올라왔다고 하더라도 예전의 어업 기술로 과연 이 거대한 물고기를 잡을 수 있었을는지도 의문이다. 또한 정약전은 관자어의 이빨이 바늘과 같이 즐비하다고 했다. 그러나 청새치의 이빨은 이러한 형태와 거리가 멀다. 관자어의 몸이 뱀과 같다고 표현한 것도 이상하다. 원통형으로 두꺼운 청새치의 몸을 뱀 같다고 표현하기에는 무리가 있다.

한새치가 새치류가 아니라면 과연 어떤 물고기일까? 한새치라 불리고 긴 부리를 가지면서 2미터 가까이에 이르는 몸체를 가진 물고기란 실제로 존재하는 것일까? 박도순 씨는 부리가 길쭉하고 덩치가 큰 물고기 이야기를 꺼내자마자 주저 없이 사리에서 나는 물고기라고 대답했다.

"그런 거 있어라. 입 삐죽하니 나온 거요. 요새 많이 돌아다니지라. 요맘때쯤 물가로 한참 오기 시작하고 가을부터 많이 와요. 요새는 쌍끌이에나 잡히지라."

"그 물고기 이름을 한새치라고 하지 않나요?"

"산갈치. 부리 길쭉한 거. 그거 산갈치라 그래요. 고기 먹도 못해. 잔가시가 많아서. 맛도 없어. 항새치라는 것도 어른들이 말씀하시는 거 들어본 것 같은디. 몸집이 크다 그러니까 생각나는 거 같네."

조복기 씨의 말은 더욱 귀를 솔깃하게 했다.

"한새치? 항갈치, 항살치라고 부르는 거는 있어라. 말랑말랑해서 맛도 없는디."

항살치라면 한새치와 같다고 보아도 무리가 없는 이름이다. 박도순 씨와 조복기 씨가 공통적으로 가리킨 종은 예상했던 대로 새치류가 아닌 동갈치였다.

동갈치는 갈치와 비슷한 몸꼴에 기다란 부리를 가진 물고기다. 연안성으로 작은 물고기를 쫓아서 내만에까지 들어오는 습성이 있기 때문에 남해안의 갯바위 근처에서 낚시를 하다 보면 동갈치 무리가 수면 위로 뛰어오르는 모습을 어렵지 않게 볼 수 있다. 동갈치는 늦봄에서 초여름에 걸쳐 연안 가까운 곳이나 내만의 해조류가 많은 곳에 산란한다. 막 태어난 새끼는 아래쪽 주둥이가 더 길어 어린 학공치와 비슷하지만, 그 이후로 위턱의 주둥이 성장이 빨라져 위아래의 길이가 거의 같게 된다. 동갈치는 이렇게 잘 발달한 부리와 날카로운 이빨을 사용해서 수면 가까이 떠다니는 정어리나 전갱이, 까나리, 멸치 등의 작은 물고기를 잡아먹는다.

동갈치는 여러 가지 면에서 관자어의 후보로 놓기에 손색이 없다. 우선 동갈치의 몸빛깔은 등 쪽이 짙은 녹청색, 옆구리와 배 쪽이 은백색을 띠고 있어 청백색이라고 한 정약전의 말과 일치한다. 그리고 정약전은 관자어의 살이 푸르다고 했다. 실제로 동갈치는 여름철이 되면 고깃살이 물감을 푼 것처럼 푸르스름하게 변한다. 동갈치는 갈치처럼 세로로 길쭉한 몸꼴을 하고 있어 뱀처럼 생겼다고 말할 수 있다.* 동갈치의 길쭉한 주둥이 양쪽에는

* 정약전은 관자어 항목을 갈치가 아니라 학공치와 함께 묶어놓았다. 갈치처럼 길고 납작한 몸꼴을 하고 있을 뿐만 아니라 학과 같이 뾰족한 부리를 가지고 있어 더 비슷하다고 판단했던 모양이다.

◉ **동갈치** *Strongylura anastomella* (Valenciennes)

길쭉하게 튀어나온 양 턱에는
바늘 같은 이빨이 즐비하게 늘어서 있다.
몸은 학공치를 길게
늘여놓은 것 같은 모양이다.
꼬리지느러미의 뒷부분은
수직형이거나 약간 오목하다.
등지느러미와 뒷지느러미는
몸의 뒤쪽에 치우쳐 있다.

작고 가는 이빨이 줄지어 있어 "이빨은 바늘과 같으며 즐비하게 늘어서 있다"라는 본문의 설명과 잘 부합한다.

한새치라는 이름은 어떤 의미에서 붙여진 것일까? 임연수어와 그 새끼를 새치라고 부르기도 하지만 새치라는 단어를 포함한 물고기라면 청새치, 황새치, 돛새치 등 새치 무리가 가장 먼저 떠오른다. 어떤 이들은 이 물고기들이 모두 새처럼 수면 위로 날아오르기 때문에 새치가 되었다고 설명한다. 그러나 나는 것만이 새의 특징은 아니다. 새는 모두 각질의 뾰족한 부리를 가진다는 공통점이 있다. 그렇다면 새의 부리와 흡사한 주둥이를 가진 물고기에 새치라는 이름을 붙였을 가능성을 생각해볼 수 있다. 새치라는 이름이 붙은 물고기들은 대개 황새나 학에 비유할 만한 뾰족한 부리를 가지고 있는 경우가 많다. 새치에 크다는 뜻의 접두어 '한'을 붙이면 한새치가 된다. '새 부리를 가진 커다란 물고기'라는 뜻이 되는 것이다. 그러나 정약전은 이를

◉ **학공치** 정약전은 뾰족한 부리 모양과 가늘고 긴 체형을 가진 동갈치를 학공치 종류로 보았다.

달리 해석했던 것 같다. 관자어라는 이름의 '관'은 황새를 의미한다. 황소의 옛말이 한쇼이듯 황새의 옛말은 한새다. 이렇게 본다면 한새치는 황새를 의미하는 '한새'와 물고기를 나타내는 접미어 '치'가 결합하여 이루어진 말로 풀이할 수 있게 된다. 과연 학을 닮아서 학공치, 황새를 닮아서 한새치가 되었다고 보는 것이 더욱 자연스럽다.

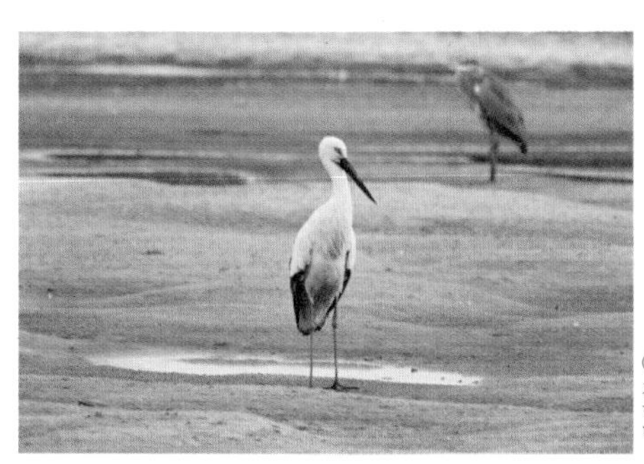
ⓒ 김현태

◉ **황새** 새치라는 이름이 붙은 물고기들은 대개 황새나 학에 비유할 만한 뾰족한 부리를 가지고 있다.

선비를 살찌운 물고기

청어는 예로부터 값이 싸고 맛이 있어 가난한 이들이 즐겨 먹는 고기로 알려져왔다. 『명물기략名物紀略』이란 고서에도 이 같은 기록이 나온다. 청어구이는 지금도 여전히 서민적인 음식의 대명사다. 서울 무교동 뒷골목이나 대학 주변 식당가에는 언제나 청어 기름 끓는 소리와 고소한 냄새가 진동을 한다. 청어는 잔뼈와 기름기가 많아 회나 탕보다는 구워 먹는 것이 제격인데 뼈째로 씹어 먹는 맛이 일품이다. 정약전도 청어가 국이나 포, 구이로 좋다며 맛을 칭찬하고 있다.

[청어青魚]

길이는 한 자 남짓하다. 몸은 좁다. 푸른색을 띠고 있지만 물 밖으로 꺼낸 지 오래되면 대가리가 붉어진다. 맛은 담박하며 국 · 구이 · 젓갈 · 포에 모두 좋다. 정월이 되면 알을 낳기 위해 해안 가까이 몰려드는데, 수억 마리가 떼를 지어 바다를 덮는다. 청어 떼는 석 달 간의 산란을 마치면 물러가는데, 그 다음에는 길이 서너 치 정도의 새끼들이 그물에 잡힌다. 1750년 이후, 10여 년 동안은 풍어였지만, 그 후 뜸해졌다가 1802년에 다시 대풍을 맞이했으며, 1805년 이후에는 또다시 쇠퇴하기를 반복했다. 이 물고기는 동지 전에 경상도 동쪽(嶺南左道)에 나타났다가 남해를 지나 서쪽으로, 다시 북쪽으로 이동하여 음력 3월에는 황해도(海西)에 나타난다. 황해도에서 잡히는 청어는 남해의 청어에 비하면 곱절이나 크다. 영남과 호남에서는 청어 떼의 회유가 교대로 성쇠를 거듭한다. 창대는 영남산 청어는 척추뼈가 74마디인 반면 호남산 청어는 53마디라고 했다.

이청의 주 청어青魚는 청어鯖魚와 같은 말이다. 『본초강목』에서는 "청어青魚는 강과 호수에 서식한다. 머릿속에 있는 침골枕骨의 모양이 호박琥珀과 같다. 때를 가리지 않고 잡힌다"라고 씌어져 있다. 그러나 이 청어는 민물에 살고 있으므로 우리 나라의 청어와는 다른 종류이다. 다만 빛깔이 푸르기 때문에 청어라는 이름을 빌린 것일 뿐이다.

이청이 제대로 파악하고 있는 것처럼 중국에서는 등이 푸른 물고기를 모두 청어라고 불렀다. 그러나 우리 나라에서 청어는 청어 한 종류만을 가리키는 이름이었다. 또한 우리 나라에서는 청어라는 이름 외에 비웃이라는 별명도 많이 쓰였다.* 『명물기략』에서는 비웃이란 이름의 어원을 "값싸고 맛이 있어 서울의 가난한 선비들이 즐겨 먹으므로 선비들을 살찌게 하는 물고기라고 해서 한자어로 비유어肥儒魚라 쓰게 되었다"라고 풀이하고 있는데, 다른 민간 어원설들처럼 이 말도 액면 그대로 받아들이기는 힘들 것 같다.

* 요즘에도 비웃이라는 말을 사용하는 이들을 가끔 만날 수 있다.

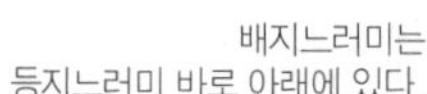
눈에는 기름눈꺼풀이 있다.
등 쪽은 짙은 청색이고,
옆구리와 배 부분은 은백색을 띤다.
꼬리지느러미는
깊이 갈라져 있다.
배지느러미는
등지느러미 바로 아래에 있다.
배지느러미와 뒷지느러미 사이에는
날카로운 모비늘이 있다.

청어를 중국말로 비유〔鯡魚〕라고 부르는 것을 볼 때, 이 중국명들을 새로이 해석하여 비유어를 만들어냈고, 다시 이를 줄여 비웃이라고 부르게 된 것이라는 설명에 더욱 믿음이 간다. 이 밖에 『재물보』에서는 청어를 누어鷜魚로 기록하고 있으며, 지방에 따라 동어東魚, 구구대, 고심청어, 푸주치, 눈검쟁이, 과미기, 과목이, 갈청어, 울산치, 과목숙구기 등의 다양한 별명들을 만들어 사용해왔다. 그만큼 청어는 인기 있는 물고기였던 것이다.

◉ 청어 *Clupea pallasii* Valenciennes

이순신과 청어

주로 동짓날 궁중이나 일반 사대부 집안에서는 청어를 사당에 올리는 청어 천신薦新*의 풍속이 행해졌다. 제물로 바쳐질 정도였다면 청어가 꽤나 신성하게 대우받던 물고기였음을 짐작할 수 있겠다.**

그러나 청어가 이처럼 사대부에게나 어울릴 법한 이유로만 인기를 끌었던 것은 아니다. 김려는 정약전과 같은 시기에 진해에서 유배 생활을 하며 우리 나라 3대 고수산문헌의 하나인 『우해이어보』를 지은 사람이다. 김려의 시는 청어가 지극히 가난한 집안에서조차 쉽게 사 먹을 수 있을 만큼 값이 싸고 구하기 쉬운 물고기였다는 사실을 보여준다.

포구의 고기잡이네 집은 가시로 울타리를 둘렀는데
다 떨어진 고기 그물을 아침 볕에 말리네
여윈 할미는 땅바닥에 앉아서 화롯불을 불어 가며
절인 청어를 구워서 젖먹이에게 먹이네

* 철에 따라 새로 나는 물건을 먼저 신위에 올리는 일.
** 옛사람들은 푸른빛을 띠고 있는 청어의 모습에서 새롭고 신선하다는 느낌을 받았던 것 같다.

논산 창고 마당가에 다 쓰러져가는 초가집이 보였는데, 한 노파가 땅에 놓인 화롯불을 불어가며 청어를 구워서 아이에게 먹이고 있었다. 아이는 겨우 세 살쯤 되어 보였다.

청어 굽는 냄새가 진동하는 듯하다. 우리 선조들은 청어를 주로 구워 먹었던 것 같다. 동학의 어떤 기록에 나주 감영에서 비웃 굽는 냄새가 코를 찔렀다고 하는 장면이 나오는데, 이는 당시 청어가 대중적인 먹을거리였으며 주로 구이라는 형태로 이용되었다는 사실을 보여준다. 구이라는 요리법이 주를 이루었던 이유는 아마도 청어가 잔가시가 많아 횟감으로 부적합한 데다 신선도가 떨어지기 쉬운 물고기였기 때문일 것이다.

김려가 지은 또 다른 시를 살펴보면 정약전이 살았던 시절의 어촌 풍속도를 짐작해볼 수 있다.

청어 장수가 청어 사라고 외치면서
비 오듯 땀 흘리며 시장 바닥을 돌아다니네
바닷가에 고깃배들이 고슴도치처럼 모여들더니
엽전 팔백 푼에 한 바리씩 팔리네

청어는 스무 마리가 한 두름이고, 백 두름이 한 바리다. 출어를 위해 고깃배를 세냈을 때에는 고깃값이 몹시 비쌌지만, 올해에는 고깃배들이 몰려들어 고기 시세가 다시 떨어졌다.

시세의 변화가 크고 골목골목을 누비는 청어 장수들의 외침이 메아리치고 있었다는 점을 볼 때, 당시 청어가 상당히 많이 생산되는 물고기였음을 알 수 있다. 대량으로 어획된 청어는 일단 건조된 후, 전국 각지로 팔려나갔다. 이러한 장면은 〈청어 엮기〉라는 민요에 생생하게 묘사되어 있다.

청청 청어 엮자 위도 군산에 청어 엮자
두름두름 엮어다가 둑대 위에 널었다가
신랑 각시 잔칫상에 덩그랗게 상 차리자
신랑 각시 청어 보면 야금야금 잘도 먹네

『선조실록』을 보면 재미있는 기록이 나온다.

원균이 죽은 후 이순신이 다시 통제사에 임명되었다. 이순신이 처음 한산도에 본영을 잡았을 때, 사졸들을 모으고 병기를 장만함과 아울러 널리 둔전을 설치하고 소금과 생선을 팔아 군량을 넉넉하게 하니, 수개월 만에 군의 위세가 크게 떨쳐 마치 산에 호랑이가 버티고 있는 형세처럼 되었다.

◉ **이순신** 원균이 죽은 후 이순신이 다시 통제사에 임명되었다. 이순신이 처음 한산도에 본영을 잡았을 때, 사졸들을 모으고 병기를 장만함과 아울러 널리 둔전을 설치하고 소금과 생선을 팔아 군량을 넉넉하게 하니, 수개월 만에 군의 위세가 크게 떨쳐 마치 산에 호랑이가 버티고 있는 형세처럼 되었다.

이순신은 스스로의 힘으로 군량을 마련해야 했고, 청어를 팔아서 그 상당 부분을 충당했다. 그래서 『난중일기』에는 청어를 잡아 파는 장면이 많이 등장한다. 청어는 이순신이 전쟁을 성공적으로 수행할 수 있었던 중요한 기반이었던 것이다.

송한련이 말하기를 청어 천여 두름을 잡아서 널었는데, 내가 간 동안에 잡은 것이 1,800여 두름이나 된다고 했다.

오수가 청어 1,300여 두름을, 박춘양이 787두름을 바쳤는데, 하천수가 받아다가 말리기로 했다. 황득중은 202두름을 바쳤다. 종일 비가 내렸다. 사도가 술을 가지고 와서 군량 500석을 마련해놓았다고 했다.

이순신의 글은 400여 년 전, 임진왜란 당시에도 청어가 다량으로 산출되었고 곡식으로 쉽게 바꿀 수 있을 만큼 인기 있는 물고기였다는 사실을 알려준다.

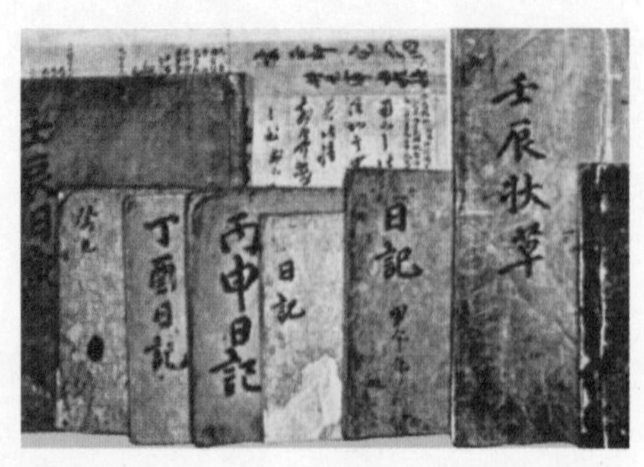

◉ **『난중일기』** 이순신은 스스로의 힘으로 군량을 마련해야 했고, 그 상당 부분을 청어를 팔아서 충당했다. 그래서 『난중일기』에는 청어를 잡아 파는 장면이 많이 등장한다.

진달래꽃 피면 청어배에 돛 단다

우리 나라에서 청어가 다획성 어종으로 중요한 자리를 차지했고, 일찍부터 전국 각지에서 어획되고 있었다는 사실은 여러 문헌들을 통해 확인할 수 있다. 『세종실록지리지』와 『신증동국여지승람』의 토산조를 보면 팔도의 연안에서 어획된다는 말이 나온다. 이익의 『성호사설』과 서유구의 『난호어목지』 등에서는 청어의 회유로를 설명하고 있다. 청어 어업이 활발했다는 사실은 청어잡이와 관련된 여러 가지 속담으로도 증명된다. '눈 본 대구요, 비 본 청어다'라는 말은 대구는 눈이 와야 많이 잡히고, 청어는 비가 와야 많이 잡힌다는 사실을 나타낸다. '진달래꽃 피면 청어배에 돛 단다'라는 말은 진달래꽃이 피기 시작하는 4월 초순부터 본격적인 청어잡이가 시작된다는 것을 뜻한다. 서해에서는 위도 · 고군산군도 · 안흥 · 용호도 · 해주도 · 원도 등지에서 많이 잡혔고, 동해 쪽은 영일만을 중심으로 해서 장전만 · 원산만 · 경성만 · 조산만이 주어장이었다.

정약전은 본문에서 산란을 위해 찾아오는, 바다를 덮을 정도로 많은 청어의 대군을 묘사하고 있다. 청어가 이처럼 번성할 수 있었던 것은 엄청난 생식 능력 덕분이었다.* 청어 떼는 겨울철 산란기가 시작되면 먼바다에서부터 해조류가 무성하고 암초가 많은 연안이나 내만으로 떼를 지어 몰려와 알을 낳는다. 우선 암컷이 끈적끈적한 알을 바위 틈이나 모래밭, 해조류 등에다 쏴 붙이면 수컷이 그 위에 사정을 하여 수정시키게 된다. 일단 산란이 시작되면 심한 몸부림과 함께 수컷이 방출하는 정액으로 바닷물이 우윳빛으로 변한다. 캐나다 밴쿠버 섬의 동해안에서는 매년 봄마다 이런 현상을 볼 수 있는데, 1998년에는 147킬로미터의 해안선이 청어알로 덮이는 일이 발생했다. 다음은 한 과학자가 이러한 장면을 글로 묘사한 것이다.

> 수컷의 정액 때문에 물이 특이하게 젖빛 같은 하늘색으로 변할 때 산란이 일어나고 있다는 것을 일시적으로 알아볼 수 있습니다. 정말로 장관입니다. 수천 마리나 되는 독수리, 갈매기, 가마우지, 바다사자, 바다표범, 해양동물들이 청어와 청어알을 노리고 시끄럽게 몰려듭니다.

'다시마의 알', '새끼 가진 다시마'라는 말이 있다. 일식집에서 가끔 다시마의 알을 볼 수 있는데, 다시마 줄기에 좁쌀만 한 알들이 붙어 있는 것을 말한다. 그러나 다시마는 분명히 해조류이고 알을 낳지 못한다. 도대체 어찌 된 일일까? 사실은 이 다시마의 알이 바로 청어의 알이다. 청어가 산란한 알은 점착력이 있어 해조류에 붙어 있는데, 이를 자연 상태 그대로 건져

* 일본 사람과 우리 나라 남쪽 지방 사람들은 정초에 많은 자손을 얻겠다는 의미에서 청어알을 먹는 관습이 있다. 아마도 청어의 왕성한 번식 기운을 받아보자는 뜻일 것이다.

내어 요리로 내놓은 것이 다시마의 알이다. 청어의 배를 갈라 직접 꺼낸 청어알도 인기가 높다. 청어알은 알탕, 알건포, 젓, 초밥의 재료로 다양하게 이용되는데 알 껍질이 단단하여 씹히는 감촉이 독특하다.

글로벡과 『현산어보』

바다를 누비는 선망어선단은 어군 탐지기를 들여다보고 있다가 청어 떼가 발견되면 대형 파이프를 바다 속에 넣어 물과 고기를 함께 빨아올린다. 말 그대로 바다에 널린 청어를 주워 담는 것이다. 갑판 위에는 고기만 남고 물은 빠져나간다. 창고에 고기를 쓸어 넣고 소금을 뿌리는 작업을 반복한다. 고기 위에 한 겹의 소금, 또 고기 위에 한 겹의 소금, 이렇게 단계를 지은 다음 냉동시켜 소비될 때까지 신선하게 보존한다.

아쉽게도 위에서 묘사한 장면은 우리 나라 바다에서 일어나는 일이 아니다. 지금 우리가 먹고 있는 청어는 주로 알래스카 해역에서 잡히는 수입품이다. 알래스카 해역의 추운 바다에서 원양어선들이 잡은 것을 국내로 들여온 것이다.

19세기 후반기에 접어들어서면서부터 서해안의 청어 자원이 줄어들기 시작하여 19세기 말에 이르러서는 거의 잡히지 않게 되었고, 20세기로 넘어오면 청어 어장은 경상도의 동북 연안으로 국한되고 만다. 동해안에서의 어획고는 그런 대로 유지되어 30~40여 년 전까지만 해도 청어는 우리 나라 제7위로 꼽힐 만큼 주요한 어종의 위치를 차지하고 있었다. 그러나 시간이 흐를수록 동해안의 어획고마저 급격하게 줄어들었고, 지금은 청어 어획량이 미미한 정도에 그치고 있는 실정이다.

청어 자원이 감소된 원인은 확실하지 않다. 사람들은 청어가 무수히 많은 알을 낳는다는 사실 때문에 청어가 줄어드는 이유를 더욱 불가사의하게 생각한다. 일부 학자들은 이를 해양 오염이나 남획에 돌리기도 한다. 그러나 청어라는 물고기 자체가 변동이 심한 자원이라는 사실을 생각해볼 필요가 있다. 환경 오염이 그리 심각하지 않았을 과거에도 청어 자원의 변동은 늘 일어나고 있었기 때문이다.

역사적으로 볼 때 청어는 세계 여러 곳에서 심한 자원 변동을 보였고, 우리 나라에서도 예외가 아니었다. 고려말의 학자 이색은 많이 잡히던 청어가 갑자기 잡히지 않게 된 이유를 궁금해했으며, 조선시대의 각종 문헌에도 청어 자원 변동에 관한 내용들이 종종 언급되어 있다. 『중종실록』 6년 4월 정해조에는 "서해안의 위도는 예전부터 청어가 다산하던 곳이었는데, 1506년 이후부터는 청어가 잡히지 않는다"라고 기록했으며, 이수광의 『지봉유설』에는 봄철에 서남해에서 항상 다산하던 청어가 1570년 선조 3년 이후부터 전혀 산출되지 않는다고 한 기록이 보인다. 유성룡은 『징비록』에서 임진왜란이 일어나기 직전에 발생했던 기이한 일들을 전하면서 동해의 물고기가 서해에서 나고 점차 한강에까지 이르렀으며, 원래 해주에서 나던 청어가 근 10여 년 동안 전혀 나지 않고 요해로 이동하여 나니 요동 사람이 이를 신어新魚라고 일컬었다고 기록했다. 그 이후에도 우리 나라 연안의 청어 산출량은 변동이 심했다. 많이 잡힐 때는 최다획어류의 하나로 손꼽히다가 어느새 눈에 띄지 않을 정도로 사라져버리곤 했던 것이다. 이익의 『성호사설』(1763년경)에서는 "지금 생산되는 청어는 옛날에도 있었는지 알 수 없다"라고 하여 청어의 존재마저 의심하고 있다.

이규경은 『오주연문장전산고』에서 "우리 나라에서는 100여 년 전에 매우 성하였다가 중간에 절산되었는데, 1798년에서 1799년 사이에 다시 나타나 조금 흔해졌다. 대체로 해주에서 나는 것이 나라에 넘친다. 1799년 이후부터 20미를 엮어서 1급으로 하여 동전 2, 3문과 바꾸었다. 1830에서 1831년 사이에는 1급의 가격이 40~50문이었고 점차 값이 올랐다. 1835년 이후에는 다시 흔해졌으나 1799년 이후만은 못하였다"라고 하여 청어 자원의 변동과 이에 따른 가격 등락을 비교적 자세히 설명하고 있다.

유럽에서도 상황은 마찬가지였다. 청어는 중요한 경제 어종이면서도 어획량의 변화가 심해서 심지어 나라의 운명을 바꿔놓기까지 했다. 원래 청어는 발트해 연안에서 많이 잡히고 있었다. 그런데 15세기 이후 청어가 발트해 연안에서 갑자기 사라져버리고 북해에서 나타나는 사건이 발생했다. 이로 인해 번영하던 발트해 연안의 한자동맹 도시들은 쇠퇴 일로를 걷게 된다. 그리고 이번에는 북해로 이동한 청어를 둘러싸고 영국과 네덜란드 사이에 전쟁이 벌어지는데, 이것이 바로 그 유명한 '청어전쟁'이다. 유럽의 경제 지도를 바꾸고, 자원 확보를 위한 쟁탈전을 일으킬 정도였으니, 청어의 경제적 가치와 극심한 자원 변동을 능히 짐작할 수 있다. 17세기경 우리 나라에 표류한 하멜 일행은 차가운 북해에서만 서식한다고 알려져 있던 청어가 우리 나라에도 살고 있다는 사실을 발견하고, 그 회유 경로를 알기 위해 나름대로 고심했던 흔적을 그들의 표류기에 남기고 있다.

청어에 대한 관심은 현대의 과학자들에게까지 이어진다. 과학자들 사이에서는 청어 자원의 변동 원인을 수온 변화 등의 자연적 조건의 변화 때문으로 보는 경향이 우세하다. 청어는 대표적인 냉수성 어류이므로 바다의 수온분포가 변하게 되면 자신이 좋아하는 차가운 물을 따라 분포 지역을 옮기게 된다는 것이다. 같은 방식으로 우리 나라 청어의 변동도 설명할 수 있다. 과거 서해안 연안에 청어가 많이 몰려들었던 것은 황해 냉수괴의 세력이 연안까지 미쳤기 때문이고, 지금은 그렇지 않기에 사라졌다고 보는 것이 지금으로서는 가장 유력한 설명이다.

정약전은 대양을 항해해 다니던 서양인들이나 현대의 과학자들만큼 넓은 시각을 갖지는 못했지만, 본문에서 드러나듯 적어도 우리 나라 청어의 회유에 대해서만은 상당한 지식을 보유하고 있었다. 이러한 지식들은 현장에서 물고기를 잡던 어부들의 경험에서 얻어진 것으로 꽤 정확한 것이었다. 정약전의 설명은 청어가 잡히는 어획고에 일정한 주기가 있다는 것을 밝혔다는 점에서 중요한 의미가 있다. 청어의 어획고에 10년 단위의 주기가 나타난다

◉ **글로벡 홈페이지** 현재 미국과 유럽, 아시아 국가들이 모여서 '글로벡(GLOBEC)'이라는 프로젝트를 추진 중이다. 이 프로젝트는 기상과 해양 환경 변동이 몇 십 년 단위 주기를 보이고, 이에 따라 세계 바다 생태계가 변하며, 결과적으로 물고기 어획고도 큰 변동을 나타내게 된다는 가설을 연구하기 위한 것이다.

는 것은 서양에서도 20세기 초반에 와서야 조금씩 밝혀진 사실이다. 현재 미국과 유럽, 아시아 국가들이 모여서 '글로벡(GLOBEC)'이라는 프로젝트를 추진 중이다. 이 프로젝트는 기상과 해양 환경 변동이 몇 십 년 단위 주기를 보이고, 이에 따라 세계 바다 생태계가 변하며, 결과적으로 물고기 어획고도 큰 변동을 나타내게 된다는 가설을 연구하기 위한 것이다. 위에서 살펴본 옛 문헌들의 기록과 정약전이 기술한 내용들은 과거 한반도 주변, 나아가서는 태평양의 해양·대기 환경이 어떻게 변했으며 이것이 해양 생태계와 물고기의 종 조성에 어떤 영향을 주었는지를 밝히는 데 귀중한 역사 자료가 될 수 있을 것이다.

청어 자원의 변동을 수온 등 환경 조건의 변화에 의한 것으로 본다면 시일이 지나 환경이 변하면 청어 자원이 또다시 풍부해질 가능성을 생각해볼 수 있다. 그러나 온실 효과로 인해 지구가 온난화하고 폐수, 쓰레기, 폐그물 등으로 바다가 오염되며, 무분별한 간척 사업으로 해안선조차 변해가는 상황에서 청어가 다시 돌아올 그날까지 알을 낳을 만한 산란장이 온전히 남아 있을지가 의문이다.

청어의 척추뼈 수를 세다

청어속 물고기는 세계적으로 여러 종이 알려져 있는데, 우리 나라에는 청어 한 종만이 서식한다. 그런데 광해군 때에 허균이 지은 『도문대작屠門大嚼』(1611)에는 청어가 4종이 있다고 기록되어 있다.

> 네 종류가 있다. 북도北道에서 나는 것은 크고 고깃살이 희며, 경상도에서 잡히는 것은 껍질이 검고 속이 붉다. 전라도에서 잡히는 것은 조금 작다. 해주海州에서는 음력 2월에 잡히는데 맛이 매우 좋다.

정약전도 청어 항목에서 청어, 식청, 가청, 관목청의 네 가지 물고기를 다루고 있다. 이 중에서 식청, 가청, 관목청은 청어가 아닌 다른 종류를 말한 것일 가능성이 있다. 그러나 청어 항목 내에서도 남해에서 잡히는 것과 서해에서 잡히는 것의 두 가지 종류가 있다고 기록하여 우리 나라에 최소한 두 종류의 청어가 존재했다는 사실을 알려주고 있다. 조선 중기 우리 나라에 표류하여 표류기를 남긴 하멜 일행도 청어에 대해서 언급한 일이 있다.

12월, 1월, 2월에 청어가 많이 잡히며, 처음 2개월 동안에 잡히는 청어는 네덜란드의 것과 비슷하지만 마지막 2개월 동안에 잡히는 것은 좀 작아서 네덜란드인들이 프라이해서 먹는 청어와 크기가 비슷하다.

극동 지방에 대해 관심이 많은 저술가였고 하멜 일행과도 교류가 깊었던 니콜라스의 기록은 좀더 자세하다.

해안에서 북동쪽으로 약 50마일쯤 나간 곳에서 해마다 많은 청어가 잡힌다. 사람들은 잡은 청어를 바닷가의 언덕 위에서 말린다. 이곳에서는 청어가 오디처럼 떼를 지어 헤엄친다. 해마다 두 번씩 잡히는데, 처음에 잡힌 것이 그 다음에 잡힌 것보다는 크다. 또한 북쪽으로 갈수록 더 많이 잡힌다.

하멜과 니콜라스는 청어에 큰 것과 조그만 것의 두 종이 있다는 점을 분명히 밝혔다. 하멜이 말한 작은 청어는 단지 같은 종류의 새끼였을 가능성이 많다. 청어는 산란기가 길기 때문에 다양한 크기의 무리가 함께 섞여 있을 수 있기 때문이다. 또한 하멜의 말은 정약전이 "청어 떼는 석 달 간의 산란을 마치면 물러가는데, 그 다음에는 길이 서너 치 정도의 새끼들이 그물

에 잡힌다"라고 밝힌 본문의 내용과도 일치한다. 그러나 니콜라스의 글에서는 잡히는 시기가 해마다 두 번이라고 분명히 밝히고 있어 두 가지 종류의 청어가 존재했을 가능성을 강하게 시사한다.

물고기는 같은 종이더라도 지역에 따라 조금씩 형질의 차이를 보이는데, 이를 계군(stock)이라고 한다. 독일의 하인케(Heincke)라는 과학자는 물고기가 가지고 있는 여러 형질 중에서 등뼈의 수로 계군을 나누는 방법을 처음 고안한 사람으로 알려져 있다. 그는 1875년에서 1892년 사이에 잡힌 청어의 등뼈 수가 지역에 따라 차이를 보이는 것을 통계적으로 분석해서 수산학계의 중요한 업적으로 평가받고 있는 'racial theory'라는 이론을 만들어냈다. 그런데 『현산어보』에는 우리 나라 사람이 하인케보다 몇 십 년이나 앞선 시기에 이러한 시도를 했다는 사실이 기록되어 있다. "영남산 청어는 척추뼈가 74마디인 반면, 호남산 청어는 53마디이다"라고 한 대목이 바로 그것이다. 더욱 놀라운 것은 이러한 시도를 했던 사람이 서해 바다의 외딴 섬에 살고 있던 '창대'라는 무명인이었다는 사실이다. 200년 전 쓰러져가는 해변의 초가에서 머리에 상투를 튼 한 사내가 물고기를 해부하고 척추뼈 마디 수를 세는 장면을 그려보면 뭔가 이상하고 부자연스러운 느낌이 든다. 당시 조선의 학문 풍토를 생각한다면 처음 이런 시도를 한 창대나 그의 말에 관심을 보이고 이를 기록으로 남긴 정약전 두 사람 모두 대단하다고 말할 수밖에 없다.

지금 학계에서는 청어를 서해 청어와 동해 청어의 두 계군으로 나누고 있

◉『하멜표류기』 난파한 배에서 탈출하고 있는 모습과 창덕궁에 불려간 하멜 일행이 효종을 알현하고 있는 모습.

다. 즉, 서해 방면의 청어가 동해나 남해의 것과 종족을 달리하는 독립적인 계통군에 속하는 것으로 보고 있는 것이다. 그렇다면 정약전과 창대가 말한 영남산과 호남산 두 종류의 청어란 이런 계군이었을 가능성이 크다. 그런데 본문에는 한 가지 해석하기 곤란한 부분이 있다. 일제시대에 한 전문가가 동해산 청어의 척추뼈 수를 조사한 일이 있는데, 그 결과를 보면 평균 53.85개로 되어 있다. 그리고 1976년 11월 25일에 흑산도 근해에서 잡힌 청어의 척추뼈 수는 52개였다. 어디까지를 척추뼈로 볼 것인가에 따라 그 개수가 달라질 수 있다는 점을 고려해볼 때, 창대가 말한 서해 청어의 53개는 1976년의 조사 결과와 거의 일치한다고 말할 수 있다. 즉, 창대가 보았던 호남산 청어와 최근의 흑산도 근해산 청어는 동일종이라고 보아도 무방하다. 그러나 창대가 말한 영남산 청어의 74개는 같은 청어의 것으로 보기에는 차이가 너무 크다. 서해 청어의 척추뼈 수를 정확히 계산한 것으로 보아 74개를 단순한 오차로 판단하기에는 무리가 있다. 당시에 지금보다 다양한 종류의 청어가 살았던 것은 아닐까? 그렇다면 청어 항목에 나오는 청어는 크기가 작은 척추뼈 53개의 호남산과 이보다 곱절이나 큰 해주산, 척추뼈 74개의 영남산 이렇게 세 가지로 나눌 수 있을 것이다. 그러나 아무리 척추뼈의 수가 지리적 환경에 따라 변한다고 하더라도 20개 가까운 차이는 너무 커 보인다. 창대가 영남산 청어의 척추뼈 수를 직접 세어보지 않고 소문으로만 확인했을 가능성과 청어가 아닌 다른 종의 척추뼈를 세었을 가능성을 생각해보지 않을 수 없다. 생김새만 비슷할 뿐 전혀 무관한 물고기를 같은 무리로 파악한 실수는

『현산어보』의 다른 항목들에서도 심심찮게 발견되고 있다. 또한 허균은 경상도산의 청어가 살이 붉다고 했는데, 이것도 다른 종류의 물고기를 청어라고 불렀다고 이해하면 해석이 가능하다. 정확한 사실을 밝혀내기 위해서는 앞으로도 많은 연구가 필요하리라고 본다.

사실 우리 나라에 이런 수산학 연구가 있었다는 것은 서양 사람들에게 전혀 알려져 있지 않다. 우리 나라에서 발간되는 수산학 관계 서적도 서양 위주로 되어 있는 판에 외국의 경우는 말할 것도 없을 것이다. 만약 외국학자들에게 자신들보다 훨씬 앞선 시기에 한국에서 청어 척추뼈 수가 지역에 따라 차이가 난다는 연구를 했다는 사실이 알려진다면 놀라움을 던져주기에 충분할 것이다. 한 가지 아쉬운 점은 서양의 경우, 척추뼈의 수를 세어 계군을 나누는 방법론이 다른 과학자들에게 계승되어 여러 가지 이론들을 낳게 하는 밑거름이 되었지만, 우리 나라에서는 이런 일이 있었다는 것조차 잊혀져 왔다는 사실이다. 당시 제대로 된 정보의 공유 체계가 형성되지 않았을 뿐만 아니라 뒤이어 열강들의 침탈을 받고 일본의 식민 지배를 거치는 와중에서 조상들의 실학 사상이 근대 학문으로 연결되어 발전하지 못했다는 점을 그 원인으로 들 수 있을 것이다.

과메기 예찬

전하는 말에 의하면, 매년 겨울이면 청어가 여기에서 잡히기 시작하는데, 먼저 나라에 진상한 다음에야 모든 읍에서 이를 잡았다고 한다. 이곳에서 잡히는 양이 많고 적음으로 그해(오는 해 겨울)의 풍흉을 짐작했다.

『동국여지승람』 영일현 주진조注津條에 실려 있는 위의 기록은 영일만 앞바다에서 청어가 많이 잡혔으며, 이 고장의 청어잡이가 오랜 역사를 가졌다는 사실을 보여준다. 정약전은 서해안에서도 청어가 잡힌다고 말했지만 당시에도 역시 청어의 주산지는 동해안 쪽이었을 것이다. 청어는 찬물을 좋아하는 물고기이기 때문이다.

동해안, 특히 영일만 부근의 청어는 조선시대부터 유명했으며 일제시대에 이르러서는 전국 어획량의 7할을 차지할 정도로 많이 잡혔다고 한다. 이곳의 어민들은 많이 잡히는 청어를 이용해서 과메기라는 독특한 음식문화를 만들어냈다. 과메기는 말린 청어를 말한다. 청어를 바람이 잘 통하는 곳에 걸어두고 얼렸다 녹였다 하면서 자연 건조시키면 적당한 발효가 진행되면서 맛깔스런 과메기가 완성된다. 하지만 이는 대량 생산을 위해 어쩔 수 없이 선택한 편법일 뿐이다. 과메기를 만들던 전통적인 방식은 건조에 훈제를 결합한 좀더 복잡한 과정이었다. 추운 겨울에 잡힌 청어를 바닷물로 깨끗이 씻은 다음, 싸리나무 등으로 눈을 꿰어 재래식 부엌의 봉창이나 처마 아래에 걸어 두고 말린다. 부엌 아궁이에서 올라오는 연기는 청어를 훈제시키는 효과를 낸다. 옛날에는 땔감으로 솔가지를 많이 썼으므로 고기에는 은은한 솔잎향이 배게 된다. 청어는 밤새 봉창으로 몰아치는 영하의 바람에 얼었다가 날이 새어 부엌에 불을 때면 녹기 시작하고, 낮 동안에는 백두대간을 넘어오면서 차갑고 건조해진 바람을 맞으며 꼬들꼬들하게 말라간다. 이때 뱃살의 기름이 몸 전체에 고루 퍼지면서 서서히 발효가 진행되는데, 이렇게 겨울을 넘기면 감칠맛 나는 과메기가 완성된다.*

이렇게 만들어진 과메기는 임금의 수라상에 오르는 진상품인 동시에 가난한 서민들의 기호식이기도 했다. 소설가 김동리는 과메기의 맛을 다음과 같이 예찬하고 있다.

> 내 고향은 경주이다. 경주에는 관메기란 것이 있었다. 청어 온 마리를 배도 따지 않고 소금도 치지 않고 그냥 얼말린 것을 가리키는 이름이다. 가령 조기로 말하자면 굴비 비슷한 것이나, 굴비와 달리 얼말린 점이 다르다. 관메기를 불에 대강 구어서 칼로 그슬린 비늘을 쓱쓱 긁어 버리고

* 17세기에 씌어진 『음식디미방』에서 "연기를 쐬어 말리면 고기에 벌레가 안 난다"라고 말한 바 있고, 『오주연문장전산고』에도 "청어는 연기에 그을려 부패를 방지하는데, 이를 연관목烟貫目이라고 한다"라는 기록이 나오는 것으로 보아 건조와 훈제를 결합한 방식의 제조법은 역사가 꽤 오래된 것 같다.

쭉쭉 찢어 먹으면 맛이 좋다. 특히 술안주로서 더없이 좋은 맛이다. 그 맛은 모든 표현을 다 갖다 대어 보았자 다 쓸데없는 소리이다. 또 관메기를 칼로 토막내어 냉이와 쑥과 콩나물 따위를 섞어 죽을 쑤어 놓으면 이것이 또한 진미이다. 이런 것을 안 먹어본 사람에게는 내가 아무리 강조하여도 헛수고에 지나지 않는다.

◉ **청어과메기** 동해안, 특히 영일만 부근의 청어는 조선시대부터 유명했으며 일제시대에 이르러서는 전국 어획량의 7할을 차지할 정도로 많이 잡혔다고 한다. 이곳의 어민들은 많이 잡히는 청어를 이용해서 과메기라는 독특한 음식문화를 만들어냈다.

과메기의 정체

과메기는 눈을 꿰었다는 뜻의 '관목貫目'에서 유래한 이름이다. 청어를 말릴 때 눈을 꿰어 널었다고 해서 '관목'이라고 부르던 것이 발음상의 변화를 거쳐 '과메기'라는 이름으로 굳어지게 된 것이다. 다음은 현지에서 전해오는 이야기를 요약한 것이다.

> 부지기수로 올라오는 청어를 갈무리할 방법을 찾지 못하던 한 어부가 고심 끝에 명태처럼 덕장에 매달아서 말리기로 결심했다. 통나무를 세우고 덕장을 만들어서 꼬챙이에 눈을 꿰어 줄줄이 걸어놓았다. 오징어 말리는 것과 같은 방법으로 눈을 꿰었다고 해서 '관목어'라고 했는데, 그것이 '과메기'로 발음이 변했다. 말려 놓은 청어가 밤에는 얼고 낮에는 녹으면서 발효가 되었다. 막상 이렇게 말린 청어를 초고추장에 찍어 먹어보니 썩 먹을 만했다. 그때부터 겨울 덕장에서 말린 청어를 익히지 않고 먹기 시작했다.

빙허각 이씨는 『규합총서』에서 관목에 대해 이야기하고 있다. 그런데 설명 중에 이상한 말이 나온다.

비웃(청어) 말린 것을 세상에서 흔히 관목이라 하지만 이것은 잘못이다. 정작 관목은 비웃을 들고 비추어보아 두 눈이 서로 통하여 말갛게 마주 비치는 것으로, 이것을 말려 쓰면 그 맛이 기이하니 청어 한 동으로 이 관목 한 마리 얻기가 어려운 것이다.

빙허각의 말대로라면 관목은 청어가 아니라 "눈이 서로 통하여 말갛게 마주 비치는" 물고기로 만든 것이다. 이청도 역시 관목, 즉 관목청이 청어가 아니라는 점을 강조하고 있다.

[관목청 貫目鯖]
모양은 청어와 같다. 두 눈이 뚫려 막히지 않았다. 맛은 청어보다 좋다. 건어(腊)로 만들어 먹으면 맛이 매우 좋다. 따라서 청어를 말린 것을 모두 관목이라고 부르는 것은 잘못이다. 영남 바다에서 잡히는 놈이 가장 드물고 귀하다.
(원문에 빠져 있으므로 지금 보충함)

비밀을 푸는 열쇠는 역시 눈이 뚫려 막히지 않았다는 표현에 있다. 청어와 같은데, 눈이 마주 비쳐 뚫린 것처럼 보이는 것이 있다는 말은 쉽게 이해

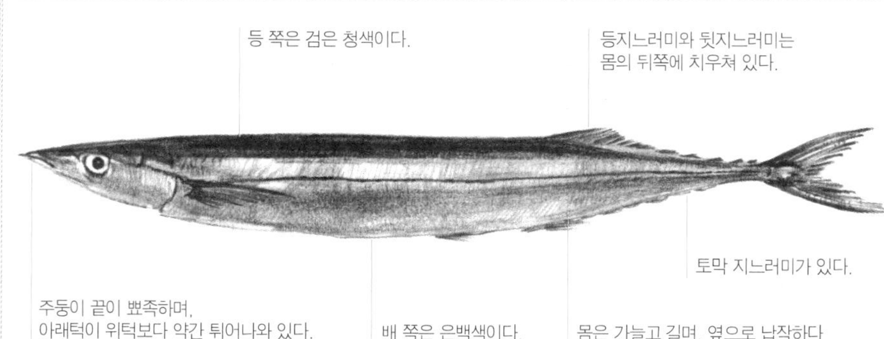
등 쪽은 검은 청색이다.
등지느러미와 뒷지느러미는
몸의 뒤쪽에 치우쳐 있다.
토막 지느러미가 있다.
주둥이 끝이 뾰족하며,
아래턱이 위턱보다 약간 튀어나와 있다.
배 쪽은 은백색이다.
몸은 가늘고 길며, 옆으로 납작하다.

가 되지 않는다. 그렇다면 역시 청어와 다른 종을 말하고 있는 것일까? 흥미롭게도 『난호어목지』에 이와 유사한 표현이 등장한다. 빙허각 이씨의 시동생 서유구는 '공치'의 특징을 다음과 같이 묘사했다.

> 등이 푸르고 배는 미백색이다. 비늘은 잘고 주둥이가 길다. 두 눈이 서로 나란하다.

눈이 나란하다는 말과 눈이 뚫렸다는 말은 같은 표현으로 볼 수 있다. 공치는 오늘날의 꽁치를 말한다. 꽁치는 길이 40센티미터 정도의 가늘고 기다란 몸꼴에 툭 튀어나온 주둥이를 가진 등 푸른 물고기다. 등지느러미와 뒷지느러미는 몸의 뒤쪽, 배지느러미는 몸의 중앙 부분에 있으며, 등지느러미와 뒷지느러미 뒤쪽에 각각 5~7개, 6~7개의 토막 지느러미가 있다는 점도 이

◉ 꽁치 *Cololabis saira* (Brevoort)

물고기의 중요한 특징이다. 우리 나라 전 연안에 분포하지만 특히 동해의 한류와 난류가 만나는 조경수역에 많이 서식한다. 오키나와 부근에서 겨울을 나고, 봄이 되면 동해안 연안으로 몰려와서 떠다니는 해조류나 각종 부유물에 산란한다.

꽁치와 청어는 모두 과메기로 만들어진다는 공통점이 있다. 지금 영일만 지역에서 거래되는 과메기도 사실 청어가 아니라 꽁치로 만든 것이 대부분이다. 그러나 겨울에 잡은 꽁치로 만든 과메기는 이미 이 고장의 토산식품으로 자리매김하고 있다. 어쩌다 청어과메기가 꽁치과메기로 바뀌어버리게 된 것일까? 해방 전후 혹은 1960년대 전후를 기점으로 하여 청어 산출량이 급격히 줄어들었는데 사람들이 이를 대신해 꽁치로 과메기를 만들기 시작했고, 꽁치를 쓰다 보니 청어에 비해 숙성 기간이 짧고 맛도 좋아 오히려 '원조' 청어를 밀어내게 되었다는 것이 일반적인 해석이다. 그런데 최창선이 지은 『소천소지笑天笑地』라는 책은 이 같은 설명을 부정하고 있다.

동해안 지방에 살던 한 선비가 겨울철 한양으로 과거를 보러 가기 위해 해안가를 걸어가고 있었다. 민가는 보이지 않고 배는 고파왔다. 해변가를 낀 언덕 위에 나무가 한 그루 있

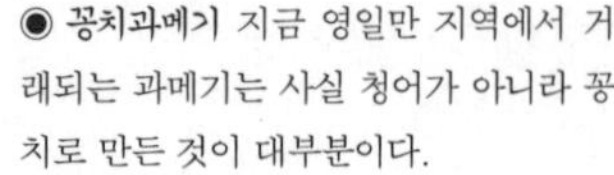

◉ **꽁치과메기** 지금 영일만 지역에서 거래되는 과메기는 사실 청어가 아니라 꽁치로 만든 것이 대부분이다.

었는데, 나뭇가지에 고기 한 마리가 눈이 꿰어 죽어 있었다. 이것을 찢어 먹었더니 너무나 맛이 좋았다. 과거를 보고 내려온 그 선비는 집에서 겨울마다 생선 중 청어나 꽁치를 그 방법대로 말려 먹었다.

『소천소지』는 1910년대(아마도 1918년)에 발간된 유머집이다. 이 글은 최소한 1910년대 이전부터 꽁치를 과메기로 만들고 있었다는 것을 증명하고 있다. 꽁치과메기도 청어과메기에 못지않은 역사와 전통을 가지고 있었던 것이다.

혹시 이청이 말한 관목청도 꽁치를 가리킨 것이 아닐까? 서유구가 꽁치에 대해 언급한 바 있지만 다른 문헌에서는 좀처럼 이 물고기에 대한 기록을 찾아보기 힘들다. 아마도 예전에는 꽁치의 어획량이 지금처럼 많지 않았던 모양이다.* 또한 꽁치는 청어와 마찬가지로 찬물을 좋아하는 물고기다. 꽁치가 동해에서 많이 잡히는 것도 이 때문이다. 이런 상황들은 관목청 항목에서 "영남 바다에서 잡히는 놈이 가장 드물고 귀하다"라고 한 이청의 말과 잘 들어맞는다. 관목청의 모습이 청어와 같다고 말한 점이 의심스럽지만, 드물게 잡히는 데다 똑같이 과메기로 만들어졌던 탓에 이청이 혼동했을 가능성도 충분하다고 생각된다.

과거와는 달리 근래에 들어서면서부터 꽁치는 대중적인 인기를 누리기 시작했다. 회를 치고 굽고 조리고 말리는 등 다양한 방법으로 손쉽게 요리할 수 있는 데다 맛까지 뛰어나 꽁치는 밥반찬의 대명사 격으로까지 여겨

* 실제로 1940년대에 이르기까지 꽁치의 어획량은 그다지 많지 않았던 것으로 알려져 있다.

졌다. 참치가 인기를 끌기 전에는 통조림하면 꽁치가 떠오를 만큼 꽁치통조림도 유명했다. 위에서 언급했다시피 과메기로도 이미 청어를 능가한 지 오래다.

오늘날 꽁치는 대부분 유자망으로 어획된다. 지나가는 물고기를 그물 사이에 끼게 하여 잡는 방식이다. 그런데 울릉도나 구룡포를 중심으로 한 동해안 지방에서는 손꽁치잡이라는 특이한 어법이 전해온다. 어부들은 꽁치가 산란기를 맞으면 밤에 배를 타고 바다로 나간다. 그리고 주먹만 한 구멍을 두어 개씩 뚫어놓은 헌 가마니에 해조류를 주렁주렁 매달아 물에 띄워놓는다. 얼마간 기다리면 꽁치 떼가 모여들게 된다. 꽁치는 해조류에 알을 낳는 습성이 있기 때문이다. 꽁치 떼가 모여들기 시작하면 가마니 구멍으로 손을 넣어 꽁치를 잡아내기만 하면 된다. 이렇게 잡은 꽁치는 상처나 스트레스를 받지 않으므로 신선도가 높아 최고의 횟감으로 평가받는다.

묵을충과 우동필

나머지 두 종의 청어는 동정同定하기가 매우 어렵다. 도감이나 방언 조사를 통해서도 정확히 어떤 종인지 판명할 수 없었다.

[식청食鯖 속명 묵을충墨乙蟲]

묵을이란 말은 먹는다는 뜻이다. 묵을충은 산란해야 할 것을 알지 못하고 단지 먹을 것만을 구한다고 해서 붙여진 이름이다. 눈이 약간 크고 몸은 다소 길다. 음력 4~5월경에 잡는데, 배 안에 알이 없다.

정약전의 말에 의하면 식청은 산란도 잊은 채 먹는 것에만 열중하는 청어다. 속명이 묵을충이라면 당시에는 '묵을충이', '묵을칭이' 정도로 불렸을 것이다. 박도순 씨는 이 이름들이 전라도 방언으로 식충이를 뜻한다고 했다.

물론 많이 먹는다는 뜻에서 묵을충이라는 이름을 얻었을 수도 있겠지만 또 다른 가능성도 있다. 묵얼목, 물을목, 묵은모챙이는 2년생 숭어의 방언이다. 묵은어나 묵은은어는 '묵은 은어'라는 뜻으로, 지난해 산란을 하지 못하고 해를 넘겨 월동한 은어를 말한다. 은어는 한해살이 물고기이지만 그중에는 간혹 산란에 참여하지 않고 이듬해나 그 다음해까지도 살아남는 개체들이 있다.

이러한 예는 몇몇 일년생 어류들에서 종종 찾아볼 수 있는데, 묵을충도 이런 놈들일 가능성이 있다. 먹을 것만 구한다는 것을 말 그대로 믿기는 힘들다. 그렇다면 산란해야 할 때인데도 뱃속에 알이 없는 것을 중요한 일은 하지 않고 먹을 것만 밝힌다고 빗대어 표현한 것은 아닐까? 이러한 추측이 들어맞는다면 묵을충은 다른 청어와 같은 종으로 봐야 할 것이다.

[가청假鯖 속명 우동필禹東筆]

몸은 약간 둥글고 살이 쪄 있다. 맛이 약간 시큼하지만 청어보다는 달고 진하다. 청어와 같은 시기에 그물로 잡는다.

가청이라는 것도 진짜 청어인지 아니면 비슷한 다른 어종인지 판단하기 힘들다. 다만 박판균 씨의 말에 의하면 가청으로 불릴 만한 종이 흑산 근해에서 나고 있다는 사실만은 분명해보인다.

"청어에는 두 종류가 있어요. 참청어하고 개청어. 약간 다르게 생겼는데 개청어는 통통하고 배가 좀더 큰 느낌이지라. 흑산도에서 잡히는 건 다 개

청어여. 얼릉 봐서는 몰라."

통통한 몸집, 커다란 배. 이전에 『현산어보』를 접한 적이 없다는 점을 고려해볼 때 박판균 씨의 말은 정약전의 설명과 놀라울 만큼 일치하고 있다.

가을 전어 머리에는 깨가 서말

'가을 전어 머리에는 깨가 서말이다' 라는 말이 있다. 전어는 때에 따라 맛 차이가 많이 나는 생선이다. 산란기인 봄에서 여름까지는 맛이 없지만 가을이 되면 체내에 지방질이 차면서 맛이 매우 좋아진다.

남부 지방에서 전어는 가장 인기 있는 횟감이다. 맛이 약간 비리고 잔가시가 많아 처음 먹는 사람에게는 구미가 당기지 않을 수도 있다. 그러나 가을 바다에서 갓 잡아올린 전어를 비늘만 벗겨낸 채 잘게 썰어 잔뼈와 함께 오랫동안 씹다 보면 특유의 고소한 맛이 깊게 우러나 전어를 깨에 비유한 말에 고개를 끄덕이게 된다. 전어는 구워 먹어도 맛이 좋다. '전어 굽는 냄새에 집 나가던 며느리가 돌아온다' 라는 말은 전어구이의 구수한 맛과 향을 찬미한 것이다. 전어를 굽다보면 이 물고기가 기름이 많은 생선임을 알게 된다. 지글거리는 소리도 미각을 자극한다. 전어의 기름은 불포화지방산이어서 성인병을 예방하는 효과가 있고, 한방에서는 전어에 이뇨와 보위 정장의 효과가 있다고 말한다. 전어밤젓도 유명하다. 전어의 위는 모래주머니 모양을 하고 있는데 이것을 '밤'이라고 부른다.* 이 밤을 따내어 담은 것을 전어밤젓이라고 하는데 씹는 맛이 독특한 데다 담백한 맛이 좋아 인기가 높다.

박도순 씨는 전어가 늦가을 낭장망에 가끔 잡히며, 회로 먹기는 하지만 그리 인기 있는 어종은 아니라고 했다. 조달연 씨도 "전어가 여기는 귀해요"라며 같은 말을 반복한다. 정약전의 말을 들어보면 옛날에도 상황은 마찬가지였던 것 같다.

[전어箭魚 속명을 그대로 따름]

큰 놈은 한 자 정도이다. 몸이 높고 좁으며 검푸른색을 띠고 있다. 기름이 많으며, 달콤하고 깊은 맛이 난다. 흑산에도 간혹 나타나지만 맛이 육지 가까운 데 것만은 못하다.

전어는 청어과에 속하는 물고기다. 몸길이 15~30센티미터 정도에 옆으로 납작한 모양이다. 등지느러미 끝 부분에 지느러미줄기 한 가닥이 실처럼 길게 늘어져 있다. 몸빛깔은 등 쪽이 청색, 배 쪽은 은백색이다. 꼬리지느러미는 누렇고, 몸 옆면 위쪽의 각 비늘 중앙에는 1개씩의 검은 점이 띠처럼 배열되어 있다. 가슴지느러미 부분에는 뚜렷한 검은 반점이 하나 있다. 연안에서 헤엄쳐 다니고 있는 전어를 보면 물 위에서도 이 점을 뚜렷이 볼 수 있다.

전어에 대한 옛 기록은 비교적 많이 남아 있는 편이다. 『세종실록지리지』

※ 숭어와 전어처럼 뻘을 먹는 물고기들은 위가 닭의 모래주머니처럼 변형되어 있다.

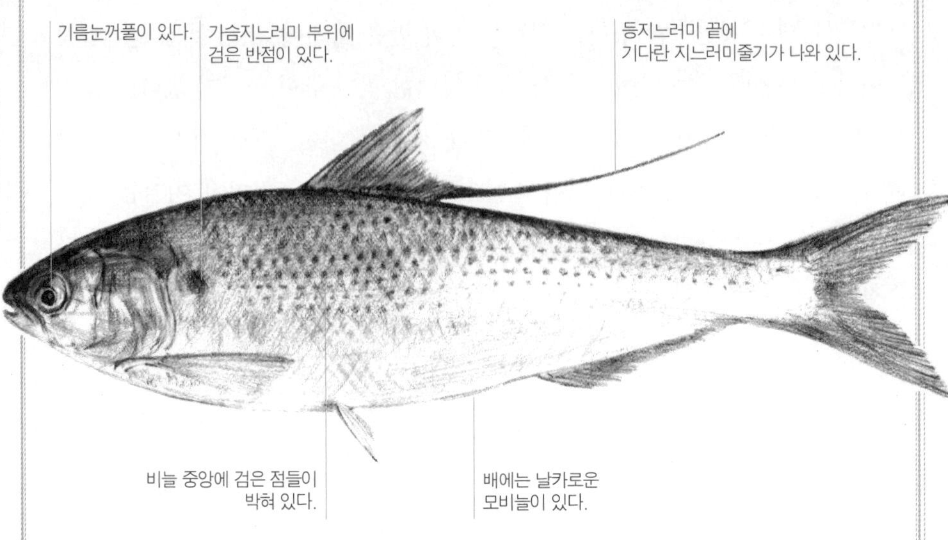
기름눈꺼풀이 있다.
가슴지느러미 부위에 검은 반점이 있다.
등지느러미 끝에 기다란 지느러미줄기가 나와 있다.
비늘 중앙에 검은 점들이 박혀 있다.
배에는 날카로운 모비늘이 있다.

에는 충청도, 『신증동국여지승람』에는 충청도, 경상도, 전라도 및 함경도에서 나는 것으로 기록되어 있으며, 영조 때에 편찬된 『읍지』들에도 전어가 황해도를 제외한 전 도에서 산출된다고 나와 있다. 서유구는 『난호어목지』에서 전어의 특징과 이름의 유래를 다음과 같이 밝히고 있다.

> 서남해에서 난다. 몸이 납작하고 배와 등이 불룩하게 튀어나온 것이 붕어를 닮았다. 비늘은 푸른색이다. 가느다란 털이 등에서 나와 꼬리에 이르기까지 길게 늘어져 있다. 해마다 입하 전후에 물가에 와서 진흙을 먹는데, 어부들은 그물을 쳐서 이를 잡는다. 살에는 잔가시가 있지만 부드

◉ 전어 *Konosirus punctatus* (Temminck et Schlegel)

럽고 약해서 씹는 데 장애가 되지 않는다. 살이 통통하고 기름져서 맛이 좋다. 상인들은 절여서 서울에 팔아넘기는데 귀천에 관계없이 모든 사람들이 진기하게 여긴다. 맛이 좋아서 사고자 하는 사람은 누구나 돈을 따지지 않으므로 전어錢魚라고 한다.

서유구는 입하를 전후해서 전어가 몰려올 때 그물을 쳐서 잡는다고 했다. 입하면 양력으로 5월 5일 전후가 된다. 전어는 일반적으로 여름 동안에는 먼바다에 머물다가 가을부터 이듬해 봄에 걸쳐 얕은 바다로 몰려든다. 떼를 지어 몰려든 전어들은 3~6월경에 산란을 하는데, 이때가 바로 입하를 전후한 시점이 된다. 옛날 사람들은 산란기에 몰려든 전어를 잡았던 것이다. 이는 요즘의 전어잡이가 전어맛이 가장 좋아지는 가을철에 이루어진다는 사실과 차이를 보인다. 1903년에 간행된 『한해통어지침』에서는 전어가 우리 나라 연해에 널리 분포하는데 상당히 많이 잡히며 가덕도, 거제도, 진해, 고성 연해에서도 어장魚帳*과 대부망에 적지 않게 혼획된다고 기록했다. 이로써 전어잡이 어업이 조선 말에 이르기까지 꾸준히 유지되어왔다는 사실을 알 수 있다. 지금도 전어는 우리 나라 연안 어업을 대표하는 어종 중의 하나이다.

전어라는 이름은 여러 종류의 한자로 표기된다. 『전한』에서는 錢魚, 全魚, 剪魚로, 『난호어목지』와 『전어지』에서는 錢魚로, 『현산어보』에서는 箭魚라고 나와 있다. 한 가지 음에 다양한 한자가 사용된 것으로 보아 전어라는 이름

* 우리 나라의 재래식 정치망.

은 우리 나라에서 만들어졌을 가능성이 높다. 서유구는 "그 맛이 좋아 사는 사람이 돈을 생각하지 않기 때문에 전어라고 한다"라고 하여 전어라는 이름의 유래를 설명했지만 이것은 민간 어원설적인 느낌이 강하다. 오히려 아가미 부근의 무늬 때문에 전어錢魚라는 이름이 붙여졌을 가능성이 크다고 생각된다. 예로부터 둥글고 까만 점을 돈 무늬라고 표현했다. 돈 모양으로 둥글게 썰어 말린 호박고지를 돈고지라 하고, 동전 무늬를 가진 말이나 표범을 각각 돈점박이, 돈범으로 부르는 것을 보면 전어를 돈고기라고 부르는 것도 그리 어색하지 않다. 또 다른 추측도 가능하다. 전어는 살치를 한자로 옮겨놓은 말일지도 모른다. 전어箭魚에서 '전箭'은 '살'로 풀이된다. 실제로 납작하고 유선형으로 생긴 전어의 몸꼴은 화살촉을 떠올리게 하는 점이 있다. 『난호어목지』에서는 살치라는 물고기에 대해 다음과 같이 설명하고 있다.

> 매년 여름 큰 비로 물이 불어 넘치면 물 밑으로부터 무리를 이루어 올라오는데, 시위를 떠난 화살처럼 매우 급히 내닫기 때문에 화살과 같이 빠른 물고기라는 뜻에서 전어箭魚라고 부른다.

역시 물고기의 몸꼴을 화살에 비유하고 있다. 비슷한 몸꼴을 가진 준치 역시 전어箭魚라고 불린다는 점도 의미심장한 사례이다.

신랑보다 좋은 갈치 뱃살

못 가겠네 못 가겠네
놋잎 같은 갈치 뱃살 두고
나는 시집 못 가겠네

섬 지방 처녀들이 명절 때 부르던 강강수월래 매김 소리 중의 한 부분이다. 처녀가 시집이라는 중대사를 앞두고 가장 생각난다고 말할 만큼 갈치 뱃살은 기름지고 맛이 있다. 갈치의 참맛이 가운데 토막이라고 하는 것도 이 때문이다. '위도 큰애기 갈치 꼴랑지 못 잊어 섬을 못 떠난다' 라는 말이 있듯이 꼬리는 꼬리대로 살이 투실투실하여 맛이 있다. 갈치는 이처럼 우리 선조들의 식단에서 큰 인기를 누려왔던 생선이다.

어린 시절, 기억 속의 밥상 위에도 항상 갈치가 있었다. 시골 할머니댁에 들를 때면 언제나 갈치 몇 마리를 사들고 갔다. 당연히 저녁 밥상에는 갈치구이가 올랐다. 가장 맛 좋은 부분은 증조할머니 몫이었지만 항상 할머니는 뼈를 잘 발라낸 살코기를 손자들의 숟가락 위에 올려주시곤 했다. 그런데 200년 전의 흑산도에서도 갈치를 잡아먹고 있었던 모양이다. 정약전은 갈치를 띠를 닮은 물고기, 즉 '군대어'라는 이름으로 기록하고 있다.

[군대어裙帶魚 속명 갈치어葛峙魚]

모양은 긴 칼과 같다. 큰 놈은 8~9자에 이른다. 입에는 단단한 이빨이 빽빽하게 늘어서 있는데, 물리면 독이 있다. 맛은 달다. 침어의 종류이지만 몸이 약간 납작하다.

군대어는 몸이 길쭉한 띠처럼 생겼다고 해서 붙여진 이름이다. 정약전은 군대어의 속명을 '갈치'라고 밝혔다. 칼의 옛말이 갈이니 갈치는 결국 칼과 닮은 물고기란 뜻이 된다. 띠든 칼이든, 길고 넓적한 모양은 매한가지다. 서유구는 『난호어목지』에서 "꼬리가 가늘고 길어 칡의 넌출과 같으므로 갈치葛侈라고 한다"라고 갈치라는 이름의 유래를 설명했다. 그러나 '갈'은 칡보다는 역시 칼의 음을 옮긴 것으로 보는 것이 옳을 듯하다.

갈치는 농어목 갈치과의 바닷물고기다. 얼핏 보면 농어와 갈치는 전혀 다른 종류 같지만, 머리만 놓고 보면 갈치가 고등어나 농어와 친척 간이란 것을 쉽게 짐작할 수 있다. 그러나 정약전은 갈치를 학공치의 일종으로 보고 있다. 얇고 길쭉한 몸꼴 때문이었을 것이다. 갈치는 뱀장어나 가자미처럼 자라면서 몸의 형태가 변하는 물고기다. 막 깨어난 새끼는 보통 물고기와 비슷하며, 몸도 띠 모양이 아니지만 자라남에 따라 점점 꼬리가 길어져 어

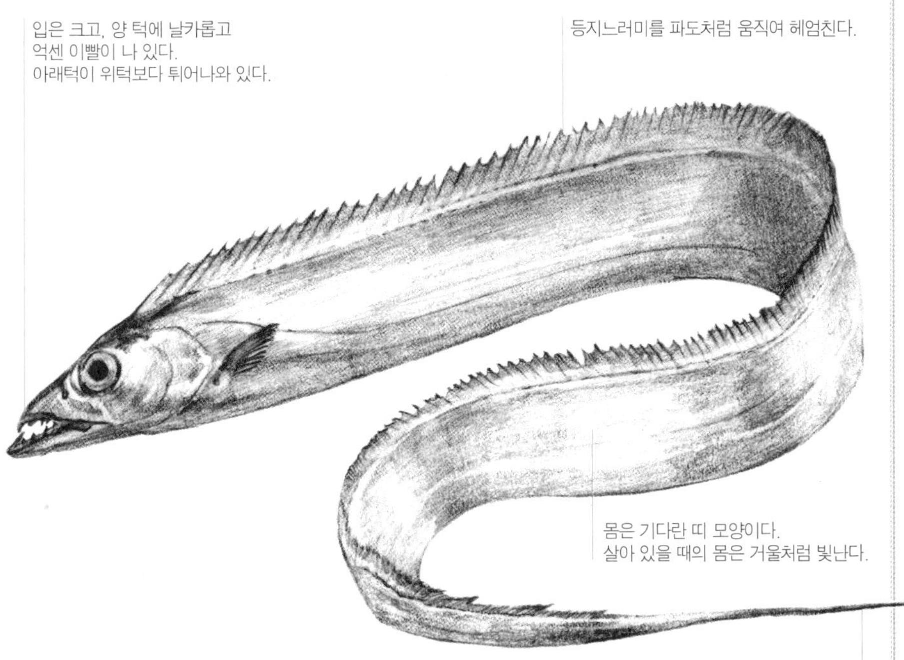
입은 크고, 양 턱에 날카롭고
억센 이빨이 나 있다.
아래턱이 위턱보다 튀어나와 있다.
등지느러미를 파도처럼 움직여 헤엄친다.
몸은 기다란 띠 모양이다.
살아 있을 때의 몸은 거울처럼 빛난다.
꼬리 끝이 실처럼 늘어져 있다.

미와 같은 모양으로 변해간다. 정약전은 갈치의 큰 놈이 8~9자에 달한다고 밝혔다. 8~9자라면 160~180센티미터에 해당한다. 실제로 갈치는 꽤 크게 성장하는 물고기로 1.5미터 이상 되는 개체도 가끔 잡힌다.

갈치는 민어처럼 잔칫상이나 제상 같은 공식적인 자리에는 오르지 못했다. 비늘이 없고, 길쭉하니 뱀처럼 생긴 생김새 때문이었다. 그러나 일상에서는 '민어탕보다 먼저 생각나는 것이 갈치 백반'이라는 말이 있을 정도로

◉ **갈치** *Trichiurus lepturus* Linnaeus

인기 있는 먹을거리였다. 『한국수산지』에는 모심기를 할 때 갈치가 가장 많이 소비되었다는 기록이 나온다. 실제로 시골에서 모심기나 벼베기 등의 큰 행사가 있으면 어김없이 갈치가 주요 메뉴로 등장했다. 여기에다 갈치창자젓과 막걸리 한 사발을 곁들이면 최고의 논두렁 식사가 되었다.

지금까지도 식을 줄 모르는 갈치의 인기 비결은 역시 뛰어난 맛에 있다. 잔뼈가 많아서 먹기에 다소 불편한 점이 있지만, 비리지 않고 담백한 갈치의 맛은 뼈를 발라내는 수고를 능히 보상하고도 남는다. 박도순 씨도 갈치의 맛에 대해 칭찬을 아끼지 않았다.

"싱싱하게 낚아올린 생갈치 회 떠 먹으면 기가 막히제. 굵은 산소금. 그러니께 빻지 않은 소금 발라 구워 먹어도 좋고. 말렸다가 소금에 절여 먹기도 하지라. 큰 놈은 갈치라 그라고 작은 것은 풀치라 그라는데, 이 풀치를 호박에 넣어서 먹거나 구워 먹어도 좋아요."

박도순 씨의 말처럼 갈치 새끼도 좋은 먹을거리가 된다. 남해안 여러 지역에서는 여름에 잡힌 갈치 새끼를 풀치라고 해서 풋호박과 같이 지져 먹으며, 경상도에서는 국을 끓여 먹는다. 나도 언젠가 풀치국을 먹어 본 적이 있다. 풀치를 으깨고 거른 다음 초피 가루를 넣어 추어탕과 비슷하게 만들어 놓은 것이었는데, 그 시원한 국물 맛은 지금도 잊혀지지 않는다.

돈을 아끼려면 절인 갈치를 사 먹으라는 말이 있다. 갈치는 맛과 영양이 뛰어나면서도 값이 싸서 가난한 서민들에게 더없이 훌륭한 단백질원이 되었다. 그러나 갈치가 대중적인 인기를 누려온 배경에는 더욱 중요한 이유가 숨어 있다. 생선에 소금을 뿌려두면 저장성이 좋아져 먼 곳까지 운반할 수 있게 된다. 갈치는 몸이 납작하고 살이 단단해서 특히 소금에 잘 절여지는 생선 중의 하나다. 고기가 귀한 내륙 지방으로의 운송이 가능하다는 것은 냉장 기술이 지금처럼 발달하지 못했던 시대에 큰 이점으로 작용했을 것이다. 갈치가 광범위한 인기를 누리게 된 것은 이 때문이었다. 지금도 교통이 불편한 시골 마을로 갈치를 한 트럭씩 싣고 와서 파는 상인들이 있다. 물 좋은 갈치가 왔다는 확성기 소리가 울려퍼지면 동네 사람들이 다 모여들어 갈치를 고른다.

은빛 물고기

"갈치는 해지기(해질 무렵), 날지기(날샐 무렵)에 잘 돼요. 달밤에도 잘 물고요. 제주도에서는 전기불 켜서 잡는다더만요."

8월부터 제주 앞바다에서는 갈치잡이가 시작된다. 갈치잡이 어선은 보통 해가 질 무렵 출어해서 이튿날 새벽에 돌아온다. 갈치 어장은 밤새도록 대낮같이 환한 조명을 밝히고 떠다니는 수백 척의 낚시 어선들로 장관을 이룬다. 갈치는 주로 채낚기 어법으로 잡는다. 채낚기 어선은 3~10톤 급으로 대여섯 명이 승선하는데, 이물에서 고물까지 예닐곱 개의 낚싯대를 드리우고 낙하산처럼 생긴, 질긴 천으로 만든 물빵을 뱃머리에서 조류 역방향으로 던져 배의 이동을 제어하면서 갈치를 낚아올린다. 낚싯대는 10여 미터 정도의 대나무를 다듬어 만든 것으로 한 대당 12~15개 정도의 바늘이 달려 있다. 꽁치, 전갱이, 정어리 따위를 미끼로 쓰는데, 막 잡아올린 갈치 꼬리를 미끼로 쓰면 입질이 더 잦아진다고 한다.

"멸치 잡을 때 불 켜놓고 있으면 갈치가 서 있는 게 보여요."

어선에 불을 밝히면 갈치가 물 위로 올라오는 모습이 보인다. 그런데 그 모습이 희한하기 짝이 없다. 머리를 위로 하고 몸을 꼿꼿이 세워서 헤엄치는 것이다. 평소 이동할 때나 먹이를 잡을 때, 심지어 잠을 잘 때에도 이런 자세를 유지한다. 갈치는 꼬리지느러미가 없고 그 끝이 실같이 가늘어 물을 차고 앞으로 전진할 힘이 없다. 그래서 꼬리지느러미 대신 꼬리까지 뻗어 있는 등지느러미를 파동치듯 움직여 헤엄을 친다. 특별한 기록을 남기지는 않았지만, 이미 집어등을 이용한 어업이 활발하던 시대에 살았던 정약전도 이런 사실을 알고 있지 않았을까?

시장에서 보는 갈치는 색깔이 바래어 다소 지저분한 모습을 하고 있다. 대개 이런 갈치를 먹갈치라고 부르는데, 서남해나 동중국해에서 그물로 잡은 것들이며, 잡는 와중에 여기저기 상처를 입어 검은 색깔을 띤다고 해서 이런 이름이 붙여진 것이다.* 하지만 살아 있을 때의 갈치는 전혀 다른 물고기로 보일 만큼 아름다운 모습을 자랑한다. 금속 광택을 뿜어내는 은빛 몸체와 파도처럼 물결치는 지느러미는 갈치를 이 세상의 동물이 아닌 것처럼 보이게 한다.

갈치의 은빛은 구아닌(guanine)에서 유래한 것이다. 구아닌은 핵산의 일종이며, 사람의 유전 물질인 DNA의 재료가 되는 물질이다. 그런데 구아닌의 화려한 색깔 이면에는 한 가지 위험 요소가 숨어 있다. 구아닌에는 약간의 독성이 있기 때문이다. 낚시로 낚아올린 싱싱한 은빛 갈치는 일급의 생선회가 된다. 그러나 이때 구아닌을 제대로 제거하지 않고 먹으면 복통과

* 자갈치라는 이름의 물고기도 있다. 그러나 이 물고기는 등가시치과에 속하므로 갈치와는 거리가 멀다. 또 자갈치라고 하면 흔히 부산의 유명한 수산시장인 자갈치 시장을 떠올리는 경우가 많은데, 이때의 자갈치는 시장 앞 해변에 자갈이 많다고 해서 붙여진 이름으로 알려져 있다.

두드러기를 일으킬 수 있으므로 주의해야 한다.

어떤 사람들은 구아닌의 독성보다도 화려한 색채에 주목했다. 갈치의 구아닌을 이용해서 가짜 진주를 만드는 방법을 개발해낸 것이다. 대칼로 갈치 비늘을 긁어모은 다음 유기용매에 녹여 진주정眞珠精을 만들고 플라스틱 구슬 표면에 이를 바르면 진주와 비슷한 외괘진주가 된다. 여기에 다시 염화비스무스 등을 바르면 진짜와 구별하기 힘들 만큼 비슷한 인공 진주가 만들어진다. 갈치로부터 뽑아낸 진주정은 매니큐어나 각종 장식품 소재로도 많이 이용된다.

갈치 뱃속에서 나온 이빨

육식성 물고기답게 갈치의 이빨은 매우 잘 발달해 있다. 예리한 이빨로 낚싯줄을 끊어버리는 일도 자주 일어난다. 어부들은 갈치 이빨에 스치기만 해도 상처를 입고 피가 잘 멎지 않는다고 해서 갈치를 다룰 때는 물리지 않게 특별히 조심한다. 갈치는 이처럼 날카로운 이빨로 정어리, 전어, 눈퉁멸, 오징어, 새우류 등을 닥치는 대로 잡아먹는 왕성한 식성의 소유자다. 때문에 전갱이, 고등어, 정어리 등의 생 미끼뿐만 아니라 전혀 먹음직스럽게 보이지 않는 인조 미끼에도 잘 낚여 올라온다.

"갈치 잘 잽혀요. 인조 잇갑으로 잡는데 하얀 닭털을 물지라. 잇갑이 부족하면 갈치 꼬리를 잘라 써요. 갈치는 제 꼬리를 잘라먹거든. 낚시할 때 갈치가 걸려 있으면 다른 놈이 꼬리를 잘라먹어요."

『전어지』에도 비슷한 내용이 나온다.

> 모양이 칼집에 든 칼처럼 좁고 길며, 큰 놈은 사람 키로 한 길이나 된다.

비늘은 없다. 몸빛깔은 청흑색이며 머리는 둥글고 입에는 개 이빨과 같은 날카로운 이빨이 나 있다. 아랫니와 윗니가 서로 잘 맞아 무엇이든 잘 물고, 먹이가 입 근처에 있으면 순식간에 달려들어 잡아먹는데, 번번이 놓치지 않고 잘 잡아먹는다. 배가 고프면 왕왕 제 꼬리를 잘라 먹는다.

게걸스런 식성 때문인지 갈치에 대해 별로 호의적이지 않은 소문이 떠돌기도 한다. 사람이 물에 빠지면 제일 먼저 달려드는 것이 갈치라느니, 갈치를 먹다가 사람 이빨을 씹었다느니 하는 따위의 이야기들이 그것이다. 사실 갈치를 요리할 때에는 내장을 완전히 제거하므로 이빨을 씹을 일은 전혀 없다. 갈치가 사람을 잡아먹었다고 하더라도 이빨은 내장 속에 들어 있을 것이기 때문이다. 그런데 실제로 갈치살을 발라 먹다 보면 주로 등뼈 아래쪽이나 배 쪽에서 사람의 이빨같이 생긴 것이 나올 때가 있다. 이 때문에 사람을 잡아먹는다는 이야기가 나오게 된 것 같다. 이런 덩어리는 주로 다 자란 갈치의 몸속에서 발견되는데, 비정상적으로 발달한 일종의 뼈 덩어리라고 할 수 있다. 앞으로 갈치를 먹다가 사람 이빨 같은 것을 발견하더라도 그리 놀라거나 걱정할 필요는 없을 것 같다.

한밤중의 복성재

사리의 밤하늘

밤바람을 쐬고 싶어 조용히 밖으로 나왔다. 손전등이 있었지만 켜지는 않았다. 손전등의 둥근 빛은 시야를 한정시키기 때문이다. 밤은 생각보다 어둡지 않다. 가만히 어둠 속에 서 있다 보면 주변의 풍경이 서서히 떠오른다. 감각은 더욱 예민해지고 머릿속이 텅 빈 듯 맑아온다. 나는 그런 감각을 즐긴다. 마을 사람들은 이미 잠자리에 들었고 세찬 파도 소리가 그 정적을 메우고 있었다. 복성재 쪽을 올려다보았다. 건물 주변에는 나트륨등이 몇 개 서 있었다. 노란 불빛 속에 오래된 필름 속의 풍경처럼 복성재 초가 지붕이 떠올랐다. 머나먼 유배의 섬, 외로운 정경, 정약전의 쓸쓸한 상념들이 가슴에 와닿는 듯하다. 문득 복성재에 올라가 보고 싶어졌다.

파도 소리가 사라지고 나자 온통 무거운 정적뿐이었다. 그 흔한 소쩍새며 쏙독새 소리도 들리지 않는다. 어두운 밤, 잠을 못 이룰 때면 정약전도 방문을 열고 나와 마당을 서성였을 것이다. 한없이 거닐다 그리움에 목이 메이면 밤하늘을 올려다보았을 것이다. 어둠과 외로움은 하늘을 내려앉힌다. 복성재 앞마당에서 바라다본 밤하늘은 한껏 가라앉아 있었다.

하늘을 올려다본 지 얼마였던가. 정약전은 하늘을 살펴 금계金鷄를 찾으려 했을 것이다. 금계는 하늘에 살고 있다는 전설상의 새다. 중국 남쪽의 도도산桃都山 꼭대기에는 가지와 가지 사이가 삼천 리나 떨어져 있는 도도桃都나무가 있다고 전해온다. 이 나무 위에 사는 새가 금계다. 금계가 울면 세상 모든 닭이 따라 울어 날이 샜음을 알린다. 밤하늘로 날아오른 금계는 별자리가 되었다. 옛사람들에게는 금계가 움직이면 반드시 사면령이 내린다는 이야기가 퍼져 있었다. 실제로 그 덕을 보았던 사람이 있다. 정약용은 해미로 귀양간 지 열흘 만에 특별히 사면의 교지를 받고 다음과 같은 시를 지었다.

> 탱자꽃 성 마을에 대궐 꿈을 꾸던 중
> 천상 금계 움직여 금방 사면이 되었네
> 이웃집서 보내온 병술 아직 남았는데
> 보따리엔 객창의 시 지은 게 전혀 없네

그러나 정약전과 정약용 형제를 보살피던 정조는 이미 이 세상 사람이 아니었고 사면을 알리는 교지는 끝내 오지 않았다.

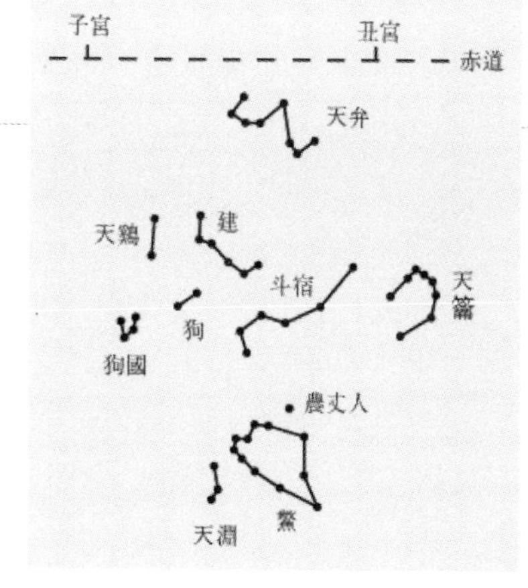

◉ **금계자리** 금계는 천계天鷄라고도 불렸으며 남두육성(궁수자리) 부근에 놓여 있다.

하늘을 살펴 지상을 다스리다

옛사람들은 하늘의 상태가 지상의 일과 밀접한 관계를 맺고 있다고 믿었다. 하늘의 변화는 지상에 천재지변 같은 재앙과 변화를 일으키고, 사람들은 하늘을 살핌으로써 장차 지상에 일어날 조짐을 미리 알아낼 수 있다고 생각했다. 하늘과 인간 세상이 자연 현상을 통해 밀접한 관계를 맺게 된 것이다. 그래서인지 천문학은 동서양을 막론하고 가장 먼저 발달하고 가장 많은 관심을 받은 분야 중의 하나였다.

이러한 생각이 전혀 허황된 것만은 아니다. 실제로 천체는 인간 세계에 직간접적으로 관여하기 때문이다. 태양의 고도에 따라 계절이 변화하고 달의 위치에 따라 밀물과 썰물이 생겨난다. 고대 이집트의 신관들은 시리우스가 언제 떠오를지에 지대한 관심을 보였다. 일 년 중 시리우스가 태양과 함께 떠오를 때면 언제나 나일강이 범람했다. 하늘의 변화는 지상의 변화에 대한 거울이었다. 생물도 이 같은 변화에 적극적으로 반응한다. 날씨에 따라 꽃이 피고 곤충이 나온다. 일정한 시기가 되면 벼가 익고 철새가 날아오며 물고기가 강물을 거슬러오른다. 이러한 자연 변화를 미리 예측할 수 있다면 미래를 대비할 수 있을 것이다. 사람들은 천문 현상에 관심을 기울이지 않을 수 없었다. 천체의 움직임을 관찰하여 계절과 시간을 알아내고, 이렇게 알아낸 시간에 맞추어 농사를 짓고 물고기잡이에 나섰다.

하늘은 점점 큰 힘을 얻어갔다. 중국인들은 하늘을 여러 부분으로 나누어 자기 나라의 지리와 대비시켰다. 하늘의 분야分野에 변화가 생기면 그 결과가 상응하는 땅에 미친다고 생각했다. 하늘의 모습을 흉내내고자 하는 중국인들의 관념은 이에 그치지 않았다. 궁성을 지을 때도 하늘을 모방하려 했다. 궁궐과 성벽을 별자리의 모양을 본떠서 만들었고 별자리와 같은 이름을 지어 붙였다. 거울, 와당, 벽돌, 오락 기구 등의 일상 용품에도 빈번하게 천상의 모습을 그려넣었다. 이제 하늘을 살피는 일은 국가적인 대사가 되었다.

하늘의 상태와 변화를 살피는 것을 천문이라고 한다면, 이를 수학적으로 계산하여, 시간과 날짜를 구분하고 새로운 천체 변화를 예상해내는 법도를 역법이라고 부른다. 역법은 옛사람들이 천문에 못지않게 큰 관심을 기울이던 분야였다.

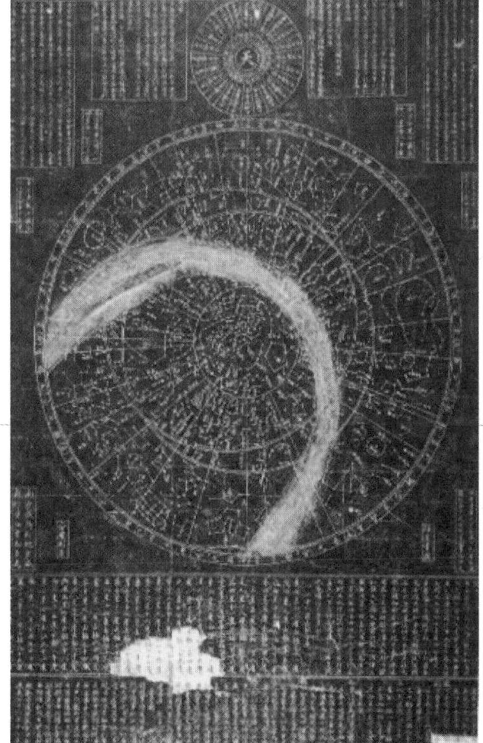

◉ **천상열차분야지도** 중국인들은 하늘을 여러 부분으로 나누어 자기 나라의 지리와 대비시켰다. 하늘의 분야에 변화가 생기면 그 결과가 상응하는 땅에 미친다고 생각했다.

백성들에게 정확한 달력과 시간을 알려주는 것은 왕조의 권위를 높이는 길인 동시에 반드시 수행해야 할 의무였다.

다행히 하늘은 자연계에서 가장 이해하기 쉬운 대상이었다. 마냥 복잡해 보이는 것 같지만, 가만히 생각해보면 하늘은 오히려 가장 단순화된 자연일 수 있다. 현대 과학으로도 정확한 예측이 불가능한 기상 현상, 다양한 동식물의 형태와 삶, 사람의 신체 구조, 질병, 물질의 변화에 비한다면 규칙성이 있는 천체는 훨씬 접근하기 쉬운 대상이다. 해와 달과 별은 늘 똑같은 방식으로 나타나고 이동하고 사라진다. 그 규칙을 파악해 앞으로 일어날 천체 현상을 파악하는 일은 과거의 학자들에게도 도전해볼 만한 과제였을 것이다.

우리 나라에서도 고대로부터 천체 관측이 행해져왔다. 신라 선덕여왕이 세운 첨성대가 그 대표적인 흔적이며, 조선의 세종대에 이르러서는 궁궐 안과 전국 각지에 천문 관측 시설을 설치하고 세계 최고 수준의 천문역산학을 이루어냈다. 당시 일식 예보가 15분 어긋났다고 해서 담당자가 곤장을 맞은 적도 있을 정도이니 그 수준을 짐작할 만하다. '간의'라는 천체 시계로는 태양이나 별의 움직임을 이용해서 10초 단위의 정밀한 시간을 측정해낼 수 있었다. 또한 일찍부터 전통적인 개천설, 혼천설과 같은 우주론을 받아들였고, 송나라의 신유학을 받아들여 새로운 천체 구조론도 주체적으로 수용하

◉ **첨성대와 혼천의를 보고 있는 세종대왕** 우리 나라에서도 고대로부터 천체 관측이 행해져왔다. 신라 선덕여왕이 세운 첨성대가 그 대표적인 흔적이며, 조선의 세종대에 이르러서는 궁궐 안과 전국 각지에 천문 관측 시설을 설치하고 세계 최고 수준의 천문역산학을 이루어냈다.

고 있었다.

세종대 천문학의 결정체는 칠정산이었다. 칠정산에는 서울을 중심으로 한 해와 달, 행성들의 움직임, 일식, 월식을 정밀하게 예측해낼 수 있는 기술이 담겨 있다. 당시 일식을 자기 기준에 맞추어 예측할 수 있는 나라는 전 세계에서 중국과 아랍, 그리고 우리 나라 정도밖에 없었다. 사실 우리 나라가 자체적인 역법을 갖추는 것은 불법적인 일이었다. 역법 계산은 중국의 황제만이 할 수 있었고, 사대 관계에 있던 조선은 중국에서 받아온 역법을 사용해야 했다. 따라서 칠정산은 엄밀히 말하면 중국에 대한 반역 행위나 마찬가지였다. 세종대왕이 서울을 기준으로 한 역법 체계를 완성한 것은 민족의 자주성을 과시하는 일이었고, 한글 창제와 더불어 절정에 이른 민족문화에 대한 자신감의 발로였다.

◉ **칠정산(외편과 내편)** 세종대 천문학의 결정체는 칠정산이었다. 칠정산에는 서울을 중심으로 한 해와 달, 행성들의 움직임, 일식, 월식을 정밀하게 예측해낼 수 있는 기술이 담겨 있다.

미신에서 과학으로

비록 역법이 눈부시게 발달했다고는 하지만 사람들의 마음을 더욱 크게 사로잡았던 것은 역시 일식과 월식, 혹은 유성이나 혜성의 출현과 같은 하늘의 특이한 변화였다. 이러한 천문 현상들은 지상에 여러 가지 문제를 일으키는 흉조로 인식되었기에 언제나 사람들의 이목을 집중시켰고, 이를 본 사람들은 너나 할 것 없이 근심과 불안에 빠져들었다. 우리 선조들도 예외는 아니었다. 『삼국사기』, 『고려사』에는 갖가지 천문 현상에 대한 기록들이 등장하며, 『조선왕조실록』의 경우는 하늘의 변화를 담은 세계 최대의 자료 중의 하나로 평가받을 만큼 다양한 천문 현상을 기록하고 있다.

정약용도 천문에 큰 관심을 기울였던 것 같다. 다음은 그가 정조에게 올린 글의 일부분이다.

> 어떤 별이 어떤 별자리에 걸린 것을 미루어보면 곧 바람과 비가 어느 방위에서 일어난다는 것을 알게 되는데, 이것은 『점도재占度載』에서 이른바

◉ **혜성의 출현** 여러 가지 천문 현상 중에서도 특히 혜성의 출현은 전란이나 역병, 천재지변 등의 심각한 재난을 예견하는 것이었다.

구름을 보고 길흉을 아는 구름점, 천기를 보고 길흉을 아는 천기점과는 사술과 정도의 구분이 판이합니다. 지금은 서운관의 모든 생도에게 역서를 자세하게 가르치고 익히게 해서 별이 운행하는 길을 살펴 장마와 가뭄에 미리 대비하도록 하는 것이 마땅합니다. 신이 이른바 별이 운행하는 길을 측정하여 천재에 대비해야 된다고 한 것이 이것입니다.

그러나 이는 자연적인 현상에 대한 이야기였다. 정약용은 천문과 인간의 관계에 대해서는 철저히 부정했다. 그 자신이 금계를 소재로 시를 쓴 일이 있지만 점성술을 믿었던 것은 아니었다.

술수학은 학문이 아니라 혹술이다. 한밤중에 일어나 하늘을 쳐다보고 뜰을 거닐면서 사람들에게 "형혹성이 심성의 분야를 침범하였다. 이는 간신이 임금의 권세를 끼고 나라를 도모할 조짐이다"라고 말하기도 하고, 또 "천랑성이 자미성을 범하였다. 내년에는 틀림없이 병란이 있을 것이다"라고 말하기도 한다.

정약전도 물론 동생과 같은 의견이었을 것이다. 더욱이 정약전은 수학과 역법에 대해 수준급의 지식을 쌓고 있었으며, 기하학을 바탕으로 한 새로운 천체론에 대해서도 선진적인 견해를 가지고 있던 학자였다. 다음은 정약전의 묘지명에 나오는 내용이다.

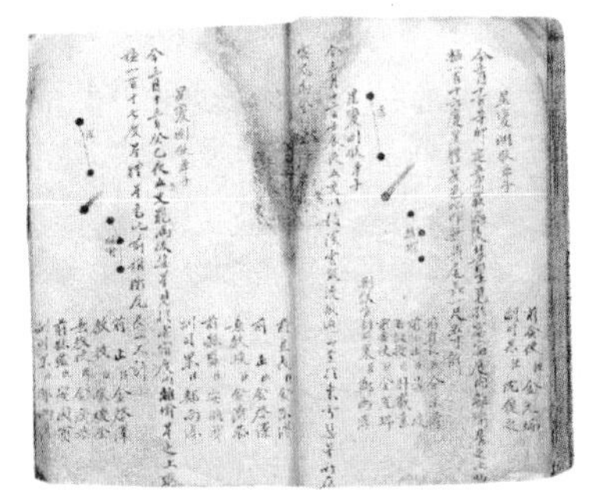

◉ **우리 나라에서 관측된 핼리혜성** 영조 35년(1759) 3월 11일과 12일의 혜성관측보고서. 1759년 회귀 때의 핼리혜성 관련 기록으로는 세계에서 가장 완벽한 것 중의 하나로 평가받고 있다.

계묘년(손암 26세, 1783) 가을에 경전의 뜻을 밝혀 진사가 되었으나 과거 공부에는 노력을 기울이지 않았으며 "대과는 나의 뜻이 아니다"라고 하였다. 일찍이 이벽과 어울리며 역수의 학문(역법)에 대하여 듣고 『기하원본』을 연구하여 정밀하고 오묘한 뜻을 파헤쳐냈다.

출세의 지름길인 과거까지 거부하며 역법과 기하학에 힘을 기울였다는 것이다. 정약전은 이벽 외에도 평소 교분이 깊었던 이가환으로부터 큰 영향을 받았던 것으로 보인다. 이가환은 당대 최고의 천문학자였다. 정약용은 이가환에 대해 다음과 같이 언급한 일이 있다.

평소에 역상의 책을 좋아해 일식과 월식, 오성*이 나타나고 사라지는 주기, 황도나 적도의 거리와 그 편차의 도수에 관해서 근본 원리를 통달했고, 아울러 지구의 위도, 경도에 대해서는 별도로 도설을 만들어 후배들에게 보여주곤 했다.

정약전은 책과 주변 학자들을 통해서 천문학과 수학에 대해 정밀한 지식을 쌓고 있었으며, 유배지에서도 하늘의 원리를 연구하는 일을 멈추지 않았다. 특히 정약용에게 보낸 편지에는 정약전의 관심사가 구시대적 천문보다는 서양의 새로운 천체 구조론에 더욱 쏠려 있었다는 사실이 잘 나타나 있다.

* 지구에서 가까운 5개의 행성. 즉, 금성, 목성, 수성, 화성, 토성을 말한다.

하늘이 도는 것인가, 땅이 도는 것인가

혜성이 처음에는 두병斗柄* 의 서쪽에 있다가 점점 동쪽으로 향하여 지금은 두병의 동쪽 5, 6도쯤에 있으니, 이는 지구가 도는 것을 보여주는 분명한 근거가 아니겠는가. 그렇지 않다면 화대火帶에 있는 혜성이 어찌 돌아가겠는가. 지구는 기대氣帶를 이끌고 돌아가며, 기대와 화대 사이에서 지구와 함께 움직이는 경계가 나누어진다네. 또한 화대도 조금씩 동쪽으로 돌아가니 지구로부터 열숙列宿** 에 이르기까지 모두 서쪽으로부터 동쪽으로 움직이지 않는 것이 없네. 옛글에서 말한 종동천이 어찌 헛소리가 아니겠는가.

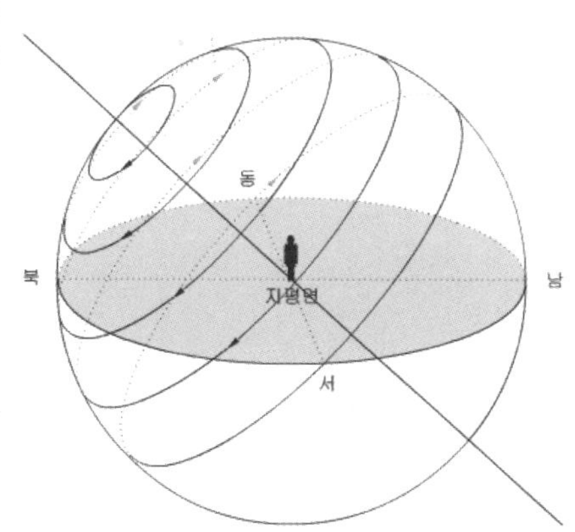

정약전의 편지 글에서 가장 관심을 끄는 내용은 지구의 자전을 언급

◉ **별의 일주운동** 한밤중에 북극성을 바라보고 있으면, 그 주위의 별들이 시계 반대 방향으로 돌아가고 있다는 사실을 깨닫게 된다. 옛사람들은 이를 보고 땅이 아니라 하늘이 돌아간다고 생각했다.

* 북두칠성의 국자 손잡이 부분.
** 별이 존재하는 마지막 층.

한 부분이다. 정약전은 혜성의 움직임을 통해 지구가 돈다는 사실을 증명하려 했다. 이는 지금의 관점으로 보면 유치한 수준이지만, 당시로서는 매우 합리적이고 독창적인 추론이었다.

한밤중에 북극성을 바라보고 있으면, 그 주위의 별들이 시계 반대 방향으로 돌아가고 있다는 사실을 깨닫게 된다. 옛사람들은 이를 보고 땅이 아니라 하늘이 돌아간다고 생각했다. 별을 주렁주렁 매단 하늘이 하루에 한 바퀴씩 돌아간다고 생각하면 정말로 그럴듯해 보인다. 이렇게 해서 지구를 중심으로 하늘이 돌아간다는 천동설이 생겨나게 되었다.

그런데 오랜 기간 계속해서 하늘을 관찰하면 이상한 점을 발견하게 된다. 태양, 달, 행성과 같은 천체가 하늘에 고정되어 있다면 별과 똑같은 방식으로 움직여야 할 텐데 실제로는 그렇지 않은 것이다. 매일 새벽 동쪽 하늘을 관찰하면 같은 시간에 보이는 별이 점점 위쪽으로 움직인다는 사실을 알 수 있다. 이것은 역으로 해석하면 태양이 별의 반대쪽으로 이동한다는 말이 된다. 달과 행성들의 움직임도 마찬가지다. 특히 행성들의 경우에는 때때로 이동 방향을 바꾸기조차 한다. 결국 사람들은 태양과 달과 행성들의 움직임을 별의 움직임과는 다른 것으로 설정할 수밖에 없었다.

일반 별들은 단단한 천구에 부착되어 시계 반대 방향으로 움직이지만, 태양과 달과 행성들은 이들과 다른 궤도를 따라 시계 방향으로 움직인다.

◉ **프톨레마이오스와 천동설** 여러 층의 천구가 지구를 중심으로 회전하고 있는 것을 묘사한 그림.

옛 동양의 천문학자들은 고심 끝에 위와 같은 결론을 내렸다. 그런데 이렇게 결론짓고 나면 또 하나의 문제가 발생한다. 긴 시간이 아니라 하루 단위의 움직임을 보자. 태양과 달과 행성은 동쪽에서 떠올라 서쪽으로 지므로 별과 같이 시계 반대 방향으로 움직인다고도 말할 수 있다. 도대체 어떻게 된 것일까? 학자들은 이러한 문제를 다음과 같이 멋진 비유를 들어 설명했다.

> 왼쪽으로 회전하는 맷돌 위에 반대로 오른쪽으로 가는 개미가 있다고 한다면, 맷돌의 회전이 개미의 걸음보다 빨라서 개미가 마치 왼쪽으로 도는 것처럼 보이게 될 것이다.

송대에 이르러 성리학이 발달하면서, 이러한 우주론은 다시 변화를 겪게 된다. 주희는 선배 학자들의 이론을 종합하여 새로운 우주론을 제창했다. 주희의 이론은 당시 서양의 우주론에 비해서도 꽤 선진적인 부분이 있었다. 즉, 우주는 눈에 보이지 않는 '기'로 가득 차 있으며, 천체란 것도 단단한 천구에 고정되어 있는 것이 아니라, 이 기 속에 떠 있는 것이라고 주장한 것이다. 현대의 우주론에 근접한 설명이다. 천체의 회전에 대해서도 새로운 주장을 펼쳤다. 하늘은 시계 반대 방향으로 돌고, 해와 달은 시계 방향으로 돈다는 설명을 배격하고, 모두 시계 반대 방향으로 돌 뿐이라고 주장한 것이다. 그리고 해와 달은 하늘에 비해 도는 속도가 느리기 때문에 다른 별과

◉ **맷돌의 비유** 왼쪽으로 회전하는 맷돌 위에 반대로 오른쪽으로 가는 개미가 있다고 한다면, 맷돌의 회전이 개미의 걸음보다 빨라서 개미가 마치 왼쪽으로 도는 것처럼 보이게 될 것이다.

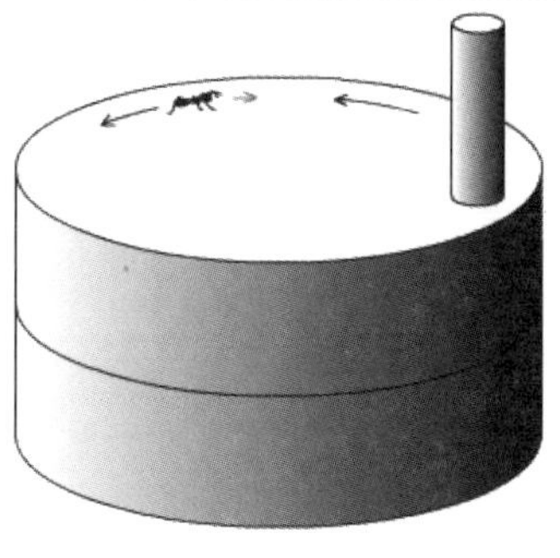

달리 시계 방향으로 도는 것처럼 보이는 것이라고 설명했다. 이후 주희의 우주론은 서양의 우주론이 들어오기 전까지 줄곧 정설로 받아들여졌다. 그러나 이러한 이론들은 왔다갔다 제멋대로 움직이는 행성들의 움직임에 대해서는 전혀 설명하지 못했다. 사실 동양에서는 행성들의 예외적인 움직임을 그리 심각하게 받아들이지 않았던 것 같다. 이들의 관심은 천체의 실제 움직임보다는 주로 날짜와 역법 계산에 치중되어 있었다.

서양에서도 지배적인 이론은 천동설이었다. 그리고 서양의 천문학자들 역시 동양에서와 마찬가지로 태양 · 달 · 행성과 같은 천체들이 별과 이동 방식이 다르다는 사실을 발견했다. 달은 1개월, 해는 1년, 행성들은 몇 년씩 걸려 별자리 사이를 누비고 다니다가 다시 제자리로 돌아온다. 만약 천체들이 같은 천구면에 붙어 있다면, 이렇게 제각기 다른 방식으로 돌아다닐 수는 없을 것이다. 그렇다면 별이 붙어 있는 천구, 해가 붙어 있는 천구, 달과 각각의 행성들이 붙어 있는 여러 개의 천구가 따로 존재한다고 생각할 수밖에 없다. 학자들은 각각의 천구가 같은 방향으로 회전하며 지구와 가까워질수록 느린 속도로 돌아간다고 가정했다. 이렇게 보면 별과 다른 속도로 이동하는 천체들의 움직임을 대략적으로나마 설명할 수 있다.

그러나 천동설에는 근본적인 모순이 내재되어 있었다. 오래 전부터 사람들은 나름대로의 방식으로 천구의 크기를 계산해냈다. 이렇게 계산해낸 천구의 크기는 얼핏 생각하기에도 엄청난 것이었다. 그런데 그 커다란 하늘이 하루에 한 바퀴씩 돌아간다면 얼마나 먼 거리를 이동해야 할 것인가? 이를

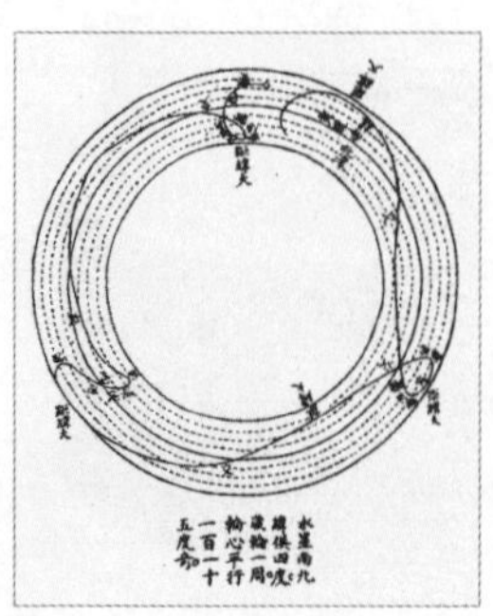

◉ **수성의 불규칙한 움직임을 묘사한 그림(『고금도서집성』)** 사실 동양에서는 행성들의 예외적인 움직임을 그리 심각하게 받아들이지 않았던 것 같다. 이들의 관심은 천체의 실제 움직임보다는 주로 날짜와 역법 계산에 집중되어 있었다.

속도로 환산하면 상상을 초월할 것이다. 천구가 아무리 단단한 물질로 되어 있다고 하더라도 이처럼 엄청난 속도를 견뎌낸다는 것은 불가능한 일이다. 불규칙한 행성들의 움직임도 문제였다. 서양의 천문학자들은 이 문제를 해결하기 위해 행성들이 지구 주위를 돌면서 또 다른 작은 원을 돈다는 식의 설명 방식을 고안해냈다. 그러나 이러한 이론은 사실에 근거한 것이 아니었기 때문에 한계를 가질 수밖에 없었다. 현상을 완벽하게 설명할 수도 없었을 뿐만 아니라 이렇게 완성된 우주 체계는 지나치게 복잡했다.

방향을 제대로 잡은 학자들도 없지는 않았다. 헤라클레이데스는 지구가 둥글고 우주의 중심에 있기는 하지만 정지해 있는 것은 아니라고 주장했다. 지구가 하루에 한 번씩 자전하여 낮과 밤이 생긴다고 한 것이다. 최초의 지전설이었다. 아리스타르코스는 지구가 스스로 자전할 뿐만 아니라 태양 주위를 공전하고 있다는 주장을 펼쳤다. 그리고 이를 바탕으로 태양과 달까지

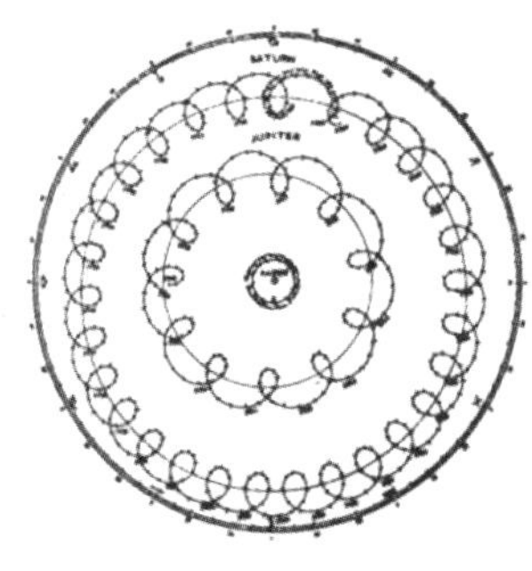

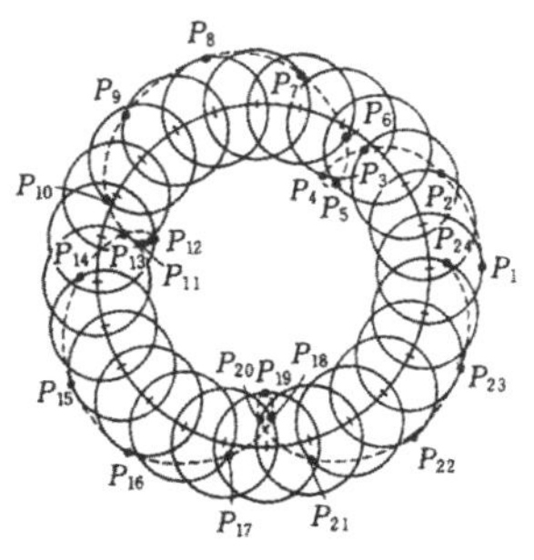

◉ **주전원의 개념도** 서양의 천문학자들은 행성들의 불규칙한 움직임에 대한 문제를 해결하기 위해 행성들이 지구 주위를 돌면서 또 다른 작은 원을 돈다는 식의 설명 방식을 고안해냈다.

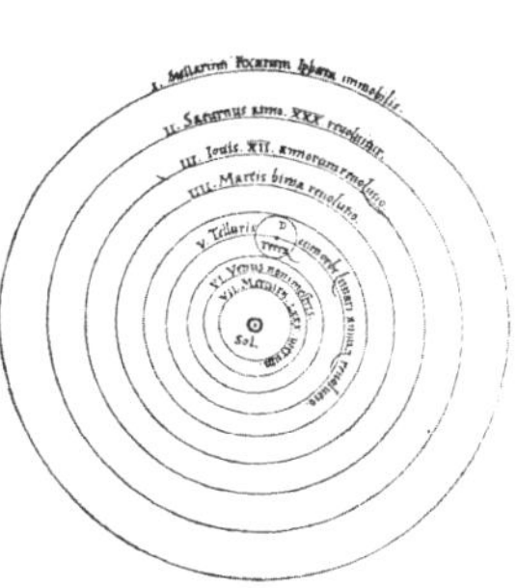

◉ **코페르니쿠스와 지동설** 코페르니쿠스는 지구가 스스로 자전하는 동시에 태양 주위를 공전한다고 가정하여 복잡한 행성들의 운동을 설명할 수 있었다.

의 상대적인 거리를 계산해내기까지 했다. 그러나 이들의 선구적인 업적은 후대의 히파르코스 등의 학자들에 의해 부정되었고, 이후 기독교에 의해 천동설이 정설로 인정받게 되면서 16세기 중엽 코페르니쿠스가 등장하기까지 지구가 아니라 하늘이 돈다는 생각이 서양의 천문학계를 지배하게 된다.

코페르니쿠스는 지구가 스스로 자전하는 동시에 태양 주위를 공전한다고 가정하여 복잡한 행성들의 운동을 설명할 수 있었다. 갈릴레이는 스스로 만든 망원경으로 하늘을 관측하다가 태양의 자전과 목성 위성의 공전을 발견했다. 이제 모든 천체가 돌고 있는데 지구만 돌지 않는다고 생각할 이유가 없어지게 된 것이다. 그러나 여전히 문제는 남아 있었다. 코페르니쿠스의 이론은 매우 간편하고 합리적인 것이었지만, 천체운동을 관측한 결과와 정확히 일치하지 않았다. 17세기 초 케플러는 이론치와 측정치가 다른 것은 천체가 원운동이 아닌 타원운동을 하고 있기 때문이라는 사실을 밝혀냈다. 그리고 행성운동에 대한 자

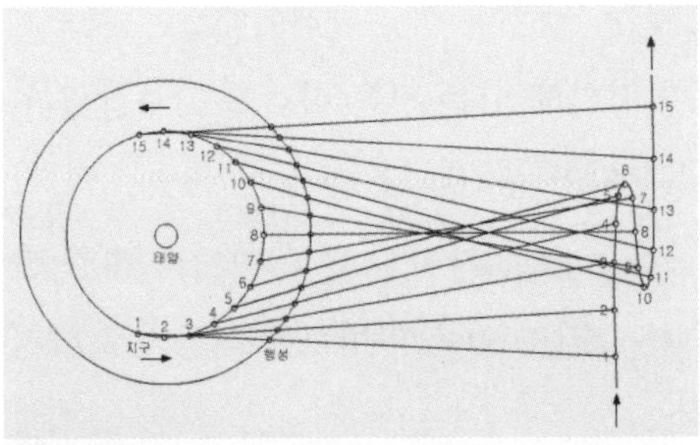

◉ **행성의 순행과 역행** 지구가 태양의 주위를 돈다고 생각하면 행성의 불규칙한 운동을 쉽게 설명할 수 있다.

◉ **갈릴레이의 관측 노트** 4개의 위성이 목성 주위를 공전하는 모습이 잘 나타나 있다.

신의 생각을 정리하여 '케플러의 법칙'이란 이름으로 발표했다. 케플러의 법칙은 이후 뉴턴이 만유인력을 발견하는 데 중요한 역할을 하게 된다. 뉴턴은 자신이 개발한 미분법과 운동법칙을 이용하여 천체의 움직임을 완벽하게 설명해냈다. 마침내 우주의 비밀을 밝혀냈다는 생각은 과학과 인간의 힘으로 뭐든지 해결해낼 수 있다는 자신감으로 이어져 결국 세계사를 뒤바꿀 과학 혁명을 이룩해내게 된다.

◉ **케플러** 17세기 초 케플러는 이론치와 측정치가 다른 것은 천체가 원운동이 아닌 타원운동을 하고 있기 때문이라는 사실을 밝혀냈다. 그리고 행성 운동에 대한 자신의 생각을 정리하여 '케플러의 법칙'이란 이름으로 발표했다.

홍대용의 지전설

유럽의 새로운 우주론은 동양으로 전파되기 시작했다. 정약전이 믿고 따랐던 이익도 일찍이 지구의 자전설을 이야기 한 적이 있다. 비록 중국의 성인들이 한 말을 예로 들긴 했지만, 이익이 지동설을 접한 것도 서양 서적을 통해서였을 것이다.

장자가 "하늘이 운행하는 것인가? 땅이 그 자리에 있는 것인가?"라고 했으니 또한 의심이 여기에 미친 것이다. 과연 하늘이 운행하는 것인가. 땅이 그 자리에 있는 것인가. 어찌 하늘이 제자리에 있고 땅이 운행하는 것이 아니라는 사실을 알겠는가. 배를 타고 갈 때는 자신은 가만히 있고, 물 기슭이 움직이는 것처럼 보인다. 만약 땅이 안에서 운행한다면 해와 달과 별이 돌아가는 것처럼 보이지 않겠는가. 주자는 "어찌 하늘이 밖에서 운행하고 땅이 이에 따라서 돌지 않는다는 사실을 알겠는가. 지금 땅에 가만히 앉아 있으면서 땅이 움직이지 않는다는 사실을 알 뿐이다"라고 말했다. 이 또한 생각해볼 만하다. 그러나 주역 건괘乾卦의 상에 하늘의 운행이 굳건하다고 했다. 성인은 알지 못하는 것이 없으니, 이 한 구절이 믿을 수 있는 것으로 이에 따라야 할 것이다.

그러나 이익은 끝내 지동설을 받아들이지 않았다. 천구의 크기를 계산해 보고 거대한 하늘이 하루에 한 바퀴를 돌아올 도리가 없다고 생각하면서도 '하늘이 돈다'라고 단정한 옛 성현들의 말을 완전히 무시할 수 없었다. '지구가 자전을 한다면 지구상에는 항상 강한 동풍이 불어야 할 게 아닌가', '그렇게 빠른 속도로 돈다면 지구는 벌써 오래 전에 산산조각이 났어야 하는 것이 아닌가', '지구가 돈다면 머리 위로 던진 돌멩이가 서쪽으로 움직여야 하는 것이 아닌가' 등과 같은 반론들도 이익이 쉽사리 지전설을 받아들이지 못하게 하는 계기가 되었을 것이다.

이익과 비슷한 시기에 살았던 홍대용은 지전설을 확신했던 학자 중의 한 사람이었다. 지구의 공전까지 생각해내지는 못했지만 지구가 하루에 한 번씩 자전하여 낮과 밤이 생긴다는 사실만은 정확히 이해하고 있었다.

지구는 회전하면서 하루에 한 바퀴를 돈다. 땅 둘레는 9만 리이고, 하루는 12시이다. 이 9만 리의 거리를 12시간* 에 달리기 때문에 그 움직임은 벼락이나 포환보다 빠르다.

* 옛날의 12시간은 지금의 24시간에 해당한다.

박지원은 『열하일기』에서 홍대용의 지전설이 서양 사람들도 생각해내지 못한 것이라고 격찬했지만, 과연 홍대용이 이 이론을 독자적으로 생각해낸 것인지에 대해서는 논란의 여지가 있다. 홍대용은 중국을 방문해서 서양인 신부를 만나 천문학에 대한 여러 가지 이야기를 나누었으며, 그가 들렀던 유리창 서점가에는 번역된 서양 천문학 서적이 많았다. 그중에는 지전설을 소개한 것도 포함되어 있었을 것이다.* 북송 중기에 독자적으로 지전설을 주장했던 장횡거의 이론도 어느 정도 알려져 있었으며, 이익의 저서에서 지전설을 접했을 가능성도 있다. 그러나 어찌 됐든 홍대용의 업적을 폄하할 수는 없다. 당시 선교사들은 여전히 지동설을 부정하고 있었으며, 서양과의 접촉이 빈번했던 중국이나 일본에서도 이런 이론이 나오지 않았음을 생각해볼 때 역시 홍대용을 높이 평가하지 않을 수 없다. 홍대용은 여러 가지 이론들을 두루 살펴본 후, 합리적이고 주체적인 판단을 내렸던 것이다.

* 실제로 당시 한역 서학서들의 내용 중에서 홍대용의 말과 일치하는 부분들을 찾아볼 수 있다.

티코 브라헤, 김석문 그리고 정약전

이익이나 홍대용보다 훨씬 이전에 지전설의 개념이 있었다는 주장도 있다. 전상운은 고려대학교 박물관에 있는 혼천의 속의 지구의가 하루에 한 번씩 회전하도록 만들어져 있다는 사실에 주목했다. 17세기 중엽 제작된 이 혼천의는 천문 시계와 기계식 시계가 결합된 독특한 구조를 하고 있다. 시계 장치는 톱니바퀴와 진자 장치를 포함하고 있는데, 자명종처럼 시간이 되면 종을 울리기도 하고 시간을 표시하는 문자판을 나타내기도 하여 일반적인 시계와 똑같은 기능을 한다. 그리고 기계식 시계의 동력은 혼천의로 전달되어 천체의 운동을 흉내내는데, 흥미로운 사실은 혼천의 가운데 자리잡고 있는 지구의 둥근 모형이 하루에 한 바퀴씩 돌도록 만들어져 있다는 것이다. 이는 우리 선조들이 서양보다 그리 뒤쳐지지 않은 시기에 정밀한 기계 시계를 제작할 만한 기술을 보유하고 있었다는 사실을 보여줄 뿐만 아니라 지원설, 지전설 등의 개념이 어떤 식으로든 그들의 머릿속에 자리잡고 있었음을 암시한다.

◉ **고려대학교 박물관의 혼천의** 17세기 중엽 제작된 이 혼천의는 천문 시계와 기계식 시계가 결합된 독특한 구조를 하고 있다.

조선 숙종대의 학자 김석문 역시 홍대용보다 훨씬 앞선 시기에 지전론을 주장했던 것으로 알려져 있다. 김석문은 소강절이나 장횡거, 주희 등의 성리학적 우주론에다 『오위역지五緯曆志』 등을 통해서 도입한 서양 천문학의 체계를 통합하여 자신만의 독특한 우주론을 완성했다.

당시 정설로 인정받고 있던 12중천설은 천동설을 기반으로 하고 있었다. 천동설은 여러 개의 천구가 지구를 중심으로 회전을 하고 있다는 식으로 하늘의 변화를 풀이하는 이론이다. 천동설로 하늘의 움직임을 제대로 설명하기 위해서는 바깥쪽에 있는 천구일수록 회전 속도가 빨라야 하며, 무한히 멀리 떨어져 있는 데다 하루에 하늘을 한 바퀴씩 돌아야 하는 항성천의 경우에는 상상할 수도 없을 정도의 빠른 속도로 회전해야 한다. 그러므로 이 이론은 시작부터 무리가 있을 수밖에 없었다. 김석문은 하루에 한 번씩 회전하는 것이 항성천이 아니라 지구라고 생각했다. 지구가 가장 빠른 속도로 돌고, 바깥쪽으로 갈수록 회전 속도가 줄어든다면, 위와 같은 무리수를 단번에 해결할 수 있을 것으로 보았던 것이다. 과감한 발상의 전환이었다.

김석문이 생각한 우주는 아홉 층으로 구성되어 있었다. 서양과 동양에서 전통적으로 내려오던 9중천과 비슷한 체계이다. 그러나 그 구체적인 모습은 『오위역지』에 소개된 티코 브라헤의 우주 모델과 닮아 있다. 맨 바깥쪽에 움직이지 않는 태극천이 있으며, 그 안에는 태허, 태허의 안쪽에는 수많은 별(항성)들이 존재하는 경성천이 있다. 경성천부터는 우주 공간을 서서히 돌기 시작한다. 경성천 안쪽으로는 행성들이 층을 이루고 있다. 맨 처음

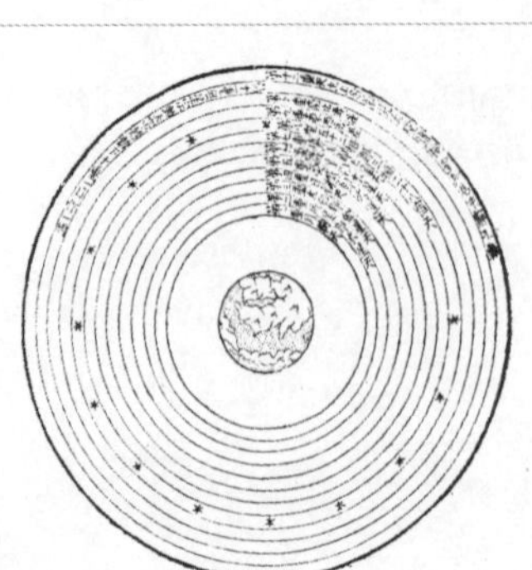

◉ **12중천설** 우주가 중심의 지구와 별, 해, 달의 3층, 수성, 금성, 화성, 목성, 토성 등 5행성이 위치한 5층, 그리고 여기에 철학적이거나 종교적인 의미가 담긴 4층을 덧붙여 총 12개의 층으로 이루어져 있다고 설명하는 이론이다.

에는 토성, 그 안쪽으로 목성, 화성이 이어지는데 점점 그 회전 속도가 빨라진다. 토성은 29년, 목성은 12년, 화성은 2년 만에 한 번 돈다. 화성 안쪽에서는 태양이 지구를 중심으로 1년에 1회전 하는데, 태양 주위를 다시 수성과 금성이 돌고 있다. 달은 맨 안쪽의 지구를 중심으로 한 달에 한 번씩 회전한다. 그리고 우주의 중심에 존재하는 지구는 하루에 한 번, 일 년에 366회전 함으로써 낮과 밤을 만드는데, 이것이 지구의 자전이다.

김석문은 비록 티코 브라헤의 모형을 끌어오기는 했지만 자전의 개념을 받아들임으로써 그를 뛰어넘고 있다. 티코 브라헤는 아직 천동설을 굳게 믿고 있었지만, 김석문은 이를 포기하고 지구가 자전한다고 설명함으로써 무한히 큰 우주가 무한히 빠른 속도로 움직여야 한다는 모순점을 훌륭히 극복했던 것이다. 김석문은 이익이 끝내 떨쳐버리지 못한 『주역』의 "하늘의 운행은 굳건하다"라는 말에 대해서도 "이 말은 하늘의 덕이 강건부동하다는 것이지, 하늘이 하루에 한 바퀴씩 왼쪽으로 돈다고 한 것은 아니다"라고 하

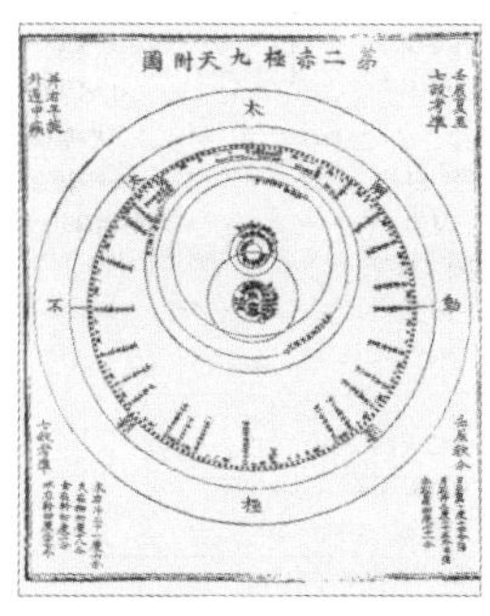

◉ **김석문의 우주관** 김석문은 소강절이나 장횡거, 주희 등의 성리학적 우주론에다 『오위역지』 등을 통해서 도입된 서양 천문학의 체계를 통합하여 자신만의 독특한 우주론을 완성했다.

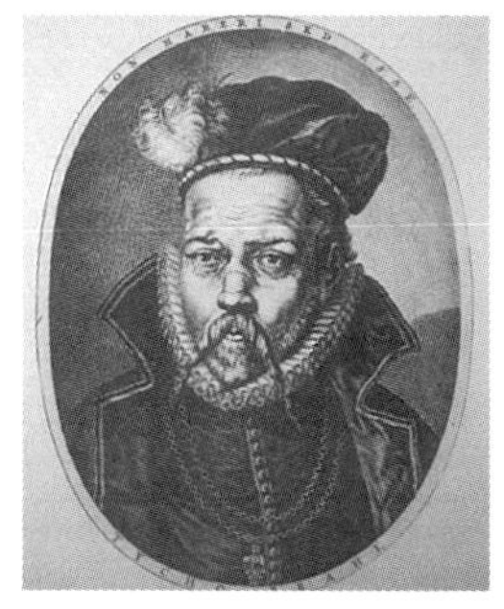

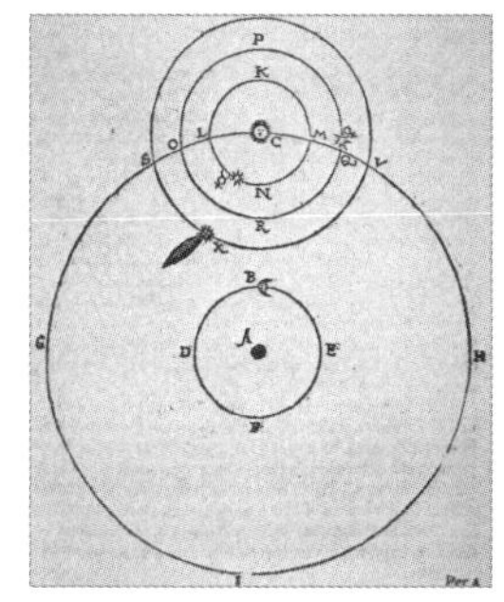

◉ **티코 브라헤와 그의 우주관** 김석문이 생각한 우주는 아홉 층으로 구성되어 있었다. 서양과 동양에서 전통적으로 내려오던 9중천과 비슷한 체계이다. 그러나 그 구체적인 모습은 『오위역지』에 소개된 티코 브라헤의 우주 모델과 닮아 있다.

여 나름대로의 새로운 해석을 시도했다. 동료 학자들이 하늘처럼 믿고 따랐던 성현의 말씀조차도 그의 논리적인 추론 앞에서는 발붙일 곳이 없었다. 김석문은 전통적인 권위를 거부하고 이성을 앞세운 근대적인 정신의 소유자였던 것이다.

그런데 흥미로운 사실은 정약전의 생각이 김석문의 것과 상당히 닮아 있다는 점이다.* 정약전은 지구가 기대氣帶와 함께 천구가 도는 방향의 반대인 서쪽에서 동쪽으로 회전하고 있으며, 화대火帶도 이와 같은 방향으로 서서히 따라 돌아간다고 생각했다.** 기대와 화대는 김석문이 천동설을 부정하는 데 사용했던 개념이다. 당시 천동설을 주장하던 사람들은 지구가 정말로 돈다면 공중에 있는 구름이나 새, 던져 올린 돌멩이들이 어떻게든 영향을 받지 않겠냐고 반론을 제기하며 지동설을 부정하고 있었다. 이에 김석문은 『오위역지』에 소개된 이론을 바탕으로 이 물음에 대한 답을 제시했는데, 그 요점은 다음과 같다.

> 지구 주위를 기氣층과 화火층이 둘러싸고 있다. 이들은 지구와 하나의 덩어리를 이루어 지구가 돌 때 함께 움직인다. 따라서 지구가 돌아간다 하더라도 기층에 있는 구름이나 새, 돌멩이는 별다른 영향을 받지 않게 된다.

정약전은 김석문의 지전설을 지지하고 나름대로의 방식으로 이를 증명하

* 김석문의 학문은 석실서원의 김원행, 황윤석, 홍대용 등에게로 이어졌다. 정약전도 이들과 마찬가지로 김석문의 글을 통해 그의 이론을 접했던 것이 아닌가 추측된다.

** 당시 서양에서는 지상의 4원소가 안쪽에서부터 흙(地帶), 물(水帶), 공기(氣帶), 불(火帶)의 순서로 층을 이루어 분포하고 천상의 세계는 제5원소라고 불리는 불변불멸의 물질로 이루어져 있다는 생각이 널리 퍼져 있었다.

려 했다. 즉, 화대에 속해 있는 혜성의 움직임을 통해 지구가 자전한다는 사실을 밝혀낼 수 있다고 생각했던 것이다. 정약전은 혜성을 화대에 속하는 천체로 보았다. 혜성이 지구와 함께 움직이는 화대에 속해 있다면 당연히 지구가 자전하는 방향인 서쪽에서 동쪽으로 움직여야 한다. 역으로 만약 혜성이 서쪽에서 동쪽으로 움직인다는 사실이 밝혀진다면 지구도 같은 방향으로 자전한다는 것을 증명할 수 있을 것이다. 이것이 정약전의 생각이었다. 그런데 놀랍게도 사리에서 관찰한 혜성이 실제로 그렇게 움직이고 있었다.* 정약전은 흥분된 마음으로 정약용에게 편지를 썼지만 그의 견해는 달랐다. 정약용은 스승 이익과 마찬가지로 아직 지전설을 확신할 수 없었던 것 같다.

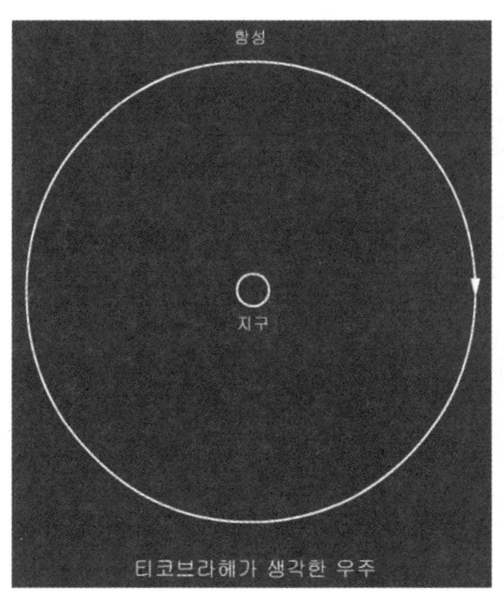

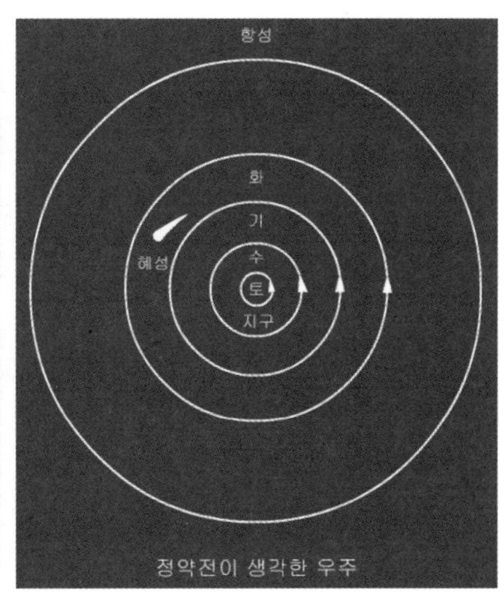

◉ **티코 브라헤와 정약전이 생각한 우주** 티코 브라헤가 지구는 그대로 둔 채 별(항성)이 회전한다고 생각한 반면, 정약전은 항성은 정지해 있고 토土, 수水, 기氣, 화火로 이루어진 지구가 돌아간다고 생각했다.

* 사실 혜성은 지구나 별과는 별도로 움직이는 천체다. 그리고 설사 지구에 속해 있다고 하더라도 천구의 운동과 지구의 운동은 서로 상대적인 것이므로 혜성의 움직임을 통해 지구의 자전을 증명하기란 불가능하다. 그러나 정약전에게는 이 사실이 종동천의 학설을 깨뜨리고, 지전설을 증명하는 중요한 증거처럼 보였다.

보내주신 글에서는 이것을 지구가 움직이는 확실한 증거라고 하셨습니다. 그러나 이 혜성은 지난 음력 7~8월에는 두병의 두 번째 별과 서로 밀접히 붙어 있었지만,* 8월 그믐쯤에는 점점 높이 떠서 서쪽으로 갔습니다. 지금(12월경)은 초저녁 처음 보일 때 그 높이가 거의 중천에 가깝고 그 방위는 점점 유방(서쪽)에 이르고 있으니, 7~8월경과는 아주 같지 않습니다. 이것으로 본다면 분명히 별이 움직인 것이지, 지구가 움직여서 그런 것이 아닙니다. 가령 지구가 운행한다 하더라도 별 역시 옮겨가고 있으니, 이는 별은 한곳에 붙어 있고 지구만 왼쪽으로 돌아가는 것이 아닙니다.

정약전은 혜성이 북두칠성 두병의 서쪽에서 동쪽으로 이동하는 것을 관찰했고, 이를 혜성이 지구와 같은 방향으로 회전한다는 증거로 보았다. 그러나 사실 혜성은 북극성 주위를 회전하지 않았다. 문제는 정약전이 혜성을 관찰한 시간이 혜성의 전체적인 궤도를 파악하기에는 너무 짧았다는 데 있었다. 편지의 내용으로 미루어 정약전은 혜성이 두병 양쪽을 5~6도 만큼 지나가는 동안 혜성을 관찰했던 것 같다. 그러나 이 정도의 시간만으로는 혜성의 진행 방향을 예측하기 힘들다. 정약용은 정약전과 비슷한 시기에서부터 편지를 받고 답장을 보낼 때까지 훨씬 오랜 시간 동안에 걸쳐 혜성의 움직임을 관찰했고, 그 결과 혜성이 북극성 주위를 회전하는 것이 아니라 서쪽으로 이동해갈 뿐이라는 사실을 확인할 수 있었다. 혜성의 움직임을 통해 지구의 자전을 증명하려 한 정약전의 주장을 반박했던 근거가 여기에 있

* [원주] 다산의 북쪽 봉우리는 매우 높기 때문에 8월 이후에는 북두칠성 7개의 별이 모두 산 밑으로 들어가 보이지 않는다.

었다.

사실 정약용은 정약전의 편지를 제대로 이해하지 못하고 있었을 가능성이 높다. 정약용은 다재다능한 학자였지만, 우주론에 대해서는 그리 선진적인 견해를 가지지 못했던 것 같다. 다음은 정약용이 〈종동천에 대한 변증〉이란 글에서 주장한 내용이다.

"칠요七曜의 하늘은 본래 모두 우선右旋하는 것이다."

정약용은 천동설을 믿고 있었으며, 모든 천체가 시계 반대 방향으로 돌아간다고 생각했다. 편지의 답장에서도 혜성의 이동 방향만을 문제삼고 있을

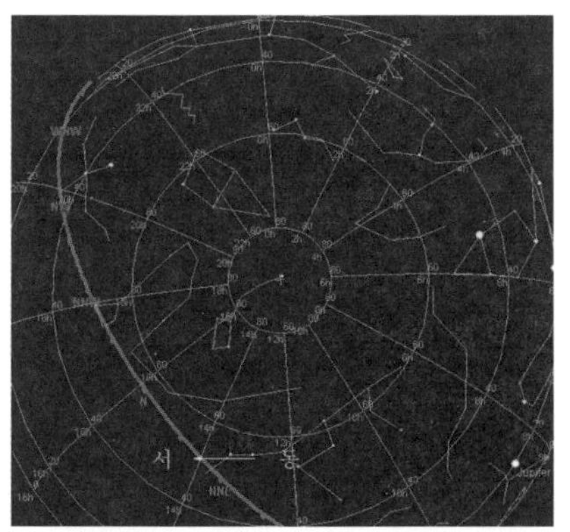

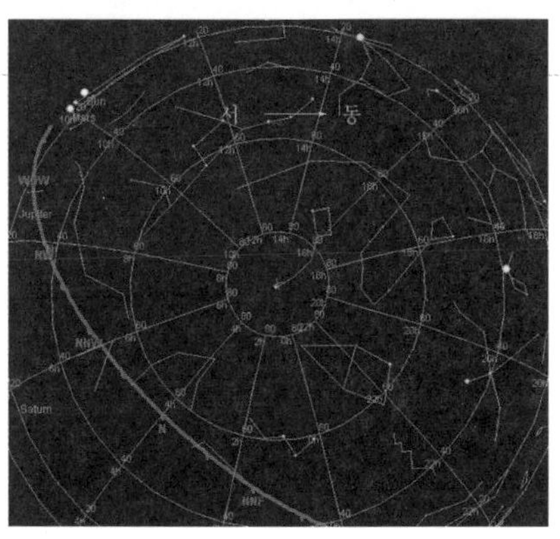

◉ 정약용이 설명한 혜성의 이동 방향은 정약전의 말과 다른 것처럼 보인다. 그러나 이것은 혜성을 바라보는 관점의 차이 때문에 발생한 문제였다. 지구에서 보면 혜성은 날마다 천구와 함께 지구 주위를 한 바퀴씩 돌아가는 것처럼 보인다. 따라서 관찰한 시간이 언제냐에 따라 동쪽에서 서쪽으로 움직인다고도, 서쪽에서 동쪽으로 움직인다고도 말할 수 있게 된다.
혜성이 북두칠성의 아래쪽에 있을 때 관찰한다면 동쪽에서 서쪽으로 움직이는 것처럼 보이게 될 것이다(위 그림). 그러나 혜성이 북두칠성의 위쪽에 있을 때 관찰한다면 정반대로 서쪽에서 동쪽으로 움직이는 것처럼 보이게 된다(아래 그림).

정약전은 회전 방향에 주의를 기울였기에 관찰한 시간대에 관계없이 혜성의 움직임을 시계방향(서→동)이라고 말할 수 있었지만, 정약용의 경우에는 지평면상의 방위에 주의를 기울였으므로 혜성을 관찰한 시간대가 중요해진다. 편지글의 내용을 살펴보면 정약용이 1811년 가을에서 겨울 사이 초저녁 북쪽 하늘에 뜬 혜성을 관찰했다는 사실을 짐작할 수 있으며, 천문 프로그램을 이용하여 이때의 하늘 상태를 조사해보면 북두칠성이 북극성의 남쪽에 위치해 있었고, 혜성은 동쪽에서 서쪽으로 이동하는 것처럼 보였다는 사실을 바로 확인할 수 있다.

뿐 기대와 화대의 관계나 지구의 회전에 대해서는 별다른 의견을 제시하지 않았다. 그러나 어찌 됐든 혜성의 움직임으로 지전설을 증명할 수 없다고 한 그의 말은 옳았다. 운동은 상대적인 것이기 때문에 설사 혜성이 지구와 함께 돌아간다고 하더라도 하늘이 움직이는 것인지, 혜성과 지구가 움직이는 것인지 구별할 수 있는 방법은 없다. 이러한 사실은 이익과 옛 철학자들이 이야기한 '배와 물 기슭'의 비유를 통해서도 이미 확인한 바 있다. 지전설을 증명하기 위해서는 수학적인 계산 능력과 기하학적인 개념이 필요했다. 정약전은 이러한 재능이 있었지만 정교한 이론을 만들어내기에는 주어진 자료나 정보가 턱없이 부족했다. 그리고 불행하게도 그의 재능을 이끌어낼 수 있는 세상을 만나지 못했다.

1811년의 대혜성

1811년 3월 26일 저녁, 프랑스의 아마추어 천문가 플라우제르그(Honore Flaugergues)는 아르고자리 부근에서 희미하게 빛나고 있는 천체 하나를 발견했다. 며칠 간에 걸친 관찰 결과, 이 천체가 혜성이라는 사실이 밝혀졌고, 얼마 지나지 않아 영국, 프랑스, 독일, 이탈리아, 러시아, 남아프리카공화국, 미국, 쿠바 등 세계 각지에서 이 혜성에 대한 보고가 쏟아져나오기 시작했다. 역사상 최대의 혜성 중 하나로 꼽히고 있는 '1811년의 대혜성'은 이렇게 세상에 모습을 드러냈다.

이 혜성은 거대한 핵과 기다랗게 늘어진 꼬리를 가졌으며, 맨눈으로 관찰 가능한 시기만 약 9개월에 달했다.* 오랫동안 하늘에 떠 있다 보니 사람들에게 끼친 영향도 대단했다. 1811년 미국인들은 진도 8 이상의 대지진이 3차례나 일어나는 등 최악의 한 해를 맞았는데, 사람들은 이 같은 재앙을 혜성과 연관지었고, 혜성은 악마의 사신이라는 오명을 뒤집어써야 했다. 유럽에서는 이 혜성이 나폴레옹의 러시아 침공에 대한 전조라는 소문이 돌았으

* 이것은 현재까지도 최고의 기록으로 남아 있다.

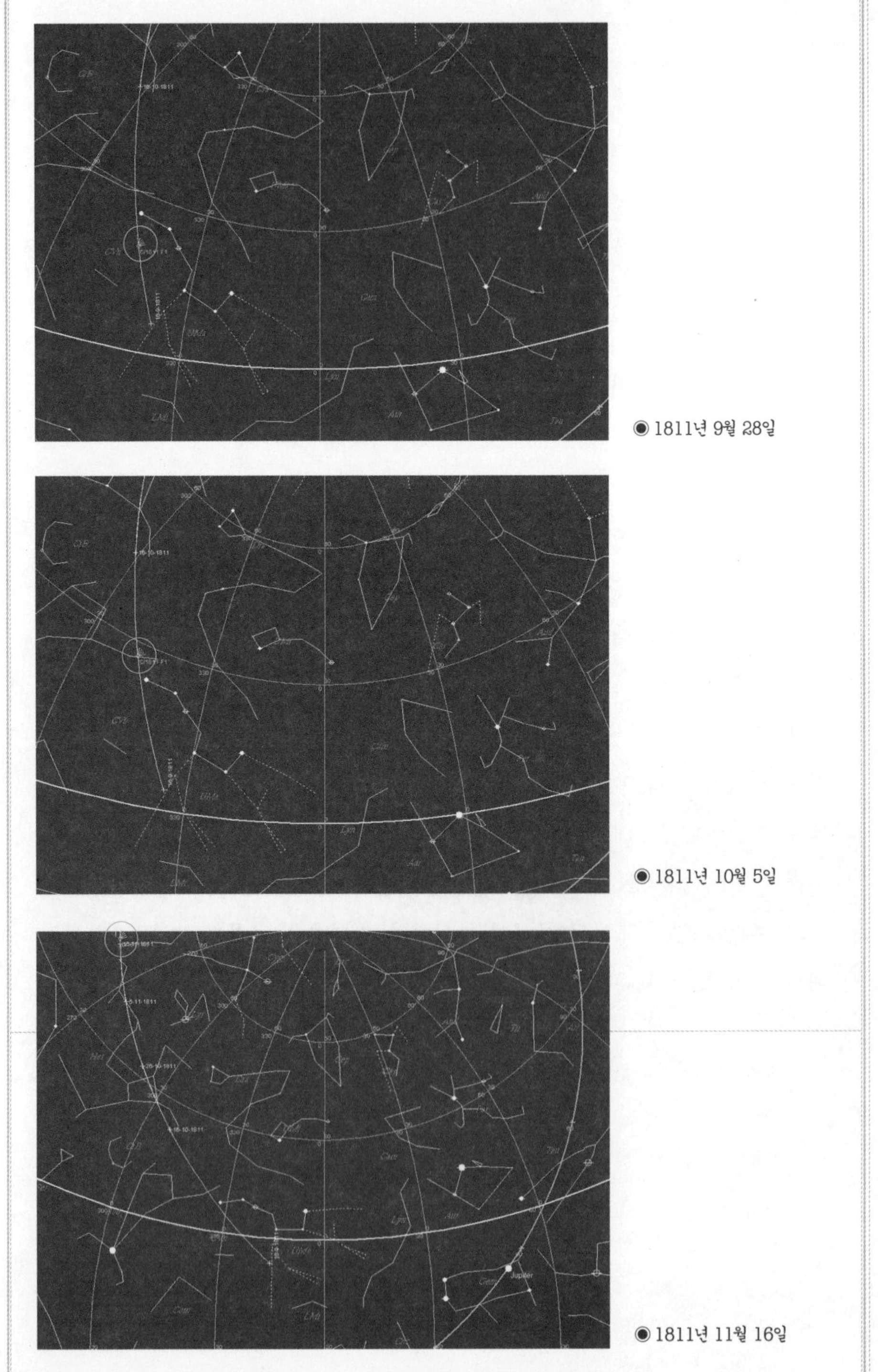

◉ 1811년 9월 28일

◉ 1811년 10월 5일

◉ 1811년 11월 16일

며, 톨스토이도 『전쟁과 평화』에서 이러한 사실을 언급한 바 있다. 그러나 포도 재배업자들에게 이 혜성은 축복의 상징이었다. 혜성이 나타난 해 우연히도 포도 농사가 대풍을 이루었기 때문이다. 사람들은 이를 기념하여 1811년의 대혜성에 '포도주 혜성(comet wine)'이라는 이름을 붙여주었다.

혜성을 관찰한 이들의 면면도 화려하다. 자연지리학의 시조로 불리는 훔볼트, 행성의 평균거리를 수열로 표현한 '보데의 법칙'으로 유명해진 보데, 핼리혜성의 궤도를 계산하고 시차를 이용한 별의 거리측정법을 개발한 베셀, 천왕성의 발견자 허셜 등이 모두 이 혜성을 관찰하고 관측 기록을 남긴 사람들이다. 그리고 정약전도 그들의 대열에 끼어 있었다. 정약전이 관찰한 신미년의 혜성이 바로 1811년의 대혜성이었던 것이다.*

* 서양의 과학자들이 혜성을 관측한 기록이 꽤 많이 남아 있기 때문에 이 자료들을 이용하면 1811년 대혜성의 궤도를 구해낼 수 있다. 또한 정약전과 정약용이 나눈 편지글의 내용으로부터 이들이 혜성을 관찰한 시기도 간단히 확인된다. 혜성이 북두칠성 두병의 서쪽에서 동쪽 5, 6도까지 이동했다는 말은 정약전이 1811년 9월 28일과 10월 5일 사이에 혜성을 관찰했다는 것을 의미하며, 혜성이 겨울철 초저녁 중천으로 떠올랐다는 말은 정약용의 관찰 시점이 11월 16일경이었다는 사실을 보여준다. 혜성의 움직임은 편지의 내용과 정확히 일치한다. 정약전이 관찰한 기간 동안 혜성은 북극성을 중심으로 서에서 동으로 회전하는 것처럼 보이며(9월 28일, 10월 5일 그림), 계속해서 움직임을 좇다보면 정약용의 말처럼 동쪽에서 서쪽으로 이동하면서 점점 하늘 높이 떠오르는 모습을 확인할 수 있다(11월 16일 그림).

혜성의 비밀

정약전은 혜성 자체에 대해서도 궁금하게 생각했다. 당시에도 유성이나 혜성이 기氣가 가득 차 있는 천天과 화火의 융합에 의해 생긴다거나 속해 있는 곳이 화대라는 등의 이론이 나와 있었지만 정약전은 혜성의 보다 정확한 실체를 알고 싶어했다. 정약용에게 보내는 편지에서는 혜성이 동쪽으로 움직인다면 당연히 관성에 의해 꼬리가 서쪽으로 늘어져야 하는데, 그렇지 않은 이유에 대해 묻고 있다.

> 만약 동쪽으로 회전한다면 혜성의 꼬리가 응당 서쪽으로 향하여야 할 것 같은데 오히려 동쪽으로 향하니, 이는 화대가 느리고 기대가 빠르므로 기대에 이끌려 그런 것이 아닌가?* 분명한 대답을 들려주게.

이 질문에 대한 정약용의 답변은 당대 조선 학자들의 혜성에 대한 개념이 꽤 수준 높은 것이었음을 보여준다.

* 도로변에 자동차를 세워놓고 있을 때, 그 옆으로 커다란 덤프트럭이 지나가면 트럭 쪽으로 차체가 쏠리는 현상을 경험할 수 있다. 기대를 트럭으로, 화대에 속해 있는 혜성을 도로변의 자동차로 가정하면 정약전의 생각을 이해할 수 있을 것이다. 물론 사실은 이와 거리가 멀다. 혜성의 꼬리는 태양풍에 의해 생기는 것이므로 그 뻗친 방향은 항상 태양의 반대쪽이 된다. 혜성의 꼬리가 이동 방향과 일치한다는 것은 태양이 그 반대쪽에 있다는 사실을 보여줄 뿐이다.

혜성의 이치는 정말로 이해하지 못하겠습니다만, 조용히 그 빛을 살펴보건대 이것은 얼음덩이가 분명합니다.* 제 생각에는 수기가 곧장 올라가서 차가운 하늘에 이르러 응결한 것이 혜성인데, 해를 향한 쪽에서 빛나는 밝은 곳을 머리라 하고 (해의 반대쪽에서) 햇빛이 차단되어 희미하게 보이는 곳을 꼬리라고 부르는 것입니다.

정약용은 이익의 의견을 따르고 있다. 이익은 『성호사설』에서 물 기운의 정기가 어려서 혜성이 되며, 혜성의 꼬리는 태양의 영향을 받아서 만들어지는 것이라고 주장한 바 있다.

저녁에 나타나서 해보다 뒤에 나올 때는 동을 가리키고, 아침에 나와서 해보다 앞설 때는 서쪽을 가리킨다. 얼음덩이가 햇빛을 받아 빛을 내는 것과 같아서 해 밑에 있을 때는 꼬리가 반드시 아래로 빛을 발하게 된다

이익은 혜성의 꼬리가 항상 태양의 반대쪽으로 향한다는 사실을 정확히 이해하고 있었으며, 얼음으로 이루어진 혜성의 투명한 꼬리가 렌즈처럼 태양빛을 모아 비춤으로써 지구에 재난을 일으킨다는 식의 재미있는 추론을 펼치기도 했다.**

서양에서는 혜성에 대해 어떻게 생각하고 있었을까? 사실 근세에 이르기까지 혜성에 대한 서양의 지식은 보잘것이 없었다. 그래서 티코 브라헤가

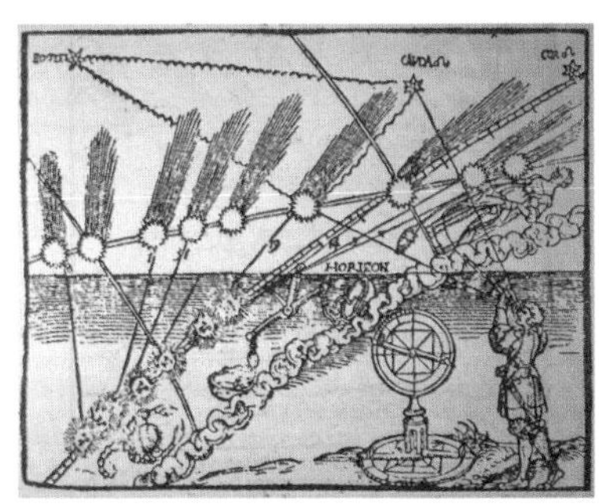

◉ **1532년 피터 아피안이 그린 혜성 관측도** 혜성의 꼬리가 태양의 반대쪽으로 향한 모습이 정확히 묘사되어 있다.

* 현대 천문학에서도 혜성을 여러 가지 물질로 구성된 얼음덩이라고 설명한다.

** 아마도 아르키메데스가 오목거울을 사용해서 적의 군함을 태워버렸다는 이야기를 전해들었던 것 같다.

시차를 이용해서 혜성이 달보다도 훨씬 먼 곳에 있는 천체라는 사실을 처음으로 밝혀냈을 때 학계는 충격에 휩싸였다. 그때까지 혜성은 대기권 안에서 나타나는 기상 현상이라고만 알려져 있었기 때문이다. 혜성이 우주 속을 이리저리 떠돌아다닌다면 이는 서양의 전통적 우주관을 철저히 부정하는 것이 된다. 당시 서양 사람들은 우주가 여러 층으로 이루어져 있으며, 각 층은 투명한 고체에 가까운 것이라고 생각하고 있었다. 그런데 혜성이 이 층 사이를 자유롭게 통과한다는 사실은 천 년이 넘는 세월 동안 부동의 진리로 여겨져왔던 단단한 천구면의 개념을 산산히 부숴놓고 말았다. 이로써 서양의 우주 구조론은 보다 근대적인 형태를 향한 새로운 걸음을 내딛게 된다.

하늘의 노래

생각을 접고 다시 하늘을 올려다본다. 견우와 직녀가 은하수를 사이에 두고 떨어져 있다. 칠석날이 가깝다. 이제 며칠 후면 까마귀와 까치가 하늘로 날아올라 오작교를 놓을 것이다. 일 년 간의 힘겨운 기다림이 결실을 맺는 것이다. 동양의 별자리 전설은 이토록 애절하고도 아름답다. 남녀 간의 애달픈 사랑에 동물들까지 몸을 바친다.

직녀성은 서양의 거문고자리에 속해 있는 별이기도 하다. 거문고자리에는 최고의 시인이자 음악가였던 오르페우스에 얽힌 전설이 담겨 있다. 오르페우스는 아폴론에게 하프를 배워 명수가 되었는데, 그가 연주하면 나무와 바위가 춤을 추고 맹수도 얌전해졌다고 한다. 오르페우스는 자신의 아내가 뱀에 물려 죽자 아내를 찾아 저승으로 간다. 저승의 왕 하데스를 하프 연주로 감동시켜 아내를 데리고 가도 좋다는 허락을 받아냈지만, 지상에 돌아갈 때까지는 아내를 돌아보지 말라는 약속을 어긴 탓으로 다시 아내를 빼앗기고 만다. 오르페우스는 아내의 죽음을 몹시 슬퍼했고, 결국 다른 여자들의

◉**견우와 직녀** 견우와 직녀가 은하수를 사이에 두고 서로를 그리워하고 있다.

유혹에 무관심하다가 이들의 원한을 사 죽임을 당하고 만다. 그의 시체는 산산조각이 나 하프와 함께 강물에 던져졌고 하프는 하늘로 올라가 별자리가 되었다. 오르페우스는 신들의 사랑을 받은 영웅들의 사후 안식처인 엘리시온이라는 곳에서 지금도 하프를 타고 있다고 한다. 하늘에서 오르페우스의 연주 소리가 들려오는 듯하다.

옛사람들은 실제로 하늘에서 울려퍼지는 음악을 들으려 했다. 그 대표적인 사람이 피타고라스였다. 고대 그리스인들의 가슴속에는 자연 현상에서 어떤 규칙과 체계를 찾아내려는 열망이 가득했다. 이러한 경향이 지나쳐 어떤 이론이나 의견에 실제의 현상을 끌어다 맞추려는 시도가 나타나기도 했는데, 피타고라스의 경우에는 자연계 모든 것의 이면에 숫자가 숨어 있다고 생각했다. 그에게 수는 세상의 근본 요소였다. 대부분의 현상들은 수로 환원될 수 있었으며, 수로 변환된 후에는 이를 마음대로 계산하거나 그 결과를 예측하는 일도 가능했다. 수에 대한 피타고라스의 믿음은 대단한 것이어서 마침내는 수 속에 신이 있다는 새로운 종교를 창시하게 된다.

음악에 조예가 깊었던 피타고라스는 현악기를 연구하면서 음악 속에도 예외 없이 신성한 수가 자리잡고 있음을 발견했다. 몇 가닥의 줄을 동시에 튕기다보면 그 소리가 맑은 소리를 내며 어울릴 때가 있고, 듣기 싫은 소리를 내며

◉ 뒤를 돌아보지 말라는 약속을 어겨 아내를 다시 빼앗기게 되는 장면
◉ 하데스 앞에서 하프를 연주하는 오르페우스

조화를 이루지 못할 때가 있다. 진동수가 다른 파동들이 만나면 서로 간섭하여 맥놀이나 공명과 같은 변화를 일으키는데, 이러한 변화가 음들 사이의 어울림과 부조화를 만들어내게 되는 것이다. 피타고라스는 화음과 악기의 줄 길이 사이에 밀접한 관계가 있다는 사실을 알아냈다. 그리고 연구에 연구를 거듭한 끝에 오늘날 서양 음계의 원형이 된 피타고라스 음계를 만들어내게 된다. 화음이 줄 길이의 간단한 비로 이루어진다는 사실, 간단한 숫자의 비로 설명될 수 있다는 사실은 수의 신비성에 대한 그의 믿음을 더욱 깊게 했다.

수의 신비는 천체에도 적용되는 것이었다. 모든 천체는 원운동을 하고 있으며, 그 각각이 위치한 곳과 우주의 중심까지의 거리는 간단한 정수비를 이루고 있다. 피타고라스는 천체들이 자신만의 속도로 회전을 하게 되면 각자 소리를 내면서 공명하여 '천체의 화음'을 만들어낸다고 생각했다. 그가 실제로 그 음악 소리를 들었는지는 알 수 없지만, 대부분의 사람들이 그 음악을 들을 수 없다는 사실은 순순히 인정했다. 피타고라스는 웅장한 천체의 화음이 들리지 않는 것은 사람들이 태어나는 순간부터 계속 이 소리를 들어왔기 때문이라고 설명했다.

피타고라스의 생각은 오랫동안 서구 문명을 지배했다. 대철학자 플라톤도 지구와 각 천체들 사이의 거리가 간단한 정수비로 이루어져 있다고 생각했고, 근대 과학의 아버지로 불리는 갈릴레이도 마찬가지였다. 갈릴레이는 우주가 수학의 언어로 씌어 있는 한 권의 웅장한 책이라고 주장했다. 그리

◉ **피타고라스** 피타고라스는 음악에 조예가 깊었다. 악기를 연구하면서 음악 속에도 예외 없이 신성한 수가 자리잡고 있음을 발견했다.

고 천체 사이에 숨어 있는 수의 비밀을 밝혀내려 애썼다. 근대적인 우주 구조론을 완성한 케플러도 예외는 아니었다. 케플러는 독특한 방식으로 접근했다. 우선 행성의 개수가 5개이고 정다면체 구조의 종류가 다섯이라는 사실을 관계 지었다. 그리고 다섯 종류의 정다면체를 적당한 순서로 배열하면 태양으로부터 천체까지의 거리의 비가 나타난다고 주장했다. 케플러는 또한 자신이 발견한 천체 법칙들을 정리해서 『세계의 화성학』이라는 제목으로 발표했다. 이 책의 주된 내용은 분명히 천문학이지만 화성학이나 음계에 대한 내용이 상당 부분을 차지한다. '케플러의 법칙'을 따라 움직이는 천체들의 운동을 음계라고 하는 수학적 관계로 풀어놓은 것이다. 뉴턴은 태양으로부터 오는 빛에서 음악을 찾았다. 태양광선을 프리즘으로 나눌 때 나오는 스펙트럼을 최초로 빨주노초파남보의 일곱 가지 색깔로 나눈 사람이 바로 그였다. 사실 스펙트럼은 몇 가지 색깔로 나눌 수 있는 성질의 것이 아니라

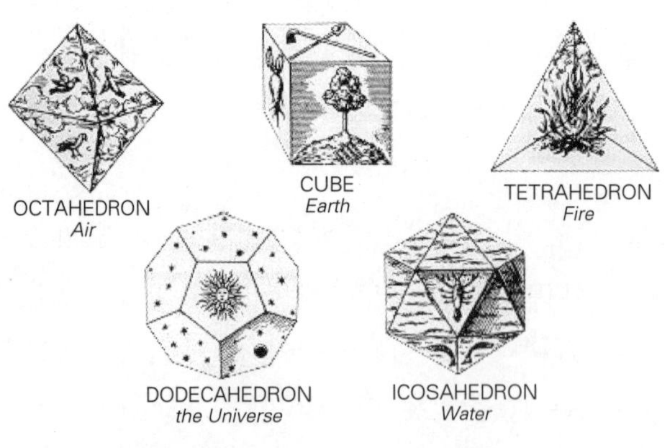

◉ **5개의 정다면체** 정다면체는 정4면체, 정6면체, 정8면체, 정12면체, 정20면체, 이렇게 오직 5개뿐이다. 플라톤은 이들 각각에 물, 흙, 공기, 우주, 물을 신비적으로 결합시켰다.

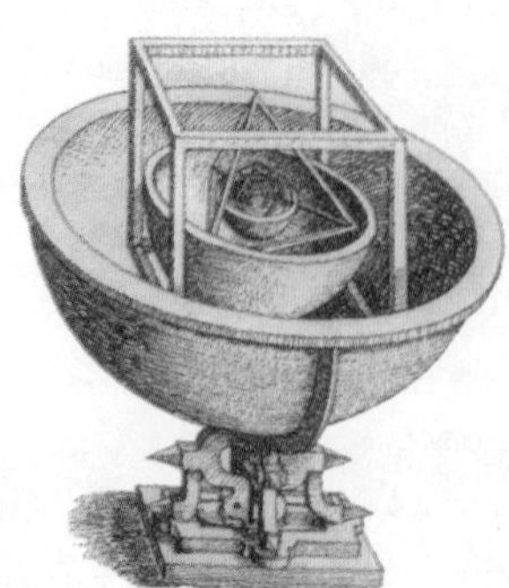

◉ **케플러의 태양계 모형** 케플러는 다섯 종류의 정다면체를 적당한 순서로 배열하면 태양으로부터 천체까지의 거리의 비가 나타난다고 주장했다.

연속적인 색의 집합일 뿐이다. 그러나 뉴턴은 의도적으로 색깔을 일곱 개로 한정하여 색깔 사이의 간격을 음악의 옥타브 개념과 연결시키려 했다.

가만히 생각해보면 이상한 점을 느끼게 된다. 우주와 음악 속에 수의 신비가 숨어 있다고 한 관념적인 생각이 천문학의 발달을 이끌어냈고, 자연 속에 단순하고 낭비 없는 법칙들이 숨어 있을 것이라는 믿음은 과학 발전의 밑거름이 되었다. 어떻게 우주의 완전성과 수의 신비에 대한 근거 없는 맹신이 이토록 많은 과학적 성취를 낳게 된 것일까? 만약 이 같은 신념이 없었더라면, 옛 과학자며 철학자들이 자연의 신비를 알아내기 위해 그토록 큰 노력을 기울이지는 않았을 것이다. 또한 지나칠 정도로 복잡한 자연의 신비에 겁 없이 도전하는 일도 없었을 것이다. 흔히 동양의 관념적인 철학이 과학의 발전을 저해했다고 보는 견해가 많지만, 서양의 경우에는 관념적인 선입관이 오히려 과학의 발전을 촉진하고 있는 모습을 확인할 수 있다. 도대체 어떤 차이가 한쪽에서는 과학 혁명을 일으키고, 다른 한쪽에서는 과학 발전의 정체라는 전혀 다른 결과를 이끌어내게 한 것일까?

◉**성스러운 음계** 서양의 과학자들은 천체 법칙과 음악을 관계 지으려 했다.

음악의 의미

정약전과 정약용은 음악에 특별한 가치를 부여했다. 특히 정약용은 육경 중의 하나인 『악기樂記*』를 요순 시대의 원형에 맞게 복원하고자 노력을 기울였고, 기력이 쇠하여 혀까지 마비되는 고통 속에서도 『악서고존樂書孤存』이라는 음악 이론서를 완성해냈다. 정약용은 자신이 이루어낸 성과에 대해 인간의 능력으로 불가능한 것이라고까지 말해 자부심을 숨기지 않았다.

악서 열두 권을 그 사이에 읽어보셨을 줄 압니다. 율려**의 차례 중 제 7권에 논술한 협종은 반드시 요순 시대의 근본된 방법으로 만에 하나의 잘못도 없으리라 믿습니다. 5천 년 전 율려에 관한 학문의 근본 정신을 오늘에 되살려냈으니, 이 일은 제가 마음으로 이해할 수 있었던 것이 아닙니다. 몇 년 동안 밤낮으로 사색하고, 산가지를 붙잡고 늘어놓으며 오랫동안 심혈을 기울이다 보니 하루아침에 문득 마음에 깨달음의 빛이 나타났습니다. 삼기와 육평 · 차삼 · 구오의 방법들이 섬광처럼 내 눈앞에 줄지

* 음악에 관한 경전.

** 12율의 양률陽律과 음려陰呂를 통틀어서 일컫는 말이다. 12율은 1옥타브의 음정을 12개의 반음으로 나눈 것이다. 이 중에서 황종 · 태주 · 고선 · 유빈 · 이칙 · 무역을 양률, 대려 · 협종 · 중려 · 임종 · 남려 · 응종을 음려라고 한다.

어 서기 시작했습니다. 이때 붓을 들고 쓴 것이 바로 제7권입니다. 이를 어찌 사람의 능력으로 얻어낸 것이라 하겠습니까.

그리고 홍경래의 난으로 인해 책을 대강대강 끝맺을 수밖에 없었던 사연을 전하며 정약전에게 책의 완성도를 높이기 위한 도움말을 청하고 있다.

형님께서 잘 정리하여 잘된 것은 그 첫머리에 비평을 적어 인정하는 뜻을 보여주시고, 의심나는 것이 있으면 별도로 뽑아 기록해서 다시 더 깎아내거나 다듬도록 해주시는 게 어떨는지요?

정약전은 스스로 음악에 관심을 기울였다는 사실을 밝힌 적이 있고, 또 그 조예도 상당히 깊었던 것 같다. 정약용은 『악서고존』을 저술하는 데 형의 도움이 결정적이었다는 사실을 스스로 밝히고 있다.

다만 율려의 차등의 수에 대해서는 처음에는 아득하여 깨치지 못해서 정한 것이 잘되지 못했는데, 죽은 약전 형님이 편지로 일러 주시기를, "삼분손익의 법은 물리쳐버리지 않을 수 없지만, 그 전해들은 것은 반드시 까닭이 있을 것이네. 대체로 하늘을 홀수로 하고 땅을 짝수로 하는 것은 공자님의 정미한 말씀이라네. 황종 81을 3등분하여 1분을 빼서 대려 54를 낳고, 태주 78을 3등분하여 1분을 빼서 협종 52를 낳는데, 육률이 모두 그러하니 어떠한가?"라고 하셨다. 내가 조용히 이 뜻을 연구해보니 참으로 실리에 맞았다. 하늘이 무언중에 그 마음을 깨우쳐주지 않았다면 여기에 미칠 수 없었을 것이다. 드디어 그 뜻을 따라서 3기, 6평의 수를 정하였더니 옛 경전에 나타난 종박鐘鎛을 뜰에 매다는 위치와 『고공기』의 여러 글이 질서 정연하게 꼭 합치되어 조금도 어그러짐이 없고, 옛 법의 근본에 대해 거의 의심이 없게 되었다. 이는 약전 형님이 깨치신 것이니, 모두 내가 한 것으로 여기지 말라.

정약용은 정약전에게 보내는 답장에서 당시의 기쁨을 다음과 같이 표현하고 있다.

보내주신 편지에 1구(척수)하고 절반이라는 설은 참으로 확실하고 정미하여 아주 경지에 적중하니 기뻐서 뛰고 싶은 마음 이기지 못하겠습니다.

현악기의 줄에서 길이를 반으로 줄이면 정확히 한 옥타브가 올라가게 된다. 서양 사람들은 그 사이를 8개로 나누어 옥타브라고 불렀고, 동양 사람들은 12개로 나누어 12율이라고 불렀다. 위에서 이야기하고 있는 삼분손익이나 삼기육평은 12율 사이의 간격을 정하기 위한 방법이며, 피타고라스가 음계를 완성하기 위해 사용한 방법과 원리적으로 같은 것이다. 고대 그리스에서 피타고라스가 행했던 작업이 19세기 초, 멀리 떨어진 조선이란 나라에서 정약전과 정약용 형제에 의해 재현되었다는 사실을 신기해할 필요는 없다. 왜냐하면 동양에서 음악의 수를 연구한 역사도 서양 못지않게 길기 때문이다. 공자는 피타고라스와 비슷한 시대를 살다간 인물이다. 공자는 거문고를 배울 때 곡을 완전히 이해하고 난 후에도 그 곡 속에 담긴 '수數'를 이해하지 못해 더 이상 진도를 나가려 하지 않았다고 한다. 피타고라스와 비슷한 고민에 빠져 있었던 것이다. 성리학을 집대성한 주희도 자연계 이면에 숨겨진 수의 중요성을 언급한 일이 있다.

정약전은 천체에 관심이 많았고 수나 기하학에도 능숙했다. 음악에도 큰 관심을 기울였으며, 천문학과 음악을 수학적으로 풀어내려는 노력 또한 아끼지 않았다. 정약전의 시도는 서구의 그것과 여러 부분에서 깊은 유사성을 보인다. 그러나 당시 조선의 전반적인 학문 풍토는 이런 노력을 이끌어내고 완성시키기에는 뭔가 부족했다. 다음은 정약용이 정약전에게 보낸 편지의 일부이다.

> 선생께서는 요즈음 수학을 전공하더니 문자를 보면 반드시 수학으로 해결하려 하시는군요. 이는 마치 선유先儒 중에 선을 좋아하는 사람이 불법佛法으로 대학을 해석하려던 것과 같고, 또 정현이 성상星象을 좋아하여 성상으로 주역을 해석하려던 것과 같습니다. 이런 것은 치우쳐서 두루 섭렵하지 못한 데서 나오는 병통입니다. 어떻게 생각하시는지요? 옛 음악이 없어진 것은 전적으로 수학의 탓입니다. 수학이란 악가와는 상극입니다.

정약용도 수학에 대해 실용서를 쓰는 등 관심을 기울였던 적이 있고, 그 효용성에 대해서도 잘 알고 있었다. 그러나 수학이나 자연과학에서 보다 큰 가치를 찾아내려 하지는 않았다. 그는 오히려 정약전이 수학을 이용해서 음악 원리를 찾아내려는 것을 곱지 않은 시선으로 보고 있다. 당시 대부분의 학자들이 이런 생각을 하고 있었다.

서양의 신과 동양의 윤리

비교적 자유롭게 여러 분야의 학문을 결합하여 근대 과학을 발달시킨 서양에 비해 동양에서는 이런 노력이 부족했다. 이러한 차이의 밑바탕에는 서양의 기독교 사상과 동양의 유학 전통의 특징이 자리하고 있음을 부정할 수 없다. 기독교에서는 인간과 인간 사이보다 신과 인간 사이의 관계에 대해 보다 큰 비중을 둔다. 그러나 유학자들에게는 현실 세계가 무엇보다도 중요하므로 인간들 사이의 관계에 관심을 집중한다. 흔히 유학을 관념적인 학문이라고 말하기도 하지만, 어떻게 생각하면 존재조차 불확실한 신을 찾는 것보다는 인간사에서 규범과 실천을 주장하는 것이 훨씬 현실적이고 실용적일 수 있다. 그런데 바로 이 유교의 현실주의가 과학의 발전을 가로막는 족쇄의 역할을 하게 된다.

중세 과학 발전이 지체되었던 것이나 갈릴레이의 종교 재판을 생각해보면 기독교가 과학 발전에 장애가 되었던 때가 있었음은 분명하다. 그러나 기독교는 현실 너머의 세계에 중점을 두므로 다른 해석을 낳기가 간단했다.

고통받는 피지배층을 대변한 것도, 황제와 교황의 위엄을 높이는 데 기여한 것도 기독교였으며, 중세 농업 중심의 장원 경제에서도 근대 자본주의 성립에서도 기독교는 변함없이 중요한 역할을 수행했다.

근세에 접어들면서 사람들은 자연을 연구하여 그 성질을 밝혀내는 것을 피조물에 나타난 하느님의 영광에 다가가는 수단이라고 해석하기 시작했다. 따라서 자연과학을 연구하는 것은 성서를 공부하는 것과 같은 가치를 가지게 되었다. 서양의 과학자들은 '신의 뜻에 다가가기 위해서' 과학에 힘을 기울였다. 케플러는 자신이 천체 법칙을 연구하는 목적을 '자연이라고 하는 책 속에서 인정되기를 바라시는 하느님의 영광을 위해서'라고 밝힌 적이 있다. 이것은 당시 활약하고 있던 과학자 대부분의 생각과도 일치하는 것이었다. 종교 개혁을 거치면서 사유재산의 축적이나 이윤 추구가 종교적인 강령 아래 정당화되었고, 이는 과학 기술과 결합하여 근대의 과학 혁명을 낳을 수 있게 하는 계기가 되었다. 똑같은 기독교 교리가 박해로도 과학 혁명으로도 이어질 수 있었다는 사실이 역설적으로 느껴진다.

동양의 사정은 전혀 달랐다. 유교에서도 이런 식으로 관점의 분화가 이루어질 수 있었겠지만 그 폭이 너무나도 좁았다.* 정약용이 음악 연구에 그토록 큰 힘을 기울였던 것도 오직 한 가지 고귀한 목적의 실현을 위해서였다. 동양에서 음악이란 단순히 유희나 지적 만족감을 위한 수단이 아니었다. 음악 또한 윤리 이념을 실행하기 위한 도구일 뿐이었다. 정약용의 글은 음악이 유교 질서 속에서 어떤 위치를 차지하고 있었는지를 잘 보여주고

* 신의 뜻보다는 윤리적 이념이 보편적이기에 선택의 폭이 좁았다고 이야기할 수도 있겠다. 신의 뜻이 어떠하다라고 해석을 바꾸는 일은 쉽지만, 기본적인 사람의 도리를 달리 해석하거나 부정하기란 매우 어려운 일이다.

있다.

성인의 도도 음악이 아니면 시행되지 못하고, 제왕의 정치도 음악이 아니면 성공하지 못하며, 천지만물의 정도 음악이 아니면 조화되지 않는다. 음악의 덕이 이처럼 넓고 깊은 것인데도 삼대 이후에는 유독 음악만 완전히 없어졌으니 또한 슬프지 않은가. 백세 동안 잘 다스려진 정치가 없었고 사해에 좋은 풍속이 없는 것은 모두 음악이 없어진 때문이니 천하를 다스리는 자는 마땅히 마음을 가다듬어야 할 것이다.

공자와 주희, 정약용에 이르기까지 이들의 주된 관심은 윤리적 이념의 실현이었다. 음악이나 수학조차도 이를 위한 도구일 뿐이었다. 윤리 실현을 위한 지나친 목적성이 과학의 발전을 가로막은 중요한 요인이었다는 사실에는 의심의 여지가 없다.

그러나 사상이나 종교의 차이로만 양편의 운명을 규정하는 것은 문제가 있다. 사회 발전이란 여러 가지 요소들이 복합적으로 작용해서 이루어지는 것이기 때문이다. 또한 필요 이상으로 유교나 전통 사상의 역할을 부정하는 일도 바람직하지 않다. 고대 중국에서는 전통 유학 외에도 법가, 묵가, 도교, 불교 등 다양한 사상들이 난립하고 있었다. 유학이 그 속에서 살아남아 지금까지 이어지고 있다는 사실은 그 사상이 갖는 어떤 특질이 당시의 시대상이나 사회상과 잘 들어맞았다는 것을 의미한다. 또한 근세에 접어들어 유교 국가들이 기독교 국가들에 의해 점령당하고 수탈당하는 고난을 겪으면서 사상의 효용성에 의문이 제기되고 있기는 하지만, 앞으로도 늘 그러리라는 보장은 없다. 시대와 상황의 변화에 따라서 유학이 또 어떤 힘을 발휘하게 될지 어느 누구도 알 수 없다. 지금 이 시점에서 유학의 어떤 측면이 역사의 발전에 어떤 영향을 미쳤고, 또 어떤 방식으로 사회 발전을 규정해나가는지 잘 살펴보고 이해하려는 노력을 기울인다면, 우리의 미래에 어떤 식으로든 중요한 기여를 할 수 있을 것이라고 생각된다.

과거와 현재

우리는 오랫동안 과학 기술 이외의 가치를 숭상하며 문화적 역량을 키워왔다. 그러나 이제는 분명히 과학 기술의 힘을 무시할 수 없는 상황에 처해 있다. 과학 기술이 인류가 진정으로 추구해야 할 가치인지를 논하기는 힘들지만 이미 현실의 세계는 과학 기술과 이를 바탕으로 한 군사력, 경제력이 지배하고 있다. 이러한 점에 유념하여 전통 문화와 역사를 재평가해야 할 것이다. 더 이상 누가 먼저냐 누구 것이 훌륭하냐는 논쟁은 무의미하다. 인종별로, 국가별로 과학자로서의 재능에는 큰 차이가 없다. 우리의 수많은 과학자들이, 후진국이나 개발도상국의 유학생들이 서양 과학 기술 인력과 당당히 경쟁하고 그에 상응하는 업적을 이뤄내고 있다. 오랫동안 우리가 무시해왔던 이웃나라 일본은 세계적인 경제, 기술대국으로 성장했다. 중요한 것은 역사에서 이런 결과가 나오게 된 원인과 그 과정을 탐구하는 것이다. 우리가 과거에 처해 있었던 상황을 정확히 살피고 무엇이 문제였는지, 이를 극복하기 위해서는 어떤 방법을 취해야 했겠는지에 대해 생각하는 것이 더욱 생산적인 논의가 될 것이다.

다행히도 과거를 살펴보면 선조들의 역량 자체가 부족하지는 않았음을 알게 된다. 나름대로 외국의 이론을 받아들이고, 주체화하고 보다 발달시킨 예들을 찾아볼 수 있고, 더 나아가 독창적인 사고 체계를 정립하고 새로운 업적을 쌓아가는 모습들이 나타난다. 홍대용은 지식을 찾아 직접 청나라로 건너갔다. 중국인들과의 대화를 위해 그들의 언어를 익히기까지 했다. 지전설을 받아들이고 우주무한설, 외계인설을 주장했다. 새로운 지식과 이론을 현실 세계를 개혁하고 변화시키는 데 적용하려 했다. 그러면서도 전통의 가치 체계와의 융합을 모색하는 주체적 변용의 모습을 보였다. 정약전도 마찬가지였다. 지구가 자전한다는 사실을 받아들이고 나름대로 이를 증명하려는 노력을 보였다. 기하학이며 새로운 지식들을 받아들이는 데도 적극적이고 망설임이 없었다. 이들이 보이는 모습들은 세계화 · 정보화된 사회에서 살아남기 위한 하나의 모델을 제시해준다.

자랑할 만한 것은 더욱 깊게 연구하여 널리 홍보할 필요가 있고, 그렇지 않은 부분들도 세세하게 살펴 지금의 현실과 어떻게 연계시킬 것인지를 고민해야 한다. 또한 전통 과학을 교육 과정 속에 포함시키려는 노력도 필요하다. 커다란 업적이 아니어도 좋다. 우리 선조들은 자명종이나 망원경을 발명하지는 못했지만, 그 원리를 탐구하고 흉내내어 만들어보려는 시도를 멈추지 않았다. 몇 백 년 전의 선조들이 시계를 조립하고 망원경으로 태양의 흑점을 관찰하는 모습들이 충격적으로 다가온다면 이제까지의 교육이 잘못된 것이다. 학생들이 선조들의 과학 활동을 알게 된다면 과학이란 분야를 지금까지와는 달리 보다 가깝고 친근한 것으로 느끼게 될 것이다. "식목일 대신 한식을 공휴일로 지정하고, 피타고라스의 정리 대신에 구고의 정리란 용어를 교과서에서 사용하며, 정약용의 사진기의 원리 등의 설명을 과학 교재에서 인용했으면 한다"라고 한 박성래의 말이 귀에서 맴돈다.

우리 나라의 과학 발전을 가로막은 사회적 조건을 밝혀내는 일도 선조들의 업적을 밝히는 것만큼이나 중요한 작업이다. 여러 가지 이유를 들 수 있겠지만, 가장 큰 문제는 역시 불합리한 정보의 소통 구조에 있었다고 생각된다. 지나친 목적성으로 다양한 정보의 발생과 유통을 근원적으로 막아버리고, 고답적인 신분제로 보다 많은 사람에 의한 정보 생산 활동을 불가능하게 했으며, 쇄국적인 태도로 일관하여 발달된 외래 문물을 받아들이는 데 실패한 것이 솔직한 우리의 옛 모습이다. 한 사람의 지혜보다는 두 사람의 지혜가, 한 나라의 지식보다는 두 나라의 지식이 뛰어나다는 것은 부정할 수 없는 사실이다. 소수의 지배층이 좁은 범위의 학문을 부여잡고 외부로 향한 문까지 걸어닫은 채 끙끙댔으니, 결과는 뻔한 것이었다. 당시 유럽에서는 수많은 과학자들이 고대 그리스의 자연학에서부터 이웃한 각국의 최신 연구 결과들까지 받아들여 자신만의 새로운 이론을 정립해가고 있었다. 가난한 집안에서 보잘것없는 신분으로 태어난 이들에게도 노력과 이를 뒷받침할 만한 실력만 있으면, 왕이나 귀족의 후원을 받아가며 연구에 매진하거나 교수로서 후학들을 양성할 수 있는 가능성이 열려 있었다. 이웃한 중국이나 일본에서도 외국인을 받아들여 최신의 정보를 입수하고, 외국 서적을 자국어로 번역하려는 노력들을 아끼지 않았으며, 직접 외국의 문물을 배우기 위해 유학을 떠나기까지 했다. 그러나 우리는 변화하는 세상에 발 빠르게 대처하지 못했다. 우리의 선조들이, 아니 소수의 집권층들만이라도 정보 교류의 중요성을 이해하고 국제 정세의 동향을 파악할 줄 아는 안목을 가졌더라면 하는 아쉬움이 그치질 않는다. 그랬다면 근현대사의 비극도 피할 수 있지 않았을까?

영광된 업적도, 안타까운 실패도 모두 우리의 역사다. 미화시킨다고 해서 바뀌지도 않고, 혐오한다고 해서 사라지지도 않는다. 부모형제가 꼭 잘났다고 해서 아끼고 사랑하는 것이 아니듯이 우리의 지나간 역사는 우리 것이라는 이유만으로도 충분히 존재 가치를 가진다. 과거의 역사를 있는 그대로 돌아본다면 소중한 교훈과 함께 현재의 위기를 헤쳐나갈 열쇠를 얻어낼 수 있을 것이다. 그리고 주어진 환경에서 최선을 다했던 선조들의 모습은 현재를 살아가는 우리에게 크나큰 용기를 안겨주게 될 것이다.

바다의 바퀴벌레

복성재에서 내려와 목간을 둘러보았다. 밤 바닷가를 거니는 것은 운치가 있을 뿐만 아니라 낮 동안 잘 보이지 않던 생물들을 관찰할 수 있는 좋은 기회가 된다. 도둑게와 방게 몇 마리가 개울의 축대벽에 매달려 있었다. 갯강구도 눈에 띄었다. 수십 마리씩 한데 뭉쳐 있는 모습이 떼를 짓는 습성을 잘 보여준다. 움직임이 거의 없는 것으로 보아 휴식을 취하고 있는 모양이다. 이처럼 가만히 멈춰 있는 갯강구를 보기란 쉽지 않은 일이다. 갯강구는 낮 동안 잠시도 가만 있지 않고 해변 곳곳을 부지런히 들쑤시고 다니면서 하루를 보낸다. 날이 어두워지면 숲이나 갈잎 밑에 들어가 휴식을 취하는데, 다음날 아침 해가 떠서 따뜻해지기 시작하면 밤 동안 차가워진 몸을 데우기 위해 어슬렁거리며 다시 나타난다. 미처 쉴 자리를 마련하지 못해 축대에 붙어 있게 된 것일까? 그러나 차가운 콘크리트 벽에 불안정한 자세로 붙어 있으면서도 그 모습이 한없이 평온해보인다.

주변 사람들에게 갯강구라는 이름을 대면 대부분이 고개를 흔든다. 해변

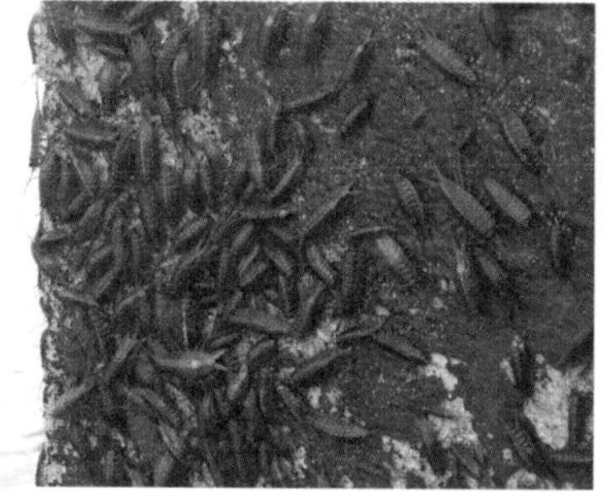

◉ **갯강구** 떼 수십 마리씩 한데 뭉쳐 있는 모습이 떼를 짓는 습성을 잘 보여준다.

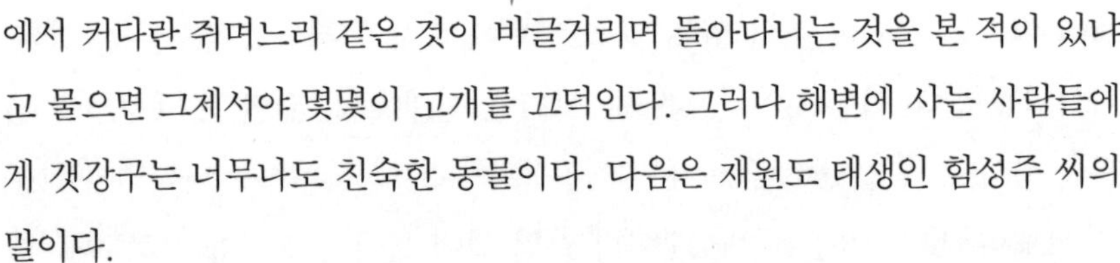
2개의 기다란 더듬이가 있다.
머리와 눈이 매미를 닮았다.
다리는 7쌍이다.
몸빛깔은 황갈색 혹은 흑갈색이다.
꼬리발은 끝이
두 갈래로 갈라져 있다.

에서 커다란 쥐며느리 같은 것이 바글거리며 돌아다니는 것을 본 적이 있냐고 물으면 그제서야 몇몇이 고개를 끄덕인다. 그러나 해변에 사는 사람들에게 갯강구는 너무나도 친숙한 동물이다. 다음은 재원도 태생인 함성주 씨의 말이다.

"갯강구는 우리가 '방구' 라고 부르는 녀석인 것 같네요. 비교적 까만 빛에 다리가 많고 기다란 더듬이가 두 개 있는 걸로 기억합니다. 운저리* 잡는 미끼로 쉽게 구해 쓰지요. 배에 귤색 알을 배고 다니는 놈도 본 적이 있는데…"

정약전은 갯강구를 선두충이라고 표현하며, 그 모양과 습성을 자세히 묘

◉ 갯강구 *Ligia exotica* Roux

* 문절망둑이나 풀망둑을 이르는 말이다.

사하고 있다. 이처럼 자세한 묘사를 위해서는 분명히 갯강구를 손으로 잡아서 들여다보아야만 했을 것이다.

[선두충蟬頭虫 속명 개강귀開江鬼]

길이는 두 치 정도이고, 머리와 눈은 매미를 닮았다. 두 개의 긴 수염이 있다. 등껍질은 새우와 비슷하다. 꼬리는 갈라져 있는데, 그 끝이 또 갈라져 있다. 다리는 여덟 개다.* 배 쪽에서 또 두 개의 가지가 나와 있는데, 그 모양이 매미의 주둥이와 같다. 이것으로 알을 배게 한다. 잘 달리고 헤엄도 잘 치므로 물에서나 육지에서나 서식하지 않는 곳이 없다. 빛깔은 담흑색이며 광택이 있다. 항상 소금기가 많은 땅의 바위 틈에서 돌아다니며, 큰 바람이 불 조짐이 보이면 사방으로 흩어져 떠돌아다닌다. 이곳 주민들은 이를 보고 바람을 예견한다.

정약전은 갯강구의 등껍질을 같은 갑각류인 새우에 비유했다. 등껍질이 마디로 되어 있으며, 잘 굽는다는 점을 새우와 비슷하다고 느꼈던 모양이다. 그리고 갯강구의 비교적 넓적한 머리 부분과 커다란 두 개의 겹눈으로부터는 매미의 모습을 떠올렸다.** 머리만을 놓고 보면 과연 매미와 비슷한 것 같기도 하다.

매미처럼 생긴 갯강구의 겹눈은 주변의 움직임에 민감하게 반응한다. 적의 그림자가 어른거리기만 해도 재빨리 알아채고 달아난다. 그러나 갯강구의 주된 감각 기관은 역시 후각과 촉각이다. 정약전이 말한 두 개의 긴 수염

* 여덟 쌍을 잘못 말한 것으로 보인다.

** 선두충이란 이름도 매미의 머리를 닮은 벌레라는 뜻이다.

과 끝이 갈라진 꼬리가 바로 냄새를 맡고 미세한 공기의 떨림을 감지하는 기관인데, 갯강구는 이것을 끊임없이 흔들어대면서 먹이의 위치를 찾고, 적일지도 모르는 상대의 움직임을 미리 알아차린다.

갯강구의 수염(더듬이)을 두 개로 본 것은 정약전의 실수다. 갯강구는 게나 새우와 같은 갑각류이므로 두 쌍의 더듬이를 가지는데, 제1더듬이가 제2더듬이보다 훨씬 길이가 짧기 때문에 제대로 관찰하지 못했던 것 같다. 8쌍의 다리가 있다고 한 것도 이상하다. 갯강구의 다리는 7쌍이기 때문이다. 작은 턱 뒤에 붙어 있는 악지顎脂 한 쌍까지 포함시켜 8쌍으로 본 것 같다.

갯강구의 산란 습성은 매우 독특하다. 수컷과 교미를 마친 암컷은 알을 낳는데, 자신이 낳은 알을 캥거루처럼 품에 안고 다닌다. 암컷의 배에는 알을 보관할 수 있는 주머니 모양의 구조가 발달해 있으며, 새끼는 이곳에서 부화하여 웬만큼 자란 후에 어미의 몸 밖으로 기어나온다. 징그러운 외형과는 달리 대단한 모성애다. 정약전이 매미 주둥이처럼 생겼다고 한 것은 아마도 수컷의 교접기를 말한 것 같다. 갯강구의 수컷은 가늘고 기다랗게 생긴 교접기로 암컷과 교미한다. 정약전은 갯강구를 잡아 구석구석 살펴보지 않으면 도저히 알아낼 수 없는 부분까지 세밀하게 묘사하고 있다. 암컷의 등에 올라타 교미를 하고 있는 개체를 잡아 이리저리 뒤집어가며 교미기의 구조를 유심히 관찰하는 모습이 떠오른다.

정약전은 갯강구의 색을 "담흑색이며 광택이 있다"라고 표현했다. 갯강구는 사는 곳에 따라 몸빛깔이 약간씩 바뀌기는 하지만, 대개 흑갈색이나 황

◉ **수컷의 교접기** 갯강구의 수컷은 가늘고 기다랗게 생긴 교접기로 암컷과 교미한다.

갈색을 띠고 있으므로 비교적 정확한 표현이라고 할 수 있다. 그런데 갯강구를 관찰하다 보면 몸의 앞쪽 절반과 뒤쪽 절반의 색깔이 다른 놈을 발견할 때가 있다. 이것은 탈피중인 개체이다. 갯강구의 몸은 여느 갑각류들과 마찬가지로 단단한 외골격으로 덮여 있으므로 정기적으로 탈피를 해야 생장할 수 있다. 이때 한꺼번에 껍질을 벗는 것이 아니라 처음에는 아래쪽 절반, 다음에는 위쪽 절반 하는 식으로 시기를 나누어 탈피하기 때문에 앞뒤의 색깔이 다르게 보이는 것이다.

갯강구를 보고 날씨를 점치다

대개의 갑각류가 물속 생활을 하는 데 반해 갯강구는 일생을 거의 뭍에서만 살아간다. 따라서 갯강구의 몸은 육상 생활에 매우 적합한 구조로 되어 있다. 갯강구는 땅 위에서 무척 빠른 속도로 달릴 수 있으며, 배 밑에 붙어 있는 발처럼 생긴 것으로 공기 중의 산소를 직접 받아들여 호흡할 수도 있다. 정약전은 "잘 달리고 헤엄도 잘 치므로 물에서나 육지에서나 서식하지 않는 곳이 없다"라고 하여 갯강구의 놀라운 적응력을 높이 평가했다.

본문에서는 큰 바람이 불기 전에 갯강구가 사방으로 흩어져 떠돌아다니는 것을 보고, 사람들이 날씨를 예견했다는 사실을 기록하고 있다. 내용은 약간 다르지만 박도순 씨도 갯강구의 기상 예보 능력을 알고 있었다.

"비 오고 바람 불고 그러면 위쪽으로 올라와요. 갯바위나 물 있는 데 있다가 바람 불면 위로 올라오지라."

생물들 중에는 사람에 비해 기상 변화를 예견하는 능력이 특별히 발달되어 있는 종류들이 많다. 갯강구는 파도가 들이치는 조간대 바로 위에서 살아가는 동물이다. 바람이 일고 파도가 들이쳐 수많은 적들이 도사리고 있는 바다로 빨려 들어가기 전에 미리 기상을 예측하는 능력은 생존에 필수적이었을 것이다. 섬사람들의 삶도 갯강구와 다를 것이 없었다. 조그맣고 불안정한 배를 타고 바다로 나가던 시절, 일기를 미리 예측하는 것은 생명과 직결될 만큼 중요한 일이었다. 전광용의 소설 『흑산도』에서는 한 노인이 날씨를 예측하는 장면을 다음과 같이 묘사하고 있다.

> 얼마 동안을 지났던지 비금도 쪽에 포개졌던 엷은 구름이 가시고 햇발이 솟아오르기 시작했다. 육십 평생 보아온 하늘이건만 하루도 똑같은 날은 없었다.
>
> '바다가 유헨덕이라면 하늘이사 제갈양이제. 참 조홰야, 암만 가구 싶어도 하누님이 말면 못 가이께.'
>
> 박영감의 눈은 동녘 하늘에 못박히고 있다. 환대구름이 허리띠처럼 가로놓여 있기 때문이었다.
>
> '거기다 해까지 노란 씨레를 달았군, 엠평 가마깨에서 배가 곤두박질한 것도 저 구름이었다. 아들놈이 서바닥 호쟁이꼴에서 소식이 없어진 것도 바로 저 구름이었지… 오늘밤엔 하누바람이 터질테라.'
>
> 갯밭에서 마을길로 옮기면서도 박영감의 시선은 항시 구름에서 떨어지질 않았다.

섬사람들은 언제 사나워질지 모르는 바다 날씨의 위협 속에서 평생을 살아야 했다. 사리의 옛 주민들은 생존을 위해 이 조그맣고 정이 가지 않는 생물의 습성에까지 주의를 기울여야 했던 것이다.

바위살렝이

중국에서는 갯강구를 선충船蟲이라고 부른다. 배 주위에서 잘 돌아다닌다고 해서 붙인 이름일 것이다. 일본 이름도 후나무시ふなむし로 선충과 같은 뜻이다. 정약전은 상상력을 더욱 발휘하여 선두충이라는 이름을 지어냈다. 그렇지만, 선두충보다는 역시 속명으로 기록한 개강귀가 이 생물의 생김새를 더욱 잘 반영하는 이름이다. 개강귀는 갯강구와 같은 말이다. 어떤 지역에서는 갯강구를 그냥 강구라고 부르기도 한다. 박도순 씨도 갯강구를 강구라고 부르고 있었다. 영남 쪽에서는 바퀴벌레를 강구라고 부른다. 결국 갯강구라는 이름은 물가나 바닷가를 의미하는 '개'에 바퀴벌레를 의미하는 '강구'가 붙어서 된 말로, 바닷가에 사는 바퀴벌레처럼 생긴 동물이라는 뜻이다. 빠르게 돌아다니며 먹다 남은 음식을 노리는 갯강구의 습성은 강구, 즉 바퀴벌레라는 이름에 잘 들어맞는다. 이름 때문인지, 그렇지 않으면 스스로 풍기는 이미지 때문인지 갯강구는 해변을 찾는 사람들에게 기피 대상 1호가 되기 일쑤다. 근처로 다가오기만 해도 사람들은 기겁을 한다.* 만약 사

* 아마도 해변에서 갯강구와 마주치기를 바라는 사람은 그리 많지 않을 것이다. 그러나 만약 해변에서 갯강구가 정말로 사라져버린다면 더욱 질겁할 만한 일이 벌어지게 될 것이다. 갯강구는 쉴 새 없이 돌아다니며 온갖 오염물을 먹어치우는 부지런한 갯가의 청소부이기 때문이다. 갯강구가 없어진다면 해변은 오래지 않아 쓰레기와 생물들의 사체로 뒤덮인 불쾌한 공간으로 변해버리고 말 것이다.

람들이 갯강구를 싫어하는 것이 이름 때문이라면 갯강구에게나 사람에게나 좋은 대안이 있다.

어느 해 여름, 충청도 태안반도 끄트머리에 있는 삽시도라는 섬에 갔을 때의 일이다. 삽시도에서는 항구와 민박집, 해안 사이의 거리가 멀어 주로 경운기를 이용해서 이동해야 한다. 원래 예정은 텐트를 치고 야영하려는 것이었지만 무거운 짐을 들고 이동할 방법이 막막했다. 결국 항구에서 만난 민박집 아주머니의 설득에 넘어가 3일 간 민박을 하기로 했다. 경운기를 타고 들어간 민박집에는 인천에서 직장을 다니던 아들이 여름 휴가 동안 집안일을 돕겠다며 내려와 있었는데, 상당히 재미있는 사람이었다. 어렸을 때 보았던 조개무지며, 섬 곳곳의 지명, 갖가지 생물들에 대한 이야기를 들려주었다. 특히 재미있었던 것은 해변의 여러 동물들에 대한 사투리와 정식 이름을 서로 가르쳐주며 비교해보는 일이었다. 작은 게를 통칭해서 똘챙이, 민꽃게를 박까시, 흰해삼을 개불이라고 부른다는 사실을 새로 알게 되었으며, 이 밖에도 꽤 많은 방언을 수집할 수 있었다.

예정했던 3일이 지나고 항구에 나와서 함께 배를 기다리는데, 문득 갯강구가 앞에서 기어다니는 모습이 눈에 띄었다. 호기심으로 물어보았다.

"저기 돌아다니는 걸 여기선 뭐라고 불러요?"

"그쪽에선 뭐라고 부르는데요?"

"정식 이름은 갯강구라고 합니다."

"갯강구… 갯강구… 응 재밌네요."

"이쪽에선요?"

"바위살렝이. 우린 바위살렝이라고 불러요."

갯강구라는 이름 대신에 바위살렝이라는 이름을 써보는 것은 어떨까? 사전에서 '설레다'를 찾아보면 '안정하여 있지 못하고 공연히 이리저리 움직거리다', '마음이 들떠서 흔들리다', '설렁설렁 흔들리다' 등의 뜻으로 풀이되어 있다. '설레발치다'라는 말 또한 '몹시 서둘러 대며 부산을 피우다'라는 뜻이다. 결국 설설, 설레 따위는 무엇인가가 바삐 돌아다니는 모습을 표현한 것이며, 바위살렝이란 말은 바위 위를 설레설레 돌아다니는 것이라는 뜻으로 해석해볼 수 있겠다.*

바위살렝이라는 말을 들은 후 갯강구에 대한 이미지가 달라졌다. 징그럽고 싫기만 하던 바다의 바퀴벌레가 어느새 바위 위를 살랑거리며 돌아다니는 귀엽고 명랑한 모습으로 바뀌어버린 것이다. 이처럼 사물의 이름에는 어떤 느낌을 불러일으키는 힘이 있다. 생물의 이름을 결정하는 데 심사숙고가 필요한 이유가 여기에 있다.

* 지방에 따라서 신발이, 돈벌레로 알려져 있는 그리마도 역시 설설발이, 설레발이로 불리는 동물이다. 이 이름들과 살렝이와의 유사성은 명백하다. 살랑, 설설, 설레 등은 역시 다리가 많고, 빠르게 돌아다니는 생물을 표현하는 의태어였던 것이다.

어미를 잡아먹는 물고기

물속으로 손전등을 비추니 망둑어 종류들이 헤엄치는 모습이 보였다. 날망둑과 풀망둑인지, 문절망둑인지 확실하지 않은 종류의 새끼들이 이리저리 몰려다니고 있었다. 박도순 씨에게 망둑어에 대해 묻자 사리 마을에서는 '문저리'가 잡힌다고 대답했다.*

"문저리는 가을에 굵어져요. 많지는 않습니다. 도랑으로 올라오는데 커다란 게 올라와요. 낚시로 많이 낚지라. 별로 좋은 고기는 아녀. 구워 먹거나 버려요. 개한테 삶아주기도 하고."

망둑어류는 생활력이 매우 강한 물고기다. 염분이나 수온 변화에 대한 내성이 클 뿐만 아니라 식욕이 왕성하여 어디서든 쉽게 먹잇감을 찾아낸다. 강한 생활력에 걸맞게 망둑어류는 지구상에서 가장 종류가 많은 물고기로 손꼽힌다. 망둑어과에 속하는 어류 중 우리 나라에 서식하는 종류로는 문절망둑, 말뚝망둥어, 짱뚱어, 밀어 등 42종 정도가 알려져 있다. 이 중에서 식용으로 많이 잡히는 종은 문절망둑과 풀망둑이다. 정약전이 말한 대두어도

* 문저리는 문절망둑이나 풀망둑을 이르는 이름이며, 망둑어는 농어목 망둑어과에 속하는 물고기를 함께 이르는 말이다. 대부분의 사람들에게는 망둥어, 망둥이라는 이름이 더 익숙하겠지만 현재 표준국명은 망둑어로 통일되어 있다.

이 두 종 중의 하나일 것으로 생각된다.

[대두어大頭魚 속명 무조어無祖魚]

큰 놈은 두 자가 조금 못 된다. 머리와 입은 크지만 몸은 가늘다. 빛깔은 황흑색이며 고기맛은 달고 질다. 조수가 왕래하는 곳에서 돌아다닌다. 성질이 완강하여 사람을 두려워하지 않으므로 낚시로 잡기가 매우 수월하다. 겨울철에는 진흙을 파고 들어가 동면한다. 이 물고기는 그 어미를 잡아먹기 때문에 무조어無祖魚라고 불린다. 흑산에도 간간이 나타나지만 많지는 않다. 육지 가까운 곳에서 잡히는 놈은 매우 맛이 좋다. 이 밖에 다른 종류로 조그만 놈이 하나 있는데, 이곳 사람들은 덕음파德音巴라고 부른다. 이 물고기의 길이는 5~6치이다. 머리와 몸뚱이가 모두 서로 대칭이다(相稱). 빛깔은 누렇거나 또는 검은색이다. 해변의 가까운 물가에서 서식한다.

박도순 씨에게 무조어나 어미를 잡아먹는 물고기에 대해서 물었더니 들어본 적이 없다며 고개를 갸웃거렸다. 풀망둑과 문절망둑은 곳에 따라 문절이, 망둥이, 범치, 운저리, 고생이, 무조리, 문주리 등 다양한 이름으로 불리는데, 그중에서도 가장 일반적인 것이 문절이류의 이름이다. 정약전이 속명으로 밝힌 무조어도 문절이, 무조리와 같은 발음을 한자로 옮긴 것으로 보인다. 대두어는 머리가 크다는 뜻에서 붙은 이름이다. 망둑어 종류가 대부분 그렇지만 문절망둑과 풀망둑은 특히 큰 머리를 가지고 있다.

문절망둑은 몸의 앞쪽이 원통 모양에 가깝고 뒤쪽은 옆으로 납작하다.

몸은 풀망둑에 비해 짤막하고 뚱뚱한 편이다.
몸 옆면에는 암갈색 반점이 늘어서 있다.
배지느러미는 빨판으로 되어 있다.
꼬리지느러미에는 반점이 있으며, 뒤끝이 둥글다.

몸빛깔은 옅은 회황색 계통인데 옆구리를 따라 몇 줄의 불분명한 암갈색 얼룩무늬가 늘어서 있다. 눈은 작고 머리의 위쪽에 있다. 좌우의 배지느러미는 합쳐져서 빨판을 형성하는데 이것은 망둑어류의 중요한 특징이다. 20센티미터 안팎이 보통이지만 30센티미터 급도 가끔 잡히는 경우가 있다. 풀망둑도 문절망둑과 거의 비슷하게 생겼는데, 몸빛깔이 연한 회갈색에 녹색빛이 도는 경우가 많다. 문절망둑보다 훨씬 크게 자라지만 체형은 날씬한 편이다.

마산에서 해변을 따라 서쪽으로 한 시간쯤 나가면 장구리라는 조그만 마을이 나온다. 동생과 나는 이곳을 멸치 공장이라고 부른다. 철만 되면 잘 골

◉ 문절망둑 *Acanthogobius flavimanus* (Temminck et Schlegel)

몸빛깔은 연한 회갈색에
녹색빛이 도는 경우가 많다.
몸은 문절망둑에 비해 가늘고 긴 편이다.
배지느러미는 빨판으로 되어 있다.
꼬리지느러미에는 반점이 없으며,
뒤끝이 뾰족하다.

라놓은 널찍한 마당에다 멸치를 말리기 때문이다. 우리는 가을이 깊어가면 항상 이곳으로 낚시 여행을 나선다. 문절망둑을 낚기 위해서다. 낚시가 잘 될 때면 한 시간 정도만 앉아 있어도 반 양동이를 쉽게 채운다. 이처럼 망둑어의 제철은 역시 가을이다. 월동을 앞두고 식욕이 더욱 왕성해진 망둑어는 낚시를 잘 물어줄 뿐만 아니라 '봄 보리멸 가을 망둑'이라는 말이 보여주듯 최고의 맛과 육질을 자랑하게 된다. 잡아올린 문절망둑은 주로 회를 떠서 먹는다. 이곳 사람들은 회 맛이 고소하다고 해서 문절망둑을 꼬시락이라는 이름으로 바꿔 부른다.

김려는 『우해이어보』에서 문절망둑을 문절어文鰤魚라고 표기하고 해궐海鱖

◉ 풀망둑 *Synechogobius hasta* (Temminck et Schlegel)

과 수문睡魰이라는 별명을 함께 기록한 바 있다.

해변의 수심이 얕고 모래가 두텁게 쌓여 있는 곳에 서식한다. 밤에는 반드시 구슬을 꿰어놓은 듯 다닥다닥 모여 무리를 이룬다. 이때 머리는 물가 쪽으로, 몸은 물 안쪽으로 둔 자세로 잠을 잔다. 성질이 잠자는 것을 좋아해서 잠이 깊이 들면 사람이 손으로 움켜쥐어도 알지 못한다.

이곳 사람들은 대나무를 사용해서 위쪽은 뾰족하고 아래쪽은 넓게 트인 모양으로 통을 만드는데, 여기에 기다란 자루를 매단다. 밤이 깊으면 솔가지에 불을 붙여 들고 해변으로 나가 물고기를 찾는다. 물고기가 모여 있는 곳에 통을 덮어씌우면 통의 반은 물속으로 들어가고 나머지 반은 수면 위에 있는 상태가 된다. 이제 통 위에 있는 구멍으로 손을 집어넣어 통 안에 갇혀 있는 물고기를 건져내기만 하면 된다.

죽을 끓여 먹으면 향기롭고 연한 것이 쏘가리의 맛과 비슷하다. 회로 먹어도 맛이 매우 좋은데, 이곳 사람들은 문절망둑을 많이 먹으면 잠을 잘 자게 된다고 말한다. 나 자신도 우환을 만나 오랫동안 불면증에 시달리다가 조증*에 걸리게 되었다. 집주인에게 매일 문절어를 사오게 하여 죽으로 끓여 먹기도 하고 그냥 회로 먹기도 했는데, 자못 효험이 있었다. 이 물고기는 성질이 차서 능히 심화心火**를 다스리고 폐에도 좋다.

문절어는 문절망둑, 무조어와 같은 계통의 이름이며, 해궐은 문절망둑의

◉ **가리** 김려의 글에 나온 물고기 잡는 대나무통은 '가리'라고 부르는 어구의 일종이다.

* 마음이 답답하여 편안하지 않은 증세.
** 마음속의 울화로 마음이 답답하고 몸에 열이 높아지는 병.

맛과 생김새가 쏘가리와 비슷하다는 뜻에서 붙여진 이름이다. 또한 옛사람들은 문절망둑이 잠을 잘 자는 물고기라고 생각하여 수문睡鮻이라는 별명을 따로 붙여주었다. 김려가 묘사한 장면을 나도 여러 번 마주한 적이 있다. 해변에서 밤 낚시를 하다가 입질이 뜸해지면 손전등을 들고 물가를 비춰보곤 한다. 둥근 불빛 아래 꽃게며, 낙지며, 가지각색의 물고기들이 떠오르는 모습은 환상적이기까지 하다. 이때 어떤 물고기들보다도 자주 만나게 되는 종이 바로 문절망둑이다. 낮 동안 정신없이 이곳저곳을 누비고 다니던 녀석들이 옹기종기 모여 앉아 얌전하게 잠들어 있는 모습이 퍽 인상적이었다.

예전에는 문절망둑을 먹으면 잠이 잘 온다는 속설이 널리 퍼져 있었던 것 같다. 아마도 잠을 잘 자는 물고기를 먹으면 사람도 잠이 잘 올 것이라는 생각이었으리라. 김려는 문절망둑을 먹고 불면증을 고친 자신의 경험담을 이야기하면서 따로 심화와 폐에 좋다는 약성까지 언급하고 있다. 머나먼 타향에서 귀양살이를 하고 있던 김려의 마음을 달래 준 것이 겨우 희한하게 생긴 물고기였다는 사실이 왠지 처량하게 느껴진다. 본문에 문절망둑의 약성에 대한 기록이 나타나지 않는 것으로 보아 정약전이나 흑산 사람들은 문절망둑의 약성을 모르고 있었던 것 같다. 김려와 똑같은 입장에 처해 있었던 정약전이 이 사실을 알았더라면 문절망둑을 먹고 시름을 달랠 수 있었을 텐데 아쉬운 일이다.

덕음파라는 이름은 확인하지 못했다. 크기로 보아 조그만 망둑어의 일종인 것 같은데, 별망둑이나 점망둑이 유력한 후보라고 생각된다. 색깔도 일

◉ **별망둑** 덕음파라는 이름은 확인하지 못했다. 크기로 보아 조그만 망둑어의 일종인 것 같은데, 별망둑이나 점망둑이 유력한 후보라고 생각된다.

치하는 데다 사리 해변에서도 매우 흔하게 발견되는 종이기 때문이다. 박도순 씨는 조그만 망둑어에 대한 질문에 별망둑과 비슷하게 생긴 것들을 모두 짱뚱어라고 부른다고 했다.

"짱뚱어는 돌 들추면 나오는 조그만 망둥어여. 낚시 미끼로 써요. 농어 같은 물고기를 이걸루 낚지."

오징어 까마귀를 먹다

오징어의 왕국

날이 밝자마자 짐을 꾸렸다. 아침 식사를 간단히 마치고 박도순 씨의 배웅을 받으며 예리행 버스에 올랐다. 멀어져가는 사리 마을을 바라보며 여러 가지 상념에 젖어들었다. 흑산도에 도착하는 처음 순간부터 유배 생활을 하던 정약전의 심정을 조금이나마 느껴보기 위해 나름대로 노력했다. 며칠 동안 200년 전 정약전이 그랬던 것처럼 해변을 거닐고 물고기를 잡았다. 이곳저곳을 기웃거리면서 눈으로 보고 귀로 듣는 모든 것들을 빠짐없이 기록하려 애썼고, 한밤중 복성재에 올라 생각에 잠겨들기도 했다. 그러나 아무리 정약전의 흉내를 내보아도 내게는 절실함이 없었다. 나라와 백성을 생각하는 충정도 없었고, 가족과의 이별에 목멘 슬픔도 없었으며, 소중한 벗과의 헤어짐으로 인한 외로움도 없었다. 감정을 이입하고 한숨을 내쉬어봐도 그가 느꼈을 감정을 짐작하기란 너무나 힘든 일이었다.

여름이라는 계절 탓도 있었을 것이다. 뜨거운 햇살이 마음을 들뜨게 했고, 피서객들의 소란과 활기찬 아이들의 물장난은 진지함이나 숙연함과는

◉ 오징어 말리기 터미널 주변 곳곳에서 오징어 말리는 모습을 볼 수 있었다.

거리가 멀었다. 이런 말도 집중하지 못한 데 대한 한낱 변명거리일 뿐이겠지만, 아무래도 추위에 떨며 고독을 느낄 수 있는 겨울에 다시 한번 흑산도를 찾아야겠다는 생각이 들었다.

여객선터미널에 도착해서 시간을 확인하고 표를 끊었다. 출발 시간까지 얼마간 여유가 있어 마지막으로 예리항을 한 번 더 돌아보기로 했다. 터미널 문 앞을 나서자마자 한 할머니가 오징어를 사라며 목청을 높인다. 주위를 둘러보니 오징어를 파는 곳이 한두 군데가 아니다. 흔히 오징어라고 하면 울릉도나 주문진, 포항 등 동해의 여러 곳을 떠올리지만 사실은 서해도 중요한 오징어 어장이다. 봄철 수온이 높아지면 먼 남쪽 바다에서 겨울을 보낸 오징어 떼가 북쪽으로 올라오기 시작하는데, 그중 일부가 서해로 들어와 어민들에게 잡히게 되는 것이다. 실제로 터미널 주변 곳곳에서 오징어 말리는 모습을 볼 수 있었고, 예리선착장에는 오징어잡이배 몇 척이 정박하고 있었다.

외국 사람들은 생김새가 이상하고 고약한 냄새가 난다고 해서 오징어를 싫어하지만, 우리 나라 사람들에게 오징어는 술이나 담배에 필적할 만한 기호 식품이다. 여행을 떠날 때, 운동 경기를 볼 때, 호프집에서 맥주를 마실 때 늘 오징어가 함께한다. 먹는 방법도 가지가지다. 마른 오징어를 그냥 먹는 경우도 있지만, 막 잡아올린 싱싱한 오징어를 대충 썰어 초장에 찍어 먹는 물회나 뜨거운 물에 살짝 데쳐서 먹는 강회, 오징어 양념구이, 전기구이, 오징어찜, 오징어 불고기, 젓갈 등 오징어를 이용한 요리는 수없이 많다. 그중에서도 특별한 것으로 동해안 사람들이 즐겨 먹는 오징어순대를 들 수 있

◉ **오징어잡이배** 예리선착장에는 오징어잡이배 몇 척이 정박하고 있었다.

다. 오징어순대는 오징어잡이에 종사하는 사람들이 직접 개발한 요리로 오징어의 몸통에 내장, 다릿살, 김치 등을 잘게 다져 속을 만들어넣고 삶은 것이다. 낯가죽이 두껍고 질기다는 뜻에서 함진아비들이 마른 오징어에다 구멍을 뚫어 가면으로 만들어 쓰고 다니는 것에 이르러서는 정말 우리 나라가 오징어의 왕국이구나 하는 탄성이 절로 나온다.

우리 선조들은 오징어에 대해 어떤 생각들을 하고 있었을까? 『현산어보』를 통해 이를 확인할 수 있다.

[오적어烏賊魚]

큰 놈은 직경이 한 자 정도이다. 몸은 타원형이며 머리는 작고 둥글다. 머리 아래에 가는 목이 있는데 목 위에 눈이 있다. 머리 끝에는 입이 있다. 입 둘레에 여덟 개의 다리가 나 있는데, 낚싯줄처럼 가늘고 길이는 두세 치에 불과하다. 다리에는 모두 국화꽃 모양의 발굽이 붙어 있다. 국화꽃처럼 둥근 것이 양쪽에 맞붙어 줄줄이 늘어서 있으므로 이를 국제菊蹄라고 부른다. 오적어는 국제가 붙어 있는 다리를 움직여 앞으로 나아가기도 하고 물체를 거머잡기도 한다. 또 특별히 기다란 다리 두 개가 나와 있는데, 길이는 한 자 다섯 치 정도이며 노끈 굵기이다. 이 다리의 끝은 말발굽처럼 생겼는데 역시 국제가 있어 다른 물체에 달라붙을 수 있다. 나아갈 때에는 거꾸로 가지만 똑바로 갈 수도 있다. 등에는 기다란 타원형의 뼈가 있다. 살은 대단히 무르고 연하다. 뱃속에는 알과 먹물주머니가 있다. 만일 적이 자신을 공격하면 먹물을 뿜어내어 주위를 흐린다. 오적어의 먹으로 글씨를 쓰면 매우 빛이 나고 윤기가 있다. 다만 오래

◉ **오적어** 큰 놈은 직경이 한 자 정도이다. 몸은 타원형이며 머리는 작고 둥글다. 머리 아래에 가는 목이 있는데 목 위에 눈이 있다. 머리 끝에는 입이 있다. 입 둘레에 여덟 개의 다리가 나 있는데, 낚싯줄처럼 가늘고 길이는 두세 치에 불과하다.

되면 종이에서 벗겨져 흔적조차 없어진다. 그러나 이를 바닷물에 넣으면 먹의 흔적이 되살아난다고 한다. 오적어의 등은 검붉은색을 띠고 반문이 있다. 고깃살의 맛은 감미로워서 회나 포에 모두 좋다. 오적어의 뼈는 상처를 아물게 하며 새살을 돋게 한다. 또한 말이나 당나귀의 등창에도 효험이 있는데, 이들의 등창은 오적어 뼈가 아니면 고치기 어렵다.

이청의 주 『본초강목』에서는 오적어烏賊魚를 오즉烏鰂, 묵어墨魚, 남어纜魚로, 그 뼈는 해표초海鰾鮹라고 불렀다. 『정자통』에서는 오적어를 즉鰂 혹은 흑어黑魚라고 기록하고, 모양이 산낭算囊*과 같다고 했다. 소송은 "오적어의 모양은 가죽 주머니와 같다. 등에는 작은 배 모양의 뼈가 하나 있다. 뱃속의 피나 쓸개가 바로 먹이다. 이것으로 글자를 쓸 수 있지만 쓰고 난 후 해가 지남에 따라 흔적이 사라지게 된다. 사람들은 먹을 품고 있어 예의를 안다고 하여 오적어를 해약海若**의 법도에 대한 일을 맡아보는 신하라고 부른다"라고 했다. 이 모두가 오적어를 말하는 것이다.

진장기는 "진나라 왕이 동쪽으로 행차했을 때 산대算袋를 바다에 버렸는데, 그것이 변하여 오적어가 되었다. 그래서 모양이 산대를 닮게 된 것이다. 먹이 항상 뱃속에 있다"라고 했다. 소식은 「어설魚說」에서 "오적烏賊은 다른 생물이 자기를 엿보는 것을 두려워하므로 먹물을 뿜어 스스로를 가리는데, 바다까마귀〔海烏〕가 이를 보면 오적어가 있다는 것을 알고 잡아먹는다"라고 했다. 소송은 도은거의 말을 인용하여 "오적어는 물새가 변해서 된 생물이다. 지금도 물새를 빼다박은 입과 배가 그대로 남아 있다. 배 안에 먹이 있어 사용할 수 있게 되어 있으므로 오즉烏鰂이라는 이름이 붙었다"라

* 산가지를 넣어 다니는 주머니.
** 해신의 이름.

고 했다. 『남월지』에서는 "오적어는 까마귀를 즐겨 먹는 성질이 있다. 항상 스스로 물위에 떠 있다가 날아가던 까마귀가 이를 보고 죽은 줄 알고 쪼려 할 때 발로 휘감아 물속으로 끌어들인 다음 잡아먹는다. 그래서 오적烏賊이라는 이름이 붙었다. 오적은 까마귀를 해치는 도적이라는 뜻이다"라고 했다. 이시진은 나원이 쓴 『이아익』을 인용하여 "음력 9월에 한오寒烏가 물속으로 들어가서 오적어가 되었다. 또한 문묵文墨이 있어 모범이 될 만하므로 이름을 오즉烏鰂이라고 했다. 즉鰂은 곧 칙則과 같은 말이다"라고 했다.

이상의 여러 가지 설에서 오적어를 산대가 변한 것이라고도 했고, 먹물을 뿜다가 오히려 까마귀에게 해를 입는다고도 했다. 혹은 거짓으로 죽은 체하여 까마귀를 잡아먹는다고도 했고, 물새나 한오가 변한 것이라고도 했다. 그러나 아직까지 실상을 보지 못하여 그대로 믿을 수 없는 말들이다. 내 생각에는 오적烏賊은 흑한黑漢과 같은 말인데, 먹을 품고 있기 때문에 붙은 이름이며, 후에 물고기 어魚변을 붙여 오적鰞鱡으로 만든 것 같다. 또 이를 생략하여 즉鰂이나 즉鯽으로 만들었고, 이것이 와전되어 죽竹이나 즉鱡으로 변했는데, 별다른 뜻이 있어서 만들어진 이름은 아니라고 생각된다.

정약전의 글을 통해 오징어의 요리법, 뼈로 상처를 치료하고 가축의 병을 고치는 법, 먹물로 글씨를 쓰는 법 등 당시 일반인들에게 널리 알려져 있었을 법한 내용들을 짐작해볼 수 있다. 또한 이청은 정약전의 설명에 덧붙여 다양한 문헌들을 인용해가며 오징어의 문화사와 어원에 대해 상세하게 고증해놓았다. 이청이 인용한 문헌들은 비록 중국 문헌이기는 하지만, 그 속에 담긴 내용이 우리 선조들이 늘 읽어 친숙한 것이었다는 점을 생각해볼 때, 역시 우리 나라에서 오징어를 바라보는 시각이 어떠했는지를 알려주는 귀중한 자료라고 생각된다.

오징어인가, 꼴뚜기인가

본문을 읽다보면 '작은 배같이 생긴 오징어 뼈'라는 말이 나온다. 그런데 우리가 먹는 오징어에는 이렇게 큰 뼈가 없다. 다만 얇고 기다란 뼛조각이 들어 있을 뿐이다. 오늘날 우리는 몸속에 딱딱한 석회질의 뼈가 들어 있는 종류를 갑오징어라고 부르고, 그렇지 않은 종류는 그냥 오징어라고 부른다. 대체 어떻게 된 일일까?

대학 학부 시절 무척추동물학 실험 시간이었다. 교수님은 다음 시간에 피둥어꼴뚜기로 실험을 할 계획이니, 수산 시장에서 꼭 이것을 사와야 한다고 강조를 하셨다. 피둥어꼴뚜기란 이름을 처음 들어보았던 나는 그냥 오징어는 안 되냐고 되물었다. 교수님은 우리가 보통 먹는 오징어가 바로 피둥어꼴뚜기라며 웃음을 터뜨리셨다. 당시에는 일반 사람이 다 쓰는 오징어라는 이름을 놓아두고 이상한 이름을 갖다붙이는 것이 적잖이 불만스러웠다. 그런데 알고 보니 오히려 내 생각이 잘못된 것이었다. 예전에는 오늘날 우리가 갑오징어라고 부르는 종류를 오징어, 오징어라고 부르는 종류를 꼴뚜기라고 불렀다. 그렇다면 오징어보다 피둥어꼴뚜기가 옛 모습을 더욱 잘 간직하고 있는 이름이 된다.

이제 왜 정약전이 오징어에 뼈가 있다고 말했는지 이해할 수 있다. 정약전이 말한 오징어는 갑오징어였던 것이다. 정약전은 오징어의 본종을 갑오징어로 보았고, 갑오징어보다 몸이 가늘고 길며, 넓적한 뼈 대신 가느다란 뼈가 있는 종을 꼴뚜기로 분류했다.

유희가 『물명고』에서 꼴뚜기를 '골독이' 라고 표기하고, "오징어와 비슷하나 뼈가 없고,* 크기가 작다"라고 말한 것을 보더라도 당시에는 이러한 구분법이 보편적이었다는 사실을 알 수 있다. 실제로 오징어를 그려놓은 옛 그림을 보면 대부분 몸통이 둥그스름한 갑오징어를 묘사하고 있으며, 흑산도 사리 마을의 박도순 씨도 "흑산에서는 오징어라 하면 갑오징어를 말하는

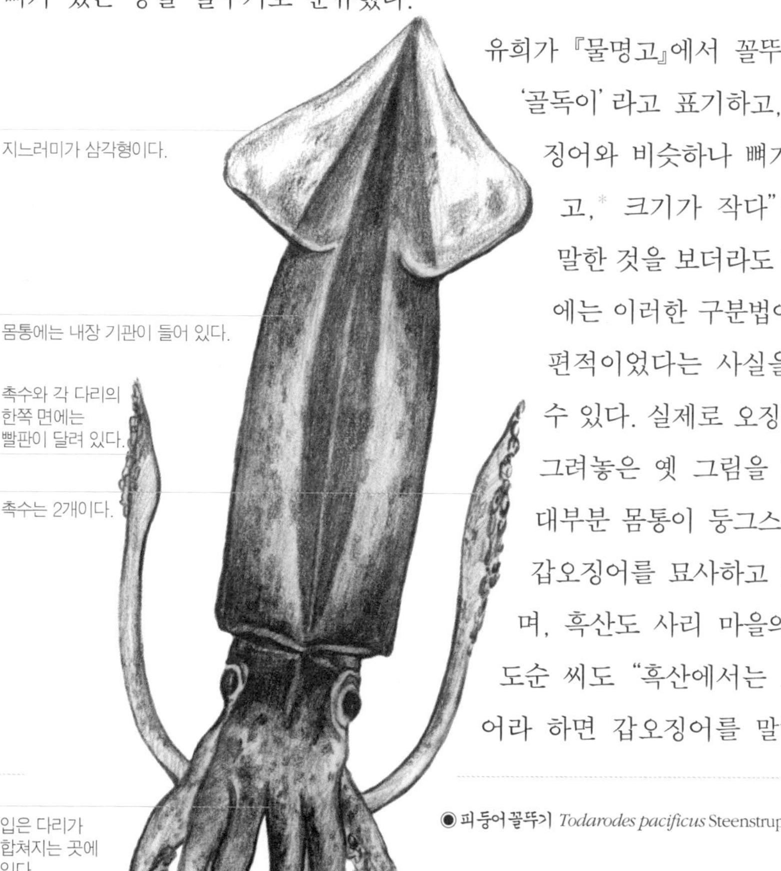
지느러미가 삼각형이다.
몸통에는 내장 기관이 들어 있다.
촉수와 각 다리의 한쪽 면에는 빨판이 달려 있다.
촉수는 2개이다.
입은 다리가 합쳐지는 곳에 있다.
다리는 8개이다.

◉ **피둥어꼴뚜기** *Todarodes pacificus* Steenstrup

* 꼴뚜기에도 뼈가 있지만, 갑오징어에 비해 훨씬 작고 가는 모양이므로 없다고 표현한 것이다.

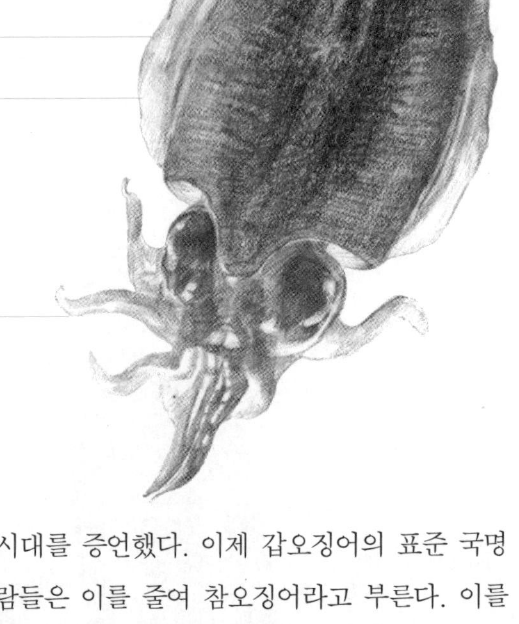
몸속에 커다란 뼈가 들어 있다.
몸꼴은 타원형에 가깝다.
지느러미가 몸통 전체에 걸쳐 있다.
몸통에 비해 다리의 길이가 짧다.

거여"라고 말하며 정약전의 시대를 증언했다. 이제 갑오징어의 표준 국명은 참갑오징어가 되었고, 사람들은 이를 줄여 참오징어라고 부른다. 이를 두고 오징어가 옛 명성을 회복했다는 사실에 뿌듯한 만족감을 느끼고 있을지, 꼭 '참' 자를 붙여야만 원조로 대접받는 오늘날의 세태를 통탄하고 있을지 알 수 없는 일이다.

참갑오징어는 주로 남서해 연안에서 나는데 많이 잡히지는 않는다. 몸길이는 20센티미터 안팎이지만 더 크게 자라는 것도 있다. 피둥어꼴뚜기의

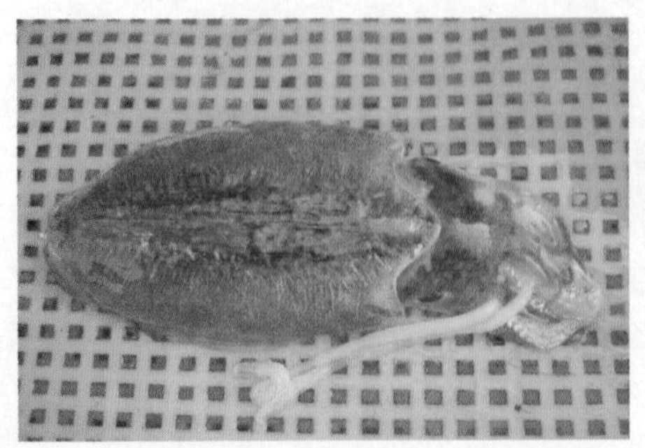

◉ **참갑오징어** *Sepia esculenta* Hoyle

수명이 1년 정도인 데 비해 참갑오징어는 4~5년 정도로 훨씬 오래 산다. 암수는 서로 다른 무늬를 하고 있어 쉽게 구별할 수 있다. 수컷은 등 쪽에 암갈색 물결 모양의 가로무늬가 뚜렷하지만 암컷에는 이런 무늬가 없다.

참갑오징어는 살이 두껍고 맛이 좋다. 박도순 씨도 참갑오징어를 높이 평가했다.

"낭장망에 걸리지라. 살이 좋고 달아 갑오징어 큰 놈 한 마리면 보통 오징어 한 축(20마리)하고 맞먹어요. 비쌀 때는 대자 사오십 센티에 이만 원까지 나가제. 강원도 오징어 두 축 줘도 안 바꿔. 뼈를 지혈제나 소화제로도 써요."

정약전은 참갑오징어의 뼈가 상처를 아물게 하는 효능이 있다고 밝혔다. 실제로 참갑오징어의 뼈는 '오적골'이라고 불리며 약재로 많이 쓰였다. 『동의보감』에서는 다음과 같이 참갑오징어 뼈의 약성과 제법을 설명하고 있다.

> 오징어 뼈는 성이 미온하다. 맛이 짜고 독이 없으며, 부인의 누혈漏血, 귀가 먹어 들리지 않는 데, 눈의 열루熱淚를 다스리는 데 좋으며, 또 혈붕血崩을 고치고, 충심통虫心痛을 없앤다. 뼈는 두께가 3, 4푼이 되고 작은 배와 비슷하며, 가볍고 약하다. 빛깔은 희다. 물에 삶아서 누렇게 되면 껍질을 벗겨버리고 부드럽게 간 다음 햇볕에 말려서 쓴다. 고깃살은 성이 평하고 맛이 시다. 주로 익기益氣, 강지强志하는 데 좋다. 월경을 통하게 하고, 오래 먹으면 정精을 더하여 자식을 낳게 한다.

◉ **오징어 뼈** 정약전은 참갑오징어의 뼈가 상처를 아물게 하는 효능이 있다고 밝혔다.

조선 후기에 씌어진 가정백과사전인 『규합총서』에도 "나무를 심을 때 오징어 뼈가 들어가면 죽는다", "모란을 심을 때 오징어 뼈가 들어가면 죽는다", "오징어 뼈를 우물 가운데 잠그면 잡벌레가 다 죽는다" 등 오징어 뼈에 대해 설명해놓은 대목들이 나오는데, 이를 통해 당시 일반 가정에서 오징어 뼈가 광범위하게 이용되고 있었음을 알 수 있다.

우리 나라에서 참갑오징어가 오징어라는 이름을 피둥어꼴뚜기에게 넘긴 때는 대략 1930년경이었다. 다른 업종들과 마찬가지로 수산업에서도 일본식으로 용어가 통일되어가는 과정중에 일어난 일이었다. 그러나 살오징어라는 이름이 통용되기 시작하면서 피둥어꼴뚜기란 이름도 이젠 그 수명을 다해가고 있다. 그나마 남아 있던 옛 시절의 흔적이 거의 사라질 지경에 이른 것이다. 『현산어보』는 고록어(꼴뚜기)라는 이름이 아직 득세하고 있던 시절의 이야기들을 들려주고 있다.

[유어鰇魚 속명 고록어高祿魚]

큰 놈은 길이가 한 자 정도이다. 모양은 오적어를 닮았지만 몸이 더 길고 날씬하다. 또한 등에 타원형이 아닌 종잇장처럼 얇은 뼈만 있으며, 이것을 등뼈로 삼는다. 몸은 붉은 기가 돈다. 먹을 지니고 있으며, 맛은 달고 담박하다. 나주 북쪽에 대단히 많다. 음력 3~4월에 잡아서 젓갈을 만든다. 흑산에서도 잡힌다.

이청의 주 『정자통』에서는 "유鰇는 본래 유柔와 같은 말이다. 오징어를 닮았지만 뼈가 없다. 바다에서 나는데 월越나라 사람들이 귀중히 여긴다"라고 했다. 『본초강목』에도 같은 내용이 나온다. 모두 지금의 고록어를 가리키는 말이다. 다만 고록어는 가는 뼈가 있으므로 전혀 뼈가 없다고는 말할 수 없다.

참갑오징어에 비해 살오징어나 다른 꼴뚜기류들은 상대적으로 낮게 평가되었다. '어물전 망신은 꼴뚜기가 다 시킨다' 라는 말이 있으며, '꼴뚜기 장수' 라고 하면 어물전에 꼴뚜기만 놓고 팔 정도로 매우 어렵게 사는 것을 뜻한다. 큰 사업에 실패하고 보잘것없는 작은 장사를 시작할 때도 '어물전 털어먹고 꼴뚜기 장사한다' 라는 말을 쓰며, 피부가 검은 사람을 조롱할 때는 '꼴뚜기를 진장(진간장) 발라 구운 듯하다' 라고 한다. 이처럼 꼴뚜기는 모양이 추하고 가치 없는 존재로 여겨져왔다.

그러나 다양한 문헌에 이름이 등장하는 것을 보면 꼴뚜기가 그리 천대만 받지는 않았던 것 같다. 『사류박해事類博解』에서는 꼴뚜기의 한자 이름을 망조어望朝魚라고 밝히고, 우리말로는 골독이, 쏠독이라고 부른다고 했다. 『재물보』, 『물명고』에서는 유어鰇魚라는 한자 이름과 골독骨獨이라는 우리말 이름을 함께 기록했다. 『전어지』에서는 "호남 사람들은 호독기, 해서 사람들은 쏠독기라고 부른다"라고 하여 지역별로 부르는 이름이 다르다는 사실을 밝혔다. 지금도 꼴뚜기는 지역에 따라 꼴띠기, 꼴뜨기, 고록, 꼬록지 등의 다양한 이름으로 불리고 있다.

◉ **꼴뚜기** 흔히 꼴뚜기라고 하면 화살꼴뚜기과에 속하는 종류들을 뜻한다. 이 무리에는 꼴뚜기 외에 창꼴뚜기 · 화살꼴뚜기 · 흰꼴뚜기 등 여러 종류가 포함되어 있는데, 하나같이 살오징어보다 몸 크기가 훨씬 작다.

일단 살오징어를 꼴뚜기의 대표 종으로 놓기는 했지만 확실한 것은 아니다. 살오징어와 구별하기 힘들 정도로 비슷하게 생긴 종류들이 여럿 있기 때문이다. 우리가 아무 생각 없이 먹는 마른 오징어 중에도 크기나 몸꼴, 지느러미의 모양이 다른 몇 가지 종류가 섞여 있다. 정약전은 서해에서 나는 살오징어목 오징어 여러 종을 구별하지 않고 유어로 보았을 것이다. 또 다른 가능성도 있다. 흔히 꼴뚜기라고 하면 화살꼴뚜기과에 속하는 종류들을 뜻한다. 이 무리에는 꼴뚜기 외에 창꼴뚜기 · 화살꼴뚜기 · 흰꼴뚜기 등 여러 종류가 포함되어 있는데, 하나같이 살오징어보다 몸 크기가 훨씬 작다. 『물명고』에서는 꼴뚜기를 "오징어와 비슷하나 뼈가 없고 크기가 작다"라고 표현한 바 있다. 크기가 작다는 점에 주의한다면 꼴뚜기가 여러 종류의 소형 화살꼴뚜기류를 동시에 가리키는 말이라고도 생각할 수 있겠다. 그러나 정약전이 본문에서 고록어의 크기가 한 자, 즉 20센티미터에 달한다고 한 것을 떠올려보면 역시 고록어는 살오징어*를 말한 것일 가능성이 가장 높아보인다.

* 편의상 앞으로 살오징어를 오징어라고 부르기로 한다.

오징어 다리의 마술

오징어 무리에는 몸길이 2.5센티미터인 꼬마 오징어에서부터 18미터에 이르는 초대형 오징어까지 크기와 형태가 다양한 수많은 종류들이 속해 있다. 그러나 이들에게는 모두 몸이 몸통 · 머리 · 다리로 구분된다는 공통점이 있다. 오징어의 머리와 몸통을 구별하기란 그리 쉬운 일이 아니다. 길쭉하고 둥그스름한 부분은 흔히 머리로 오인되곤 하는데, 사실은 이것이 오징어의 몸체다. 몸체의 가장자리에는 얇고 넓적한 지느러미가 나 있는데, 오징어는 이것을 물결 모양으로 흔들어 헤엄을 친다. 몸체는 양 옆에 눈이 붙어 있는 머리로 연결되며, 조그만 머리에는 두족류頭足類라는 이름에 걸맞게 여러 개의 다리가 달려 있다. 정약전은 오징어의 몸통 부분을 제대로 파악하고 있다. 아마 몸통 속에 내장이 있다는 사실로부터 유추한 결과일 것이다. 그러나 눈이 붙어 있는 머리 부분을 목으로 본 것은 잘못이다. 어떤 부분을 머리로 보았는지에 대해서는 판단하기가 힘든데, '작고 둥글다'라는 표현이나 목과 입에 동시에 연결되어 있다고 묘사한 것을 보면, 아무

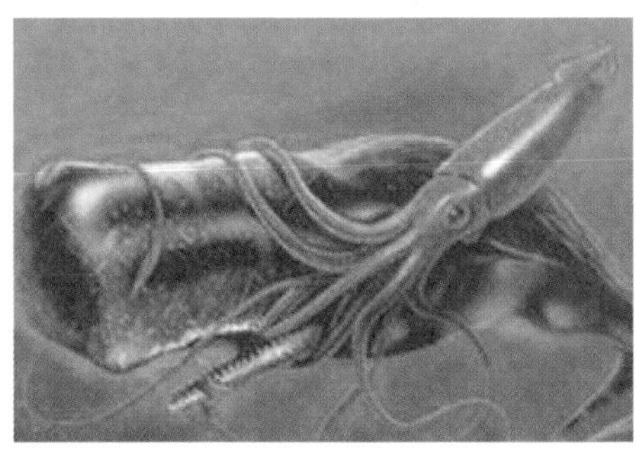

◉ **향유고래와 싸우고 있는 대왕오징어** 몸길이가 최대 18미터에 달한다.

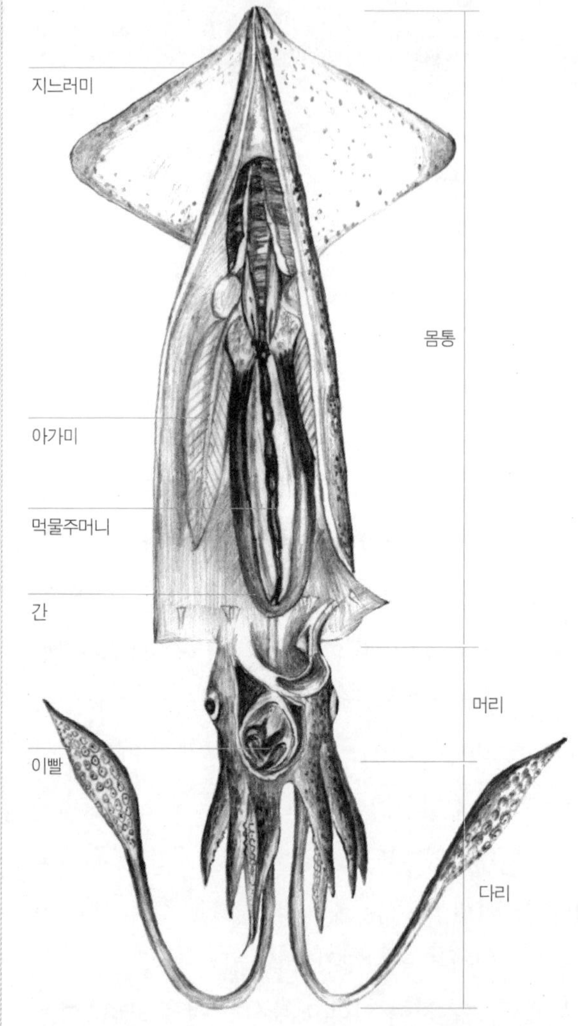

래도 입이 붙어 있는 다리 사이 부분을 머리라고 생각한 것 같다.

머리와 몸통에 비하면 가늘고 길쭉한 모양의 다리는 누구라도 쉽게 알아볼 수 있다. 발달한 방송 매체의 영향 때문인지 이제는 웬만한 사람이면 오징어와 문어를 다리 개수의 차이로 구별하는 방법을 다 알고 있다. 문어는 다리가 여덟 개이지만, 오징어는 여덟 개의 짧은 다리와 두 개의 특별히 긴 다리를 합쳐서 모두 열 개의 다리를 가지고 있다. 그런데 정약전은 오징어의 다리가 여덟 개라고 기록했다. 뒤이어

◉ 오징어의 빨판과 문어의 빨판 오징어의 빨판(왼쪽 그림)은 문어의 빨판(오른쪽 그림)과 약간 다른 구조로 되어 있다. 오징어의 빨판을 자세히 들여다보면 가상사리에 톱니가 돋아 있는 딱딱한 재질의 둥근 고리(가운데 그림)가 덧씌워져 있다는 사실을 발견할 수 있다.

다리를 묘사한 것을 보면 지나치게 상세한 감조차 들어 도저히 수를 잘못 세었으리라고는 생각되지 않는데 도대체 어떻게 된 일일까? 정약전이 여덟 개라고 한 것은 짧은 다리만을 말한 것일지도 모르겠다. 여덟 개의 다리가 모두 두세 치에 불과하다고 말했고, 뒤에 기다란 두 다리를 따로 언급하고 있는 것으로 미루어 이를 짐작할 수 있다. 서양에서도 짧은 다리를 팔(arm), 먹이를 잡거나 교미를 할 때 서로 떨어지지 않게 껴안는 역할을 하는 긴 다리는 촉수(tentacle)라고 따로 구분해서 부른다.

오징어의 다리에는 빨판이 다닥다닥 조밀하게 붙어 있다. 정약전은 이를 국제라고 기록했는데, 이미 불가사리나 문어 항목에서 나온 바 있는 표현이다. 그런데 오징어의 빨판은 문어의 빨판과 약간 다른 구조로 되어 있다. 오징어의 빨판을 자세히 들여다보면 가장자리에 톱니가 돋아 있는 딱딱한 재질의 둥근 고리가 덧씌워져 있다는 사실을 발견할 수 있다. 데친 오징어를 썰어 먹을 때 접시 바닥에 떨어지는 딱딱한 조각이 바로 그것이다. 이 특별한 구조는 물고기나 미끈미끈한 먹이를 잡을 때 어떤 역할을 할 것으로 생각된다. 게와 같은 갑각류를 주식으로 하는 문어의 경우에는 물렁물렁한 빨판 자체로도 충분히 먹이를 단단히 붙잡을 수 있으므로 오징어와 같은 고리 모양 조각을 전혀 찾아볼 수 없다.

오징어의 생식 방법은 매우 독특한데, 이때에도 다리가 중요한 역할을 한다. 오징어 한 쌍은 네온사인처럼 몸의 색깔을 현란하게 변화시켜 상대방을

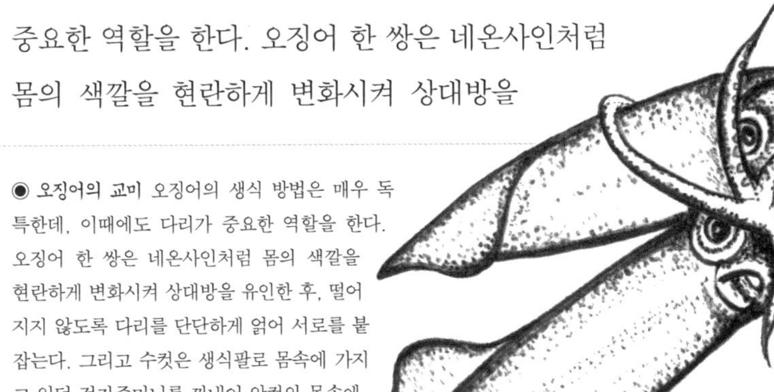

◉ **오징어의 교미** 오징어의 생식 방법은 매우 독특한데, 이때에도 다리가 중요한 역할을 한다. 오징어 한 쌍은 네온사인처럼 몸의 색깔을 현란하게 변화시켜 상대방을 유인한 후, 떨어지지 않도록 다리를 단단하게 얽어 서로를 붙잡는다. 그리고 수컷은 생식팔로 몸속에 가지고 있던 정자주머니를 꺼내어 암컷의 몸속에 직접 집어넣거나 입 주위에 붙여놓는다.

유인한 후, 떨어지지 않도록 다리를 단단하게 얽어 서로를 붙잡는다. 그리고 수컷은 생식팔로 몸속에 가지고 있던 정자주머니를 꺼내어 암컷의 몸속에 직접 집어넣거나 입 주위에 붙여놓는다. 생식팔은 수컷의 오른쪽 네 번째 다리를 말하는데, 끝 부분의 빨판이 이러한 목적에 맞도록 구조가 변형되어 있다. 이후 정자주머니에서 빠져나온 정자가 난자를 찾아 수정을 하면 비로소 새로운 생명이 탄생하게 된다.

오징어 종류 중에 '한치'라는 놈이 있다. 살이 물러서 건조시킬 때 다른 오징어보다 공을 많이 들여야 하지만 잘 가공된 한치는 희고 달착지근한 살과 부드럽게 씹히는 맛으로 인기가 높다. 한치는 물회로도 많이 소비되는데, 막 잡아올린 싱싱한 한치는 최고의 횟감으로 손꼽힌다. 그런데 이 한치라는 이름 역시 다리와 관계가 있다. 한치는 길이 40센티미터, 무게 3~4킬로그램에 달하는 커다란 몸집에 걸맞지 않게 다리가 짤막하다. 결국 다리의 길이가 '한 치'밖에 되지 않는다고 해서 한치라는 이름을 얻게 된 것이다.

사라지는 글씨

오징어류는 육식성으로 작은 물고기 · 새우 · 게 등을 잡아먹지만, 한편으로는 대형 어류 · 바다거북류 · 고래 · 물범류 등의 좋은 먹이가 되기도 한다. 오징어는 이런 천적들로부터 자신을 보호하기 위해 여러 가지 전략을 개발했다. 우선 오징어는 카멜레온처럼 몸색깔을 변화시킬 수 있다. 오징어를 바다의 공작이라고 부르는 이유도 이처럼 뛰어난 변색 능력 때문이다. 물속에 있는 오징어는 내장까지 내비칠 듯 투명한 것이 보통이지만 흥분하거나 위험을 느끼게 되면 순식간에 자신의 몸색깔을 변화시켜 적에게 혼란을 일으킨다. 오징어의 또 다른 전략은 홍길동처럼 갑자기 적의 시야에서 사라져 버리는 것이다. 평소에는 다리를 오므려 앞으로 내밀고 몸통 가장자리에 있는 지느러미를 이용해서 조용히 헤엄치지만, 급박한 상황에 처하면 몸속에 머금었던 물을 한꺼번에 내뿜어 그 반동으로 튀듯이 움직이는데, 이로써 천적의 눈에서 순간적으로 사라지는 효과를 내어 위기를 모면한다. 그리고 오징어가 최후의 수단으로 선택하는 것이 먹물을 뿜는 방법이다. 먹물은 연막으로 혹은 도마뱀의 꼬리처럼 자신의 일부를 남겨 적을 혼란시키는 방식으로 작용한다고 알려져 있다. 어쨌거나 오징어가 내뿜는 검은 먹물은 사람들이 오징어란 이름을 들었을 때, 가장 먼저 떠올릴 만큼 중요한 이미지로 머릿속에 자리잡고 있다.

정약전은 오징어의 먹물로 글씨를 쓸 수 있지만, 쓴 지 1년이 넘으면 곧 소멸하게 된다고 밝혔다. 이런 류의 이야기는 꽤 유래가 깊은 것 같다. 이수광도 『지봉유설』에서 『소설小說』의 내용을 인용하여 오징어의 먹물로 글씨를 쓰면, 해가 지난 뒤에는 먹이 없어지고 빈 종이만 남으며, 간사한 사기꾼은 이것을 써서 남을 속인다고 말한 적이 있다. 흥미롭게도 정약용은 이를 직접 실험해본 것 같다.

> 『탐진농가첩』은 내가 귀양살이하던 중에 만든 것이다. 첫머리에 탐진농가라고 쓴 큰 글자 네 자는 오징어의 먹물로 쓴 것이다. 사람들이 오징어 먹물로 쓴 글씨는 오래되면 탈색된다고 하는데, 그것은 진한 먹물을 매끄러운 종이에 썼을 때 오래되면 말라서 떨어지기 때문이다. 만일 갓 취한 신선한 먹물로 껄끄러운 종이에 쓰면 오징어 먹물로 쓴 글씨 또한 오래가게 할 수 있을 것이다.

정약용은 오징어의 먹물로 쓴 글씨가 말라붙으면 종이에서 쉽게 떨어지게 되는 것이 사라지는 먹물의 비밀이라고 밝혔다. 실사구시의 탐구 정신이 빛나는 대목이다.

오징어의 먹은 약용으로도 쓰였다. 『동의보감』에서는 "오징어 뱃속의 먹은 혈자심통血刺心痛에 쓰는데, 초에 섞은 다음 갈아서 쓴다"라고 하여 그 약성을 설명하고 있다. 울릉도에서는 일찍부터 오징어의 먹물을 치질약으로 써왔으며, 따로 '오징어 먹통젓'이라 하여 잘게 썬 오징어 살을 먹물로 버무렸다가 밥상에 올리기도 했다. 한 제과업체에서는 오징어 먹물을 재료로 한 과자를 선보였고, 일본에서는 오징어 먹물을 암 치료약의 재료로 요긴하게 활용하고 있다. 『재물보』와 『물명고』에서는 오징어의 뼈를 해표초, 오징어를 소금에 절여 말린 것을 명상明鯗, 소금을 치지 않고 말린 것을 포상脯鯗으로 기록했는데, 이와 함께 오징어의 먹물을 중요한 약재로 소개하고 있다.

미늘 없는 낚시

보통 오징어잡이라고 하면 살오징어잡이를 말한다. 주된 어장은 동해 쪽이며, 울릉도와 묵호 주변 수역에서 6월부터 시작해 7~8월에 최성기를 이룬다. 오징어는 불빛에 유인되는 습성이 있으므로* 밤중에 집어등集魚燈을 켜 놓고 잡는다. 오징어 떼가 충분히 모여들고 나면 배 아래로 낚시를 드리우고 고패질을 시작한다. 오징어 낚시에는 생미끼를 따로 꿰지 않고 형광 플라스틱으로 만든 인공 미끼를 쓴다. 인공 미끼는 집어등 빛이 닿으면 번쩍이도록 만들어져 있는데, 호기심 많은 오징어가 이를 건드리다가 결국 수십 개의 바늘이 박혀 있는 낚시에 꿰어져 올라오게 된다. 채낚기 바늘에는 미늘이 없어서 살짝 털기만 해도 낚아올린 오징어가 쉽게 떨어진다.

서유구는 『전어지』에서 오징어 낚는 방법에 대해 "구리로 오징어 모양을 만들고 갈고리로 다리를 달면 진짜 오징어가 이것을 보고 스스로 와서 갈고리에 걸린다"라고 설명한 바 있는데, 이로써 가짜 미끼를 이용한 오징어잡이의 역사가 꽤 오래된 것이라는 사실을 짐작할 수 있다.

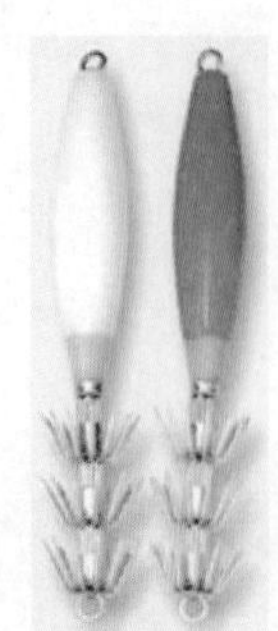

◉ 오징어 낚싯바늘 오징어 낚시에는 미끼를 따로 꿰지 않고 형광 플라스틱으로 만든 인공 미끼를 쓴다.

* 오징어는 빛 자체에도 끌리지만 집어등 불빛 아래 모여든 치어들이나 어린 새우들을 노리고 나타나는 경우도 많다.

주렁주렁 영글듯 올라온 오징어는 한껏 머금었던 바닷물을 내뿜고 사방으로 먹물을 뿌려댄다. 순식간에 어부의 얼굴과 작업복, 어선 곳곳이 온통 먹물투성이가 되어버리고 만다. 물을 다 내뱉고 나면 바닷물 대신 공기를 들이마셨다가 내뿜는데, 이때 '찍찍' 하는 쥐가 우는 것과 비슷한 소리를 낸다. 어쩌면 이런 습성 때문에 호독기라는 오징어의 옛 이름이 생겨나게 된 것인지도 모르겠다. 호독기와 발음이 비슷한 호드기는 버들피리 같은 풀피리를 이르는 말이다. 바람이 새는 것 같은 꼴뚜기류의 소리가 피리 소리처럼 들린다고 해서 호독기라고 부르게 된 것이라고 말한다면 지나친 억측일까? 방귀를 잘 뀌는 사람의 엉덩이를 농삼아 가죽피리라고 부르는 것을 보면 이러한 생각이 더욱 깊어진다. 사실 방귀 소리와 오징어가 내는 소리는 꽤 비슷하게 들린다. 만약 내 생각이 맞다면 꼴뚜기의 다른 이름 꼬록이나 한치의 다른 이름 빽빽이도 모두 이들이 내는 소리 때문에 생겨난 말로 해석해볼 수 있을 것이다.

◉ 이서지 풍속화 〈버들피리〉 호독기와 발음이 비슷한 호드기는 버들피리 같은 풀피리를 이르는 말이다.

오징어라는 이름의 유래

'오징어'라는 이름은 어감이 재미있다. 말만 들어도 오징어 다리를 질경질경 씹고 있는 모습이 떠오른다. 북한에서 펴낸 『조선어어원편람』에서는 '오징어'란 이름의 유래에 대해 다음과 같이 설명하고 있다.

고유말 오징어는 우리말 '오쟁이'와 연관이 있는 것으로 보인다. 그것은 오징어의 생김새가 오쟁이의 생김새와 비슷한 것과 관련된다. 오쟁이는 날알 같은 것을 담게 주머니 모양으로 되어 있고 그것을 들 수 있는 끈이 있다. 오쟁이를 엮을 때 마무리하기 전에는 오징어의 촉수와 같은 것이 여러 개 있게 되는데, 그것은 흡사 오징어와 비슷하다.

◉ 오징어를 닮은 씨오쟁이 씨오쟁이를 가만히 들여다보면 과연 오징어와 닮은 구석이 있다는 사실을 알게 된다.

짚으로 엮어서 만든 조그만 바구니를 오쟁이라고 부른다. 윗글에 나온 오쟁이는 그중에서도 곡식의 씨를 담아두는 씨오쟁이를 말한 것이다. 씨오쟁이를 가만히 들여다보면 과연 오징어와 닮은 구석이 있다는 사실을 알게 된다. 이청이 인용한 중국 문헌에서는 오징어를 산대주머니〔算囊〕에 비유했다. 산대주머니는 산가지*를 넣어두는 주머니다. 오쟁이와 산대주머니는 모두 다른 물건을 집어넣는 주머니라는 점에서 공통된다. 옛사람들은 오징어의 모습에서 속이 비고 길쭉한 주머니 형태를 떠올렸던 모양이다.

『조선어어원편람』의 저자뿐만 아니라 대부분의 사람들이 오징어란 이름을 순우리말로 알고 있다. 그러나 오징어가 한자에서 유래한 이름이라는 것이 오늘날 학계의 정설이며, 오징어와 비슷하게 발음되는 오적어烏賊魚라는 이름이 오래 전부터 우리 나라와 중국에서 사용되어왔다는 사실이 이러한 주장을 뒷받침한다. 그렇다면 옛 문헌에 등장하는 오중어, 오증어, 오젹어, 오적이, 오직어 등의 이름들도 모두 오적어가 변한 말로 봐야 할 것이다.

오적어를 말 그대로 풀이하면 까마귀의 적이라는 뜻이 된다. 육지에 사는 까마귀와 바다에 사는 오징어 사이에 어떤 사연이 얽혀 있기에 이런 이름이 생겨나게 된 것일까? 이청은 여러 가지 중국 고문헌을 인용하여 오징어 이름의 유래에 대한 여러 가지 이론들을 정리하고 있는데, 그가 인용한 중국 문헌들의 대부분에서도 오징어를 까마귀와 연관 짓고 있다. 그중 대표적인 것이 오징어가 까마귀를 잡아먹으므로 까마귀의 적이라고 해서 '오적어烏賊魚'라는 이름이 붙었다는 설명이다. 우리 속담 중에 꾀를 써서 힘 안 들이고

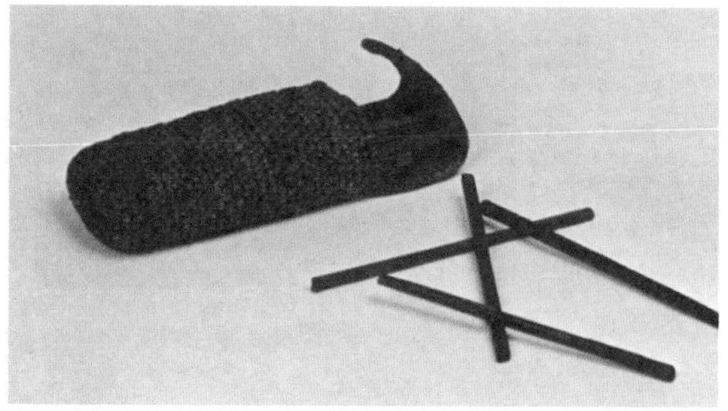

◉ **산대와 산대주머니** 이청이 인용한 중국 문헌에서는 오징어를 산대주머니에 비유했다.

* 옛날에 수효를 셈하는 데 쓰던 물건. 젓가락과 같이 만든 가는 대나 뼈를 가로와 세로로 배열하여 셈을 한다.

일을 한다는 뜻의 '오징어 까마귀 잡아먹듯 한다'라는 말이 있는 것을 보면, 이 이야기는 우리 나라에서도 예전부터 알려져 있었던 모양이다. 오징어가 뿜어내는 먹물이 이름의 기원이라는 설명도 있다. 오징어는 먹물을 가지고 있는 것을 원칙으로 하므로 '오즉烏鰂'이란 이름을 붙였다는 것이다. 여기에서도 여전히 까마귀 오烏 자를 쓰고 있다.

꿩이 큰 물에 들어가 조개가 되다

오징어가 까마귀를 잡아먹는다는 것도 이상하지만 본문을 읽다 보면 더욱 이상한 대목이 눈에 띈다. 오징어의 유래를 설명하는데 한오가 변했다느니, 물새가 변했다느니 하는 괴상한 이야기를 늘어놓고 있는 것이다. 새가 변해서 오징어가 되었다니 도대체 말이 되지 않는다. 이러한 이야기들은 단지 민간에서 떠돌던 속설이나 신화일 뿐인 것일까?

새가 오징어로 변한다는 따위의 이야기는 과거에 매우 흔했을 뿐만 아니라 한 생물이 다른 생물로 변한다는 것 자체가 옛사람들에게 있어서는 그리 이상한 일이 아니었다. 비슷한 예가 『현산어보』의 다른 항목들에서도 여러 번 나오는데, '새조개' 항목에서는 정약전이 직접 생물들 사이의 변화에 대한 의견을 밝히고 있다.

[작합雀蛤 속명 새조개璽雕開]

큰 놈은 지름이 네댓 치 정도이다. 껍질은 두껍고 미끄러우며 색깔과 무늬가 참새

깃털과 비슷하다. 아마도 참새〔雀〕가 변한 것이 아닌가 의심된다. 북쪽 지방에는 매우 흔하지만 남쪽에는 희귀하다.

대체로 껍질 두 개가 합쳐져 있는 조개를 합蛤이라고 한다. 이들은 모두 뻘 속에서 살아가며 난생이다.

이청의 주 『월령편月令篇』에서는 "음력 9월에 참새〔爵〕가 큰 물에 들어가 조개〔蛤〕로 변하고, 음력 10월에는 꿩〔雉〕이 큰 물에 들어가 신蜃으로 변한다"라고 했다. 『육전』에서는 "방합蚌蛤에는 암수가 없다. 모름지기 작합雀蛤은 화생한 것이므로 구슬을 낳을 수 있다"라고 했다. 그러나 모든 생물이 화생하는 것은 아니다.

옛사람들은 새가 변해서 조개가 된다고 생각했다. 김려는 『우해이어보』에서 조개는 모두 새가 변해서 된 것이라고 밝혔다. 정약전도 새조개의 원래 모습이 참새가 아니었나 의심하고 있다. 정약전은 글의 말미에 새조개가 난생이라는 사실을 분명히 밝혔고, 이청도 "모든 생물이 화생하는 것은 아니다"라고 말했지만 모두 자신이 없어 보인다. 예전에는 한 생물이 다른 생물로 변한다는 것이 쉽게 부정할 수 없을 정도로 강한 통념이었던 것이다.

여러 고문헌에서 생물들 사이의 변화에 대한 이야기들을 찾아볼 수 있지만, 우리는 그런 부분을 접할 때마다 그저 그러려니 하고 넘겨버리고 만다. 그러나 가끔 이런 표현에 대해 의문을 가지는 사람도 나타나게 마련이다. 다음 글은 천리안의 한 동호회에 올라온 질문을 요약한 것이다.

이때 까토리 새낭군 압세우고 아홉아들 열두딸년 뒤세우고 백셜풍 무릅 쓰고 운림벽계로 도라가셔 명년삼월 봄이되매 남혼녀가 다 여위고 자웅이 쌍을 지여 명산대천 노닐다가 십월이라 십오일에 치입대슈 위합이라 하였기로 양주부쳐 내외자웅 가시버시 큰 물에 들어가 조개 되엿스니 치위합이라 셰상 사람들이 이르나니라.

구활자본 고전소설 『장끼전』의 마지막 대목입니다. 여기서 까토리 내외가 '큰 물에 들어가 조개가 된다'는 것이 무슨 말일까요? 다른 고전소설들의 결미를 생각해볼 땐 '행복한 죽음'에 해당하는 것이라고밖에 도대체 뜻을 알 수가 없어서 여기에 질문으로 남기는 것입니다. 24절기 중의 하나인 '상강'을 설명하면서도 같은 표현이 나오는 것을 봤는데요.

상강은 9월의 절기이다. 기러기가 날아오고, 참새가 큰 물〔大水〕에 들어가서 조개〔蛤〕가 되며, 국화가 노랗게 피고, 승냥이가 짐승을 잡는다.

어떻게 조류가 물에 들어가서 조개가 된다는 것인지, 어떤 고사라도 있는 것인지, 아시는 분이 계시면 설명 좀 부탁드립니다.

조선시대 어린이들이 천자문을 익힌 다음에 읽었던 『계몽편啓蒙篇』「물편物篇」에는 다음과 같은 내용이 실려 있다.

날아다니는 새들은 알을 낳아서 품고, 뛰는 짐승은 태로 낳아 젖을 먹이며, 나는 새는 둥지에 살고, 뛰는 짐승은 굴에서 산다. 벌레나 물고기의 종류는 화생化生하는 것이 가장 많으며, 또한 물이나 습한 땅에서 많이 산다.

여기에 '화생'이란 말이 나온다. 조류는 알을 낳아 번식하고 포유류는 태생으로 번식하지만, 벌레나 물고기의 종류들은 대부분 화생하여 태어난다는 것이 옛사람들의 생각이었다. 사실 이러한 분류 방식은 불교의 영향을 받은 바 크다. 불교에서는 '사생설'이라고 하여 생물의 종류를 번식하는 방법에 따라 태생胎生·난생卵生·습생濕生·화생化生으로 나누었다. 태생과 난생은 오늘날의 개념과 합치하는 것이어서 쉽게 이해할 수 있지만, 습생과 화생은 구분하기가 어렵다.

습생은 습한 곳에서 자연발생적으로 생겨나는 생물들을 이르는 말이다. 예전에는 모기나 귀뚜라미, 빈대, 지네, 지렁이 같은 동물들이 어떻게 태어나는지 잘 밝혀져 있지 않았고 사람들은 이들을 습생의 범주로 묶어놓았다. 화생은 알이나 새끼로 태어나지도 않고 처음부터 멀쩡히 사지를 갖추어 갑자기 나타나거나 유령처럼 태어나는 신이나 귀신들을 나타내는 말이다. 이들은 윤회하지도 않고 초자연적인 성격을 가진 존재들이다. 그런데 우리 선조들은 주로 어떤 생물종이 일생 중에 다른 생물로 변화하는 것을 '화생'이라고 이해했다. 탄생 과정이 정확히 알려져 있지 않거나 번데기에서 태어나는 나비처럼 이상한 방식으로 태어나는 생물들을 모두 화생의 범주로 묶어놓았던 것이다. 사실 선조들이 화생이라고 생각한 동물들 중에는 원래 불가에서 습생으로 분류하던 생물들이 많았다. 그러나 우리 선조들은 신비로운 점을 지나치게 강조했기에 화생이란 말을 더욱 즐겨 사용했고, 대부분의 벌레며 물고기들이 화생으로 생겨난다고 생각했다.

옛이야기 속에서는 물고기가 용이 되는가 하면 여우가 사람으로 둔갑하기도 한다. 단군신화에서도 곰이 변해서 사람이 되었다. 이런 이야기들은 요즘 사람들에게도 익숙한 화생의 예다. 그렇지만 옛날 사람들은 지금 우리가 생각하는 것처럼 화생을 전설이나 신화적인 이야기로만 여기지는 않았다. 선조들은 화생이란 현실 세계에 분명히 존재하는 현상이고, 실존하는 동물 사이에서 화생이 그리 드물지 않게 일어난다고 생각했다. 위에 나온 새와 조개 이야기가 그 대표적인 예지만 그 밖에도 물고기와 뱀, 새와 성게, 지렁이와 메뚜기에 이르기까지 많은 동물들을 서로 변하는 화생의 대상으로 보았다.

옛날에는 종에 대한 개념이 확립되지 않았기에 지금 우리가 생각하는 만큼 생물들 사이의 경계가 뚜렷하지 않았다. 비늘이 있는 뱀이 용으로 변하고, 뱀과 닮은 가물치가 뱀으로 변한다는 것이 당연하게 여겨졌을지도 모른다. 그리고 무엇보다도 옛사람들은 주변에서 화생의 예를 늘 접하고 있었다. 나비나 잠자리처럼 변태하는 곤충들을 생각해보자. 꼬물꼬물 기어가는 못생긴 애벌레에서 환골탈태하여 날개 돋친 나비로 화려하게 변해가는 모습은 화생의 살아 있는 증거였다. 이들 유충과 성충의 차이가 오늘날 우리

◉ 〈어변성룡도〉와 〈구미호도〉 화생의 세계에서는 생물들 사이의 경계가 모호하다. 물고기가 용이 되는가 하면 여우가 사람으로 둔갑하기도 한다.

가 생각하는 조개와 새의 차이에 비해 크지 않다고 볼 이유가 어디 있겠는가. 주변에서 이런 모습을 관찰하기란 그리 어려운 일이 아니었다. 더욱이 누에치기가 보급되기 시작하면서부터 누에가 변태하는 습성은 매우 상식적인 일이 되었을 것이다. 실제로 많은 사람들이 시나 문을 통해 이를 묘사하고 있다. 정약용의 시에서도 곤충의 변태와 조개와 새 사이의 화생을 비교해놓은 부분을 찾아볼 수 있다.

나방이 종이 위에 있을 때는
곰실곰실 다정하고 가깝지
그러나 그가 누에 시절에는
혼인이 무언지도 모르고서
한 자리에 늘 자고 눕고 하면서도
길가는 남남이나 일반이라네
새들도 한둥지에 함께 살 때는
다정하고 순수한 사랑에 빠져
날개를 맞대고 정겨움을 표하고
목을 포개면서 은근한 정 나누다가
바다로 들어가 조개가 되어버리면
이전의 몸은 아예 생각조차 않는다네
몸이 변하면 세상도 변하는 법

◉ **나비의 변태** 꼬물꼬물 기어가는 못생긴 애벌레에서 환골탈태하여 날개 돋친 나비로 화려하게 변해가는 모습은 화생의 살아 있는 증거였다.

옛정에 다시 끌릴 이치가 없는 게지

발생 과정이 제대로 밝혀져 있지 않은 생물들도 화생 신화를 부추겼으리라 생각된다. 사람이나 주변의 생물들이 같은 종류의 새끼를 낳는다는 사실은 알고 있었겠지만, 발생 과정이 밝혀져 있지 않은 생물들은 이보다 훨씬 많았다. 알이나 새끼를 전혀 보지 못했는데도 생물들이 계속해서 생겨난다는 사실은 화생에 대한 신념을 굳히기에 충분했을 것이다.

조개와 새의 유사성을 찾아라

화생하는 동물들을 살펴보면 관계없는 생물들이 제멋대로 변하는 것처럼 보일 때도 있지만, 사실 전혀 다른 생물종이 아무런 규칙 없이 화생으로 연결되는 경우는 극히 드물다. 조금이라도 비슷한 점이 있는 경우에 이들이 화생의 관계로 묶여지게 되는 것이다. 그렇다면 새조개와 참새의 유사성은 무엇인가. 옛사람들은 대체 조개의 어떤 특징에서 새와 비슷한 점을 찾아내고 이 둘을 화생의 관계로 묶어놓았던 것일까?

새조개의 껍질은 원형으로 볼록한 형태이며 길이와 높이가 각각 6.5센티미터 정도이다. 껍질의 겉면은 연한 황갈색이며 표면에는 40~50개의 가늘고 얇은 골이 패어 있다. 정약전은 바로 여기에서 참새와의 유사성을 찾아냈다. 조개 껍질의 색깔과 표면에 나 있는 골 무늬가 참새와 비슷하다고 생각한 것이다. 가지런하게 배열되어 있는 새의 날개깃을 조개 껍질에 나 있는 골 무늬와 연결지으려는 생각은 그 기원이 꽤 오래된 것 같다. 중국에는 석연石燕, 즉 돌제비라고 불리는 약재가 있다. 이것은 스피리퍼(spirifer)라

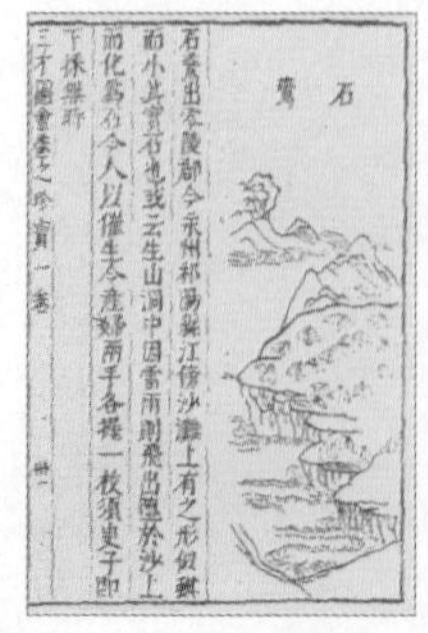
石鷰

石燕出零陵郡今永州祁陽縣江傍沙灘上有之形似蚶而小其實石也或云生山洞中因雷雨則飛出墮於沙上而化爲石今人以催生令産婦兩手各握一枚須臾子即下

三才圖會

◉ 석연 중국에는 석연, 즉 돌제비라고 불리는 약재가 있다. 이것은 스피리퍼라는 완족류의 화석이다.

얇고 부서지기 쉬운
껍질이 볼록하게 부풀어 있다.
껍질 표면에는 40~50개의
가늘고 얕은 골이 패어 있다.
골을 따라 부드러운 털이
빽빽하게 돋아 있다.
껍질 안쪽은 홍자색이다.
전체적으로 둥근 모양이다.

는 완족류*의 화석이다. 중국인들은 스피리퍼의 겉모습과 몸 표면에 새겨진 골 무늬를 보고 제비를 떠올렸다. 새조개와 참새를 연결시킨 것과 비슷한 방식이다.

골 무늬만으로 새와 비슷하다고 주장하는 것이 못마땅하다면 새조개의 골 무늬를 다시 한번 들여다보자. 기다란 홈을 따라 새의 깃털을 닮은 짧은 털이 빽빽하게 돋아나 있다. 손가락으로 살며시 쓸어보면 촉감마저 비슷하다는 사실을 알 수 있다. 이뿐만이 아니다. 새조개의 검고 기다란 발 부분은 ㄱ자 모양으로 휘어 있는 품이 영락없는 새의 머리다. 현지인들은 조개의 엷은 아가미를 좌우로 펴 보이며 날개라고

◉ 새조개 *Fulvia mutica* (Reeve)

* 완족류는 조개와 비슷한 겉모습을 하고 있는 원시적인 생물군이다.

표현하기도 한다. 말 그대로 새조개인 것이다. 또 어떤 사람들은 잘 발달된 근육질의 '발'로 새처럼 잘 뛰어오른다고 해서, 혹은 다리가 닭고기 맛과 비슷하다고 해서 새조개라는 이름이 붙었다고 주장하기도 한다.

새조개는 가장 값비싼 조개로 손꼽힌다. 회를 쳐서 초고추장에 찍어 먹기도 하고 해물탕으로 끓여 먹기도 하는데 맛이 기막히다. 새조개는 일본에서도 도리가이鳥貝〔とりがい〕라고 불리며 중요한 초밥 재료가 된다.* 그런데 새조개를 먹는 데도 제철이 있다. 가을부터 이듬해 봄까지 맛이 있고 3월 산란과 동시에 빠른 속도로 살이 빠지면서 갑자기 맛과 향이 떨어지게 된다. 이 같은 특징을 "상강(10월 23, 24일)에 새가 뛰어들어 조개가 되었다"라는 표현과 비교해보는 것도 재미있다.

전혀 관계가 없을 것 같던 조개와 새 사이에 이렇게 많은 유사점들이 존재하고 있었다. 요즈음의 어촌 사람들이 이러한 유사성을 잘 인식하고 있음을 볼 때 옛날의 우리 조상들도 비슷한 생각들을 하고 있었으리라는 심증은 더욱 굳어진다.

이제 오징어와 새의 유사성을 살펴볼 차례다. 오징어를 먹다보면 까만 각질의 물체가 씹히는 경우가 있다. 사람들은 근육 조직으로 둘러 싸인 이 부분을 눈이라고 부르지만 사실 이것은 눈이 아니라 오징어의 입이다. 그런데 잘 살펴보면 이것이 꼭 새의 부리처럼 생겼다. 바로 이 점이 오징어와 새를 연결짓는 고리가 된다. 오징어를 잡아보니 속에 새의 부리 같은 것이 들어 있다. 오징어가 새를 잡아먹은 것이 틀림없다. 오징어는 먹물을 품고 있으

◉ 오징어부리 오징어를 먹다보면 까만 각질의 물체가 씹히는 경우가 있다. 사람들은 근육 조직으로 둘러 싸인 이 부분을 오징어의 눈이라고 부른다. 그러나 사실 이것은 오징어의 눈이 아니라 입이다.

* 일제시대에는 새조개를 우리 나라 사람이 함부로 잡거나 먹지 못하도록 수산통제어종으로 지정했다. 그리고 새조개 발의 검은 부분을 먹으면 폐병이 생긴다거나 약품을 추출하기 위해 일본으로 가져간다는 헛소문을 퍼뜨리기도 했다.

니 필경 새 중에서도 까마귀를 먹은 것이리라. 어떤 이는 똑같은 장면을 보고 다른 생각을 했을 것이다. 오징어 입 사이로 삐죽 내밀고 있는 것은 분명 새의 부리다. 어떻게 바다의 오징어가 새의 부리를 가질 수 있단 말인가. 오징어는 새가 변해서 된 생물이 틀림없다. 속에 시커먼 먹물이 들어 있는 것을 보면 새 중에서도 특히 까마귀가 변해서 된 것이리라.

예전에는 사물 간의 유사성을 찾아내고 상징을 부여하는 일이 일반적이었다. 오늘날 문학 하는 사람들도 이런 작업에 익숙하다. 그러나 예전 사람들은 스스로 부여한 상징에 실제적인 의미를 부여했다. 이런 작업들이 반복되고 당시 널리 퍼져 있던 '화생 신화'와 더해진 결과, '새가 변해 조개가 되었다'라는 생각을 낳게 되었던 것이다.*

* 장끼전에서 인용한 꿩이 조개가 되는 장면은 별다른 의미 없이 쓰여진 표현인 것 같다. 마지막 대목을 이렇게 마무리함으로써 이야기 전체를 '꿩→조개'의 유래 설명으로 끝맺는 구조로 만든 것이다. 이런 유형의 민담들은 어려서 할머니께 듣던 얘기들 중에서 흔히 찾아볼 수 있다.

기와를 닮은 조개, 박쥐가 변한 조개

여러 조개류 중에서도 반지락과 함께 식탁에 가장 많이 오르는 조개는 역시 꼬막 종류이다. 꼬막은 약간 덜 익혀야 제맛이 난다고 하는데, 살짝 데쳐서 초고추장에 찍어 먹거나 살이 든 껍질 위에 갖은 양념을 얹어 먹어도 맛이 기막히다. '감기 석 달에 입맛이 소태라도 꼬막 맛은 변함없다' 라거나 꼬막 맛 떨어지면 죽은 사람' 이라는 속담이 있을 정도로 꼬막은 예로부터 귀하게 여겨져왔다. 『동국여지승람』에는 꼬막이 전라도의 중요한 토산물로 올라와 있다. 보성만과 순천만 등지가 꼬막의 주산지인데, 조정래가 쓴 『태백산맥』의 배경으로 등장하는 벌교는 특히 꼬막이 많이 나는 지방으로 유명하다. 이들 지역에서는 잔칫상이나 제상에도 반드시 꼬막회가 오를 정도로 꼬막이 식생활에서 빼놓을 수 없는 존재로 자리잡고 있다.

꼬막은 그 인기에 걸맞게 강요주, 고막, 괴륙, 괴합, 꼬마안다미조개, 복로, 살조개, 안다미조개, 와롱자, 와롱자 등 많은 별명을 가지고 있다. 『현산어보』에서 꼬막은 감蚶이라는 이름으로 등장한다.

감蚶

(원문에 빠져 있으므로 지금 보충함)

이 항목은 원래는 『현산어보』에 없던 내용을 이청이 새로 보충한 것이다. 꼬막은 갯벌이 잘 발달한 곳에서 주로 서식한다. 흑산도에서 살았던 정약전은 꼬막을 접할 기회가 별로 없었겠지만, 갯벌이 넓게 펼쳐져 있는 강진에서 어린 시절을 보낸 이청의 경우에는 꼬막과 새꼬막을 구별하고 그 형태를 묘사하기란 손쉬운 일이었을 것이다. 이청은 정약전과 같은 형식으로 꼬막류의 형태를 묘사하고 다양한 중국 문헌을 인용하여 이를 고증하려 했다. 그리고 꼬막과 새꼬막에도 새나 박쥐에 얽힌 화생 신화가 깃들여 있다는 흥미로운 사실을 기록해놓았다.

[감蚶 속명 고막합庫莫蛤]

크기는 밤만 하다. 껍질은 보통 조개[蛤]와 같으며 둥근 모양이고 빛깔은 희다. 세로무늬가 줄을 지어 늘어서 고랑을 이루고 있는데, 그 모습이 마치 기와 지붕처럼 보인다. 두 껍질이 서로 합쳐지는 곳은 이가 엇갈린 상태로 맞추어져 있다. 고깃살은 노랗고 맛이 달다.

『이아』「석어편」'괴륙魁陸'에 대한 주注에서는 이것이 지금의 감蚶이라고 했다. 『옥편』에서는 "감은 조개[蛤]를 닮았고 기와 지붕 모양의 무늬가 있다"라고 했고, 『본초강목』에서는 괴합魁蛤을 괴륙魁陸, 감蚶, 함䗊, 와옥자瓦屋子, 와롱자瓦壟子, 복로伏老라

◉ 감 크기는 밤만 하다. 껍질은 보통 조개와 같으며 둥근 모양이고 빛깔은 희다. 세로 무늬가 줄을 지어 늘어서 고랑을 이루고 있는데, 그 모습이 마치 기와 지붕처럼 보인다.

고 부른다고 했다. 이시진은 이어서 "남인南人들이 이를 공자자空慈子라고 부른다. 상서尙書 노균盧鈞은 그 모양이 지붕의 기왓골을 닮았다 하여 와롱瓦壟이라고 고쳐 불렀다. 광동 사람들〔廣人〕은 그 고깃살을 소중히 여겨 천련天臠 또는 밀정蜜丁이라고 불렀다"라고 했다. 『설문』에서는 "늙은 박쥐가 변해서 괴합이 되므로 복로伏老라고 부른다. 등 위의 골진 무늬는 기와 지붕과 비슷하다. 지금의 절강성 동쪽 근해에서는 이것을 밭에 뿌려 키우는데, 이를 감전蚶田이라고 한다"라고 했다. 고막합庫莫蛤이라고 부르는 것이 곧 이것이다.

[작감雀蚶 속명 새고기璽庫其]

감과 비슷하지만 기왓골 모양의 도랑 무늬가 더 가늘고 매끄럽다. 사람들은 참새가 물에 들어가서 이 조개가 된다고 말한다.

감蚶은 꼬막을 뜻하는 한자다. 글자를 뜯어보면 벌레 충虫자 옆에 달 감甘자가 붙어 있으니, 이시진의 말처럼 맛이 달콤한 조개라는 뜻으로 풀이할 수 있겠다. 사람들이 꼬막에 '참' 자를 붙여 참꼬막이라고 부르는 것도 그 맛을 높이 평가하기 때문이다. 꼬막은 껍질이 둥글고 볼록하게 부풀어 있으며, 껍질의 표면에는 17~18줄의 굵은 홈이 패어 있다. 다른 조개들과는 달리 피가 붉은빛이라는 점이 독특하다.

새꼬막은 꼬막과 비슷하게 생겼지만 덩치가 훨씬 크고 표면의 홈이 30~34개라는 점으로 쉽게 구별할 수 있다. 홈의 폭이 좁고, 꼬막처럼 울퉁불퉁

꼬막에 비해 크기가 크고, 홈의 폭이 좁다.
30~34개의 홈이 패어 있다.
껍질 표면이 짙은 갈색의 털로 덮여 있다.

◉ **꼬막** *Tegillarca granosa* (Linnaeus)
◉ **새꼬막** *Scapharca subcrenata* (Lischke)

한 돌기가 없다는 것도 새꼬막의 중요한 특징이다. 이청은 새꼬막의 이름을 '작감雀蚶' 이라고 기록했다. 이 이름은 참새가 변해서 된 꼬막이란 뜻으로 화생의 관점을 잘 보여준다. 새조개처럼 표면에 돋아 있는 털이 참새와 새꼬막을 연결시키는 중요한 고리 역할을 했을 것이다.

그런데 이청은 작감의 속명을 새고막이 아닌 '새고기' 라고 옮기고 있다. 새조개의 이름을 새고기 맛과 유사하다는 식으로 설명하는 것처럼 조개에서 참새고기 맛이 난다고 해서 새고기라고 불렀던 것일까? 그러나 아무래도 기其는 막莫의 오기일 가능성이 높아 보인다.* 여러 번의 필사를 거듭한 탓인지 『현산어보』의 다른 항목에서도 이러한 표기상의 오류가 종종 눈에 띈다.

* 실제로 서울대 규장각의 가람문고 소장본과 서강대 로욜라도서관 소장본에는 其가 아니라 莫이라고 표기되어 있었다.

바다의 밤송이

정약전은 연체동물 외에 전혀 다른 종류의 생물에서도 화생의 증거를 발견했다. 썰물이 되어 해변에 드러난 조수웅덩이를 살펴보면 밤송이처럼 생긴 생물이 눈에 띌 때가 있다. 주로 바위 틈이나 돌 밑에서 발견되는 이 생물을 사람들은 섬게, 혹은 성게라고 부른다. 정약전은 당시 사람들 역시 성게를 밤송이에 비유하고 있었다는 사실을 전해주고 있다.

[율구합栗毬蛤 속명을 그대로 따름]

큰 놈은 지름이 서너 치 정도이다. 고슴도치처럼 생긴 털이 있다. 몸속에는 밤송이 안에 방이 나누어져 있는 것처럼 다섯 개의 껍질판이 원을 이루며 늘어서 칸을 나누고 있다. 나아갈 때는 온몸의 털을 모두 흔들어대며 꿈틀거린다. 정수리 부분에 손가락이 들어갈 만한 크기의 입이 있다. 방 속에는 노란색의 알이 있는데 굳지 않은 쇠기름처럼 보인다. 또한 다섯 판과 그 사이사이에는 털〔矢毛〕이 있다. 껍질은 검은색이며, 무르고 연하여 부서지기 쉽다. 맛은 달다. 날로 먹기도 하고, 국을 끓여 먹기도 한다.

성게는 불가사리, 해삼 등과 함께 극피동물로 분류된다. 극피동물이란 몸이 석회질의 단단한 뼛조각으로 뒤덮여 있는 동물을 말한다. 성게나 불가사리를 만져보면 딱딱한 뼛조각의 존재를 쉽게 알 수 있다. 해삼도 겉으로 드러나지는 않지만 살 속에 미세한 뼛조각들을 감추고 있다. 극피동물은 뼛조각 이외에도 몸이 기본적으로 다섯 갈래로 나누어진 방사상칭 구조라는 공통점이 있다. 성게의 경우 가시와 겉껍질을 잘 벗겨놓으면 표면에 나 있는 다섯 개의 줄무늬를 뚜렷이 관찰할 수 있고, 껍질을 쪼개어 속을 보아도 같은 구조를 확인할 수 있다. 불가사리나 해삼의 경우도 마찬가지다. 이러한 점은 극피동물을 분류할 때 중요한 특징으로 활용된다. 예전에 천리포의 모래사장에서 이상한 생물을 잡은 적이 있었다. 이제까지 보아왔던 어떤 생물들과도 형태가 달라 분류하는 데 애를 먹었는데, 해부를 하다가 체벽을 따라 달리고 있는 다섯 줄의 띠를 발견하고 이를 통해 이 생물이 극피동물의 일종임을 알 수 있었다.* 흰해삼이었다.

또한 극피동물은 잘 발달한 수관계와 관족을 가지고 있다. 불가사리를 뒤집었을 때 꿈틀거리는 털 모양의 것이 모두 관족이다. 관족은 조그만 빨판으로 되어 있으며, 이 빨판은 몸속 구석구석까지 퍼져 있는 수관계에 의해 유압식으로 조절된다. 불가사리는 이 관

◉ **보라성게와 말똥성게** 극피동물은 뼛조각 이외에도 몸이 기본적으로 다섯 갈래로 나누어진 방사상칭 구조라는 공통점이 있다. 성게의 경우 가시와 겉껍질을 잘 벗겨놓으면 표면에 나 있는 다섯 개의 줄무늬를 뚜렷이 관찰할 수 있고, 껍질을 쪼개어 속을 보아도 같은 구조를 확인할 수 있다(가시가 짧은 쪽이 말똥성게, 긴 쪽이 보라성게).

* 정약전은 성게의 몸속이 다섯 개의 방으로 나누어져 있다고 밝혔다. 아마 그에게 계통 분류에 대한 지식이 있었다면 해삼, 불가사리, 성게가 같은 무리라는 사실을 충분히 알아낼 수 있었을 것이다.

족을 사용해서 먹이를 잡거나 몸을 이동한다. 해삼도 관족을 사용해서 해초나 바위에 몸을 부착하고 이동한다. 돌에 붙어 있는 성게를 떼어낼 때 단단히 붙어 떨어지지 않는 것을 보면 성게의 몸에도 역시 관족 구조가 발달해 있음을 알 수 있다.

성게의 가장 큰 특징은 역시 무시무시한 가시다. 옛 문헌에서 해구海毬, 해위海蝟라는 생물이 등장하는 경우가 있는데, 이는 모두 밤송이나 고슴도치를 닮은 성게를 말한 것이다. 정약전도 성게를 율구합이라고 부르며 밤송이에 비유했고, 성게의 가시를 고슴도치와 같다고 묘사했다. 성게를 잡다가 가시에 찔려본 사람들은 성게의 가시가 모양만 비슷한 것이 아니라 실제 밤송이의 가시처럼 날카로운 무기가 될 수 있다는 사실을 알게 된다. 성게류 중에는 가시에 독이 있어 위험한 종류도 있지만, 흔히 마주치는 종인 보라

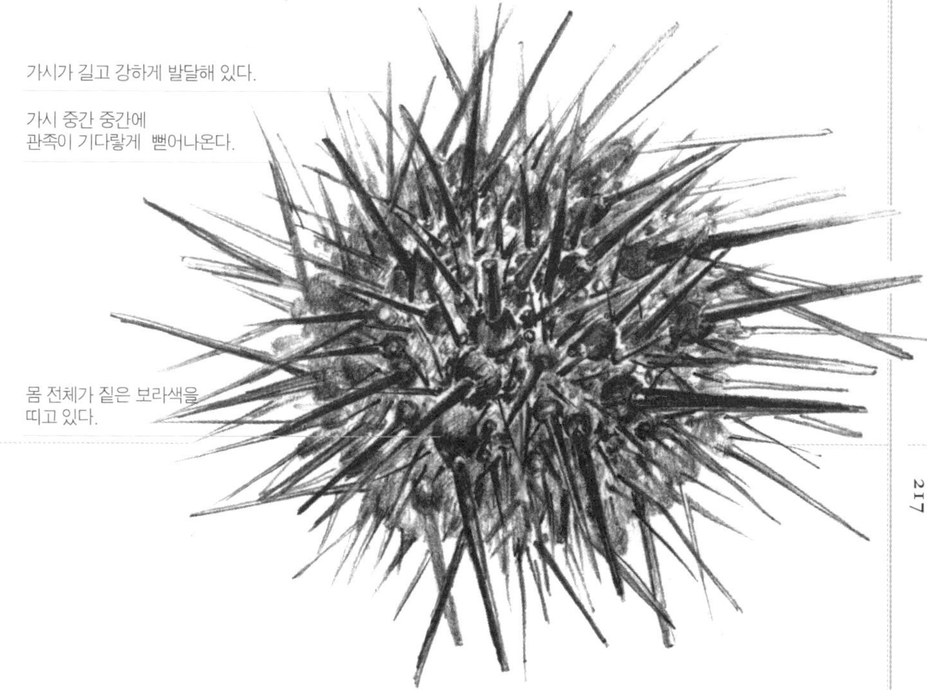
가시가 길고 강하게 발달해 있다.
가시 중간 중간에
관족이 기다랗게 뻗어나온다.
몸 전체가 짙은 보라색을
띠고 있다.

◉ **보라성게** *Anthocidaris crassispina* (A. Agassiz)

성게와 말똥성게는 독이 없으므로 안심해도 된다.

껍질이 검다고 한 것으로 보아 본문에서 율구합이라고 밝힌 종은 보라성게가 분명하다. 보라성게는 몸 전체가 검다고도 표현할 수 있을 만큼 짙은 보라색을 띠고 있다. 또한 몸 표면에는 강하고 기다란 가시가 수북히 돋아나 있어 고슴도치에 비유할 만하고, 지름이 서너 치 정도라면 크기도 일치한다.

박도순 씨는 보라성게를 '구살'이라고 부르며 대나무통에 담아 젓을 담고, 이를 쌀과 바꿔 먹었던 기억을 떠올렸다. 그리고 날씨와 관련된 성게의 독특한 습성에 대해서도 이야기해주었다.

"성게란 놈은 민물을 싫어하제. 성게가 우로 올라오면 날이 좋고 밑으로 내려가면 날씨가 나빠져요."

박판균 씨는 보라성게의 산란 습성을 정확히 이해하고 있었다.

"5, 6, 7월에 많다가 8, 9월 수온이 올라가면 알 낳으러 들어가버리지라."

실제로 보라성게는 6~9월에 산란기를 맞는다. 오랫동안 보라성게를 식용해왔기에 그 정확한 생태까지 파악하게 된 것이리라.

정약전은 성게의 생식소를 노란색의 쇠기름 같다고 표현했다. 성게를 잡으면 보통 이 생식소 부분만을 따로 떼어서 먹는데, 독특한 풍미가 있어 의외로 찾는 사람들이 많다. 날로 먹거나 젓갈을 담가서 먹는 경우가 대부분이지만, 정약전의 말처럼 국을 만들어 먹을 때도 있다. 오분자기나 미역을 함께 넣어 끓인 성게국, 속칭 구살국은 달짝지근하면서도 담백한 맛이 일

◉ **보라성게** 껍질이 검다고 한 것으로 보아 본문에서 율구합이라고 밝힌 종은 보라성게가 분명하다. 보라성게는 몸 전체가 검다고도 표현할 수 있을 만큼 짙은 보라색을 띠고 있다.

품이다.

정약전은 보라성게 외에 다시 승률구를 언급하고 있다.

[승률구僧栗毬]

율구합에 비해서 털이 짧고 가늘며, 빛깔이 노랗다는 점이 다르다.

승률구는 말똥성게를 말한 것일 가능성이 매우 높다. 말똥성게는 생긴 모습이 말똥을 연상케 한다고 해서 붙여진 이름이다. 이 이름을 붙인 사람들은 말똥성게의 약간 납작한 모양과 표면에 난 굵직한 주름, 그리고 누르스름한 색깔에 주목했던 모양이다. 그러나 정약전은 누런 색깔과 보라성게에 비해서 짧고 가느다란 가시에서 스님의 머리를 떠올렸다. 가만히 들여다보면 적절한 비유 같기도 하다. 이 밖에도 운단, 물밤, 알땅구, 앙당구, 방장구, 왕장구 등이 모두 말똥성게를 가리키는 별명들이다.

박도순 씨도 말똥성게를 잘 알고 있었다.

"말똥성게 알지라. 잡아서 전부 일본으로 수출해요. 옛날에는 말똥성게라 안 그랬어요. 밤팅이라 그랬지. 그 후에 왕장구란 말이 들어왔다가 흑산수협에서 말똥성게라 하니께 따라 부르는 것이제."

'밤팅이'는 밤송이와 같은 말이다. 박도순 씨의 말은 정약전이 옮긴 '율구합'이나 '승률구'의 원말도 '밤팅이'였을 가능성을 보여준다. 박판균 씨는 말똥성게를 '가시 없는 거'라고 표현했다.

◉ **말똥성게** 말똥성게는 보라성게보다 크기가 작고 가시가 짧으며, 누런빛이 돈다.

"앙장구. 가시 없는 거. 말똥성게 맛있죠."

정약전의 설명처럼 말똥성게의 가시는 보라성게보다 훨씬 짧고 가늘어 손으로 잡아도 아프지 않다.*

정약전은 말똥성게 항목의 말미에 창대로부터 들은 성게의 화생 이야기를 옮겨놓았다. 의심 많고 논리적인 성격의 창대도 성게에 대해서는 거의 화생 신화를 확신하고 있었던 것 같다.

창대는 다음과 같이 말한 적이 있다. "지난날 구합(성게)을 하나 본 적이 있는데 입 속에서 새가 나왔습니다. 머리와 부리가 이미 만들어졌고, 머리에서는 이끼 같은 털이 막 나오고 있는 중이었습니다. 이미 죽은 것인지 의심이 나서 만져보았더니 털을 흔들어대고 움직이는 것이 여느 때나 다름이 없었습니다. 비록 그 껍질 속의 모양은 보지 못했지만, 이것이 변하여 파랑새〔靑雀〕가 되는 모양입니다. 사람들은 성게가 변해서 새가 된다고 말합니다. 흔히 말하는 율구조栗毬鳥가 바로 그것입니다. 직접 경험해보고 과연 그렇다는 사실을 알 수 있었습니다."

창대는 성게가 새로 변해가고 있는 장면을 생생하게 묘사하고 있다. 직접 경험해보았다는 말로 보아 착각을 불러일으킬 만한 무엇인가가 분명히 있었음에 틀림없다. 창대로 하여금 성게의 화생을 믿게 한 것은 대체 무엇이었을까?

성게의 생태와 해부 구조를 보면 어느 정도는 추측할 수 있을 것 같다. 종

* 흔히 가시의 길이가 짧고 둥근 모양을 한 성게를 말똥성게라고 부르지만 말똥성게와 비슷하게 생긴 것이 몇 종류 더 있다. 이들은 겉모습이 거의 같고 색채변이가 심해서 구별하기가 힘들다. 가시가 녹색 계통을 띠면서 짧고 촘촘히 분포하는 것을 말똥성게, 갈색이나 자색, 흰색을 띠면서 가시의 크기가 불규칙한 것은 새치성게나 둥근성게로 보면 대충 들어맞는다.

류에 따라 식성이 조금씩 다르기는 하지만 성게는 보통 해조류나 암석 표면에서 자라는 다양한 생물들을 잡아먹고 산다. 먹이를 뜯어 먹는 입은 몸의 아랫부분에 있으며, 이곳에는 '아리스토텔레스의 등잔'이라고 불리는 석회질의 억센 이빨이 숨겨져 있다. 그런데 이 다섯 조각의 이빨이 꼭 새의 부리처럼 생겼다. 정약전이 오징어의 부리에서 새의 부리를 연상한 것처럼 창대도 성게의 이빨을 보고 성게에서 새가 생겨나고 있다는 착각을 불러일으켰을 가능성이 높아 보인다.

산책을 마치고 돌아왔을 때 터미널 안은 배를 타려는 사람들로 심하게 북적이고 있었다. 터미널에 모인 사람들의 대부분은 여행객이었다. 끼리끼리 모여 앉아 홍도의 무슨 바위가 기막히게 생겼다느니, 지난 밤 먹은 홍어찜 때문에 아직도 입안이 얼얼하다느니 밝은 표정으로 저마다의 여행담을 늘어놓고 있는 모습이 마냥 즐거워보였다.

사람들의 대화에 귀를 기울이다 보니 어느새 출발 시간이 다 되었다. 미리 줄을 서 있다가 개찰을 마치고 배에 올랐다. 흑산도의 모습을 조금이라도 더 보고 싶어서 왼쪽 창가에 자리를 잡고 앉았다. 엔진음이 갑자기 커지면서 배는 서서히 뒷걸음질을 시작했다. 며칠 간 경험했던 일들을 하나하나 되새기다 보니 어느새 섬은 까마득히 멀어져 있었다. 배가 항구에 닿으면 목포에서 1박을 한 다음 다시 버스를 타고 전남 영광으로 갈 계획이었다. 조기의 집산지로 이름 높은 법성포를 꼭 한번 들러보고 싶었기 때문이다.

◉ **아리스토텔레스의 등잔** 성게의 입은 몸의 아랫부분에 있으며, 이곳에는 '아리스토텔레스의 등잔'이라고 불리는 석회질의 억센 이빨이 숨겨져 있다.

영광 법성포에서

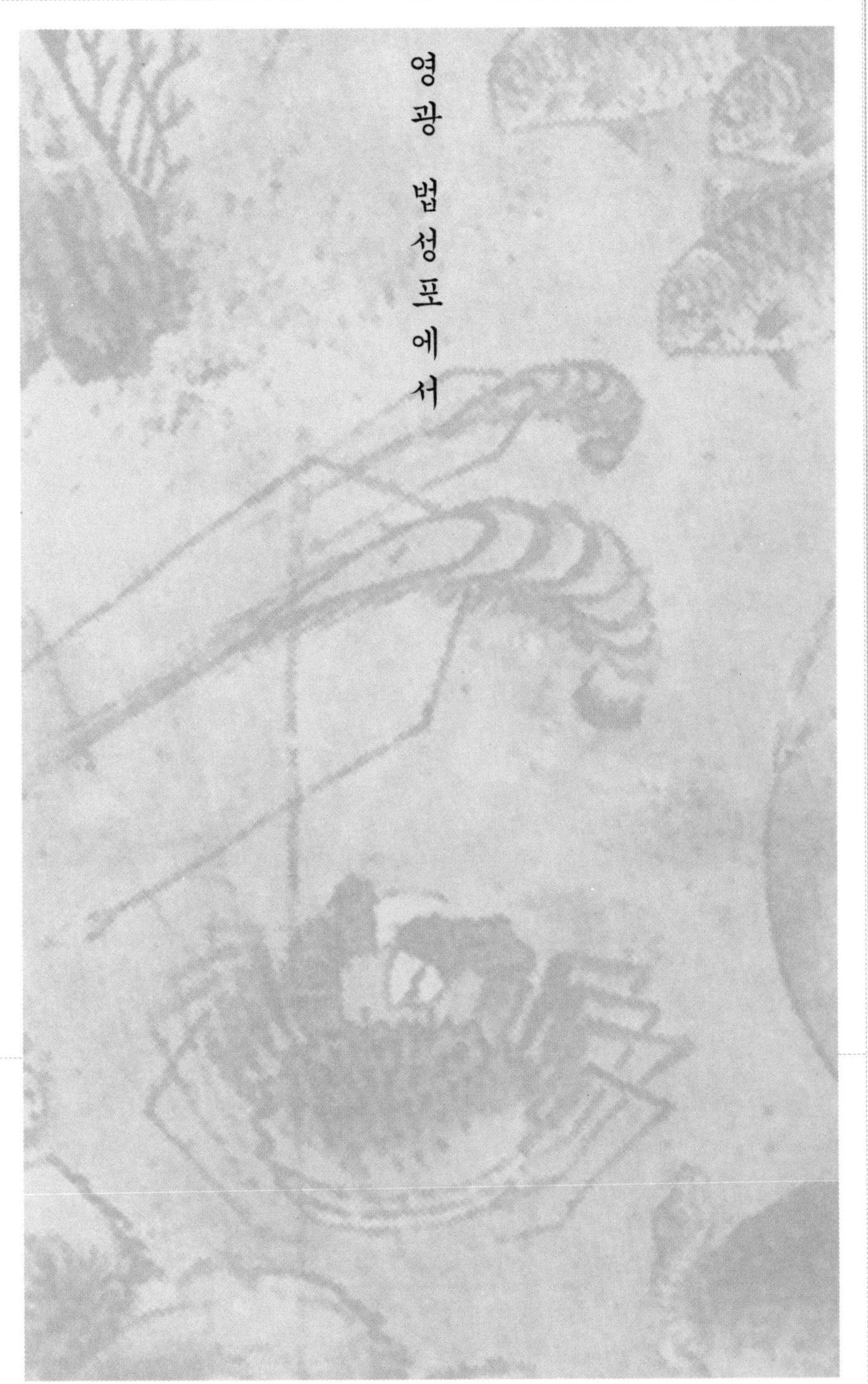

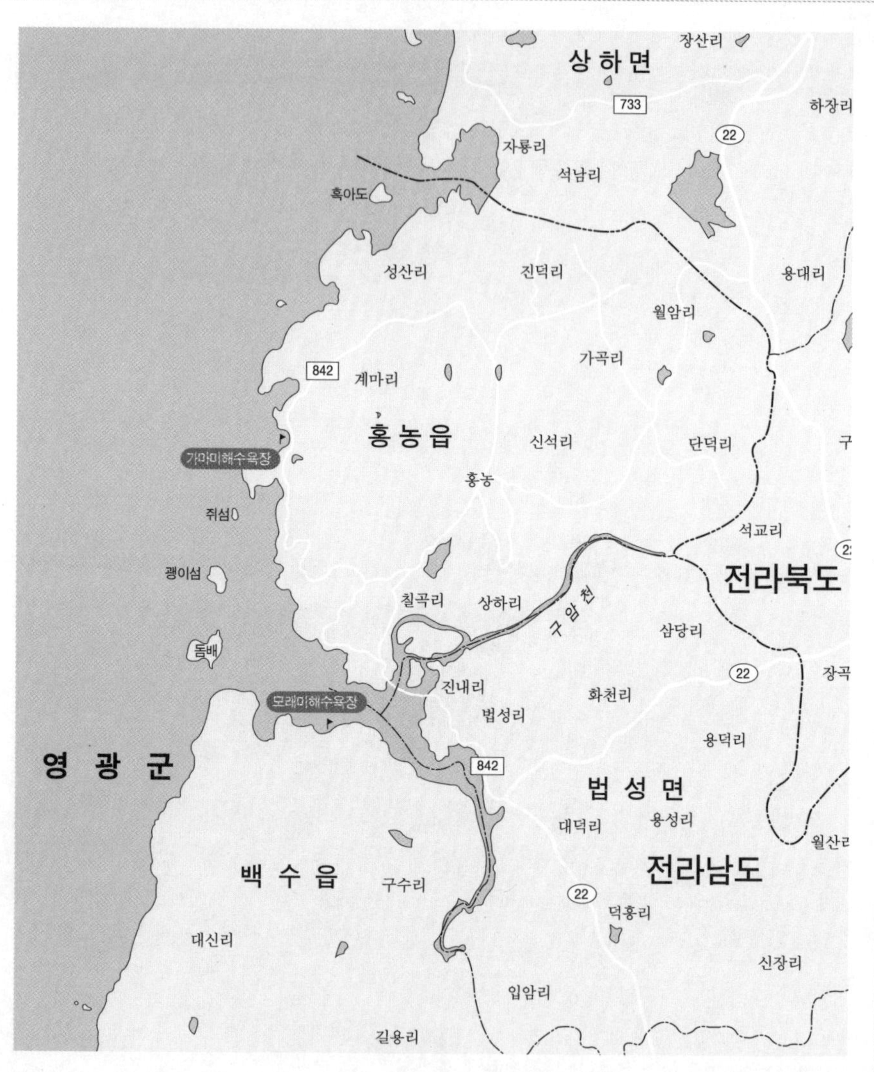
장산리
상하면
733
하장리
22
자룡리
석남리
흑아도
성산리
진덕리
용대리
월암리
가곡리
842
계마리
홍농읍
신석리
단덕리
가마미해수욕장
홍농
쥐섬
석교리
광이섬
전라북도
칠곡리
상하리
구암천
삼당리
돔배
22
장곡
진내리
화천리
모래미해수욕장
법성리
용덕리
영 광 군
842
법 성 면
대덕리
용성리
월산리
전라남도
백 수 읍
구수리
22
덕흥리
대신리
신장리
입암리
길용리

◉법성포지도

망둑어, 물 위를 달리다

법성포 버스터미널에 내려서 마을 한쪽 옆으로 나 있는 한적한 골목길을 따라 걸었다. 터미널은 읍내로부터 꽤 멀리 떨어져 있어서 한참을 걸어야 했다. 법성포는 전남 영광군 법성면 해안에 있는 포구로 고려 성종 때 조창漕倉이 설치된 이후 조선시대에 이르기까지 크게 번성했던 곳이다.

> 영광 법성포는 바다 조수가 들어오면 바로 앞에 물이 돌아 모인다. 호수와 산이 아름답고, 민가가 빗살처럼 촘촘하여 사람들이 작은 서호라고 부른다. 바다와 가까운 여러 고을은 모두 여기에 창고를 설치하고 세미를 수납하여, 배로 실어 나르는 장소로 삼는다.

법성포의 풍경은 이중환이 『택리지』에서 묘사했던 것과는 전혀 다른 모습이었다. 넓게 펼쳐진 수평선과 고기잡이배가 떠 있는 해변을 상상했지만 법성포에는 바다가 없었다. 사방이 완전히 산으로 둘러싸여 있어 어디로 물길

◉ **법성포** 전남 영광군 법성면 해안에 있는 포구로 고려 성종 때 조창이 설치된 이후 조선시대에 이르기까지 크게 번성했던 곳이다.

이 통해 있는지 짐작하기 힘들었고, 끝 간 데 없이 펼쳐진 갯벌에는 바닥을 드러내고 땅 위에 덩그러니 올라앉은 어선들만이 을씨년스러운 풍경을 연출하고 있었다. 굴비를 내걸어놓고 파는 가게들도 전혀 보이지 않았다. 어항 깊숙이 들어가면 달라질 것이라고 생각하며 제방을 따라 걸었다.

얼마간 걷다가 멈춰 서서 갯벌 쪽을 바라보니 무엇인가 움직이는 듯한 모습이 보였다. 얼른 배낭에서 쌍안경을 꺼냈다. 탄성이 흘러나왔다. 쌍안경의 시야에 기막힌 광경이 펼쳐지고 있었다. 게들의 화려한 군무였다. 넓게 펼쳐진 갯벌 위에 무수히 많은 게들이 먹이를 찾아서, 혹은 세력권을 과시하기 위해 열심히 집게발을 놀려대고 있었다. 농게는 'fiddler crab(바이올린을 연주하는 게)'이라는 별명처럼 붉은색의 커다란 집게발을 조용히 밀어올리며 바이올린을 켜고, 칠게는 박자에 맞춰 집게발을 하늘로 퉁겨올렸다. 칙칙한 갯벌을 배경으로 한 기묘한 음악회였다.

좀더 자세히 보고 싶어 갯벌로 발을 들여놓자마자 게들의 대군은 순식간에 구멍 속으로 사라졌다. 구멍만 입을 벌린 메마른 땅바닥에 빨갛고 큼직한 집게발 하나가 몸체를 잃은 채 나뒹굴고 있었다. 농게의 집게발이었다. 십중팔구 갈매기의 짓이리라. 갈매기는 게를 잡으면 우선 집게발을 물고, 머리를 흔들어 떼어버린 후 몸체만 집어먹는 습성이 있다.

한참을 더 걸어 들어가니 조그만 웅덩이들이 나타났다. 그중 한 웅덩이에는 올해 부화한 듯한 망둑어 새끼들이 바글거리고 있었다. 말뚝망둥어였다. 가만히 살펴보니 꽤 덩치가 큰 놈도 섞여 있었다. 촬영을 하려고 카메라를

◉ **바다가 없는 법성포** 법성포에는 바다가 없었다. 사방이 완전히 산으로 둘러싸여 있어 어디로 물길이 통해 있는지 짐작하기 힘들었고, 끝 간 데 없이 펼쳐진 갯벌에는 바닥을 드러내고 땅 위에 덩그러니 올라앉은 어선들만이 을씨년스러운 풍경을 연출하고 있었다.

들이대자 신기한 광경이 펼쳐졌다. 한 마리가 갑자기 펄쩍 뛰어오르더니 꼬리로 물을 차며 수면 위를 달려 반대쪽으로 이동하는 굉장한 묘기를 선보인 것이다. 한쪽 다리가 가라앉기 전에 다른 쪽 다리를 내딛어 물 위를 달리는 바실리스크도마뱀을 연상케 하는 모습이었다.

말뚝망둥어의 모습을 사진에 담고 싶어 다리를 벌리고 허리를 잔뜩 구부린 불안한 자세로 몇 번을 쫓아다녔지만 계속 촬영에 실패했다. 말뚝망둥어는 만만한 상대가 아니었다. 여유가 있을 때는 아기처럼 아장아장 걸어다니지만 급할 때는 빠른 속도로 도망쳤다. 어떨 땐 돌 위로 뛰어올라 배에 있는 빨판으로 경사면에 그대로 붙어버리기도 했다. 한참을 실랑이한 끝에 겨우 말뚝망둥어의 모습을 카메라에 담을 수 있었다.

정약전도 이와 비슷한 장면을 관찰했던 것 같다.

[철목어凸目魚 속명 장동어長同魚]

큰 놈은 5~6치이다. 모양은 대두어를 닮았다. 빛깔은 검고 눈은 볼록하게 튀어나왔다. 헤엄을 잘 치지 못하고 오히려 뻘 위에 있기를 좋아한다. 물 위를 도약하면서 수면을 스치듯 뛰어다닌다.

"물 위를 도약하면서 수면을 스치듯 뛰어다닌다."

방금 전에 봤던 장면 그대로다. 머리 위로 툭 튀어나온 눈, 크기, 색깔, 뭍생활을 좋아하는 습성도 모두 말뚝망둥어의 특징과 정확히 일치한다. 철목

◉ **말뚝망둥어** 말뚝망둥어의 모습을 사진에 담고 싶어 다리를 벌리고 허리를 잔뜩 구부린 불안한 자세로 몇 번을 쫓아다녔지만 계속 촬영에 실패했다.

어가 말뚝망둥어라는 사실에는 의심의 여지가 없어 보인다.

'장동어(짱뚱어)' 라는 속명도 크게 문제될 것은 없다. 말뚝망둥어와 별개로 짱뚱어라는 종이 분명히 존재하지만 사람들은 보통 이 두 종을 따로 구별하지 않는다. 짱뚱어는 말뚝망둥어와 생김새가 매우 닮았을 뿐만 아니라 사는 곳과 생태적 습성까지 비슷하기 때문에 구별하는 것 자체가 힘든 일이다. 법성포에서 만난 어부들도 아무런 의심 없이 말뚝망둥어를 짱뚱어라고 부르고 있었다. 정약전이 말한 철목어도 이 두 종류의 물고기를 함께 부르는 이름이었을 것이다.

『난호어목지』에는 망동어望瞳魚와 탄도어彈塗魚라는 물고기가 나온다. 서유구는 "눈이 툭 튀어나와 마치 사람이 멀리 바라보려 애쓰는 모양과 같아서 망동어라고 한다"라고 망동어의 어원을 풀이했다. 이를 통해 망동어가 말뚝망둥어나 짱뚱어를 가리키는 이름이며, 옛사람들이 이 두 종류를 망둑어의 대표종으로 보았다는 사실을 알 수 있다. 탄도어 역시 '땅 위에서 펄쩍펄쩍 뛰어다니는 물고기' 라는 뜻으로 말뚝망둥어나 짱뚱어를 가리킨 이름임이 분명하다. 옛사람들이 이들의 중요한 특징으로 뻘 위를 뛰어다니는 습성을 꼽고 있었다는 사실은 '짱뚱이가 뛰니까 게도 뛰려다 등짝 깨진다.' 라는 속담에서도 잘 드러난다.

말뚝망둥어는 아마도 말뚝처럼 뭉툭하게 생긴 겉모습이나 말뚝 위에 잘 올라앉는 습성 때문에 붙여진 이름일 것이다. 말뚝망둥어는 밀물이 들면 물을 피해 차차 높은 곳으로 이동하는데, 만조 때에는 갯가의 바위나 말뚝 위

◉ 탄도어 탄도어는 '땅 위에서 펄쩍펄쩍 뛰어다니는 물고기' 란 뜻으로 말뚝망둥어나 짱뚱어를 가리키는 이름이다.

눈은 머리 위로
툭 튀어나와 있다.
가슴지느러미를 다리처럼 이용하여
갯벌 위를 걸어다닌다.
몸이 말뚝 모양이다.
입은 아래쪽에 붙어 있다.
배지느러미는 빨판으로 되어 있다.

로 기어오르는 일이 많다. 짱뚱어라는 이름의 유래에 대해서는 보다 재미있고 그럴싸한 이야기가 전해온다. 말뚝망둥어와 짱뚱어는 11월 초에서 4월 초까지, 즉 첫서리가 내릴 때부터 봄꽃이 피어날 때까지 굴속에 들어가 활동을 멈추고 겨울잠을 자는 습성이 있다. 남도의 해변 마을에서는 짱뚱어라는 이름의 유래를 이러한 습성과 관계 지어 설명한다. 즉 겨울잠을 자는 습성 때문에 '잠퉁이', 잠둥어' 라는 이름이 생겨나게 되었다는 것이다.

◉ **말뚝망둥어** *Periophthalmus modestus* Cantor

◉ **짱뚱어** 짱뚱어는 말뚝망둥어와 생김새가 매우 닮았을 뿐만 아니라 사는 곳과 생태적 습성까지 비슷하기 때문에 구별하는 것 자체가 힘든 일이다. 법성포에서 만난 어부들도 아무런 의심 없이 말뚝망둥어를 짱뚱어라고 부르고 있었다. 정약전이 말한 철목어도 이 두 종류의 물고기를 함께 부르는 이름이었을 것이다.

짱뚱어들의 세상

정약전은 짱뚱어를 식용한다는 말을 하지 않았다. 실제로 예전에는 짱뚱어가 그리 인기 있는 물고기가 아니었다. 그러나 지금은 상황이 많이 달라졌다. 짱뚱어는 각종 요리로 개발되어 별미로 대우받고 있다. 짱뚱어도 문절망둑이나 풀망둑처럼 가을을 제철로 본다. 엷게 회를 떠서 먹기도 하지만, 추어탕처럼 조리해서 먹는 짱뚱어탕, 각종 나물과 채소, 해산물을 넣고 갖은 양념을 해서 끓여내는 짱뚱어전골, 한 마리씩 나무꼬챙이에 끼워 소금을 뿌리며 즉석에서 구워 먹는 짱뚱어구이가 모두 특미로 알려져 있다. 쓸개로는 초록빛과 독특한 향이 절묘하게 어우러진 술까지 담는다고 하니 짱뚱어는 하나도 버릴 데가 없는 물고기인 셈이다. 짱뚱어 요리를 즐기는 이들은 짱뚱어가 늘 햇볕 아래에서 일광욕을 하기 때문에 비린내가 나지 않으며 아무리 과식해도 탈이 나지 않는 물고기라며 자랑을 늘어놓는다.

짱뚱어는 벚꽃이 피면 나오고 첫서리가 오면 들어간다고 한다. 짱뚱어가 나오기 시작하면 갯벌로 나서는 사람들의 발길이 바빠진다. 짱뚱어를 잡으려면 먼저 짱뚱어 구멍을 찾아야 한다.* 구멍을 발견한 후에는 이를 파헤쳐 맨손으로 직접 잡아내야 하는데 상당히 능숙한 손놀림이 필요하다. 짱뚱어 낚시는 이보다 더욱 정교한 기술을 요구한다. 짱뚱어 낚시는 보통 낚시와 달리 미끼를 끼우지 않는다. 그 대신 갈고리 모양의 낚시를 짱뚱어 쪽으로 던진 다음, 갑자기 휙 잡아당겨 몸뚱이에 걸어내는 방식으로 이루어진다. 노련한 짱뚱어 낚시꾼은 8미터에 달하는 기다란 낚싯대와 같은 길이의 낚싯줄을 손발처럼 놀리며 쉴 새 없이 짱뚱어를 잡아낸다.

그러나 이처럼 독특한 풍광도 시간이 흐르면 기억 속에서조차 사라져버리게 될지도 모른다. 곳곳에서 행해지고 있는 무분별한 간척사업의 결과, 갯벌은 점점 황폐화되어가고 있다. 짱뚱어뿐만이 아니라 갯벌을 터전으로 살아가는 갯지렁이, 조개, 낙지, 도요새 등의 수많은 생물들도 함께 소멸될 위기에 처해 있다. 인간만의 세상이 아니라 다른 생물과 함께 살아가는 세상을 꿈꾸어야 할 때다.

문득 고개를 돌려 바라본 법성포 갯가에서는 우울한 상상을 한꺼번에 떨쳐버리게 할 만큼 놀라운 광경이 펼쳐지고 있었다. 수천 수만 마리도 넘을 것 같은 물고기들이 은빛 비늘을 반짝이며 물가로 몰려나와 있었다. 십여 센티미터가 될까 말까 한 숭어 새끼들이었다. 몸을 가로누일 때마다 햇빛을 받은 비늘이 하얗게 반짝였다. 이렇게 몸을 이리저리 뒤척이다가는 또 갑자기 일렬로 쭉 줄을 지어서 헤엄치기도 하며 광란의 분위기를 연출하고 있었다. 옆에 있던 어부들도 이를 보더니 모쟁이들이 떼로 몰려다닌다며 미소를

* 엄지손가락 굵기만 한 짱뚱어 구멍은 입구가 하나인데, 중간에 여러 갈래로 비상구를 뚫어놓은 형태를 하고 있다. 5월에서 8월 상순에 걸친 산란기 때는 노란 알을 구멍 내부에 도배하듯 발라놓고 수컷이 이를 지킨다. 때로는 구멍 속에 새우나 게, 문절망둑 새끼 등의 불청객들이 세 들어 살기도 한다.

짓는다.

다른 곳도 마찬가지였다. 물이 조금씩 들어오는 해안선을 따라 모두 이런 상황이었다. 얕은 물가에 모여서는 새들의 먹이가 되기 십상일 텐데 이런 행동을 보이는 이유가 무엇일까? 가만히 살펴보니 저절로 답이 나왔다. 숭어가 몸부림을 치거나 잔물결이 일 때마다 흙탕물이 일어나 물이 뿌옇게 흐려졌는데, 이때 흘러나오는 진흙을 게걸스럽게 먹어대고 있었던 것이다. 숭어가 진흙을 들이마신다는 이야기를 눈으로 확인하는 순간이었다. 말뚝망둥어도 뻘 위에 앉아 열심히 진흙을 파먹고 있었다. 그중에 큰 놈은 거의 20센티미터에 육박했는데, 쫙 펼친 지느러미와 몸비늘이 아름다운 녹색으로 번쩍이고 있었다. 우리가 아무렇지도 않게 지나치는 갯벌, 짱뚱어들의 세상이 이토록 아름다울 수 있음을 시위라도 하고 있는 듯했다.

질퍽하고 부드러운 진흙 바닥 위에
화면 가득 입을 쩌억 벌린 짱뚱어 두 마리
먹고 사는 입이 크면 그뿐
주먹도
피도
눈물도 없이
고개 꺾고 물러나네
먹고

사랑하고
천국 같은 진흙에 뒹굴다
물이 들면 파아랗게 뛰어올라
하늘에 젖는 짱뚱어 세상.

—김지연, 〈이런 세상 어떠세요〉 중에서

벌벌 떠는 벌버리묵

선착장 쪽으로 가는 길가에는 나무에 노끈을 얼기설기 얽어 만든 발이 여럿 놓여 있었다. 발 위에는 가자미처럼 넓적하게 생긴 물고기들이 껍질이 벗겨진 채 드러누워 말라가고 있었다. 옆에 있던 아주머니에게 물어보니 '빡대'라고 일러준다. 정약전이 박접이라고 이름 짓고 속명을 박대어라고 밝힌 박대였다.

[박접薄鰈 속명 박대어朴帶魚]
서대(牛舌鰈)를 닮았으나 아주 작고 종이처럼 엷다. 줄줄이 엮어서 말린다.
―우설접, 금미접, 박접을 지금 보충함.*

박대라는 이름은 박접薄鰈에서 유추할 수 있듯 두께가 엷다는 뜻에서 유래한 것이다. 당시 흑산 사람들도 박대를 지금처럼 '빡대'나 '박대기' 등으로 불렀으리라 짐작된다. 영남 지방에서는 고구마를 얇게 썰어 말린 것을 빼때

* 원문에는 '已上俱 今補(앞에서 나온 종들을 모두 지금 보충한다)'라고 나와 있다.

기라고 부르는데, 박대와의 연관성을 생각해볼 수 있을 것 같다. 박대와 빼때기 모두 얇고, 말리는 것이라는 공통점이 있기 때문이다.

한꺼번에 많이 잡힌 물고기를 오랫동안 저장하려면 말리거나 소금에 절이는 것이 가장 좋은 방법이다. 박대는 몸이 얇아 말리기 쉬우므로 주로 말려서 저장하게 된다. 박대의 껍질은 쥐치 껍질처럼 질기고 거친데, 일단 말라버리고 나면 벗겨내기가 힘들기 때문에 반드시 껍질을 벗겨낸 후에 말려야 한다. 박대 껍질을 벗겨내는 장면은 여자의 손 힘으로도 죽죽 잘 벗겨지는 것이 옆에서 보기에도 신이 난다.

박대포도 꽤 먹을 만한 음식이지만, 서해 연안의 어민들은 박대의 벗겨낸 껍질까지 버리지 않고 잘 갈무리해두었다가 박대묵이라는 독특한 음식을 만들어낸다. 생선의 껍질 부위에 많은 콜라겐은 단백질의 일종으로 뜨거운 물로 처리하면 부드러운 젤리 형태로 변하는 성질이 있다. 박대묵은 이러한 원리를 이용해서 만들어진다. 우선 잘 말려놓은 박대 껍질을 물에 담가 충분히 불린 다음, 맑은 물이 나올 때까지 수도 없이 씻고 헹궈내는 작업을 반복한다. 깨끗하게 씻어낸 박대 껍질을 솥에 넣고 너댓 시간 동안 곤 다음, 고운 채로 찌꺼기를 걸러내고 다시 한 시간 가량 틀에 부어 식히면 드디어 박대묵이 완성된다. 재료에 비해서는 꽤 많은 정성이 들어가는 셈이다.

박대묵은 주로 겨울철에 해먹는다. 기온이 조금만 높으면 녹아버리기 때문이다. 추운 겨울날 먹는 박대묵은 명절이나 동네 잔치 때 빼놓을 수 없는 별미가 된다. 흔히 박대묵을 눈과 혀로 즐기는 음식이라고들 한다. 투명한

◉ **박대 말리기** 선착장 쪽으로 가는 길가에는 나무에 노끈을 얼기설기 얽어 만든 발이 여럿 놓여 있었다. 발 위에는 가자미처럼 넓적하게 생긴 물고기들이 껍질이 벗겨진 채 드러누워 말라가고 있었다.

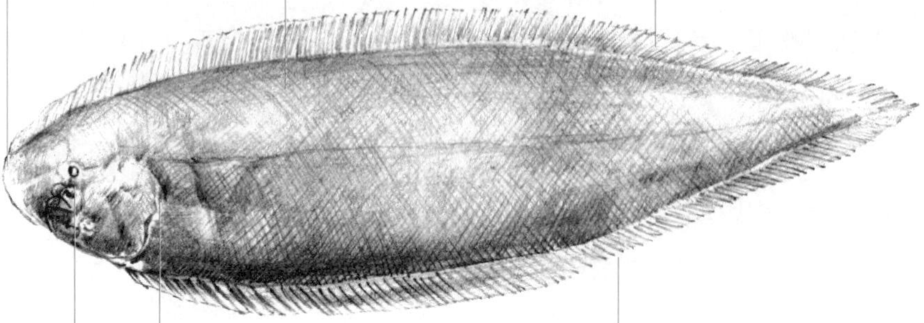

주둥이는 뭉툭한 편이다.

지느러미와 몸체는 모두 홍갈색이다.

몸은 길쭉한 혀 모양이다.

가슴지느러미가 없다.

눈은 몸의 왼쪽에 위치하며
크기가 매우 작다.

등지느러미, 뒷지느러미,
꼬리지느러미가 연결되어 있다.

데다 은은한 호박색을 띠는 것이 우선 보기에 아름다울 뿐만 아니라 유난히 탄력이 좋아 씹을 때 쫄깃거리는 느낌도 일품이기 때문이다. 박대묵의 탄력은 눈으로도 확인할 수 있다. 칼로 한번 썰어놓으면 한참 동안이나 떨림이 멈추지 않는데, 영종도 사람들은 이를 보고 '벌버리묵'이라는 재미있는 별명까지 붙여놓았다. 벌벌 떨고 있는 묵을 그대로 양념장에 찍어 먹거나 잘게 채를 썰어 무쳐 먹기도 하는데, 새콤달콤한 양념 맛에 입안을 감치는 담백한 맛이 더해지면 누구나 박대묵 예찬론자가 되고 만다.

◉ **박대** *Cynoglossus semilaevis* Günther

혓바닥을 닮은 물고기

박대는 납작한 생김새가 말해주듯 가자미류에 속하는 물고기다. 그렇지만 동물의 혓바닥처럼 길쭉하게 늘어진 모양새가 광어나 가자미와는 또 다른 느낌을 준다. 일반적으로 박대나 이와 비슷하게 생긴 참서대, 큰서대, 서대, 용서대, 흑대기 등의 물고기를 통틀어 '서대'라고 부른다. 서대의 '서'는 '혀'를 의미한다. 서, 세, 쎄 등이 모두 혀를 나타내는 사투리이므로 서대, 세대, 쎄대 등은 모두 혓바닥을 닮은 물고기라는 뜻이 된다. 혜대어의 '혜'도 역시 '혀'와 같은 말로 보인다.

[장접長鰈 속명 혜대어鞵帶魚]
몸은 좁으면서 매우 길다. 맛이 매우 진하다.

이청의 주 이 물고기는 모양이 가죽신 바닥과 아주 비슷하다.

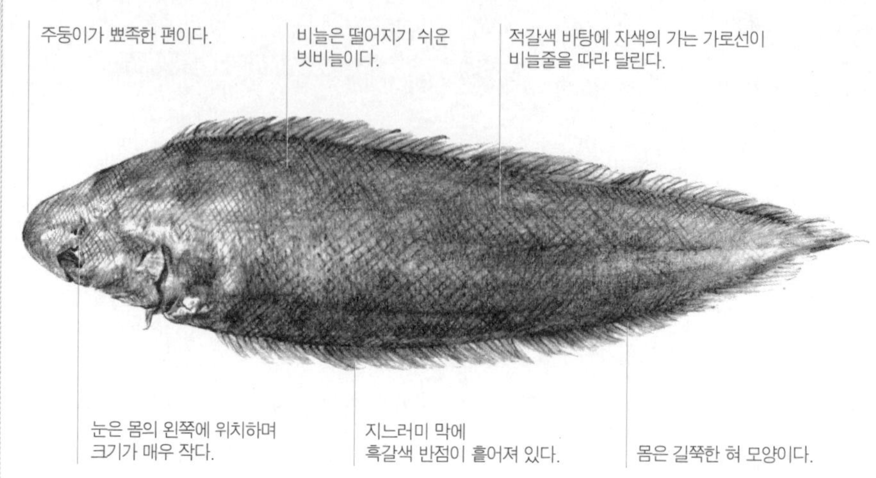
주둥이가 뾰족한 편이다.
비늘은 떨어지기 쉬운 빗비늘이다.
적갈색 바탕에 자색의 가는 가로선이 비늘줄을 따라 달린다.
눈은 몸의 왼쪽에 위치하며 크기가 매우 작다.
지느러미 막에 흑갈색 반점이 흩어져 있다.
몸은 길쭉한 혀 모양이다.

정약전은 속명인 혜대어의 '혜'를 한자로 옮기면서 짚신 '혜鞵' 자를 썼다. 아마도 가자미류를 가리키는 중국 이름 중에 '혜저어鞵底魚'라는 것이 있었기 때문이리라. 혜저어는 물고기의 외형이 신발 밑창과 유사하기 때문에 붙은 이름이다. 이청이 접어의 종류로 밝힌 우설접도 역시 서대류의 물고기가 분명하다.

[우설접牛舌鰈 속명을 그대로 따름]
크기는 손바닥 정도이고 길이는 꼭 소 혀만 하다.

◉ 참서대 *Cynoglossus joyneri* Günther

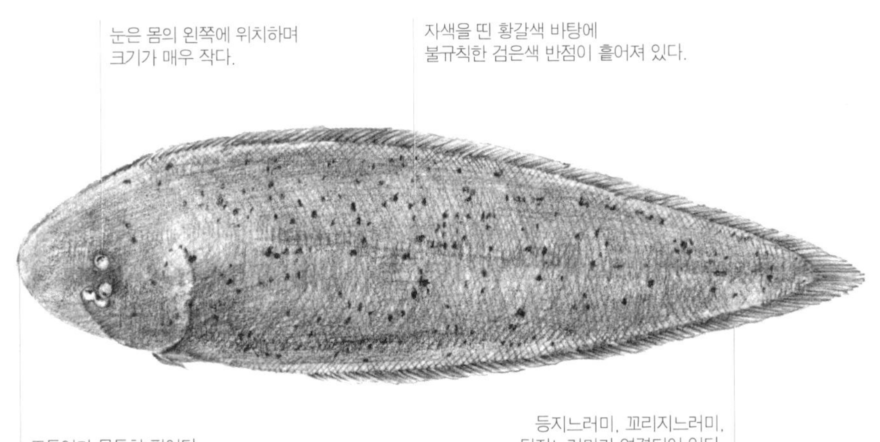
눈은 몸의 왼쪽에 위치하며
크기가 매우 작다.
자색을 띤 황갈색 바탕에
불규칙한 검은색 반점이 흩어져 있다.
주둥이가 뭉툭한 편이다.
등지느러미, 꼬리지느러미,
뒷지느러미가 연결되어 있다.

우설접이란 이름은 물고기의 모양을 소의 혓바닥에 비유한 것이다.

서대류는 종류가 많을 뿐만 아니라 모양과 색깔도 비슷비슷해서 구별하기가 매우 힘들다. 재원도의 함성주 씨는 그냥 큰 것을 서대, 작은 것을 박대로 구분했다. 박판균 씨와 조복기 씨도 서대 종류의 이름은 많이 알고 있었지만 이들을 정확히 구별하지는 못했다. 단지 크기와 맛으로만 대략 나누고 있을 뿐이었다.

"우이도에서 서대를 많이 잡았지라. 한창 수출할 때는 광어보다 비쌀 때도 있었어라. 서대에 종류가 많제. 서대가 젤 크고 맛있어라."

"모양도 똑같고 종류도 똑같은데 맛만 틀리제. 서대가 작은데 훨씬 더 맛

◉ 흑대기 *Paraplagusia japonica* (Temminck et Schlegel)

있어라."

두 사람 모두 서대가 가장 맛있다는 것에 대해서만 의견이 일치하고 있다. 그렇다면 정약전이 가장 맛있다고 한 장접, 즉 혜대어는 이들이 말하는 서대일 가능성이 높아진다.

일반적으로 가장 맛이 있는 대표 종에 '참'이라는 접두어가 붙는다는 사실을 생각하면 참서대를 혜대어의 후보로 놓을 수 있을 것 같다. 실제로도 참서대는 맛이 뛰어난 종류로 알려져 있다. 그러나 우이도의 한영단 씨는 서대를 참서대나 개서대처럼 빨갛고 주둥이가 뾰족한 종과 용서대나 흑대기, 물서대처럼 주둥이가 뭉툭하고 색이 다소 짙은 두 종류로 나누면서 오히려 후자 쪽이 더 맛이 좋다며 이와 다른 견해를 보였다.

장접을 정약전이, 우설접을 이청이 따로 소개했다는 점을 생각한다면 어쩌면 이 두 종이 같은 물고기일 가능성도 있다. 정약전이 말한 장접을 이청이 우설접이라는 다른 이름으로 알고 있었을지도 모르기 때문이다. 어쨌든 장접과 우설접은 참서대나 개서대, 흑대기, 용서대 등 흑산 근해에 많이 나면서 비교적 몸길이가 긴 종류가 될 가능성이 크다고 생각된다.

◉ **흑대기** 우이도의 한영단 씨는 서대를 참서대나 개서대처럼 빨갛고 주둥이가 뾰족한 종과 용서대나 흑대기, 물서대처럼 주둥이가 뭉툭하고 색이 다소 짙은 두 종류로 나누었다.

정체 불명의 물고기들

"이거는 이상하게 비린내가 나고 맛이 없어라."

한영단 씨는 도감의 한 사진을 가리키며 인상을 찌푸렸다. 노랑각시서대였다. 비린내가 나는 서대라면 떠오르는 종이 있었다. 정약전은 서대의 한 종류에 비린내 날 '전𩼖' 자를 붙여 소개하고 있다.

[전접𩼖鰈 속명 돌장어突長魚]

큰 놈은 석 자 정도이다. 몸은 혜대어를 닮았고 배와 등에는 검은 점이 있다. 맛은 매우 비리다.

"맛은 매우 비리다"라는 표현은 노랑각시서대에 딱 들어맞는 것이다. 더욱이 각시서대의 몸 등면에는 검은 줄무늬가 있다. 그러나 배에도 검은 점이 있다는 설명과 크기가 석 자, 즉 60센티미터 정도에 이른다고 한 말은 노랑각시서대와 일치하지 않는 점이다. 정문기는 『한국어도보』에서 전접을

등지느러미,
꼬리지느러미,
뒷지느러미가
연결되어 있다.
암갈색 줄무늬가
늘어서 있다.
눈은 몸의 오른편에
위치하며, 크기가 매우 작다.
불규칙한
황색 반점이 있다.
몸의 바탕색은 황갈색이다.
지느러미 막은 비늘로 덮여 있다.

흑대기로 추측한 바 있다. 역시 검은 반점에 주의하여 내린 결론일 것이다. 그러나 흑대기의 맛을 '매우 비리다' 라고 말하기는 힘들다.

노랑각시서대는 두께가 얄팍해서 물 위로 올라오면 몸을 둥그렇게 말아 버리는 습성이 있다. 이러한 특징은 정약전이 말한 수접, 즉 해풍대를 떠올리게 한다.

[수접瘦鰈 속명 해풍대海風帶]

몸은 수척하고 얄팍하다. 등에 흑점이 있다.

◉ 노랑각시서대 *Zebrias fasciatus* (Basilewsky)

피부가 매끈하고 비늘이 없다.
눈이 있는 쪽의 옆줄 위아래와 등 부분 밑, 배 부분의 중앙에 뼈처럼 딱딱한 돌기물이 있다.
눈은 몸의 오른쪽에 치우쳐 있다.

"등에 흑점이 있다", "몸이 수척하고 얄팍하다"라고 한 정약전의 표현은 노랑각시서대의 특징과도 잘 일치하는 것이다. 그러나 박판균 씨는 노랑각시서대는 해풍대가 아니라고 잘라 말했다.

"해풍대가 잘아요, 잘아. 색깔은 서대 색깔하고 거의 같애요. 내가 보기엔 해풍대가 서대 새끼가 아닌가. 빡대하고 해풍대가 비슷해요. 이런 건 잡아 놓으면 똥그랗게 오그라들어버려. 거의 다 비슷해."

조복기 씨의 말은 또 전혀 달랐다.

"해풍대기? 가재미 보고 해풍대기라 그라제? 돌가재미 보고 해풍대기라

◉ 돌가자미 *Kareius bicoloratus* (Basilewsky)

등 쪽과 배 쪽 중앙에서 꼬리까지의
가장자리에는 황색 띠가 있다.
옆줄은 가슴지느러미 위에서
반달 모양으로 구부러져 있다.
눈 사이가 좁고 비늘이 없다.

그라요. 납작한 걸 돌가재미라 그라는데 손바닥만 하고 딱딱하지라."

대둔도 장복연 씨의 의견도 마찬가지였다.

"해풍대기는 가자미 종류여. 사시미감이지. 참가재미보다 얇고 잘고 납작하제."

서해안에서 보통 도다리라고 부르는 돌가자미가 해풍대라는 것이었다. 다들 말이 다르다 보니, 결국 해풍대의 정체에 대해서 확실한 결론을 내릴 수는 없었다.

◉ 참가자미 *Limanda herzensteini* Jordan et Snyder

해풍대는 그나마 이름을 아는 이들이라도 있었지만, 이청이 금미접, 속명 투수매라고 기록한 종은 방언을 확인할 수도 없었고, 어떤 종류인지 도통 짐작할 수가 없었다.

[금미접金尾鰈 속명 투수매套袖梅]

소접을 닮았다. 꼬리 위에 한 덩어리의 금비늘이 있다.

꼬리 위에 한 덩어리의 금비늘이 있다면 노란색 무늬가 있다는 뜻일 것이다. 그렇다면 몸에 노란색 무늬를 가지고 있는 강도다리, 범가자미, 노랑가자미 등이 금미접의 후보로 떠오른다. 그러나 문제는 무늬가 꼬리에 있다고 한 점이다. 앞에서 든 종류들은 몸이나 지느러미 전체에 노란 무늬가 흩어져 있기 때문에 '금미접'이란 이름과는 어울리지 않는다. 거의 포기하고 있을 무렵 한 가지 단서가 나타났다. 어류도감을 뒤적이고 있을 때였다. 무심코 가자미 항목을 넘기다 참가자미의 배를 본 순간, 바로 금미접이라는 이름이 떠올랐다. 배 뒤쪽과 꼬리지느러미 기부에 황금색의 무늬가 그려져 있었던 것이다. 흑산도 사람들도 가자미 중에 꼬리 쪽이 노란 놈이 있다고 확인해주었다. 투수매라는 방언을 확인할 수 있다면 참가자미가 금미접이라는 사실이 더욱 분명해질 것이다.

영광 법성으로 돈 주우러 간다

법성 읍내 쪽으로 다가가자 길 한쪽으로 영광굴비, 무슨 굴비 따위의 상호를 붙인 가게들이 즐비하게 늘어서 있는 모습이 눈에 들어왔다. 과연 영광굴비의 본고장이었다. 가게마다 굴비 두름을 내걸어 놓았는데, 짚이 아니라 노란색 비닐끈으로 엮어놓은 것이 이채로웠다. 건물도 모두 현대식 양옥이어서 고풍스런 맛은 느낄 수 없었다.

지금의 이 고즈넉한 어항이 예전에 조기파시로 발 디딜 틈 없는 북새통을 이루었다는 사실이 쉽게 믿어지지 않지만, 남아 있는 기록들은 예전의 화려했던 역사를 조용히 증언하고 있다. 『신증동국여지승람』에는 다음과 같은 기사가 실려 있다.

> 매년 봄에 경외京外의 상선이 사방에서 모여든다. 그물을 던져 고기를 잡아서 파는데, 서울의 저자와 같이 떠들썩한 소리가 가득하다.

◉ **법성포 거리 풍경** 법성 읍내 쪽으로 다가가자 길 한쪽으로 영광굴비, 무슨 굴비 따위의 상호를 붙인 가게들이 즐비하게 늘어서 있는 모습이 눈에 들어왔다. 과연 영광굴비의 본고장이었다.

오횡묵이 지은 『지도군총쇄록(1885. 2~1897. 5)』에는 법성포 부근이 유명한 조기 어장이었으며, 엄청난 규모의 파시가 열렸다는 사실이 기록되어 있다.

법성포의 서쪽 바다는 배를 댈 곳이 없다. 이곳에 있는 칠뫼라는 작은 섬들이 위도에서부터 나주까지의 경계가 되는데, 이를 통칭하여 칠산 바다라고 한다. 서쪽 바다는 망망대해이다. 해마다 고기가 많이 잡히므로 팔도에서 수천 척의 배들이 이곳에 모여들어 고기를 사고파는데, 오고가는 거래액이 가히 수십만 냥에 이른다고 한다. 이때 가장 많이 잡히는 물고기는 조기로 팔도 사람들이 모두 먹을 수 있을 정도로 어획량이 많다.

본 군의 칠산도에서는 매년 봄에 조기 어장이 형성된다. 본래 칠산 어장은 바다 폭이 백여 리나 되어 팔도의 어선들이 몰려드는 곳이다. 그물을 치고 고기를 잡는 배가 근 백여 척이 되며, 상선 또한 왕래하여 그 수가 거의 수천 척에 이른다.

고기가 모여드니 돈이 모여들고, 돈이 모여드니 장정들이 모여든다. '돈 벌려면 법성포로 가라' 라는 말이 나오고 '영광 법성으로 돈 실러

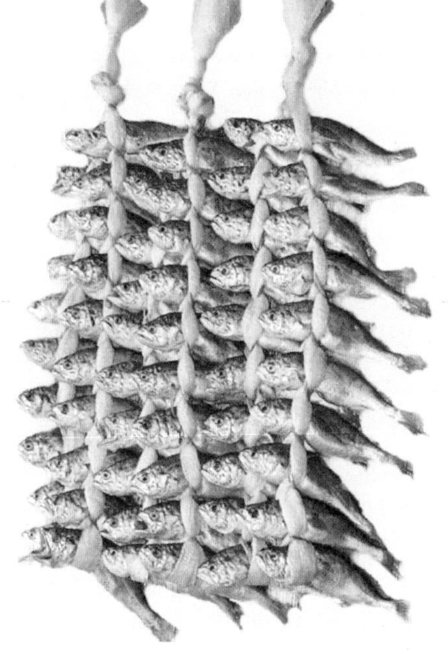

◉ **비닐끈으로 엮은 굴비** 가게마다 굴비 두름을 내걸어 놓았는데, 짚이 아니라 노란색 비닐끈으로 엮어 놓은 것이 이채로웠다.

간다' 라는 노래가 울려퍼졌다.

이여차 디여차 닻 둘러메고
칠산 바닥에 돈 실러 간다
어어 어어 어하요
궁마 궁마 궁마(징 치는 소리)
어떤 사람은 팔자가 좋아
부귀로 잘 사는디
우리는 어쩌다 보니
이놈의 배만 타서 먹고 산다
어어 어어 어하요
우리가 이제 나가
수수억만금을 벌어서
우리 청춘 만대라도 먹고 살게
어어 어어 어하요

'사흘칠산*' 이란 말이 떠돌고, 사람들은 칠산으로 칠산으로 몰려들었다. 정약전이 살았던 시대에도 법성파시가 성시를 이루었다는 사실은 동시대를 살았던 실학자 김려의 시를 통해서 짐작해볼 수 있다.

* 칠산도에서 사흘을 일하고 평생 쓸 돈을 번다는 뜻.

산골 나무꾼에게 시집갈 망정
바닷가 고기잡이에게는 시집가지 마시오
고기잡이는 잘 살아도 고생이 끝이 없고
나무꾼은 가난해도 사는 즐거움이 있다오
올 봄에 칠산 바다로 낭군님 떠나면서
준치 팔고 온다고 약속했다오
떠나실 때 석류꽃이 활짝 피었는데
떠나신 뒤에 석류 열매가 몇 개 안 달렸소
공연히 소식은 끊어지고
편지 한 줄도 부쳐오지 않아
낭군님 생각에 애간장 다 타는데
어찌 차마 머리를 빗겠소
법성포 뱃사람을 다행히 만나
법성포에 산다는 소식 처음 들었다오
사내를 홀려낸 법성포 계집들이
말끝마다 아양 떨고 추켜주면서
대낮에도 사람의 넋 유혹할 테니
낭군님 마음도 알 수 없겠지
돈이 다 떨어지면 정도 떨어질 테니
낭군님 망령된 마음만 고쳐지길 바란다오

장정이 있는 곳에 술과 여자가 빠질 리 없다. 법성포로 떠난 후 주지육림에 빠져 집으로 돌아올 줄 모르는 남편을 두고 고기잡이 남편에게 시집가지 말라고 하소연할 정도로 당시 법성포의 위세는 대단했다.

조기 떼가 법성포를 찾은 까닭

법성포가 조기잡이의 메카가 된 이유는 무엇일까? 답은 간단하다. 법성포가 조기 떼를 유혹하기에 적합한 조건들을 갖추고 있었기 때문이다. 법성포 근해는 바닥에 모래와 뻘이 깔려 있고 수심이 얕은데, 조기류는 바로 이런 곳에서 먹이를 찾고 알을 낳는다. 조기 어장으로 유명한 연평, 해주, 칠산 등이 모두 비슷한 조건을 갖춘 곳들이다.

칠산으로 접근한 조기 떼는 영광과 송이도 사이의 야트막한 바다에서 알을 낳기 시작한다. 적당한 물길과 먹을 것, 풍부한 뻘을 갖춘 이곳은 최적의 산란장이었다. 주강현은 그의 책 『조기에 관한 명상』에서 법성포 근해로 몰려드는 조기들의 모습을 다음과 같이 묘사하고 있다.

> 앞장선 조기들은 못내 가슴이 설레었다. 지느러미를 곧추세우고 아가미를 벌름거리면서 꿈에도 그리운 냄새를 맡았다. 어머니의 품 같은 황해, 야트막한 대지에 물이 찰랑거리고 조수간만의 움직임으로 하루에 정확히

두 번씩 운동을 반복하는 황해, 그때마다 흑갈색 개펄이 벌 떼처럼 일어서서 물색을 흐리는 황해, 자신이 태어나서 잠시 머물다가 작별을 고했던 황해 그리하여 미칠 것같이 그리웠던 황해. 그 바다의 개펄 냄새가 밀려들었다. 뭍이로구나.

역시 얕은 수심과 기름진 개펄이 조기 떼를 유인한 것으로 설명하고 있다. 그런데 앞에서도 잠시 소개했던 『지도군총쇄록』의 내용 중에는 이상한 대목이 하나 있다.

(칠산)어장이 형성된 지가 오래지 않고 많은 백성들이 모이는 관계로 병교 황운기, 하리 김갑재와 향인 황건주를 감독관으로 삼아 관원들을 통솔하게 하여 어장 사무를 위임하였다.

오횡묵은 법성 근해에 조기 어장이 형성된 지 얼마 되지 않았다고 했다. 그렇다면 법성 근해에서 원래 조기가 다산한 것이 아니라 조선 후기에 와서야 조기잡이가 대대적으로 이루어졌다는 이야기가 된다. 왜 갑자기 조기 떼가 몰려들게 된 것일까? 이중환의 『택리지』를 보면 그 이유를 어렴풋이나마 짐작할 수 있다.

주 서쪽의 칠산 바다는 옛날에는 깊었으나 근자에 와서는 모래와 흙으로 메워지는 바람에 점점 얕아져서 썰물 때에는 물 깊이가 무릎에 닿을 정도가 되었다. 중앙의 물길 한 군데만이 강줄기처럼 흐르는데 배들은 이곳을 통해서 왕래한다.

원래 수심이 깊던 바다가 점차 퇴적물로 메워지며 얕은 수심과 기름진 뻘을 갖춘 새로운 지형으로 바뀌었다는 것이다. 아무도 모르는 사이 대자연이 법성 근해를 천혜의 조기 어장으로 바꾸어놓고 있었다는 사실은 드라마틱하기까지 하다.

법성포 근해에서도 칠산 바다는 중심 어장이었다. 칠산도는 영광 법성포에서 낙월도 가는 뱃길 중간쯤에 있는 7개의 작은 섬이다. 일산도 · 이산도 · 삼산도 · 사산도 · 오산도 · 육산도 · 칠산도 등 총 7개의 섬을 모두 합쳐 칠뫼라고 불렀는데, 이를 한자식으로 옮긴 것이 칠산이다.* 정약전은 조기가 칠산도 이외에도 해주 · 흥양 등지에서 잡히고 있었음을 밝히고, 그 회유 경로를 간단히 언급하고 있다.

[추수어踏水魚 속명 조기曹機]

큰 놈은 한 자 남짓 된다. 모양은 민어를 닮았지만 몸이 날씬한 편이다. 맛 또한 민어를 닮아 아주 담박하다. 쓰임새도 민어와 같다. 알은 젓을 담는 데 좋다. 흥양興陽(전라남도 고흥군) 바깥 섬에서는 춘분(양력 3월 21, 22일)이 지나서 그물로 잡고, 칠산七山 바다에서는 한식(양력 4월 5, 6일) 후에 그물로 잡으며, 해주海州 앞바다에

* 그러나 오횡묵이 '칠산 어장이 백여 리'라고 말한 점을 고려한다면 칠산 바다는 칠뫼 근해뿐만 아니라 북쪽의 위도, 식도, 치도, 상왕등도, 하왕등도에 이르는 넓은 바다까지 아우르는 것으로 봐야 할 것 같다.

서는 소만(양력 5월 21, 22일)이 지나서 그물로 잡는다. 흑산 바다에서는 음력 6~7월이 되면 밤 낚시에 낚이기 시작한다.* 그러나 이때의 조기 맛은 산란 후인지라 봄보다는 못하며, 굴비[腊]로 만들어도 오래 가지 못한다. 가을이 되면 조금 나아진다.

이곳 사람들이 보구치甫九峙라고 부르는 놈은 몸이 조금 크고 짤막하다. 머리는 작고 구부러져 있어서 후두부가 높아 보인다. 맛은 비린내가 나 포를 만드는 데 쓸 수 있을 뿐이다. 칠산 바다에서 나는 것은 그 맛이 조금 낫지만 이것 역시 썩 좋지는 않다. 반애盤厓라고 부르는 조금 작은 놈은 머리가 뾰족한 편이고 색은 약간 희다. 가장 작은 놈은 황석어黃石魚라고 부르는데 길이가 4~5치 정도에 꼬리가 무척 날카롭고 맛이 매우 좋다. 때로 어망에 드는 일이 있다.

이청의 주 『임해이물지臨海異物志』에서는 석수어의 작은 놈을 추수踖水라고 부르고, 그 다음으로 작은 것을 춘래春來라고 불렀다. 전구성은 『유람지遊覽志』에서 "해마다 음력 4월이면 먼바다로부터 연해로 몰려오는데, 물고기 떼가 몇 리에 걸쳐 줄지어 있다. 어부들은 그물을 내리고 그 대열을 막아서 잡는다. 첫물에 오는 놈은 맛이 매우 좋지만 두물 세물에 오는 놈은 크기가 차츰 작아지고 맛도 점차 떨어진다"라고 했다.

이 물고기는 시기에 따라 물길을 쫓아오므로 추수라고 부른다. 요즘 사람들은 이것을 그물로 잡는다. 가끔 물고기 떼를 만날 때면 산더미처럼 잡을 수 있어 배에 다 실을 수조차 없다. 해주와 흥양에서는 때에 따라 다른 시기에 그물로 잡는다.

『박아博雅』에서는 석수어를 종鯼이라고 했고, 『강부江賦』의 주注에서는 종어鯼魚가 석수어라고 했다. 그러나 『정자통』에서는 석수어가 종이 아니라는 것을 분명히 밝히

◉ 석수어 큰 놈은 한 자 남짓 된다. 모양은 민어를 닮았지만 몸이 날씬한 편이다. 맛 또한 민어를 닮아 아주 담백하다.

* [원주] 낮 동안에는 물이 맑기 때문에 낚시를 물지 않는다.

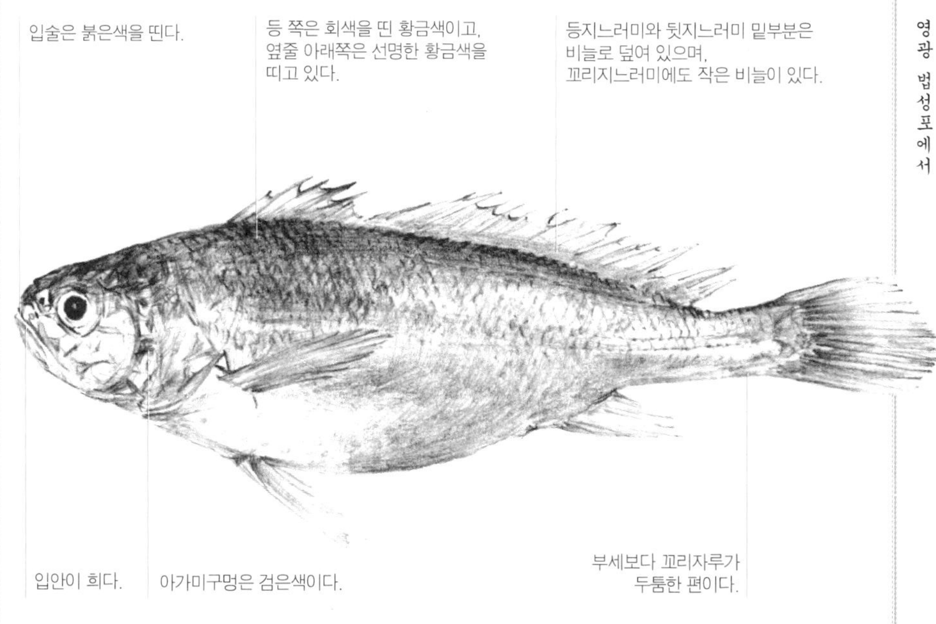
입술은 붉은색을 띤다.
등 쪽은 회색을 띤 황금색이고, 옆줄 아래쪽은 선명한 황금색을 띠고 있다.
등지느러미와 뒷지느러미 밑부분은 비늘로 덮여 있으며, 꼬리지느러미에도 작은 비늘이 있다.
입안이 희다.
아가미구멍은 검은색이다.
부세보다 꼬리자루가 두툼한 편이다.

고 있다. 『본초강목』에서도 또한 석수어와 종을 별도로 실어 두 종류의 물고기로 나누고 있다. 살펴 알아둘 만한 일이다.

본문의 내용을 읽다보면 홍양, 칠산, 해주, 흑산을 떠도는 조기 떼의 움직임이 머릿속에 환하게 그려진다. 이러한 지식들은 직접 배를 타고 물고기를 쫓아다니던 어민들로부터 얻어진 것이 분명하다. 물고기의 회유에 대한 지식은 생계와 직결된 것이었기에 어민이라면 누구나 머릿속에 꿰고 있어야

◉ **참조기** *Larimichthys polyactis* (Bleeker)

했고, 이렇게 경험으로 얻은 지식은 상당한 수준에 이른 것이었다. 조기를 잡는 어민들은 시적인 역량까지 발휘하고 있다. 조기가 알을 슬러오는 시기를 '법성포 건너편 구수산에서 철쭉꽃이 질 때', 혹은 '위도에서 살구꽃이 필 때'라고 표현했던 것이다. 꽃이 피는 시기를 보고 물고기잡이에 나서는 모습에서 그들의 멋스러운 생활 미학을 느껴볼 수 있다.*

* 지금은 좀더 자세한 조기의 회유로가 밝혀졌다. 조기 떼는 제주도 남서쪽에서 겨울을 나고 2월경부터 산란을 위해 서해안을 따라 서서히 북상을 시작한다. 2월 하순경은 흑산도 연해, 3월 하순에서 4월 중순경에 위도, 칠산탄 부근에 이르고 여기에서부터 산란을 시작한다. 4월 하순부터 5월 중순 사이에는 연평도 근해에 이르고, 6월 상순경에는 압록강 대화도 부근에 이른다. 그리고 6월 하순경 발해만에 도달하여 산란을 완전히 끝마친 후 다시 남쪽으로 내려오게 된다. 조기 떼는 이렇게 일 년에 걸쳐 반도를 따라 아래 · 위로 크게 회유한다. 봄부터는 산란을 위해 위쪽으로 이동하고 가을에는 월동을 위해 발해만으로부터 남쪽으로 내려오는 것이다. 서해안에서 부화된 조기 새끼들도 9월경에는 서쪽 황해 중심부로 내려온다.

배가 가라앉을 만큼 잡아올리다

조기 어업의 역사는 조선 전기까지 거슬러올라간다. 『세종실록지리지』 전라도 영광군의 기사에는 다음과 같은 내용이 나온다.

> 석수어는 군 서쪽의 파시평에서 난다. 봄과 여름이 교차하는 때에 여러 곳의 어선이 모두 여기에 모여 그물로 잡는다. 관에서는 세금을 거두어 나랏일에 쓴다.

황해도 해주목의 기사에서도 석수어는 주의 남쪽 연평에서 난다고 했으며, 어업 실태에 대해서는 영광군과 동일한 내용을 싣고 있다. 조기 어업은 조선시대 전반을 통하여 성행했고, 이때 이미 참조기의 주산지에서는 조기 어업이 대성황을 이루고 있었다. 조기를 잡을 때는 중선망 같은 어망이나 어살을 사용했을 것으로 추측된다.

서해안의 조기잡이에 대해서는 다음과 같은 재미있는 전설이 전해온다.

중국에서 명과 청이 교체되는 시기였다. 우리 나라는 병자호란에 패전하여 청나라에 정복되고 만다. 당시 조선의 명장 임경업은 조선과 명이 합세하여 청을 공략하자는 내용의 밀서를 명나라에 보내려다 발각되어 중국 땅으로 도피의 길을 떠나게 된다. 그는 중국으로 향하던 도중 연평도에 들러 식수와 소금, 반찬을 보충했다. 그리고 선원들에게 명령하여 산에서 엄나무(가시가 있는 나무)를 베어다가 어살을 만들어 세우게 했다. 그랬더니 다음날 아침 수천 마리의 조기가 엄나무발에 꽂혀 있었다. 이를 소금에 절여 배에 실은 후 다시 출범하여 기나긴 뱃길을 무사히 넘길 수 있었다. 이후 조기잡이를 하는 어부들은 어살을 이용하여 조기를 잡는 법을 가르쳐준 임경업 장군의 사당에 참배하고 풍어를 기원하는 풍습을 갖게 되었다.

이와 거의 같은 내용의 설화가 최영 장군과 관련해서도 나타나는 것으로 보아 역사적 사실로 판단하기에는 무리가 있지만, 이 이야기를 통해 어살을 이용한 어업이 비교적 오래 전부터 존재해왔음을 알 수 있다. 어살은 바다에 설치한 거대한 통발 같은 것으로, 조수를 따라 몰려온 물고기가 한번 들어가면 다시 빠져나올 수 없도록 고안된 장치다. 정약전은 조기를 낚시와

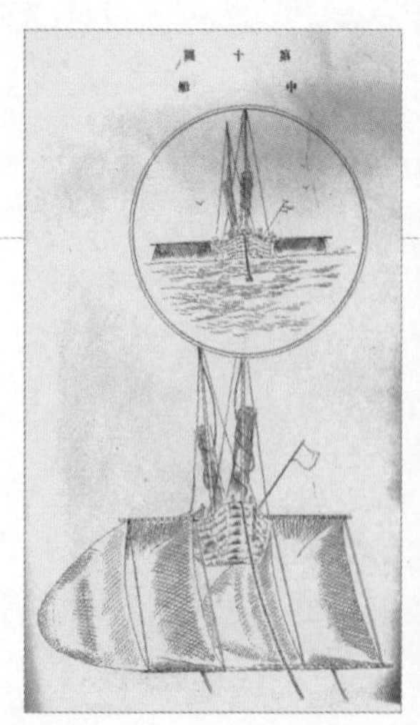

그물로 잡아올린다고 했다. 그리고 이청은 "만일 물고기 떼를 만날 때면 산더미처럼 잡을 수 있어 배에 다 실을 수조차 없다"라고 하여 그물을 이용한 방법으로도 조기가 대량으로 어획되고 있었음을 증언하고 있다.

조기잡이를 나서려면 우선 고기 떼가 몰려들어야 한다. 조기 떼가 근처에까지 몰려들었다는 신호는 이들이 내는 묘한 울음소리로 울려퍼진다. 이 소리는 그물을 손질하던 어부들의 가슴을 설레게 하고 애타게 조기 맛을 기다리던 백성들의 가슴을 뛰게 했다. 정약용은 『경세유표』에서 이러한 상황을 "연평 바다에서 석수어 우는 소리가 우레처럼 은은하게 서울까지 들려오면 만 사람이 입맛을 다신다"라고 표현했다.

조기와 같은 민어과 물고기들의 재미있는 특징은 이렇게 소리를 낸다는 점이다. 배 위로 낚아올린 수조기나 보구치가 소리를 내지르는 장면을 볼 때면 신기한 느낌을 떨칠 수가 없다. 종류에 따라 약간의 차이가 있지만, 한결같이 커다란 부레를 수축시켜 '구…구…' 하는 높고 큰 소리를 내며 운다. 특히 참조기가 산란기에 우는 소리는 꼭 여름밤에 개구리 우는 소리와 비슷한데, 배 위에까지 크게 울려퍼져 선원들의 잠을 설치게 할 정도라고 한다. 보구치도 참조기와 같이 크게 운다. 보구치라는 이름도 보구치가 내는 소리를 '보굴보굴'로 옮긴 데서 유래한 것이다.

어부들은 민어과 물고기들의 이러한 습성을 고기잡이에 활용한다. 물속에 대나무통을 집어넣고 귀를 대어 조기 떼의 위치와 이동 방향을 알아내는 것이다. 이제 그 길목에

◉ **조기중선망과 어살** 조기를 잡을 때는 중선망 같은 어망이나 어살을 사용했을 것으로 추측된다.

◉ **임경업** 임경업 장군은 어부들에게 어살을 이용한 어법을 가르쳐준 것으로 알려져 있다.

그물을 내려놓고 기다리기만 하면 된다. 얼마 후 그물을 당기면 황금빛으로 물결치는 조기 떼가 한 그물 그득히 잡혀 올라온다. 조기가 그물에 많이 들 때면 고기 떼 위에 사람이 올라타도 가라앉지 않았다고 한다. 조기가 얼마나 대량으로 잡히고 있었는지 짐작할 수 있게 하는 이야기다.

정약전은 조기가 홍양 · 칠산 · 해주에서 많이 잡히고, 흑산에는 희귀한 편이라고 했다. 지금은 상황이 달라졌다. 전국 각지의 배들은 일찌감치 흑산도 근해로 몰려들어 조기를 잡는다. 그러나 이는 흑산도의 조기 자원이 늘어나서가 아니다. 칠산 어장에까지 올라올 자원이 부족하니 미리 나가서 조금이라도 더 잡으려는 것이다. 현재 칠산 어장에서는 조기가 거의 잡히지 않는다. 그 유명한 영광굴비도 칠산에서 잡힌 조기로 만든 것이 아니다. 환경 오염과 남획으로 칠산조기는 씨가 말랐고, 동중국해에서 잡혀온 국적 불명의 조기들이 법성포를 근근히 먹여살리고 있다. 배가 가라앉을 만큼 많이 잡혔다는 조기 떼는 이제 전설이 되어버린 것이다.

조구만도 못한 놈

조기잡이의 기원을 설명하는 데 임경업 장군이 등장하는 것만 봐도 짐작할 수 있듯이 조기는 거의 신성한 물고기로 취급되었던 것 같다. 『관자』라는 중국 문헌을 들여다보자.

머리에는 두 개의 이석이 들어 있어 바다 밑을 가지 않고 항시 수평을 유지하여 예가 바르다.* 소금에 아무리 절여도 모양이 굽지 않아 의가 있다. 내장이 깨끗하여 청렴하며, 비린내 나는 고기 옆에는 가지 않아 부끄러움을 안다. 이를 굴비의 4덕이라 한다.

조기가 위와 같이 사대부들 사이에나 있을 법한 이유만으로 인기가 높았던 것은 아니다. 직접 물고기를 잡는 민중들 사이에서도 조기는 믿고 존경할 만한 대상이었다. 조기는 때를 아는 물고기였다. 아직도 약속을 못 지키는 사람에게 '조구만도 못한 놈'이라고 욕을 하는 경우가 있다. 조기는 한

* 종종 조기를 먹다보면 딱딱한 모래알갱이 같은 것이 씹힐 때가 있는데, 이것이 바로 조기의 이석이다. 이석은 실제로 몸의 균형을 유지하는 역할을 하는데, 옛사람들이 이를 어떻게 알아낸 것인지 신기할 따름이다.

낱 물고기에 불과한데도 해마다 정해진 시기가 오면 약속을 잊지 않고 어김없이 모습을 드러내기 때문이다.*

조기 떼가 등장하는 모습은 화려하다. '이월 천둥은 조기를 물어온다'라는 말이 있다. 음력 2월에 천둥이 치면 조기들이 많이 나타난다는 뜻이다. 옛사람들은 천둥 번개가 치고 비바람이 불면 남쪽으로부터 조기 떼가 몰려온다고 생각했다. 산란을 마친 조기가 칠산 바다를 빠져나갈 때도 천둥 번개가 쳤다고 한다. 천둥 번개와 함께 등장하고 사라지는 조기를 사람들은 하늘이 내린 고기라고 생각할 수밖에 없었다.

조기는 사람들의 믿음을 배신하지 않았다. 어부들에게는 돈더미를 안겨주고, 일반 백성들에게는 뛰어난 맛과 영양을 선사했다. 조기라는 이름 자체가 이 같은 사실을 잘 보여준다. 『고금석림古今釋林』에는 "석수어의 속명은 조기助氣인데 이는 사람의 기를 돕는다고 해서 붙여진 이름이다"라는 설명이 나와 있다. 조기는 일반인들은 물론이요, 특히 노인과 아이들의 영양식으로도 그 효능이 뛰어나다. 어떤 이들은 조기를 '朝起'로 해석하며 강정제로 여기기도 한다.**

* 이렇게 물고기들 중에는 값비싼 기계 장치 없이도 시간을 정확히 알아내는 종류들이 많다. 이들에게는 대자연이 곧 시계다. 특히 해와 달은 가장 중요한 시침과 분침의 역할을 한다. 해는 계절과 수온의 변화를 일으켜 시간을 알리고, 달은 해와 더불어 해수면을 끌어당겨 거대하고 느릿한 출렁임을 일으킴으로써 분침이 한 바퀴 돌았음을 일깨운다. 물고기들은 조수와 수온을 온몸으로 느끼며 한해살이의 계획을 세우고 그에 따라 살아간다.

** 『화음방언자의해華音方言字義解』라는 책은 조기의 어원을 비교적 과학적으로 추리하고 있다. 우리말 석수어는 곧 중국어의 종어鯼魚인데, 종어라는 음이 급하게 발음되어 조기로 변하였다는 것이다. 『송남잡지』에서도 종의 음이 조기로 변하였다고 하여 이러한 가설을 뒷받침하고 있다.

영광굴비의 전설

서유구는 『난호어목지』에서 조기를 해산물 중의 최고로 꼽고 있다.

> 상인들이 운집하여 배로 사방에 실어 나르는데 소금에 절여 포로 만들거나, 소금에 담가 젓을 만든 것이 전국에 넘쳐 흐른다. 귀한 사람이나 천한 사람을 막론하고 모두 이를 좋아하며, 해족 중에서 가장 많고 맛도 가장 뛰어나다.

조기가 이토록 인기를 끈 데에는 그만한 이유가 있었다. 조기는 말리거나 절여도 모양이 탐스럽게 보여 식욕을 자극한다. 비늘이 잔잔해 따로 벗겨낼 필요가 없고 창자도 그대로 먹을 수 있어 먹기에 편하다. 그리고 무엇보다도 맛이 좋다. 마른 상태에서 그냥 먹어도 좋고 살짝 구우면 더욱 고소한 맛을 즐길 수 있다.

조기는 대량으로 잡혀 여러 가지 방식으로 가공되어 소비되었지만 그중에서도 가장 유명한 것은 역시 굴비였다. 조선시대 문헌에 굴비, 구비석수어仇非石首魚, 구을비석수九乙非石首 등으로 나와 있는 것이 모두 굴비를 말한 것이다. 『증보산림경제』에서는 소금에 절여 통째로 말린 것이 배를 갈라 말린 것보다 맛이 낫다고 했는데, 이것 또한 굴비를 말한다. 산란 직전 영광에서 잡아 만든 굴비는 특별히 앵월굴비라고 부르며 상품으로 쳤다. 앵월굴비라는 이름은 벚꽃이 만개한 때에 잡혔다는 뜻에서 붙여진 것이다. 또 4월 곡우에 잡힌 조기는 곡우살조기 또는 오사리조기라고 불렀으며, 이것으로 만든 굴비를 곡우살굴비 또는 오사리굴비라고 하여 특품으로 취급했다. 오가재비굴비라는 것도 있었다. 조기를 다섯 마리씩 묶은 것을 오가재비라고 했는데, 특히 영광산 오가재비는 진상품이 될 정도로 유명했다.

법성포는 '하늘이 내린 굴비의 고장'이라는 명성에 걸맞게 조기, 소금, 바람, 햇볕의 조건을 모두 만족시키는 굴비 가공의 최적지였다. 옛 법성포의 굴비 제작 과정을 되짚어보자. 우선 싱싱한 조기를 인근 지역에서 나는 질 좋은 소금으로 차곡차곡 재운다. 잘 재워진 조기를 다시 깨끗한 소금물에 몇 차례 씻은 후, 크기에 따라 열 마리나 스무 마리씩 짚으로 엮어 소나무를 잘라 만든 덕장에 주렁주렁 걸어놓고 말린다. 덕장 아래에는 둥근 구덩이를 파고 숯불을 피운다. 인부들이 숯불에 고기를 굽고 술을 따라가며 밤을 새워 지키는 동안 조깃살에는 숯불향과 솔잎향이 배어든다. 이렇게 하루하루가 지나면 조기는 적당한 습기를 머금은 바닷바람과 따뜻한 햇살을 받으며 곱게 마르고, 마침내 법성포산 진짜 영광굴비가 탄생하게 된다.

굴비라는 이름의 유래에 대해서도 재미있는 일화가 전해온다.

고려의 척신戚臣 이자겸은 반역을 도모하려다 발각되어 정주*로 유배를 당하게 되었다. 이곳에서 굴비의 독특한 맛에 매료된 그는 정주굴비靜洲屈非라는 네 글자를 써서 굴비와 함께 임금에게 올려 보냈다. 자신이 결백하며 그릇됨〔非〕에 굴屈하지 않겠다는 뜻을 보여주기 위해서였다. 임금은 이에 감복하여 유배를 풀어주었다.

그러나 이 이야기를 액면 그대로 받아들이기는 힘들 것 같다. 실제로 이자겸은 풀려난 것이 아니라 유배지에서 그대로 생을 마쳤다. 또 전해오는 이야기의 내용도 다른 것이 많다. 왕이 아니라 자신의 두 딸에게 굴비를 보냈다는 말도 있고, 굴비가 순종하겠다는 뜻이 아니라 귀양살이를 하나 결코 비굴하지 않겠다는 뜻이었다는 이야기도 있다. 이자겸에 대한 일화는 영광굴비의 딴 이름인 정주굴비에 후대 사람들이 임의로 의미를 부여하여 만든 것이 분명하지만, 한편으로는 영광굴비가 이미 고려시대부터 유명했다는 사실을 보여준다는 점에서 의미가 있다.

우리 나라의 전래동화 중에 '자린고비 이야기'란 것이 있다. 극성맞게 재물을 아끼는 한 구두쇠가 반찬이 아까워 천장에다 굴비를 매달아놓고, 밥 한 술 뜨고 굴비 한 번 쳐다보며 찬을 대신했다는 이야기다. 얼마나 맛있는 물고기였기에 쳐다만 봐도 군침이 흘러 밥이 술술 넘어간단 말인가. 굴비는

* 지금의 영광 지방.

조리하는 방법만 보더라도 그 인기의 정도를 실감할 수 있다. 통째로 구워 먹거나 갖은 양념을 바른 후 쪄서 먹는 방법, 매운탕이나 찌개로 먹는 방법, 북어처럼 완전히 말려 딱딱해진 것을 껍질을 벗기고 두들겨 찢거나 그대로 구운 다음 고추장에 찍어서 먹는 방법, 통보리쌀에 층층이 묻혀두었다가 찢어서 혹은 구워서 고추장에 찍어 먹는 방법 등 굴비는 갖가지 방식으로 조리되어 사람들의 입맛을 끌어당겼다.

맛도 맛이지만 굴비는 제수용으로도 가장 중요한 생선이었다. 굴비는 다른 종류의 건어물들과는 달리 전혀 손질을 하지 않고 온몸을 통째로 바닷바람에 말린 것이기 때문에 제수용으로 더 값진 대우를 받았다. 옛날 행상들의 보따리 속에는 항상 굴비가 주요 품목으로 들어 있었고, 삼베나 한지로 정성껏 싸서 시골로 찾아 돌면 관혼상제를 만난 집에서는 무리를 해서라도 주머니를 열지 않을 수 없었다. 수산물이 귀한 내륙 지방 사람들에게는 굴비의 가치가 더욱 높았을 것이다. 내륙 지방 사람들은 늘 생선에 굶주려 있었다. 조기는 고온 다습한 시기에 대량으로 잡히므로 이를 보존하고 먼 내륙 지방까지 운반하기 위해서는 특별한 가공 기술이 필요했고, 오랜 시행착오 끝에 얻어낸 해답 중의 하나가 바로 굴비였다.

조기 집안의 내력

정약전은 본문에서 조기의 종류로 조기(추수어), 보구치, 반애, 황석어의 네 종을 소개해놓고 있다. 이들의 정체는 무엇일까?

네 종 모두 민어과 물고기임에는 틀림없다. 우리 나라에는 민어, 수조기, 참조기, 흑조기, 부세, 강달이류 등 13종 정도의 민어과 어류가 살고 있다. 그중 잘 알려져 있는 종으로는 참조기, 부세, 보구치(백조기), 수조기(반어), 황강다리(황새기) 등이 있다. 이들은 종류에 따라 맛과 가격의 차이가 크지만, 모두 모양이 비슷해서 일반인들이 제대로 구별해내기가 쉽지 않다. 시장에 가짜 굴비가 돌아다녀 문제가 되는 것도 이 때문이다.

정약전이 추수어로 표기한 조기는 참조기임이 분명하다. 오늘날 진짜 조기라고 불리는 종이 바로 참조기다. 참조기는 황조기, 노랑조기, 황화어黃花魚, 긴구치キングチ 등으로도 불리는데, 모두 몸색깔이 황금빛을 띠고 있다고 해서 붙여진 이름들이다.

참조기와 가장 비슷하게 생긴 종은 부세다. 맛도 참조기 다음으로 친다.

입안은 희다.
등 쪽은 회색을 띤 노란색,
배 쪽은 황금색을 띤다.
등지느러미와 뒷지느러미 밑부분은
비늘로 덮여 있으며,
꼬리지느러미에도 작은 비늘이 있다.
입술 안쪽은
붉은색이다.
아가미구멍은 검은색을 띠고 있다.
꼬리자루가 참조기보다
가는 편이다.

부세는 부서, 조구 등의 방언을 가지며 대황화어大黃花魚, 후우세이フウセイ* 라고도 불린다. 참조기와 부세는 모두 배 쪽이 황금색으로 빛나고, 등지느러미와 뒷지느러미 위쪽까지 비늘이 덮여 있으며, 입술이 붉다는 공통점이 있다. 그러나 참조기를 'small yellow croaker', 부세를 'large yellow croaker' 라고 부르는 것을 보면 알 수 있듯 부세는 참조기보다 대형종이다. 부세는 최대 75센티미터에 이르지만 참조기는 40센티미터 이상이 드물다.** 그리고 참조기의 경우 몸통 중간이 약간 불룩하며 꼬리가 두툼하고 짧은 데 비해 부세는 몸이 비교적 야위다는 점, 부세의 꼬리 부분이 참조기보다 훨씬 가늘고 길게 보인다는 점, 부세 쪽의 비늘이 더 작고 섬세한 편이라는 점 등으로 두

◉ **부세** *Pseudosciaena crocea* (Richardson)

* 후우세이란 일본 이름은 우리말 부세와 유사하여 흥미롭다.

** 이 때문인지 정약전은 부세를 민어 항목에 포함시켜 설명했다.

머리가 둥근 모양이다.

등 쪽은 회색을 띤 노란색,
배 부분은 황금색을 띤다.

닭벼슬과 같은 돌기가 있다.

등지느러미와 뒷지느러미에 비늘이 없다.

종을 구별할 수 있다.

정문기는 『자산어보—흑산도의 물고기들』에서 조기(추수)를 황석어(황강달이)로 보아야 한다고 주장했다. 황강달이는 몸빛깔이 노랗고 맛이 아주 좋으며, 곳에 따라 참조기라고 불리기도 하는 종이다. 그러나 정약전은 본문에서 황석어의 길이가 가장 작아 4~5치 정도에 불과하다고 했다. 이 정도의 크기라면 참조기로 보기에는 너무 작다. 역시 황강달이를 황석어로, 참조기를 조기로 보는 것이 옳을 듯하다. 황석어는 조기 새끼와 비슷하게 생겼지만 머리 부분이 크고 그 위쪽에 닭벼슬 모양의 돌기가 있으며, 등지느러미와 뒷지느러미 위에 비늘이 없다는 점 등으로 참조기와 구별할 수 있다.

◉ **황강달이** *Collichthys lucidus* (Richardson)

주둥이가 둥근 편이다.
몸높이가 높다.
등 쪽은 연한 회색,
그 외의 부분은 은백색을 띠고 있다.
입안은 희다.
아가미뚜껑 위에 검은색의
커다란 반점이 있다.
지느러미는 모두 흰색이며,
거의 투명하다.

"강달이가 더 맛있제. 황새기*라고 하는 거, 조그만 거, 그거."

박도순 씨는 참조기와 황강달이 중 어떤 게 맛있냐는 물음에 이렇게 답했다. 그리고 저녁 식사에 황새기를 내놓았다. 겨울 동안 소중히 갈무리해두었던 것이라고 하는데, 창자째로 염장한 것이 독특한 맛이었다. 그러나 이미 도시화된 탓인지 내 입맛에는 그리 맞지 않았다.

나머지 종류는 비교적 구분이 용이하다. 보구치와 수조기는 배 쪽이 빛나는 황금색을 띠지 않으므로 참조기나 부세와 간단히 구분된다. 보구치는 긴 타원형의 납작한 몸체를 하고 있다. 몸에는 별다른 무늬가 없고 모든 지느러미가 흰색으로 거의 투명하다. 몸빛깔이 은색을 띠므로 백조기, 흰조기라

◉ **보구치** *Argyrosomus argentatus* (Houttuyn)

* 황강달이는 곳에 따라 황새기, 황세기, 황석어, 황숭어리, 황실이 등 다양한 이름으로 불린다.

등 쪽은 등황색, 배 부분은 연한 은백색이다.
위턱이 길다.
지느러미 주위가 붉은색을 띤다.
비늘에 검은 점이 박여 있다.

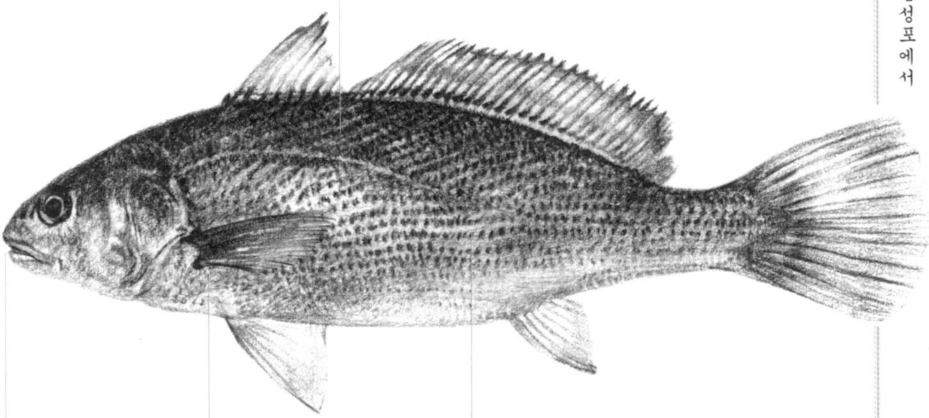

는 이름으로도 불린다. 아가미뚜껑 위에는 검은색의 반점이 있다. 수조기는 정약전이 반애라고 밝힌 종이다. 몸매가 날씬하고, 위턱이 아래턱보다 길어서 콧등이 둥글게 휘어져 있는 것처럼 보인다. 비늘에는 검은 점이 박혀 있으며, 지느러미 주위가 붉은색을 띠고 있어 매우 아름답게 보인다.

◉ 수조기 *Nibea albiflora* (Richardson)

운명의 갈림길

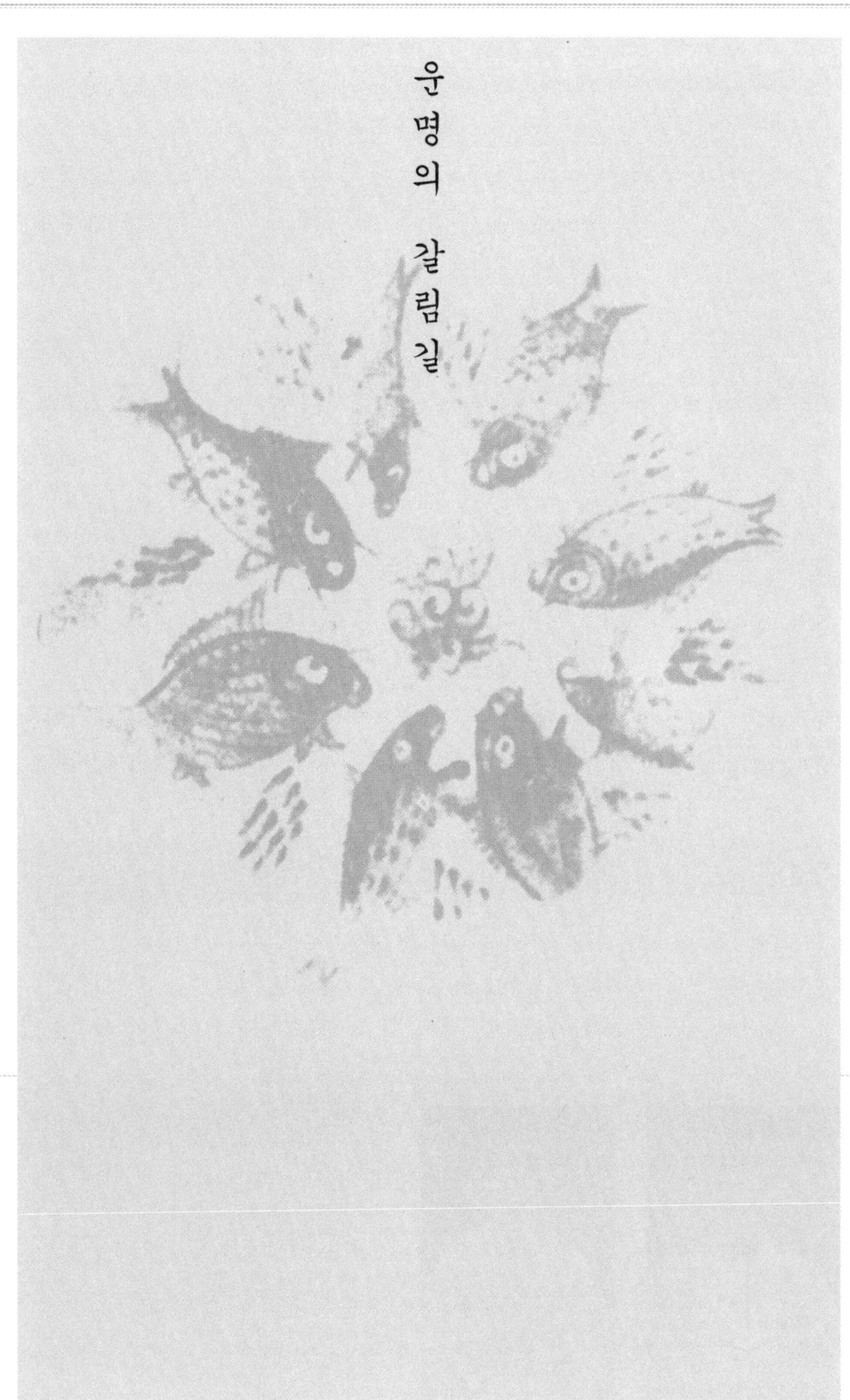

이벽과의 만남

정약전의 비극적인 운명은 이미 예견된 것이었다. 18세기 말 당시 사학邪學으로 규정되었던 천주교는 정계에서 소외되어 있던 남인학자들 사이에 시나브로 번져가고 있었고, 정약전의 가족 친지들은 그 중심에 서 있었다. 정약전의 누이는 조선 천주교 사상 최초의 영세자였던 이승훈과 결혼했고, 최초의 전도자였던 이벽은 죽마고우인 데다 형 정약현의 처남이기도 했다. 대표적인 천주교 박해사건인 진산사건의 주인공 윤지충은 외사촌이었고, 신유박해의 피바람을 부른 황사영은 그의 조카사위였다. 무엇보다도 정약전의 바로 아래 동생 정약종은 당시 조선 천주교 운동의 지도자였다.

이벽은 북경에 사신으로 떠나는 부친을 따라나선 이승훈에게 권유하여 북경 천주교구에서 교리를 배우고 책을 얻어오게 한다. 1784년 3월 24일 이승훈은 베드로라는 이름으로 세례를 받고 돌아와 이벽에게 세례를 주었고, 아울러 중국에서 가져온 서적과 성물 등을 넘겼다. 이벽은 조용한 곳에서 은거하며 전해받은 책을 읽고 연구하다가 천주교의 교리에 깊이 빠져들었

◉ **이벽과 정약종** 최초의 천주교 전도자였던 이벽은 정약전의 사돈이었고, 조선 천주교 운동의 지도자였던 정약종은 그의 바로 아래 동생이었다.

고 곧 스스로 전도 운동을 시작하게 된다. 그해 봄, 정약현과 결혼했던 누나가 갑작스럽게 세상을 떠나자, 이벽은 제사를 지내기 위해 소내를 찾았다. 그리고 돌아가는 길에는 정약전과 정약용 두 형제가 동행하고 있었다. 정약전의 묘지명에 이때의 상황이 잘 묘사되어 있다.

> 갑진년(1784) 4월 보름날 큰형수의 제사를 지내고 올 때, 우리 형제는 이벽과 같은 배를 타고 있었다. 물길을 천천히 내려오면서 이벽에게서 천지 조화의 시초, 사람과 신, 삶과 죽음의 이치 등을 듣고 정신이 아득하여 마치 하한河漢이 끝이 없는 듯했다. 서울에 와서 다시 이벽을 찾아가 『천주실의天主實義』와 『칠극七克』 등 몇 권의 책을 얻어 보고는 마음이 그쪽으로 기울기 시작했다.

정약전이 27세 되던 해였다. 정약전과 정약용은 이때 이후 신해박해(1791)가 일어날 때까지 신앙 생활을 했으며, 그중에서 4~5년 동안은 아주 열심이었던 것 같다. 이승훈의 말은 이 같은 사실을 잘 보여준다.

> 지난 갑진년(1784) 무렵에 정약용과 더불어 이벽의 집에서 모였습니다. 정약용은 천주교에 고혹하여 내게 영세받기를 청했습니다. 그래서 내가 세례했습니다.

◉ 『천주실의』 마테오 리치가 쓴 한역 천주교 교리서. 동아시아 3국의 천주교 수용에 큰 영향을 끼쳤다.

이 무렵 정약전의 종교 활동은 『벽위편闢衛編』에 잘 나타나 있다.

을사년(1785) 봄에 이승훈이 정약전, 정약용 등과 더불어 장례원* 앞에 있는 중인 김범우의 집에서 설법을 했다. 그때 이벽은 벽을 등지고 윗자리에 앉았는데, 책건**으로 머리를 덮어서 이마까지 오게 하였으며, 이승훈과 정약전, 약종, 약용의 3형제와 권일신 부자가 모두 스스로 제자라 하여 책을 낀 채 그를 모시고 앉았다. 이벽이 법을 설하고 가르치니, 우리 유도儒道의 스승과 제자의 예에 비하여 더욱 엄했다. 여러 달 동안 날을 정해놓고 모임을 가졌으며, 양반과 중인 중에서 모이는 자가 수십 명에 달했다. 추조의 금리가 이 모임을 술 마시고 도박하는 것이라 의심하여 들어가본즉, 얼굴에 분을 바르고 책건을 쓰는 등 해괴하고 이상하게 행동하므로 모두 잡아 가두었다. 그리고 거기에 있던 예수 화상과 책, 몇 가지 물건은 추조에 갖다바쳤다. 형조판서는 양반의 자제들은 잘못하여 천주교에 들어간 것으로 여겨 타일러서 내보내고, 다만 김범우만을 옥에 가두었다. 권일신이 그 아들과 이윤하, 이총억, 정섭 등 다섯 사람을 데리고 형조에 들어가 성상을 돌려주기를 청했다. 형조판서는 그들이 누구인지 알아보고 크게 놀라서 꾸짖어 달랜 다음 성상을 내어주었다. 김범우에 대해서만 간단한 보고서를 올려 귀양을 보내려 하니 성균관의 동재생 이용서 등이 글을 지어 돌려 사학을 크게 배척했다.

◉『벽위편』 조선 후기의 천주교 박해에 관한 문헌들을 함께 모은 책이다. 정약용의 친구로 서학을 탄압하는 데 앞장섰던 이기경이 편찬하고 그의 4대손인 이만채가 다시 증보하여 1931년에 간행했다.

* 지금의 명동.
** 머리에 쓰는 수건.

명례방집회를 주도한 김범우는 조선 최초의 천주교 순교자로 알려져 있는 인물이다. 1784년 이벽의 권유로 천주교에 입교했고, 곧이어 이승훈으로부터 세례를 받았다. 이후 직접 전교 활동을 시작하여 자신의 가족과 충청도의 이존창, 전라도의 윤지충 등을 입교시켰다. 그리고 자신의 집에 사람들을 모아놓고 교회 모임을 열기 시작했는데, 약전 · 약용 형제도 이들 중에 끼어 있었다. 사건이 터진 것은 모임을 시작한 지 채 1년도 지나지 않은 때였다.

본문에 잘 나타나 있듯이 중인인 김범우만 유배형을 받고, 정약전 등은 귀한 양반집 자제라는 이유로 위기를 모면했다. 그러나 이 사건으로 말미암아 천주교를 사학으로 몰아 비판하는 소리가 높아지기 시작했다. 천주교 신자들이 속해 있는 각 문중에서는 위기를 느낀 나머지 천주교에 입교한 자제들이 천주교와 손을 끊도록 스스로 단속하고 압력을 행사했다. 이러한 과정에서 이벽의 아버지 이부만이 아들을 만류하려다 목을 매어 자살하는 사건이 발생했고, 이벽은 이에 충격을 받아 천주교와 절연을 선언하게 된다. 이승훈도 벽이문을 써 배교의 뜻을 밝혔으며, 정약전 집안의 사정도 이와 크게 다르지 않았을 것으로 짐작된다. 그러나 한번 책잡힌 천주교인의 꼬투리는 이들을 쉽게 놓아주지 않았다. "천주교는 천주만 있는 줄 알고, 임금과 어버이가 있음을 모르며, 천당과 지옥이 있다는 설로 백성을 속이고, 세상을 의혹케 함이 홍수나 짐승의 해보다 더하다"라는 유하원의 상소를 필두로 서학과 서양 서적을 금하기를 촉구하는 목소리가 높아져만 갔다. 이것은 앞으로 정약전에게 다가올 시련을 예고하는 비극의 전주곡이었다.

◉ **명례방집회** 을사년 봄에 이승훈이 정약전, 정약용 등과 더불어 장례원 앞에 있는 중인 김범우의 집에서 설법을 했다. 그때 이벽은 벽을 등지고 윗자리에 앉았는데, 책건으로 머리를 덮어서 이마까지 오게 하였으며, 이승훈과 정약전 · 약종 · 약용의 3형제와 권일신 부자가 모두 스스로 제자라 하여 책을 낀 채 그를 모시고 앉았다.

운명의 갈림길

1791년은 더욱 암울한 미래를 예언하는 한 해였다. 전라남도 해남현 진산에 살고 있던 정약전의 외사촌 윤지충은 자신을 순교자로 만들고 정치권에 피바람을 몰고온, 이른바 '진산사건'의 주역이 된다. 원칙주의자였던 그는 1791년 어머니가 죽자 종교의 가르침에 따라 제사를 지내지 않고 신주를 불태워버렸다. 이 사실은 곧 관가에 알려졌고, 결국 윤지충은 불효·불충·악덕의 죄로 사형을 당하게 된다.

정적들에게 진산사건은 좋은 기회였다. 홍낙안은 서학의 폐해가 심각하고 사대부 중에 천주학에 물들어 있는 사람이 많으니, 조처를 취해달라는 장서를 올렸다. 다행히 정약용과 이가환은 환난을 면했지만, 이승훈은 관직을 삭탈당한 채 투옥되었고, 정약전의 스승인 권철신의 아우 권일신은 모진 고문 끝에 유배지에서 죽음을 맞게 된다. 정약용은 자찬묘지명에서 당시의 암울했던 상황을 다음과 같이 술회하고 있다.

신해년(1791) 겨울 이후 나라에서 금하는 일이 더욱 엄중해지자 한계가 드디어 구별되어 버렸다. 다만 얽힌 것은 풀기가 어려웠으니, 칡이나 등나무 얽히듯 하여 명확하게 화란이 다가옴을 알면서도 막아낼 수가 없었다.

그리고 예견되었던 화란은 4년 후에 다가왔고, 이번에는 정약전도 이를 피해갈 수 없었다. 1795년 여름의 일이었다. 당시 중국인 신부 주문모는 우리 나라에 몰래 들어와 북악산 아래 숨어서 전도 활동을 하고 있었다. 이러한 사실은 진사 한영익을 통해 채제공과 정조에게까지 알려졌고 곧 체포령이 떨어졌다. 주문모는 달아나고 함께 천주교를 전파하던 최인길, 윤유일 등 세 명이 붙잡혀 고문을 당한 끝에 죽음을 맞게 된다. 반대파에게는 절호의 기회였다. 목만중 등은 비난의 수위를 높였고, 주변 사람들을 선동하더니 끝내 박장설을 사주하여 이가환을 무고하는 상소를 올리게 한다. 그런데 이 상소에 정약전이 관련되어 있었다. "정약전이 경술년의 회시 때 지은 책문의 답변에 오행을 사행으로 하였어도 이가환이 장원으로 뽑았다"라는 내용이었다. 그러나 정조는 직접 정약전의 답안을 살펴본 후 별다른 잘못이 없음을 밝히고 오히려 박장설을 유배시켜버렸다.

불행히도 사건은 이것으로 마무리되지 않았다. 유언비어가 계속 떠돌고 이가환 등이 주문모사건의 배후임에 틀림없으니, 반드시 벌을 주지 않으면 안 된다는 의견이 다시 나오기 시작했다. 정조는 하는 수 없이 이가환을 충주 목사로, 정약용을 금정찰방으로 좌천하고, 이승훈은 예산현으로 유배보내는 것으로 사건을 마무리 짓는다. 정약용을 당시 천주교가 널리 퍼져 있던 금정으로 보낸 것은, 이를 잘 처리하게 하여 죄를 사하고 복귀의 길을 터놓으려는 세심한 배려였다. 정약전도 위급한 상황이었으나 정조는 신하들 앞에서 다음과 같이 말함으로써 그를 지켜주었다.

약용이 만약 눈으로 성인의 글이 아닌 서적을 읽지 않고 귀로 경전의 뜻에 어그러지는 말을 듣지 않았다면, 죄 없는 약전이 벌을 받았겠느냐? 그가 만약 뛰어난 문장을 쓰고 싶었다면 육경과 양한의 문장이 좋은 모범이 될 터인데, 기이함을 힘쓰고 새로운 것만 찾다가 몸과 이름을 낭패보기에 이르는 것은 또한 무슨 욕심인가. 비록 종적은 드러나지 않았다고 하나 조정과 민간에서 이런 소문을 얻었으니, 이것으로 그의 옳고 그름을 판단할 수밖에 없다. 설사 이미 마음이 선으로 향하였다 하더라도 이로 인해 스스로 분발한다면, 그에게 있어서는 다 훌륭한 인재로 되는 길이 될 것이다.

정약용에게 화살을 돌림으로써 정약전이 무죄라는 사실을 간접적으로 밝힌 것이다. 정조는 평소에도 "약전의 준수하고 뛰어남이 약용보다 낫다"라고 칭찬할 만큼 정약전에 대한 애정을 숨기지 않았다. 정약용은 정조의 말을 "작은 형님을 빠져나가게 하기 위함이셨고, 임금은 이 한마디의 말로써 아우와 형을 살려내신 것이었다"라고 해석했다. 정약전은 정조의 따뜻한 말에 감격하여 울음을 터뜨리기까지 했다.

그러나 일은 점점 나쁜 방향으로 진행되고 있었다. 정약용은 그해 연말에 다시 내직으로 돌아와 2년 후에는 좌부승지에까지 올랐으나 천주교 문제와 관련된 잇따른 탄핵으로 다시 몇 번의 좌천과 복직을 거친 후, 1799년에는 완전히 벼슬자리에서 물러앉게 된다. 정조의 말과 따뜻한 보살핌이 있기는 했지만, 이 사건에 직접 연루되었던 정약전의 행로도 순탄치 못했다.

약전 형님은 이로 인하여 불우한 시간을 보냈고, 조정에 등용되지도 못했다. 정사년(1797) 가을에 나는 곡산도호가 되어 나갔으나, 형님은 여전히 불우하니 임금께서 친정사관親政史官으로 6품에 올려주시고, 다시 전조銓曹에 명하여 등용하라 하시니, 형님은 성균관전적을 거쳐 병조좌랑이 되었다. 임금께서 연신筵臣에게 말씀하시기를 "약전의 준걸한 풍채가 약용의 아름다운 자태보다 낫다"라고 하시고, 무오년(1798) 여름에 『영남인물고』를 편찬하도록 하셨으니, 형님에 대한 총애가 옅지 않았다. 기미년(1799) 여름에 대사간 신헌조가 조정에서 형님을 논박하고자 하다가 엄명으로 파면되었다. 그러나 이때부터 일이 더욱 뜻대로 되지 않았다.

정약전의 과거 답안

정약전이 과거에서 문제의 답안을 제출할 때 시험관으로 있었던 사람은 성호 이익의 종손 이가환이었다. 이가환은 정조 집권기에 여러 요직을 거치면서 채제공, 이기양, 정약용 등과 더불어 남인 세력의 대표 격인 위치에 있었던 인물로 같은 남인 계열인 정약전과도 오랫동안 교류하며 많은 영향을 끼쳤던 것으로 알려져 있다. 정약용은 이가환을 다음과 같이 묘사하고 있다.

> 공의 기억력은 매우 뛰어나 한번 본 글은 평생토록 잊지 않고, 한번 입을 열면 줄줄 내리 외는 것이 마치 호리병에서 물이 쏟아지고 비탈길에서 구슬을 굴리는 것 같았으며, 구경九經 · 사서四書 · 23사에서 제자백가 · 시 · 부 · 잡문총서 · 패관 · 상역 · 산률의 학 · 우의牛醫 · 마무馬巫의 설 · 악성종양이나 치질 치료하는 방법 등에 이르기까지 문자라고 이름할 수 있는 것이면 무엇이든 한번 물으면 조금도 막힘 없이 쏟아놓는데, 모두 연구가 깊고 사실을 고증한 것이 마치 전공한 사람과 같으니, 물은 사람

이 매우 놀라 귀신이 아닌가 의심할 정도였다.

그러나 이가환의 깊이를 알 수 없는 지식도 자신의 운명을 바꾸지는 못했다. 주문모사건이 벌어졌던 을묘년(1795), 박장설은 이가환을 비난하는 상소를 올리게 된다. "이가환이 약간의 문예는 있지만 의리를 변란시켰고, 사학을 창립하여 나라의 도에 배치하였으며, 생질 이승훈을 시켜서 서양 책을 사들여왔다. 또한 부자들을 꾀어 그들의 재산을 빼앗고 스스로 교주가 되어 널리 그 술법을 펴고 있다. 전에 천문책을 내놓았을 때도 감히 청몽기 등의 상도에 벗어나는 학설을 인용했다"라는 것이 상소의 내용이었다.

이가환이 천문책에서 어떤 주장을 펼쳤는지 명확하지는 않지만, 아마 『의산문답』에 나오는 다음 장면에서 대략적인 내용을 짐작할 수 있을 것이다.

사람은 지구 위에 있으면서 하늘을 반도 보지 못합니다. 그러나 해가 이미 동쪽으로 올라왔는데도, 서쪽에서는 월식이 일어나는 것을 볼 수 있습니다. 또한 해와 달이 지평선에 있을 때는 사람과의 거리가 멀지만 그 둘레가 커 보이며, 해나 달이 중천에 있을 때는 사람과의 거리가 가까운데도 둘레가 도리어 작아 보입니다. 어째서 그러합니까?

이것은 기氣가 그렇게 만드는 것이다. 시험삼아 동전을 대야에 넣고 물러서서 보면 겨우 한쪽만 보이다가 깨끗한 물을 더 부어주면 동전 전체가 드러나게 되니, 이것은 물의 힘이다. 눈에 파려玻瓈*를 대고 보면 미세한

* 본래 유리나 수정 따위를 뜻하지만 여기에서는 렌즈를 가리킨다.

털도 손가락만큼 크게 보이니, 이것은 파려의 힘이다. 지금 수토水土의 기가 증발하여 지면을 싸고 있어, 밖으로는 해 · 달 · 별을 약하게 하고, 안으로는 사람의 눈을 어둡게 한다. 물처럼 비치고 유리처럼 어리어리하여 낮은 것은 높게 만들고 작은 것은 크게 만든다. 서양 사람들은 이에 대한 이론이 있어 이것을 청몽淸蒙이라 이름했다. 똑바로 쳐다보면 작게 보이는 것은 청몽이 얇기 때문이고, 비스듬히 보면 크게 보이는 것은 청몽이 두텁기 때문이다.

홍대용의 말을 들어보면 청몽기가 서양의 학설임은 분명해보인다. 그러나 이 학설은 순수하게 자연과학적인 내용이다. 이가환도 청몽기를 대기의 굴절 현상을 설명하기 위한 수단으로 사용했음이 명백하다. 이를 두고 사학의 괴수라고까지 부르는 것은 아무리 봐도 정치모략의 성격이 다분하다. 이가환은 서양 서적을 읽기는 했으나 종교 활동을 했다는 증거가 없었고, 지위나 인품으로 보아 재산을 빼돌렸다든가 교주가 되어 술법을 폈다든가 하는 내용은 터무니없는 것이었다. 이가환은 다음과 같이 자신을 변론하고 있다.

몽기의 설은 진나라 저작랑의 속석에게서 나온 말이며, 역대로 인용하던 것인데, 그 말이 서양에서 만들어진 것이라고 한다면 이제부터는 역상의 법은 사학과 관여되지 않을 게 없겠습니다. 더구나 옛날사람이 이미 말해놓은 것을 가지고 그러하니 말입니다.

실제로 당시 조선이나 중국의 학자들 사이에서는 서양의 학설이 원래는 중국에서 건너간 것이라는 생각이 팽배해 있었고, 서양학설과 유사한 내용을 중국의 고전에서 찾아내려는 시도들이 행해지고 있었다. 이가환도 청몽기가 실은 중국에서 기원한 이론이라고 굳게 믿고 있었을 것이다. 정조도 이 같은 의견에 동조했다.

그러자 박장설은 마지막으로 정약전의 과거 답안을 걸고 넘어졌다. 정약전의 답안 내용이 전적으로 서양인의 학설을 주장하여 5행으로써 4행이 되게 했는데도 이를 장원으로 뽑았으니, 문제가 있지 않느냐는 것이었다. 정약용이 기록한 '정약전 묘지명'에는 이때의 상황이 잘 묘사되어 있다.

> 을묘년(1795) 가을에 박장설이 목만중의 사주를 받아 상소를 올려 이가환을 공격했다. "이가환이 주시主試로 책문策文을 냈는데 해원*의 답변 내용이 서양의 학설을 전적으로 주장하여 5행으로써 4행이 되게 해버렸는데도 발탁하여 1등으로 삼아 음험하게 자기의 문도를 합격시켰다"라고 말하니, 그 뜻이 참혹하고도 각박했다.

수많은 선비들의 죽음을 불러일으킨 예송논쟁에서 보듯 당시는 사소한 말 한마디에 대해서도 정통과 이단을 구분하여 반대파를 공격하는 풍토였다. 조그만 빌미라도 약자에게는 치명적인 약점이 될 수 있었다. 수많은 상소가 빗발치다가 결국은 유배나 참수로 끝맺어지기 일쑤였다.

* 회시의 수석 합격자. 즉, 정약전을 말한다.

사실 이가환은 여러 명의 시험관 중 한 명에 불과했으며, 문제를 출제하거나 주시험관이 된 것도 아니었다. 또한 장원은 채점자들의 의견이 모아졌을 때 비로소 결정되는 것이므로, 이가환의 잘못을 꼬집어 지적할 근거도 없었다. 역시 정치적인 모략이었다. 빗발치는 상소와 비난에도 불구하고 정조는 시험 답안지를 직접 가져다 읽어본 후, 다음과 같은 전교傳敎를 내려 정약전과 이가환을 옹호했다.

시험 답안 중 4행이라 한 것은 한 번 조사해서 판단할 수 없다. 오늘 과거 답안지 전체를 보았다. 위 아래로 여러 번 구절마다 자세히 보았지만, 말한 것처럼 애초부터 의심할 바는 없고 그럴싸하기만 했다. 5행으로부터 말을 시작하여 다음에 금金, 목木 2행을 말하고, 그 다음에 수水, 화火, 토土 3행을 말하고, 다시 토土를 말해 4행에 붙이고, 또 5행으로 결론을 맺음으로써 2행, 3행이라고 할 수도 있어, 만약에 망발을 했다고 한다면 혹 그렇게 말할 수도 있겠다. 당나라의 일행一行은 온 세상이 같은 문화나 문명의 혜택을 받을 수 있도록 통일되어 있지 않은 세상에 살면서도 대연력大衍歷을 만들어내어 8백 년 만에 하루의 차이가 나는 잘못까지를 시정할 수 있었다. 그렇다면 일행의 학문도 사학으로 몰아붙이고 일행의 역법까지도 또한 서법으로 몰아붙일 수 있단 말인가. 유식한 선비들이니 어디 더 변명해보라.

4행인가, 5행인가

4행이라는 것이 그토록 불온한 사상으로 취급받았던 이유는 이 설이 천주교와 관계가 있다고 여겨졌기 때문이었다. 실제로 당시 서학 서적의 대표로 여겨졌던 『천주실의』에도 흙土, 물水, 불火, 공기氣 4행에 대한 이야기가 나온다. 당시 천주교를 억압하던 세력은 자연과학과 종교를 분리하지 않고 뭉뚱거려 공격 목표로 삼았기에, 조금이라도 서양학설이라고 의심되기만 하면 주저 없이 비난의 화살을 퍼부었던 것이다.

사실 4원소설은 천주교와 무관한 고대 그리스인들이 생각해낸 이론이다. 고대 그리스인들은 우주가 무엇으로 되어 있으며, 만물의 생성 · 변화 · 운동의 원리가 무엇인지에 대해 진지하게 고민했고, 이를 나름대로의 방식으로 체계화하기 시작했다. 자신들이 살고 있는 세계를 신이나 대자연의 신비하고 마술적인 힘으로 설명하는 대신 물이나 불, 공기, 흙처럼 물질적인 것들의 상호작용으로 해석하려는 보다 합리적인 접근을 하게 된 것이다. 기원전 600년경 탈레스는 만물의 근원은 물이라고 주장했다. 허무맹랑하다고

◉ **탈레스** 기원전 600년경 만물의 근원은 물이라고 주장했다.

생각할 수도 있지만 꽤 합리적인 추론의 결과였다. 물은 주위에서 흔히 찾아볼 수 있으며 고체인 얼음, 기체인 증기로 변화하므로 사물의 성질과 변화를 설명하는 훌륭한 모델이 된다. 탈레스의 제자인 아낙시메네스는 만물의 근원이 공기이며 공기가 모이고 흩어짐에 따라 사물이 형성된다고 생각했고, 헤라클레이토스는 불을 우주의 근원으로 보았다. 데모크리토스는 기원전 400년 전후에 현대의 원자론에 근접한 설명을 시도하여 경탄을 자아낸다. 사물이 여러 종류의 더 이상 쪼개어질 수 없는 작은 입자로 되어 있으며, 이들이 결합하는 방식에 따라 다양한 물질이 생겨난다고 주장한 것이다. 데모크리토스는 이 물질을 '원자(atoma)'라고 불렀으며, 이 이름은 지금도 그대로 사용되고 있다.

그러나 후세에 가장 큰 영향력을 행사한 것은 엠페도클레스의 4원소설이었다. 엠페도클레스는 아낙시메네스나 헤라클레이토스의 주장을 발전시켜 만물의 기본 요소가 흙〔土〕, 물〔水〕, 불〔火〕, 공기〔氣〕이며, 이들이 적당한 비율로 결합하여 만물을 형성한다고 생각했다. 그리고 이 네 가지 원소는 서로 좋아하고 싫어하는 성질을 가지고 있어 다른 방식으로 결합하거나 다시 분리된다고 주장했다. 훗날 엠페도클레스의 4원소설은 히포크라테스의 4체액설로 발전하게 된다. 중국 의학이 음양오행을 바탕으로 내용을 체계화하고 이론을 전개한 것처럼 히포크라테스는 인체가 불, 물, 공기, 흙이라는 4원소로 되어 있으며, 인간의 생명은 그에 상응하는 혈액, 점액, 황담즙黃膽汁, 흑담즙黑膽汁의 네 가지 성분의 조화에 의해 이루어진다고 생각했다. 히포크

◉ **데모크리토스** 기원전 400년 전후에 현대의 원자론에 근접한 설명을 시도했다.

라테스의 이론은 아리스토텔레스에게 큰 영향을 미쳤다. 그리고 4원소설은 아리스토텔레스의 권위를 등에 업고 거의 2,000년 간 서양 과학을 지배하는 이론이 되었다.

서양의 4원소설에 대응할 만한 동양의 이론이 음양오행설이다. 철학적인 면에서는 서양의 4원소설에 비해 훨씬 정교하다고까지 말할 수 있는 이 이론 역시 수천 년 동안 동양인들의 사고를 지배했다. 서양의 아낙사고라스가 무한히 많은 원소가 있다고 주장하고 신성을 배격했다는 이유로 감옥 생활을 하고, 고향에서 추방당했던 것처럼 동양에서도 음양오행설의 권위는 절대적이었다. 그러나 조선 후기에 접어들어 새로운 학문의 기풍이 감돌기 시작하면서 음양오행설을 의심하거나 새로이 해석하려는 학자들이 나타나기 시작했다. 정약전도 그중의 한 사람이었다.

서양의 4원소설은 음양오행설의 체계와 유사한 점이 있기에 정약전이 쉽게 비교의 욕구를 느꼈음 직하다. 그런데 이것이 문제가 되었던 것이다. 정확히 정약전이 말한 4행설이 어떤 것이었는지를 보여주는 자료는 남아 있지 않다. 그러나 당시 서학을 가장 잘 이해하고 받아들였던 사람 중의 하나인 홍대용의 주장을 들어보면 정약전이 생각했던 내용을 어느 정도 짐작해 볼 수 있다.

> 화火는 해이고 수水와 토土는 땅이다. 금金과 목木 같은 것들은 해와 땅이 생성한 것이므로 앞의 세 가지와 함께 놓을 수 없다.

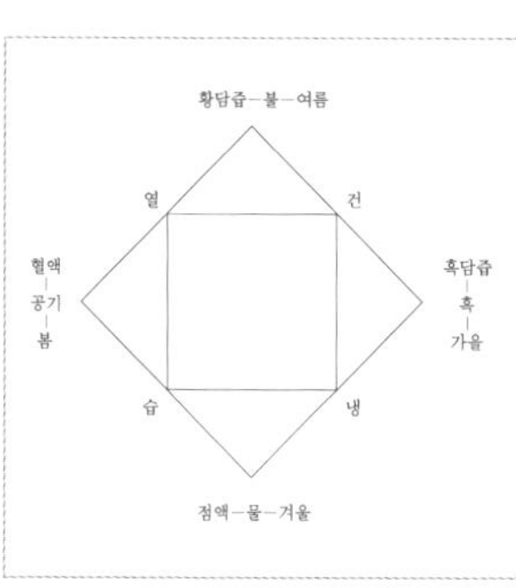

◉ **히포크라테스의 4체액설** 중국 의학이 음양오행을 바탕으로 내용을 체계화하고 이론을 전개한 것처럼 히포크라테스는 인체가 불, 물, 공기, 흙이라는 4원소로 되어 있으며, 인간의 생명은 그에 상응하는 혈액, 점액, 황담즙, 흑담즙의 네 가지 성분의 조화에 의해 이루어진다고 생각했다.

정약전이 말한 수 · 화 · 토 3행과 금 · 목 2행이 떠오른다. 홍대용은 다시 기 · 화 · 수 · 토 4행에 대해 이야기하고 있는데, 이는 서양의 4원소설로 충분히 의심받을 만한 내용이다.

> 하늘〔天〕은 기氣일 뿐이고, 해〔日〕는 화火일 뿐이며, 땅〔地〕은 수水와 토土일 뿐이다. 만물은 기의 찌꺼기이고, 화火로 녹여 만든 것이며, 땅의 혹이다.

홍대용은 음양오행을 해체하기 시작했다. 그가 4원소설을 내세운 이유도 이를 신봉하기 때문이 아니라 원소설에도 여러 가지가 있을 수 있다는 사실을 보임으로써 오행설의 허구성을 주장하기 위함이었다.

정약전은 홍대용의 영향을 받았거나 적어도 그의 저서를 읽었을 가능성이 있다. 두 사람은 남인과 노론으로 상호 비방을 일삼던 반대파에 속해 있었지만, 젊은 실학자들에게 있어 당파는 그리 큰 문제가 아니었다. 홍대용이 공부하던 석실서원과 정약전의 고향 마현은 거리상으로도 가까웠다.* 석실, 광주, 양평, 여주에 이르는 한강 줄기는 조선 후기를 이끈 실학자들의 온상이었다. 남인계 실학파의 거두인 성호 이익은 광주 첨성리에 머물면서 유형원의 실학을 이어 이용휴, 이중환, 이가환, 안정복, 신후담, 이학규 등을 키워냈다. 그리고 양평을 중심으로 한 이벽, 이승훈, 권철신과 광주의 정약전, 정약용이 그의 학통을 이었다. 홍대용, 황윤석, 박지원 등 노론계 실학파도 미호 김원행이 한강변에 세운 석실서원 출신이거나 이와 깊은 관계

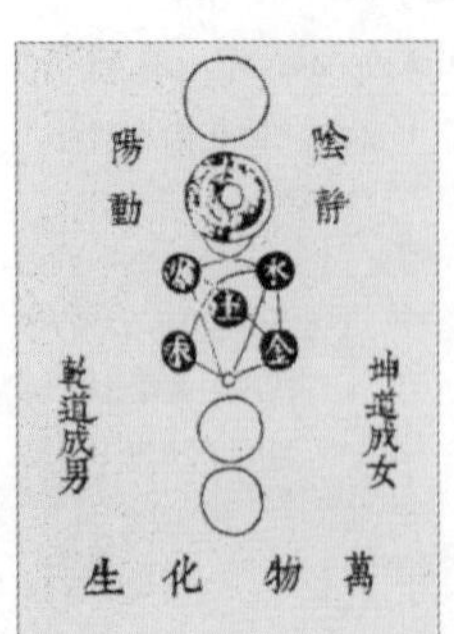

◉ **음양오행설** 서양의 4원소설에 대응할 만한 동양의 이론이 음양오행설이다.

* 석실서원은 팔당댐 아래 현재의 남양주시 수석동 부근에 있었고, 여기에서 팔당댐 위의 마현까지는 얼마 되지 않는 거리였다.

를 맺고 있었던 이들이다. 이러한 학문의 흐름이 모두 한강 줄기를 따라 이루어지고 있었다. 한강변의 학자들이 서로 교류하며 지식을 쌓아가던 과정 중에 정약전이 홍대용의 저서를 읽거나 그의 주장을 전해들었을 가능성은 충분하다.

정약전과 홍대용은 비슷한 점이 많다. 두 사람 모두 수학 · 천문학 등의 서양과학에 관심이 많았으며, 부조리한 사회를 개혁하고자 하는 열망을 가슴에 품고 있었다. 기존의 권위나 사회질서에 굴하지 않고, 오직 진실만을 추구했다. 그러나 두 사람의 인생은 상반된 것이었다. 집권 노론층에 속해 있던 홍대용은 비록 높은 지위에 오르지는 못했지만 자신의 주장을 맘껏 전개할 수 있었던 반면, 그보다 뒤에 태어난 정약전은 인생의 대부분을 고난의 가시밭길 속에서 보내야 했다. 거시적인 관점을 가지지 못하고 자신이 속한 집단이나 당파의 이익에만 힘을 기울였던 집권층들의 행태가 그 원인이었다.

정약전이 오행설이 아닌 다른 이론을 주장했다는 이유로 뭇매를 맞고 있을 무렵 서양은 근대 화학의 부흥기를 맞이하고 있었다. 17세기까지 서양의 화학자들은 엠페도클레스의 4원소설에서 벗어나지 못한 상태였으며, 연금술사들은 여전히 금을 만들어내려 노력하고 있었다. 그러나 18세기에 접어들면서 상황은 급변했다. 17세기의 천문학자들이 그랬던 것처럼 기존 관념을 깨뜨리는 화학자들의 혁명이 시작되었던 것이다.

혁명의 중심에는 화학의 창시자로 불리는 라부아지에가 있었다. 라부아지에는 물질을 태우면 어떻게 되는지 알고 싶어했고, 결국 연소 현상이 산소라는 기체를 통해서 이루어진다는 사실을 밝혀냈다. 산소가 없으면 아무것도 태울 수 없는데도 공기 중에서 불이 붙는다는 것은 공기 속에 산소가 포함되어 있다는 사실을 의미했다. 라부아지에는 산소뿐만 아니라 오늘날 우리가 질소라고 부르는 기체도 공기 중에 포함되어 있다는 사실을 증명했다. 이것은 4원소 중의 하나였던 공기가 산소와 질소라는 더욱 작은 부분으로 구성되어 있다는 것을 뜻했고, 4원소설은 뿌리부터 흔들리게 된다. 영국의 헨리 캐번디시는 공기 중에서 수소 가스를 연소시켰을 때 물이 생겨나는 것을 보고 산소와 수소가 결합되어 물이 된다는 사실을 알아냈다. 물이 하나의 원소가 아니라는 사실이 밝혀진 것이다.

당시 유럽 전역에서는 캐번디시나 라부아지에와 같은 화학자들이 모든 물질들을 쪼개어나가고 있었다. 화학자들은 자연 속의 많은 물질들이 다른 물질들의 화합물이라는 사실을 확인했다. 그들은 또 수소 · 산소 · 질소와 같이 더 이상 나누어지지 않는 물질들을 발견했다. 인류가 오래 전부터 사용해왔던 철과 구리도 그런 경우였다. 화학자들은 아무리 노력해도 이 물질들을 더 이상 나눌 수 없었다. 예기치 않은 장소에서 새로운 원소들이 발견되었고, 19세기 중엽까지는 화학자들이 발견한 원소가 50여 종에 이를 정도로 늘어나 있었다. 4행이냐 5행이냐를 다툰다는 것은 이미 시대의 흐름에 뒤떨어지고 있다는 증거일 뿐이었다.

◉ **라부아지에** 18세기에 접어들면서 상황은 급변했다. 17세기의 천문학자들이 그랬던 것처럼 기존 관념을 깨뜨리는 화학자들의 혁명이 시작되었던 것이다. 혁명의 중심에는 화학의 창시자로 불리는 라부아지에가 있었다.

정조의 죽음

1800년 6월, 정조의 갑작스런 죽음은 모든 것을 바꿔놓았다. 정약전과 정약용을 아끼고 보호해주던 채제공과 정조가 한 해의 터울을 두고 세상을 떠나자 곧바로 반대파들의 역습이 시작되었다. 이때의 상황은 정약용의 자찬 묘지명에 생생하게 묘사되어 있다.

6월 12일 달밤에 한가로이 앉아 있는데, 문을 두드리는 사람이 있어 들어오도록 하니 내각의 서리였다. 『한서선漢書選』 10질을 가지고 와서 임금께서 유시하신 말씀을 전했다. "오래도록 서로 보지 못했다. 너를 불러 책을 편찬케 하려고 하나 주자소를 새로 개수하여 벽이 아직 마르지 않았다. 그믐께라야 경연에 나올 수 있을 것이다"라고 하셨다 하니, 위로의 말씀이 대단하셨다. 또 "이 책 5질은 남겨서 가전의 물건으로 삼도록 하고 5질은 제목을 써서 돌려보내도록 하라"라고 이르셨다고 한다. 내각의 서리는 임금께서 유시를 내리실 때 얼굴빛이 못 견디게 그리워하는 듯하셨고,

◉ **정조** 그의 갑작스런 죽음은 모든 것을 바꿔놓았다. 정약전과 정약용을 아끼고 보호해주던 채제공과 정조가 한 해의 터울을 두고 세상을 떠나자 곧바로 반대파들의 역습이 시작되었다.

말씀도 온화하고 부드러워 다른 때와는 달랐다고 했다. 서리가 나간 뒤에 감격하여 눈물을 흘리고 마음이 동요되어 어찌할 줄 몰라 했는데, 그 다음날부터 임금의 건강에 탈이 나셨고 28일에 이르러 하늘이 무너지고 말았다. 그날 밤에 하인을 보내 책을 하사해주시고 안부를 물어주신 것이 끝내는 영결의 말씀이었고, 임금과 신하의 정의는 그날 밤으로 영원히 끝나고 말았다. 나는 이 일에 생각이 미칠 때마다 눈물이 홍수처럼 쏟아짐을 참지 못하곤 한다.

정조의 죽음을 슬퍼할 겨를도 없이 사태는 더욱 급박하게 전개되었다.

임금이 승하하신 날 급보를 듣고 홍화문 앞에 이르러 조득영을 만나 서로 가슴을 쥐어뜯고 목 놓아 울었다. 임금의 관이 빈전으로 옮겨지는 날에는 숙장문 옆에 앉아 조석중과 함께 슬픔을 이야기했다. 공제의 날이 지난 뒤부터 점차 들리는 소리는 악당들이 참새 떼 뛰듯 날뛰며 날마다 유언비어와 위험스러운 이야기를 지어내어 사람들의 귀를 현혹시키고 있다는 것이었다. "이가환 등이 앞으로 난리를 꾸며 4흉 8적을 제거한다"라는 이야기까지 꾸며대었다. 그 네 명과 여덟 명의 이름 중 절반에는 당시의 재상들과 명사들이 끼어 있었고, 나머지 절반에는 자기네들 음험한 무리들을 끼워 넣고는 사람들의 분노를 격발시키려 하고 있었다. 나는 화란의 낌새가 날로 급박해짐을 헤아리고 곧바로 처자를 마현으로 돌려보낸 다음, 혼자 서울에 머물면서 정세를 관망하고 있었다. 겨울에 임금의 졸곡이 지난 후에는 영영 고향으로 낙향해버리고 오직 초하루나 보름날의 곡반에만 참가했다.

마침내 운명의 신유년 새해가 밝았다. 1801년 정월, 나이 어린 순조가 왕위에 오르자 영조英祖의 계비 정순대비貞純大妃의 수렴청정이 시작되었다. 정순대비는 노론 벽파인 데다 계비로 들어온 후 사도세자와의 사이가 좋지 않아 여러 차례 그를 모함했고, 친정 식구들과 함께 나경언을 사주하여 세자의 비행을 모함 상소하여 죽게 했던 장본인이었다. 당시 사도세자를 옹호했던 세력이 바로 정약전이 속해 있는 남인이었다. 바야흐로 대탄압의 서곡이 울려퍼지고 있었다.

남인박해의 가장 큰 무기는 역시 천주교 문제였다. 가부장적 권위와 유교적 의례·의식을 거부하는 천주교 세력의 확대는 유교 사회 일반에 대한 도전이자 지배 체제에 대한 중대한 위협이었다. 그리고 당시 많은 남인학자들이 천주교와 직간접적으로 관련되어 있었기 때문에 천주교는 정치적 반대 세력을 제거하기 위한 좋은 구실이 되었다. 정조가 죽자마자 천주교도에 대한 탄압이 본격화되었다. 정순대비는 임금의 이름으로 신유년 1월 9일 조선교회 총회장 최창현을 잡아 가두고, 다음날 사교邪教·서교西教를 엄금·근절하고, 오가작통법을 시행하여 교인들을 남김없이 잡아들이라는 교서를 내린다.

선왕께서 늘 말씀하시기를 바른 학문이 밝혀지면 사학은 저절로 꺼져 버릴 것이라고 하셨는데, 이제 들으니 사학이 여전하여 서울을 비롯하여 기호에 이르기까지 날로 점점 더 성해진다고 하니, 어찌 소름끼치고 한심한 일이 아니랴. 서울과 지방에 오가작통의 법을 엄격히 세워서 그 통 안에 만약 사교를 믿는 자가 있으면 통장이 관가에 고발하여 징계하게 하라. 그래도 뉘우치지 않으면 마땅히 역률을 적용해서 죄다 사형에 처하여 씨도 남기지 않게 하라.

책롱사건

그리고 얼마 지나지 않아 '책롱사건'이 터졌다. 점점 심해지는 박해에 위기감을 느끼던 정약전의 동생 정약종이 교리서, 일기, 신부와 교환했던 서찰 등의 중요한 문서들을 책롱에 담아 다른 곳으로 보냈는데, 이 책롱이 그만 포교에 의해 압수당하고 만 것이다. 정약용은 이때의 상황을 다음과 같이 묘사하고 있다.

> 정월 그믐날에 이유수, 윤지눌 등이 편지로 책롱에 대한 일을 알려 왔으므로 나는 즉시 말을 달려 도성에 들어갔다. 책롱이라는 것은 5, 6사람의 편지들이 섞인 것인데, 그중에는 우리 집안의 편지가 들어 있었다. 윤행임이 이러한 상황을 알아내고는 이익운과 의논하여, 유원명에게 나를 붙잡아 조사하라는 내용의 상소를 올리게 함으로써 나와 무관한 일임을 밝혀 화봉을 미리 꺾어버리자고 했다. 최헌중, 홍시부, 심규, 이석 등도 모두 그렇게 하여 전화위복의 계기로 삼기를 권했다. 그러나 나는 이를 받

아들이지 않았다.

2월 8일 사헌부와 사간원에서 임금께 죄상을 적어올려 국문을 청하니 나와 이가환, 이승훈이 모두 투옥되었고 나의 형 약전과 약종 및 이기양, 권철신, 오석충, 홍낙민, 김건순, 김백순 등도 차례로 투옥되었다. 그러나 그 문서 뭉치 중에서 도리어 내가 관계없다는 증거가 분명히 드러났다. 나를 곧 형틀에서 풀어주고 사헌부 안에서 편히 있게 해주었다. 여러 대신들이 때때로 나를 불러 옥사를 의논했다. 옥사의 위관인 이병모는 "자네는 앞으로 무죄로 풀려날 걸세. 음식도 많이 들며 몸을 아끼시게"라고 말했고, 심환지는 "쯧쯧, 혼우婚友*의 운명이 어찌될 지 알 수 없구나"라고 했다. 지의금부사 이서구, 승지 김관주 등도 공정히 판결하여 용서될 것이라고 했고, 국문할 때 참관했던 서미수가 은밀히 기름 파는 노파를 불러 재판 소식을 나의 처자에게 전해주라고 하면서 나의 죄질은 가벼워 죽을 걱정은 없으니 식사를 많이 들며 살라고 권했다.

여러 대신들 모두가 무죄로 풀어줄 것을 의논했으나 오직 서용보만이 고집을 부려 안 된다고 해서 나는 장기현으로, 형님 약전은 신지도로 유배형을 받았다. 약종과 나머지 사람들, 이가환, 권철신, 이승훈, 김건순, 김백순, 홍낙민은 살아남지 못했다. 오직 이기양과 오석충만이 살아 남아 각각 단천과 임자도로 유배되었다. 이때 악당들이 내가 죽지 않는다는 것을 알고 흐트러진 편지 뭉치 속에서 삼구의 학설**을 찾아내어 억지로 뜯어맞추었다. 그리고는 정씨 집안의 문서에 있는 흉언이라고 무고하여 마

* 혼인 관계로 맺어진 벗.

** 서교에서 말한 것으로 자신의 몸, 세속, 마귀 등 '세 가지 원수'를 뜻한다.

침내 약종에게 극형을 추가함으로써 내가 재기할 수 있는 길까지 막아버렸다. 그러나 돌아가신 안정복의 저서에 분명히 삼구의 해석이 있으니, 우리 집안에서 만든 말이 아니고 보면 그야말로 무고임이 분명했다.

당시 사헌부 집의 민명혁 등이 올린 글을 보면 천주교인에 대한 비난이 얼마나 거짓과 악의에 찬 것이었는지 알 수 있다.

아아, 애통하도다. 이가환, 이승훈, 정약용의 죄악은 죽이기만 하고 말겠습니까. 소위 사학의 해로움이야 윤리에 어긋나고 상도를 무너뜨리는 극악함에 지나지 않을 뿐 아니라, 반드시 나라와 집안을 흉화에 이르게 한 뒤 끝날 일입니다. 재물과 여색으로 속이고 유인하여 사당들을 불러 모으고, 나라의 법 범하기를 물 마시고 밥 먹듯 하며 형벌받기를 낙원 일로 여겨 뭇 불순분자들의 죄를 도피하는 소굴이 되었습니다.

신유년의 대박해가 시작되었다. 2월 5일부터 이단원, 이가환, 이승훈, 정약용, 홍낙민, 권철신, 정약종 등을 비롯하여 수많은 교인들을 잡아들였다. 잡혀 들어온 사람들은 고문을 받다가 옥사했고, 배교를 선언하고 귀양을 갔으며, 주동자로 판명되면 참수형을 당했다. 재판 과정은 매우 부당한 것이었다. 이가환은 교주라는 지목을 받았지만 그 증거가 없었다. 그러나 심한 고문에 못 이겨 판서의 벼슬을 지낸 자기가 교주의 지목을 받았으니 죽어

마땅하다고 한 말이 자백으로 받아들여졌고, 결국 죽은 후 목을 베이게 된다. 정약전의 스승 권철신도 고문을 못 이겨 옥사했고, 이승훈도 교인임을 부인했으나 결국 참수를 당했으며, 정약종, 최창현, 최필공, 홍교만, 김박순 등은 끝까지 신앙을 지키다 순교했다. 이 밖에도 주문모를 비롯한 교도 약 100명이 처형되었고 약 400명이 유배형을 받았다. 그러나 정약전과 정약용은 역설적이게도 이 모든 사건을 불러일으켰던 책롱 속에 들어 있던 편지 덕에 목숨을 건지게 된다.

당시 정약전은 정약용과 함께 의금부 도사에 의해 붙잡혀와 국문을 받게 되었다. 정약전은 맨 먼저 예의 과거 답안에 대한 신문을 받았지만, 범죄 구성이 되지 않자 정순대비는 적절히 처리하라는 명령을 내리게 된다. 옥관들은 "정약전이 처음에 서교에 빠졌다가 나중에 회개한 것은 약용과 같고, 을묘년에 있었던 흉측하고 비밀스러운 일에 대해서는 그가 전해들은 것에 불과하여 참가해서 간섭한 흔적은 보이지 않는다. 또 약종이 사람들에게 보낸 편지에서 번번이 둘째형(약전)과 막내(약용)가 함께 배우려 하지 않아서 한스럽다고 했으니, 약전이 회개했음은 의심할 수 없다. 다만 처음에 빠져 들어가 그릇된 말을 넓히게 한 죄만은 완전히 벗기에 어려움이 있다"라고 지적했다. 그리고 "처음에 비록 미혹되어 빠져 들어갔지만, 중간에 잘못을 고치고 회개한 흔적은 증거가 될 만한 문적이 뚜렷이 있으니, 사형의 다음 형벌로 시행해야 한다"라는 쪽으로 의견을 모았다.

당시의 위관(재판장) 영중추부사 이병모는 2월 10일부터 시작하여 2월

25일에 끝난 국문의 결과를 임금에게 다음과 같이 보고했다.

정약전과 정약용은 당초에 물들고 잘못 빠져들어간 것으로 범죄를 논한다면 역시 애석하게 여길 것이 없지만, 중간에 사를 버리고 정으로 돌아왔던 문제는 단지 그들 자신들의 입으로 밝히고 있을 뿐 아니라 정약종의 압수당한 문서 중에 있는 사당들 간의 편지에서 "자네의 아우(약용)가 알지 못하도록 하게나"라는 말이 나왔으며, 약종 자신이 쓴 글에서도 "형제(약전과 약용)들과 더불어 함께 천주님을 믿을 수 없음은 나의 죄악이 아닐 수 없다"라고 밝힌 바 있습니다. 이 점으로 보면 다른 죄수들과는 약간 구별되는 면이 있습니다. 사형 다음의 형벌(유배형)을 실시하여 관대한 은전에 해 되지 않게 하소서.

다음날 실록의 기록에는 사학 죄인들의 판결문이 나와 있다.

죄인 정약전과 정약용은 바로 정약종의 형과 아우이다. 당초에 사서邪書가 우리 나라에 들어오자 읽어보고 좋은 것으로 여기지 않은 것은 아니지만, 중년에 스스로 깨닫고 다시는 더러움에 물들지 않으려는 뜻이 예전에 올린 상소문과 이번 국문의 결과에 상세히 드러나 있다. 차마 형을 증거할 수 없다고는 했지만, 정약종의 문서 중 그들 서로 간에 주고받았던 글 속에서 정약용이 알게 되는 것을 경계하고 있으니, 평소에 집안에서도 금지하고 경계했던 것을 증험할 수 있다. 다만 최초에 더러움에 물들었던 것으로 세상에서 지목을 받게 되었으니, 약전과 약용은 사형의 다음 형벌을 적용, 죽음은 면하게 하여 약전은 강진현 신지도로, 약용은 장기현으로 정배한다.

신유박해로 정약전의 집안은 완전히 뒤집혀 초토의 지경에 이르게 된다. 형제, 조카, 자형, 조카사위까지 모두 연루되어 극형을 당했고, 정약전과 정약용에게는 유배형이 내려졌다. 1801년 2월 28일, 정약용은 경상도의 장기현으로 정약전은 전라도 강진현의 신지도로 머나먼 유배길을 떠나게 된다.

정약전의 첫 유배지, 신지도

철부선을 타고 신지도로

신지도에는 이미 들러본 적이 있었다. 5, 6년 전 친한 후배와 별다른 계획 없이 남도길에 올랐는데, 어찌 어찌 하다 보니 도착한 곳이 완도였다. 선착장을 기웃거리다가 신지도로 가는 배를 발견하고 무작정 올라탔다. 바다에 왔으니 배를 타봐야겠다는 심산이었다. 게다가 1인당 200원 하는 뱃삯이 너무 쌌다. 철부선을 타고 10여 분을 달려 조그만 선착장에 닿았다. 배에서 내려 터벅터벅 고개 너머 쪽으로 나 있는 길을 따라 걸어가고 있는데 지나가던 택시가 옆에 섰다. 대책 없이 걷고 있는 우리가 불쌍해보였는지 그냥 태워주겠다며 얼른 타라고 한다. 택시기사는 신지도 맨 끝에 있는 동고리라는 마을에 우리를 내려주었다. 겨울바람을 맞으며 깨끗한 모래사장에서 조개와 고둥껍질을 줍던 것도 좋았지만, 가장 기억에 남는 것은 돌아오던 길에 만난 끝 간 데 없이 펼쳐져 있던 조간대였다. 시간만 충분하다면 갯벌을 헤집고 다니고 싶은 생각이 간절했지만, 시간도 여비도 충분치 않았던 상황이라 아쉽게 발길을 돌려야 했다. 그런데 우연찮게도 이 신지도가 정약전의 첫 유배지였던 것이다.

심야버스를 타고 광주에서 하차했을 때가 새벽 4시, 완도행 완행버스는 20분 후에 출발했다. 숙박비를 아끼려는 생각으로 택한 방법이었지만 몸이 많이 피곤했다. 내내 뒤척이다 나주 영산포를 지나고 나서야 겨우 잠이 들었다. 터미널에서 완도 선착장까지 걸었다. 일찍부터 문을 연 식당도 있었지만 밥 생각은 나지 않았다. 배고픈 여행은 오히려 즐겁고 상쾌한 느낌을 준다. 아직 깜깜한 부두 선착장에는 철부선 세 척이 정박하고 있었다. 신지도행 표값은 예전에 비해 두 배가 오른 400원. 7시 출발이었다. 가로등 불빛 아래로 학공치들이 유영하고 있었다.

전라남도의 섬들은 굴곡의 역사를 반영이라도 하듯 행정 구역상의 변화가 심하다. 신지도도 사연이 많은 섬이다. 삼한시대에는 백제의 새금현塞琴縣에 속했지만 통일신라시대부터는 탐진현耽津縣에 소속되었고, 1124년 신설된 장흥부長興府에 편입되었다가 또 다시 관할 구역이 바뀌어 1896년 완도군이 창설되기 전까지 480년 간 강진현의 관하에 있었다. 그리고 왜정 시절인 1920년에 이르러서야 비로소 신지면으로 통합되어 오늘에 이르게 된다.*

몇 번의 뱃고동 소리와 상록수림이 울창한 주도를 뒤로하고 철부선은 신지도를 향해 달렸다. 수면은 온통 부표들로 가득했다. 물속에서는 미역, 다시마, 톳이 가득 붙어 자라고 있을 것이다. 원래 완도는 김의 고장이었다. 죽홍을 이용한 김 양식법도 완도 사람에 의해 개발된 것이라는 이야기가 전해온다. 지금으로부터 160여 년 전 완도의 약산면 정가섬에 살던 정시원이

* 신지도라는 이름조차도 상흔을 안고 있다. 신지도의 원래 이름은 지도智島였다. 그러다가 나주의 지도와 혼동된다고 하여 신지도新智島로 바꾸었으며, 지금은 신지도薪智島로 표기된다. 이러한 역사를 안타까워함인지 어떤 이는 '신목림薪木林'이 울창하다 해서 신지도로 이름을 바꾼 것이라고 주장하기도 한다.

라는 사람이 어살에 김이 붙은 것을 보고 그 원리를 생각해냈다는 것이다. 1922년에는 우리 나라에서 처음으로 해태어업조합이 발족되었고, 완도군 내 반 이상의 세대가 김 양식업에 종사하며 우리 나라 김생산량의 절반 이상을 차지하던 시절도 있었다. 그러나 김값이 떨어지고 수출 전망이 흐려짐에 따라 이제는 양식업자들 대부분이 미역이나 톳, 굴양식 등으로 업종을 전환하고 있다.

200년 전, 정약전은 완도에서 신지도로 가는 뱃길을 택하지는 않았던 것으로 보인다. 이러한 사실은 정약전보다 약 60년 후에 신지도로 유배길을 떠난 이세보의 글을 통해 짐작할 수 있다. 경평군慶平君 이세보는 왕족이라는 귀한 신분으로 태어났지만 불의를 참지 못하는 성격 탓에 안동 김씨의 세도정치를 비판하다가 신지도로 유배를 당하게 되었고, 그 기록을 『신도일록薪島日錄』이라는 일기로 남겨놓았다. 『신도일록』에는 출발부터 해배되기까지의 과정이 잘 묘사되어 있어 이를 통해 정약전의 유배길을 그려볼 수 있다. 이세보는 29세 때인 1860년 11월 6일, 토혈을 할 만큼 병색이 완연한 모습으로 귀양길을 나서게 된다. 이세보는 그의 일기에서 '시흥→안양→화성→진위→성환→천안→공주→금강→경천→은진→여산→삼례→전주→금구'에 이르는 경로를 기록하고 있다. 비바람과 눈보라가 휘몰아치는 귀양길에 병세는 더욱 악화되었고 급기야 사경을 헤맬 정도가 되었다. 상황이 이렇게 되자 이세보를 호송하던 금부도사는 정읍에서 잠시 머물면서 쉬어갈 것을 허락했다. 부모, 친지들의 극진한 간호를 받으며 가까스로 기력을 회복한 후

◉ **경평군 이세보** 왕족이라는 귀한 신분으로 태어났지만 불의를 참지 못하는 성격 탓에 안동 김씨 세도정치를 비판하다가 신지도로 유배를 당하게 되었고, 그 기록을 『신도일록』이라는 일기로 남겨놓았다.

다시 출발하여 나주→영암→강진→구강포를 거쳐 마침내 마량에 이르게 된다. 완도가 아니라 강진의 마량에서 신지도로 가는 배를 탔던 것이다. 예전에는 이쪽이 보다 일반적인 해로였고, 정약전도 마량에서 배를 타고 고금도와 약산도 사이를 거쳐 신지도로 들어갔을 것으로 추측된다.

정약전이 느꼈을 신지도의 첫인상도 이세보의 글을 통해 짐작할 수 있다.

> 고개를 들어 바라보니 신지도가 눈앞에 보인다. 서울에서 떠난 지 15일이 되었으니 걸어온 길을 헤아려보니 990리요, 때를 따져보니 경신년 겨울 11월 22일이었다. 영주봉은 뒤에 있고 한라산이 지척에 있다. 바위석벽은 높고 험하며 대숲은 빽빽하다. 바닷물로 성을 쌓아 신지도를 에워싸니 그야말로 하늘이 만든 지옥이다. 장차 이를 어찌할 것인가.
>
> 그 물이 호활하기가 마량보다 갑절이나 더하다. 강진고을로부터 이 섬까지 70리라고 하지만, 그 중간에 세 바다를 건너고 세 섬을 지나오니 칠십 리가 넉넉히 백 리를 넘어간다. 천신만고 끝에 비로소 신지도에 도착하니 삐죽삐죽한 산봉우리와 거친 바위석벽이 앞뒤로 버티고 섰으며, 거친 파도와 큰 물결이 좌우를 에워싸고 있었다. 좁고 좁은 섬의 동쪽 입구는 뱀의 아가리 모양을 하고 있으며, 검수와 도산이 지옥문을 열었으니, 어찌 인간이 살 곳인가. 이곳이 바로 지옥이다.

이세보는 신지도의 인상을 검수와 도산에 비유하고 있다. 검수는 가지 ·

◉ **마량포구** 이세보는 완도가 아니라 강진의 마량에서 신지도로 가는 배를 탔다. 예전에는 이쪽이 보다 일반적인 해로였고, 정약전도 마량에서 배를 타고 고금도와 약산도 사이를 거쳐 신지도로 들어갔을 것으로 추측된다.

꽃 · 잎 · 열매가 칼로 되어 있다는 지옥의 나무이며, 도산은 지옥에 있다고 하는 칼이 삐죽삐죽하게 꽂혀 있는 산이다. 그에게 신지도는 지옥과도 같이 여겨졌던 것이다. 이세보와 정약전의 암담했던 심정이 느껴진다.

근대화의 길목에서

물하태 선착장에 도착했을 때 주위는 환하게 밝아 있었다. 선착장 뒤편으로 나 있는 잘 포장된 도로를 따라 걸었다. 버스를 타고 갈 수도 있었지만 그 전에 찾아볼 것이 있었다. 고개를 넘어서자 인가 없는 조그만 포구가 나타났다. 포구 위쪽은 느릿하게 경사진 밭이었고 넓게 드러난 조간대는 온통 파래로 뒤덮여 있었다. 여기저기 두리번거리다가 지나가는 사람을 붙잡고 일본군이 만든 선착장을 아느냐고 물었다. 그러자 포구 오른편에 육계도처럼 튀어나온 조그만 곶을 가리키며 그 너머 쪽에 있다는 말을 들은 것 같다고 일러준다. 내가 찾으려고 했던 것은 송곡 마을 서남쪽에 있다는 일본군의 흔적이었다. 『신지향지薪智鄕誌』에는 다음과 같은 내용이 실려 있다.

> 이곳 해변에는 200미터 가량의 동산이 있고 동산 곁에 폭 7미터, 길이 20미터 가량의 선착장 흔적이 있으며 선착장 안 3천여 평의 전답에 성축 흔적이 남아 있다. 이 선착장 터를 주민들은 겐도 선착장이라 하고 일본

군들이 3개월 간 주둔했던 곳이라고 말한다. 논과 밭으로 변해버린 이 진터 언덕을 뒤지면 석축 가운데 높이 2.2미터, 폭 1.5미터 가량의 자연석에 명치 27년 8월 20일 일군원정근거지日軍遠征根據地라 석각된 비문이 있다. 서기 1894년이다. 이해는 우리 나라에 동학란이 일어나고 뒤이어 청일전쟁이 일어났던 해이기도 하다. 이러한 비문과 진터 동산 곳곳에 포대터가 있는 것을 보면 일군들이 주둔했음을 말해준다. 본 비문으로 보아 1894년 8월 1일 청일전쟁이 정식으로 선포되었음을 생각하면, 송곡에 있는 표지는 선전포고 이후의 것이 분명하며, 우리 조정의 허락도 없이 멋대로 주둔하여 전쟁 준비를 했을지도 모른다는 불쾌한 상상을 불러일으킨다. 덤불 속에 숨겨져 있는 이 일본수군의 비는 두고두고 내환을 불러일으킨 귀감으로 삼을 유물이지만, 조정 중신들이 정신을 못 차리고 친일, 친청파로 갈라져 허덕이는 동안 도탄에 빠진 백성을 보다 못한 동학군이 난을 일으키고, 이 난을 핑계로 청나라와 일본은 서로 난을 평정해주겠다고 생색을 내다가 드디어는 남의 나라 땅에서 주도권 싸움을 벌였고, 우리는 결국 일본의 손아귀에 들어가고 말았다.

이보다 훨씬 이전인 1847년에도 프랑스함대가 신지도에 닿았다는 기록이 있다. 당시의 집권층들은 불온한 사상과 외세로부터 나라를 지킨다는 명목으로 서학을 탄압하고 개화파를 귀양보내면서도 변방은 무방비 상태로 내버려두었던 것이다.

암흑의 기운이 시대를 감싸고 있었다. 서양인들이 거대한 함선과 다양한 화포로 무장한 채 압도적인 힘을 자랑하며 밀려들고 있었다. 조선 사람들은 그 힘의 원천이 발달한 과학 기술에 있음을 깨달았다. 앞선 기술은 받아들여야 했지만 그렇다고 해서 지금까지 기대왔던 가치를 쉽게 내던질 수는 없었다. 만주족이 세운 나라라고 해서 청나라까지 무시하던 이들이 서양을 높이고 따르기에는 문화민족으로서의 자존심이 허락지 않았다. 그래서 부득이하게 내놓은 개념이 동도서기론東道西器論이었다.

서양이 동양보다 우세한 점은 과학 기술이다. 하지만 그들은 인간이 행해야 할 올바른 윤리를 알지 못하는 서양 오랑캐일 뿐이다. 정신문화는 우리가 훨씬 앞서 있다. 동양의 정신문화는 그대로 살린 채 서양의 기술만 받아들이자는 생각이 동도서기론이었다. 이러한 생각은 동아시아 세 나라에 공통적으로 나타났다. 중국에서는 중체서용中體西用, 일본에서는 화혼양재和魂洋才라는 구호를 내세웠다. 그러나 그 이후 세 나라의 대응 방식은 각기 다르게 나타났다. 특히 우리 나라와 일본이 취한 태도는 두 나라의 운명을 전혀 다른 방향으로 돌려놓았다.

일본은 일찍부터 서양 과학을 받아들이기 위해 적극적인 노력을 기울여왔다. 나가사키 항을 개방하여 외국인들로부터 과학 기술을 받아들였고, 외국 책들을 번역하는 일에도 힘을 쏟았다. 유학생들을 해외로 보내 선진 문명을 한발 앞서 받아들이려 했고, 유학생들은 다시 국내로 돌아와 후진을 양성했다. 일본은 이미 서양문화 전체가 동양을 앞질렀다고 판단하고 서양

◉ **이양선** 암흑의 기운이 시대를 감싸고 있었다. 서양인들이 거대한 함선과 다양한 화포로 무장한 채 압도적인 힘을 자랑하며 밀려들고 있었다.

인을 그대로 닮으려는 시도를 하게 된다. 서양 옷을 입고 서양식 파티를 열었다. 영어를 국어로 삼자는 주장이 제기되었고, 체격을 키우기 위해 서양인과 결혼해야 한다는 말까지 나왔다. 변화를 위해 목숨을 건 투쟁을 벌였던 것이다. 국제 정세도 일본에게 유리하게 돌아갔다. 무력을 써서 일본을 개항시킨 미국은 남북전쟁이란 내전으로 정신이 없었고, 다른 외부 세력들은 서로 눈치만 보며 힘의 균형을 유지하고 있었다. 이 틈에 일본은 근대공업국가로 급속한 발전을 이룩하게 된다.

근대화를 위한 우리의 노력은 일본에 비해 느긋하기까지 했다. 집권층은 별다른 고민 없이 공리공담만 늘어놓을 뿐이었고 권신들의 세도정치 아래 사회는 마냥 정체되어 있었다. 우리는 전통적으로 기술을 천시해왔다. 기술은 힘일 뿐이지 추구해야 할 절대가치는 아니었다. 조선 후기에 이르러 실학자들을 중심으로 서양의 앞선 과학 기술을 배우려는 노력들이 행해지기는 했다. 정약전이 서양 역법에 관심을 기울이고 정약용이 종두법을 연구하게 된 것도 이런 배경을 바탕으로 한 것이었다. 그러나 정치적 힘을 얻지 못한 노력은 개인적인 취미 생활 수준을 넘어서지 못했다. 과학 기술이란 개인적인 접근을 통해 쉽게 발달시킬 수 있는 성질의 것이 아니다. 서양에서도 지리상의 발견, 르네상스, 경제와 신분제의 변화 등 여러 요소들의 복합적인 작용을 겪고 나서야 비로소 과학 혁명과 산업 혁명을 통해 근대화를 이룩할 수 있었다. 우리는 뒤늦게 과학 기술이 나라를 부유하고 강하게 하는 수단이라는 점을 깨달았지만 이제까지의 전통을 쉽게 뒤집을 수는 없었다. 구시대적 나라의 틀을 그대로 유지한 채 서양의 과학 기술만을 받아들이겠다는 태도 자체가 어불성설이었다.

서양 세력과 일본의 침략 야욕이 거세어진 개화기에 이르러 사태는 더욱 급박해졌다. 나라의 운명이 풍전등화가 된 마당에 언제까지나 동양적, 한국적 전통 가치의 우월성을 주장하고 있을 수만은 없었다. 이제는 자존심을 버려야 했다. 생존을 위해 서양을 배워야 했다. 그러나 이미 때는 늦어 있었고 대응은 너무 소극적이었다. 지배층은 과학 기술을 전문적으로 배우는 일이 필요함을 인식하면서도 여전히 기술은 양반의 소임이 아니라고 생각했다. 유학생을 파견하는 데도 적극적이지 못했고 그렇다고 해서 외국인 교육자를 초빙하지도 않았다.

많은 지식인들이 계몽운동을 벌였고 과학 교육의 중요성을 강조했지만 나라는 이미 일제의 손아귀에 있었다. 일본은 한반도의 근대화를 도왔다고 주장한다. 이는 결과론적으로는 사실일지 모른다. 그러나 속내는 그런 것이 아니었고 또 별달리 큰 효과를 불러오지도 못했다. 교육의 측면에서만 보더라도 이는 명백하다. 일본은 대학 설립을 방해해가면서까지 한민족의 교육을 중등교육 이상으로 확대하지 않으려 애썼다. 식민지 백성들을 단순 노동자나 하급 공무원으로만 활용하려는 정책은 일관된 것이었고, 특히 과학 기술 교육에 대해서는 더욱 억압이 심했다. 그 결과 일제 식민치하의 과학 교육 수준이라는 것은 한심할 정도였다. 이광수의 무정에 나오는 다음 장면은 당시 지식인들이 처한 상황과 그 한계를 생생하게 전달하고 있다.

"나는 교육가가 되렵니다. 그리고 전문으로는 생물학을 연구할랍니다." 그러나 듣는 사람 중에는 생물학의 뜻을 아는 자가 없었다. 이렇게 말하는 형식도 물론 생물학이란 뜻은 참 알지 못하였다. 다만 자연과학을 중히 여기는 사상과 생물학이 가장 자기의 성미에 맞을 듯하여 그렇게 작정한 것이다. 생물학이 무엇인지도 모르면서 새 문명을 건설하겠다고 자담하는 그네의 신세도 불쌍하고 그네를 믿는 시대도 불쌍하다.

한참을 헤매었지만 곳 뒤편에 있는 광어양식장과 가두리양식장만 눈에 띌 뿐 선착장의 흔적이나 성축 흔적은 전혀 보이지 않았다. 나중에 다시 찾아보기로 하고 송곡 마을로 발걸음을 옮겼다.

송곡 마을 가는 길

송곡리는 신지도에서 가장 높은 상산 서북쪽에 위치한 조그만 마을이다. 면소재지에서 4킬로미터나 떨어져 있는 이 외진 마을을 찾은 것은 이곳이 임진왜란 전후에 수군 만호를 둔 신지도진의 진지가 있던 자리였기 때문이다. 1596년(선조 29년)에 만호진을 설치하고 수군 300명을 배치하여 1895년 전국에 걸쳐 실시된 군제개편으로 폐진되기까지 이곳에는 진지가 남아 있었다. 미리 조사한 자료에는 아직도 동헌지, 객사지 등의 흔적이 남아 있다고 기록되어 있었다.

정약전은 신지도진에서 인수인계를 받고 난 연후에 배소를 정했을 것이다. 그런데 정약전의 배소는 진지가 있던 송곡 마을이었을 가능성이 높다. 정약용이 쓴 시 속에는 정약전이 신지도에서 생활했던 모습과 그가 머물렀던 곳이 송곡 마을이었음을 암시하는 내용이 담겨 있다.

외딴 섬은 새알처럼 작은데

하늘은 큰사람을 싫었구나
역시 생은 죽음보다 낫다고 했는데
하필 꿈은 그 어찌 진실이 못 되누

푸른 해초 묶어서 끼니를 때고
감시하는 대장과 이웃 삼았다 하네
초가을에 형님이 손수 쓴 편지 받고
이 중춘에야 답장을 띄우노라

어느덧 백발이 찾아왔으니
시퍼런 하늘이여 이 일을 어찌 하리오
이주엔 좋은 풍속 많이 있으나
외딴 섬엔 구슬픈 노랫소리뿐

건너가고 싶어도 배가 없으니
어느 때나 죄의 그물 풀리려는지
부럽구나 저 기러기 물오리들은
푸른 물결 위에서 유유히 날고 있네

"감시하는 대장과 이웃 삼았다"라고 한 대목에서 정약전의 유배지를 추측해볼 수 있다. 가까운 곳에서 감시를 받고 있었다면 이는 정약전이 신지도 진 근처에 머물렀다는 뜻이 되기 때문이다. 그러나 유배지가 꼭 송곡리였다고 확신할 수는 없다. 우선 '감시하는 대장' 이라는 시구에 대한 해석에 불명확한 부분이 있고, 신지도에 유배를 온 사람들 중에는 송곡리가 아닌 다른 곳에 적소를 정하는 경우도 많았기 때문이다. 또한 이세보는 송곡리와 이웃한 대평리에서 유배 생활을 했지만, '산모퉁이 너머 언덕 위에 있는 진의 아전 고운성의 집' 에 적소를 정했다고 스스로 말한 바 있다. '감시하는 대장' 이 꼭 송곡리에만 있어야 하는 것은 아니라는 뜻이다.* 정약전이 신지도 생활 중에 남긴 기록이나 편지 글이 발견된다면 보다 정확한 상황을 알 수 있을 것이다. 어쨌거나 일단 송곡 마을에 들러 진터를 찾고 구전되는 이야기가 없는지 알아볼 요량이었다.

* 정약전은 자신이 머물던 곳에서 하루 종일 사람들의 그림자조차 보기 힘들다고 말한 적이 있는데, 이는 외롭고 적막하여 종일토록 사람을 보기 힘들었다는 이세보의 표현과 일치하는 부분이다. 어쩌면 이들이 가까운 곳에 거처했던 것이 아닌가 하는 생각도 든다. 더욱이 대평리는 이전에 승지 윤치영이 머물렀던 곳이며, 유배객들이 꽤 많이 찾아오던 곳이기도 했다.

신지도에서의 생활

이세보는 자신의 일기에서 4년 동안 신지도에서 생활하며 겪었던 외로움과 질병, 배고픔과 추위로 인한 고통을 호소하고 있다. 그가 지은 시 한 토막은 일국의 왕족으로 태어난 이의 유배 생활이 얼마나 초라하고 처량한 것이었는지를 잘 보여준다.

등잔불은 어둑어둑 장마비는 주룩주룩
병든 몸 홀로 누워 모기에게 뜯기누나

해초로 끼니를 때워야 할 만큼 정약전의 신지도 생활도 편치 않았다. 다음 글은 고달팠던 그의 유배 생활을 잘 묘사하고 있다.

섬 땅은 하늘가에 외롭고
사람은 종일토록 못 본다누나

하늘 땅은 두 줄기 눈물뿐
생사가 몇 줄 글 속에 담겼구나

산칡으로 새끼 꼬아 적막 달래고
바닷고기 먹으며 고생한다네
사대주 모두가 떨어진 섬이니
몸둔 이곳이 바로 내 집이라 하자

달 뜨면 장기땅 먼저 비추고
구름 뜨면 동생 그려 쳐다본다 하누나
그 곤욕 어찌 능히 참아내는지
오히려 스스로는 평안타누나

정약전은 편지를 통해 애끓는 그리움을 전하면서 오히려 자신은 편안하다며 동생을 위로하고 있다. 하지만 당시 장기에서 귀양살이 중이던 정약용은 형의 처지를 누구보다도 잘 이해하고 있었다. 아들에게 보낸 편지에서도 어김없이 형을 걱정하고 형수와 조카들을 잘 돌볼 것을 당부하고 있다.

날짜를 헤아려보니 82일 만에 너의 편지를 받았구나. 그 사이에 내 턱의 수염이 희어진 것이 7~8개나 된다. 너희 어머니에게 병이 생겼을 것은 나도 짐작하고 있었거니와 백부도 이질을 앓고 난 뒤라서 모습이 더욱 초췌해졌을 것이니 생각하면 견디기 어렵구나. 그러나 신지도의 일을 말하면 더욱 가슴이 메인다. 반 년 동안이나 소식이 막혔으니 이러고도 한 세상에 함께 살고 있다고 말할 수 있겠느냐. 나는 육지에 앉아 있는데도 고생이 이와 같은데, 하물며 신지도에서는 어떠하겠느냐. 형수씨의 사정 또한 측은하니 너는 어머니 섬기듯이 해야 할 것이며, 육가*도 친형제처럼 대하여 마음을 다해 무휼해주도록 하여라.

그리고 정약용은 형제의 운명을 예견이라도 하듯 한 수의 시를 읊고 있다.

신지섬 아스라이 멀고 멀지만
분명히 이 세상에 있는 섬이라
수평으로 궁복해에 연접해 있고
비껴서 등룡산(고금도)을 마주해 있네
달이 져도 소식 한 자 들리지 않고
뜬구름만 저 혼자 갔다가 돌아오네
언젠가 지하에서 다시 만나면
우리 형제 얼굴에 웃음꽃 피리

결국 안타까운 운명은 이승에서 형제가 다시 만나는 것을 허락하지 않았다.

* 정약전의 아들 학초學樵를 말한다.

지석영의 유배지

송곡 마을은 '푸르른 청정 송곡 마을' 이라는 입구의 비석이 잘 어울리는 동네였다. 조그만 골짜기에 옹기종기 모여앉은 집들은 정겨워 보였고, 마을은 깨끗하게 잘 정리되어 있었다. 조그만 가게에 들러 송문석 씨 댁을 물었다. 한참 동안 손가락질을 눈으로 좇으며 대략의 위치를 파악하고, 그것도 모자라 지나가는 마을 사람에게 몇 번을 다시 묻고 나서야 송곡리 404번지 송문석 씨 집을 찾을 수 있었다.

입구의 담벼락에 송문석이라는 이름 글자가 낙서처럼 씌어 있는 이 집은 종두법으로 유명한 지석영이 귀양살이를 했던 곳이다. 지석영이 신지도에 유배된 것은 1887년 여름이었다. 당시 사헌부 장령이었던 그는 세상이 날로 어지러워짐을 보고 당시의 권세가들을 탄핵하는 상소를 올리려다 오히려 갑신정변을 일으켰던 김옥균의 잔당으로 몰려 신지도로 유배를 당하게 된

◉ **송곡 마을과 마을 입구에 서 있는 비석** 송곡 마을은 '푸르른 청정 송곡 마을' 이라는 입구의 비석이 잘 어울리는 동네였다.

다. 신의술 도입이 개화파의 주장과 상통하는 것이었고, 이를 배워온 나라 또한 개화파가 가까이하던 일본이었기 때문이다. 그러나 지석영은 신의술을 도입하여 백성들을 질병에서 구하고자 했을 뿐 정치적인 야심을 가졌던 것은 결코 아니었다.

시대는 다르지만 정약전과 지석영은 모두 반대파들에 의해 서양의 학설을 받아들였다는 이유로 같은 곳에 유배되었으니 서로 인연이 깊다 하겠다. 정약전이 유배지에서 『현산어보』라는 실학의 꽃을 피운 것처럼 지석영도 낙담만 하고 있지는 않았다. 동네에 전해져오는 구전에 의하면 지석영이 망산* 에 올라가 소 엉덩이를 째고 다니는 통에 소 죽인다며 주민들이 소동을 일으키는 일이 잦았다고 한다. 또한 멀쩡한 아이에게 쇠고름을 놓는다고 하여 동네 아이들이 그를 보면 슬슬 피해다녔다는 이야기도 전해온다.

지석영은 5년 간의 유배 생활을 마치고 서울로 돌아간 후에도 자선종두를 실시하는 등 천연두 퇴치에 힘을 기울였다. 그러나 역사의 거친 물결은 그의 인생을 평탄하게 놓아두지 않았다. 동학농민혁명, 청일전쟁, 갑오경장을 거치면서 지석영은 관계에 등용되고 또 한 번의 유배를 더 겪는 등 우여곡절을 겪은 끝에 결국 관계를 떠나 평민으로 돌아오게 된다. 평민으로 돌아온 지석영은 1898년 한성의학교를 설립하고 초대 교장이 되었으나, 을사보호조약이 체결되자 온 겨레가 나라 잃은 설움에 젖어 있는 판에 일본인 밑에서 인술제민을 한다는 것이 쑥스럽다며, 그 자리마저 물러나고 만다. 그리고 만년을 한글 연구에 힘을 기울이며 보냈다.

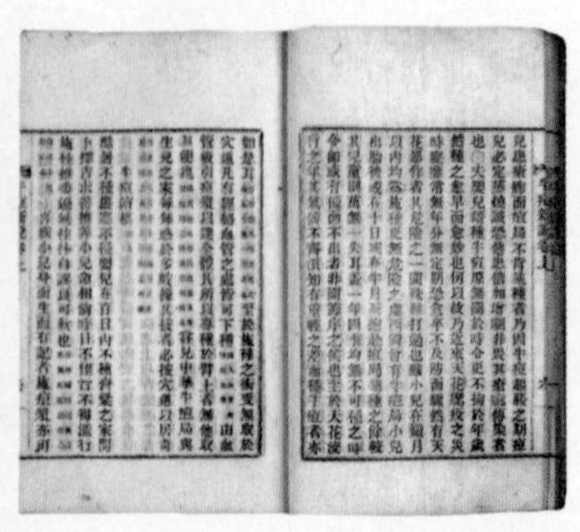

◉ 지석영과 『우두신설』 지석영은 일본인들로부터 서양 의학과 우두법을 배워 그 시행과 보급에 앞장섰으며 만년에는 한글운동에도 힘을 기울였다.

* 송곡리 입구에서 보았을 때 오른편에 있는 봉우리.

정약용과 우두법

천연두는 온몸에 두터운 발진과 수포를 일으키고 고열을 발생시켜 환자의 목숨을 앗아가기까지 하는 무서운 병이다. 살아난 사람에게도 보기 싫은 흉터를 남기게 한다. 영국인 의사 제너는 이 천연두를 예방하는 방법을 보급한 것으로 유명하다. 18세기 초, 이미 터키 농부들의 천연두 예방법이 영국에 알려져 있기는 했다. 가벼운 천연두를 앓고 있는 환자의 수포를 바늘로 찌른 후, 같은 바늘로 자신의 피부를 긁어 상처를 내면 가벼운 천연두를 앓게 되는데, 그 다음부터는 천연두에 걸리지 않는다는 것이었다. 그러나 이 방법은 위험했다. 다른 이의 천연두를 접종할 경우, 잘못하면 진짜로 천연두에 걸려서 죽을 수도 있었기 때문이다.

제너는 새로운 천연두 예방법을 알아냈다. 그는 외양간의 하녀들과 소를 다루는 사람들에게는 터키식 접종 방법이 아무런 효과도 없지만, 천연두가 크게 유행해서 가족이 다 죽어도 이들은 살아남는다는 사실을 발견했다. 그리고 이들이 천연두와 비슷한 어떤 전염병을 자주 앓는다는 사실도 함께 알

◉ **제너** 천연두는 온몸에 두터운 발진과 수포를 일으키고 고열을 발생시켜 환자의 목숨을 앗아가기까지 하는 무서운 병이다. 살아난 사람에게도 보기 싫은 흉터를 남기게 한다. 영국인 의사 제너는 이 천연두를 예방하는 방법을 보급한 것으로 유명하다.

아냈다. 이 병은 보통 소에서만 생기므로 우두라고 불리고 있었다. 우두에 걸렸을 때에도 수포가 생기는데, 이것은 천연두의 수포보다 작아 이로 인해 죽는 사람들은 거의 없었다. 제너는 25년 간 연구를 거듭한 끝에 우두가 천연두를 예방한다는 사실을 확신하게 되었다. 처음에는 많은 연구자들이 회의적인 반응을 보였지만, 곧 그 효과가 인정되어 19세기에 접어들면서부터는 전 유럽에 그의 종두법이 퍼져나갔다.

제너의 종두법이 우리 나라에 최초로 소개된 것은 19세기 말 지석영에 의해서였다고 알려져 있다. 그러나 지석영 이전에도 이미 서양식 우두법이 우리 나라에 전래되어 있었다는 증거가 있다. 다음은 이규경이 『오주연문장전산고』「종두변증설」에서 언급한 내용이다.

> 헌종 을미년(1835)에 내가 듣건대 중국에 일종의 기이한 방문이 다시 출현했는데, 이것을 다산 정약용이 비밀히 간직하고 있다 하니, 즉 우유종두방이다. 시술하면 즉시 수포가 생기고, 하루가 지나면 딱지가 떨어지고, 다른 증세는 절대로 없으며, 다시는 나지 않는다고 한다. 참으로 이렇다면 기묘한 방법이다. 나는 남들의 잘못된 전언인가 하고 의심했더니, 그 뒤에 다시 다른 사람들의 말을 들어보아도 모두 한 입에서 나온 듯 조금도 틀림이 없었다. 반드시 다산이 그 방문을 받아보았으므로 이런 의심을 받게 된 것이다. 그러나 다산이 이것을 비밀에 붙이고 남에게 보이지 아니하여 마침내 세상에 전하지 않게 된 것은 무슨 까닭인가. 그런 방문

이 없다면 모르되 이미 있고, 또한 금물이 아닌데 어째서 널리 실시하여 사람을 구제치 않고 그 묘방이 절종되게끔 했는가. 나는 이것이 옳지 않다고 생각한다.

우유종두방이란 다름 아닌 우두법을 의미한다. 이규경의 말대로라면 1835년 이전에 이미 정약용이 우두에 대한 치료법을 입수하고 있었다는 뜻이 된다.

정약용이 우두법에 대해 처음 알게 된 것은 언제일까? 국내의 자료들 중에는 정약용이 『마과회통麻科會通』에서 서양식 우두법을 소개한 것으로 설명한 것들이 많다. 그러나 이러한 설명에는 커다란 모순이 있다. 『마과회통』이 간행된 것은 1797년 겨울이었다. 제너가 우두법을 발명한 때가 1796년 5월인데, 일 년을 겨우 넘긴 시기에 그의 이론이 우리 나라에까지 전해졌다는 것은 말이 되지 않는다. 더욱이 제너가 우두법에 대한 논문을 런던 국립협회보에 기고한 해는 1798년이었고, 그나마 기고 신청도 받아들여지지 않아 자비를 들여 소책자로 발표할 수밖에 없었다. 비로소 우두에 대한 평가가 달라지고, 런던에 우두술의 보급을 위한 왕립제너협회가 설립된 해가 1803년이었으니 한마디로 정약용이 『마과회통』을 저술할 당시에는 제너의 우두법에 대해 전혀 모르고 있었다는 결론이 나온다.

그렇다면 『마과회통』에서 우두법을 소개했다는 말은 어디에서 나온 것일까? 아마도 최익한의 다음 이야기가 그 이유를 설명해줄 수 있을 것 같다.

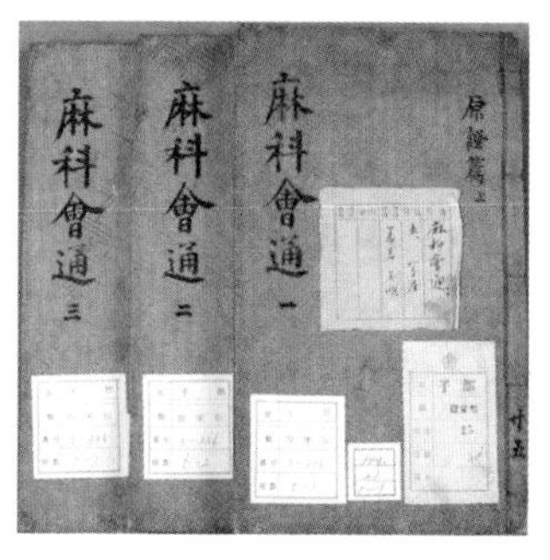

◉ **마과회통** 국내의 자료들 중에는 정약용이 『마과회통』에서 서양식 우두법을 소개한 것으로 설명한 것들이 많다. 그러나 이러한 설명에는 커다란 모순이 있다.

다산이 편술한 의서 『마과회통』의 최후 권을 보면 전기한 인두접종법에 잇대어 『신증종두기법상실新證種痘奇法詳悉』이라는 단편 방서가 부편附編되어 있는데, 글자 수는 약 천오륙백이요, 그 내용은 우두접종법의 발명 유래 및 그 효과 공적을 서술하고 종두하기에 적당한 지점인 비상臂上의 혈과 대모 껍질의 외과소도와 두종 주사용의 상아소잠을 도시하였다. 그리고 천화접종법, 즉 인두접종법이 완전치 못한 것을 명백히 설명하였다.

문제는 『마과회통』의 마지막 권에 함께 엮어져 있다고 한 『신증종두기법상실』이라는 단편이다. 이 책의 내용은 우두법을 설명한 것이 틀림없지만, 과연 이것을 『마과회통』의 일부로 볼 수 있느냐는 것은 또 다른 문제다. 앞뒤 정황을 살펴보면 『신증종두기법상실』은 『마과회통』의 일부가 아니라 우두법이 우리 나라에 소개된 후에 덧붙여진 것으로 보인다. 이러한 사실은 『신증종두기법상실』의 끝부분을 살펴보면 더욱 분명해진다. 이 책의 말미에는 '도광道光 8년, 무자戊子 6월 중간重刊'이라는 간행 시기가 나와 있다. 도광 8년은 순조 28년, 즉 1828년에 해당한다. 이규경이 정약용 집안에서 우두법에 대한 기록을 가지고 있다는 소식을 전해들은 때가 1835년이었으므로 정약용이 우두법을 알게 된 시기는 1828년에서 1835년 사이라고 결론지을 수 있을 것이다.

그런데 위에서 인용한 이규경의 말 중에 의미심장한 부분이 있다. 이규경은 그렇게 일찍 우두법에 대해 전해들었으면서 어찌하여 백성들에게 이를 보급하지 않았느냐고 정약용을 질타했다. 물론 이러한 비판은 정당한 것이었다. 백성을 아끼고 사랑하는 마음이 지극했다는 정약용이 그들을 돌보는 데 적극적이지 않았다는 것은 중대한 과실이 된다. 그러나 정약용이 우두법을 밝힐 수 없었던 데에는 나름대로의 사연이 있었다. 정약용은 서학으로 인해 모진 고초를 겪었고, 집안도 풍비박산이 나버렸다. 당시 서양에서 들어온 학설을 발표한다는 것은 목숨을 건 행위였고, 발표한다고 해도 마음대로 시행할 수도 없는 일이었다. 수십 년 후에 지석영도 똑같은 일을 겪지 않았던가. 『신증종두기법상실』에는 공백으로 남겨져 있거나 삭제된 부분이 많다. 이 부분들은 대체로 제너의 이름, 국적, 서기연대에 해당하는 부분이다. 위험한 오해를 받지 않기 위해서는 어쩔 수 없는 선택이었다. 정약용은 누구보다도 절실히 새로운 종두법을 백성들에게 보급하고 싶었을 것이다. 문제는 그가 아니라 힘들여 얻어낸 정보조차 쓸모없게 만들어버리는 국가의 시스템에 있었다.

정약용의 본심은 종두법에 대한 연구에서 잘 나타난다. 우두법에 대해서는 발표할 수도 시행할 수도 없었지만, 이미 전부터 알려져 있었던 종두에 대해서는 연구와 실험에 온 힘을 기울였던 것이다.* 정약용은 종두에 대한 최신 이론들을 섭렵했고, 이를 바탕으로 실제 환자를 치료하기 위한 노력을 아끼지 않았다.

가경 기미년(1799) 가을 복암 이기양이 의주로부터 돌아왔다. 그의 큰

* 사람들은 으레 종두가 서양에서 유래된 것이라고 생각하지만, 사실 종두는 동양에서 더욱 오래된 개념이었다. 중국에서는 10세기 이전부터 종두의 개념을 알고 이를 실제로 활용하고 있었다. 증세가 약한 천연두 환자의 고름딱지를 모아서 말린 후 은대롱으로 콧구멍에 불어넣어 천연두를 예방한 것이다. 저명한 과학사가인 니덤은 터키의 종두법도 중국에서 전래된 것이라고 주장한다. 중국의 종두법은 이웃인 우리 나라에도 당연히 전해졌을 것이다.

아들 창명이 "의주 사람이 연경에 들어갔다가 종두법에 대한 책을 얻어왔는데, 그 책이 두어 장에 지나지 않았다"라고 알려주기에 곧바로 구해서 읽어보았다. 그 방법의 대략은 다음과 같았다.

좋은 경과로 마마를 치르고 곱게 아문 사람의 마마딱지 7, 8개*를 사기그릇 속에 넣고 손톱으로 맑은 물 한 방울을 찍어서 떨어뜨린 다음 칼자루 같은 단단한 물건으로 갈아서 즙을 만든다. 너무 빽빽하게 하지도 말고 너무 무르게 하지도 말라. 빽빽하면 마마 증세가 나타나지 않고 너무 무르면 크게 번창해버린다. 별도로 누에고치 솜을 대추씨 크기만큼 뭉친 다음 가는 실로 동여 묶고, 그 단단한 부분에 즙을 적셔서 콧구멍 속에다 집어넣는다. 이때 남자는 왼쪽, 여자는 오른쪽 코에 넣는다. 가령 자정에 넣었다면 정오에 꺼내버린다. 언제나 6시각(지금 시간으로 12시간)씩 사용하는데, 이래야 증세가 장부에까지 잘 스며들어간다. 며칠이 지나면** 환자에게서 갑자기 약간의 아픈 증세를 볼 수 있고, 턱 아래 목 주변에 필연코 증세의 싹이 솟아오르게 된다. 큰 것은 새알 크기만 하다. 이것이 바로 마마에 걸렸다는 증험이다. 얼굴 및 신체에도 3, 4개씩의 마마종기가 나타나고 많은 사람은 열 몇 개 정도까지 생기지만 별 탈은 없다. 며칠이 못 가서 부어오르고 고름이 찬 후, 상처가 아물고 딱지가 떨어진다. 더러는 여러 가지 증세가 따르기도 하지만 증세에 따라 약을 쓰면 크게 힘들이지 않고 낫게 할 수 있다. 백 번 종두를 해도 백 번 살아나고, 천 번 종두를 해도 천 번 살아나 한 사람도 실패한 사람이 없다.

* [원주] 작은 것은 10여 개.

** [원주] 2, 3일 혹은 3, 4일. 발진이 되는 것이 일정치 않다.

정약용은 박제가를 만나면서 종두 연구에 더욱 박차를 가하게 된다.

경신년(1800) 봄이 되어 검서 박제가가 지나가다가 이 책을 보고 매우 기뻐하면서 "우리 집에도 이러한 종두법이 있네. 내각의 장서 가운데서 베껴다 놓은 걸세. 다만 그 책은 너무 간략하여 시험해볼 길이 없었네. 이제 이 책과 함께 대조해서 본다면 아마 그 요령을 알아낼 수 있을 것 같으이"라고 했다. 그리고는 돌아가서 사람을 시켜 자기 집에 소장해두었던 책을 보내주었는데, 살펴보니 이 역시 분량이 몇 장밖에 안 되는 책이었다. 내가 마침내 두 책에서 정수를 골라내어 합해서 한 권으로 만들었다. 뜻이 아주 오묘한 곳이나 이해하기가 어려운 곳은 간단하게 주석을 달아 해석해놓고, 술가들의 바르지 못한 설 등은 모두 삭제해버렸다.

책이 다 만들어진 후 박제가에게 부쳐주었더니 그가 다시 우리 집을 찾아와 "이 책을 살펴보니 두종이 한겨울에는 떨어진 지 15일이 경과해도 접종을 하면 종두가 발생되지만, 만일 한여름이라면 5~6일만 경과해도 이미 묵은 것이 되어 접종을 해도 발생되지 않는다고 했네. 지금 북경에만 종두가 있다고 가정해보세. 만일 우리 나라에 가져와서 접종을 하려면 한겨울에 북경에서 막 떨어진 딱지를 구해서 나는 듯이 달려온다 하더라도 우리 나라에 도착하면 이미 묵은 것이 되어 사용할 수 없을 걸세"라고 말했다. 또 그가 보낸 편지에는 "어린애들이 희소하여 혹 두종이 중간에 끊어지게 되면 새 두종을 만들어야 하는데, 반드시 잘된 것을 이전과 똑같은 방법에 따라 얻어내야 하네. 그리고 반드시 서너 번을 경과한 후에라야 훌륭한 두종을 얻을 수 있고, 만일 한두 차례 경과된 것을 잘못 썼다가는 병에 걸려 죽을 수도 있다네. 이를 구별하는 방법은 튀어오른 종핵을 보는 것이네. 한 차례나 두 차례 전해진 것은 종핵이 아주 작고, 반드시 서너 차례 전한 후에라야 그 핵이 분명하게 튀어오르게 된다네"라는 내용이 적혀 있었다. 나와 박제가 사이의 의논은 결론을 맺지 못하고 이것으로 끝이 났다.

이때 박제가는 영평 현감으로 발령이 나 섭섭한 마음을 남기고 부임하게 되었는데, 그 후 수십 일 만에 다시 찾아와서는 기뻐하며 말했다. "두종이 완성되었네." 어찌 된 일이냐고 묻자 그는 다음과 같은 이야기를 늘어놓았다. "내가 현에 부임해서 이 일에 대해 아랫사람들에게 말했더니 그중에서 이방이란 자가 잘된 것 하나를 구해왔지 뭔가. 그래서 먼저 그의 아들에게 접종을 했지. 그랬더니 종핵은 비록 작았지만 종두는 잘되었다네." 두 번째로 관노의 아들에게 전해주고, 세 번째로는 자신의 조카에게 전했는데, 종핵도 점점 커지고 종두도 더욱 훌륭해졌다고 한다. 그제서야 의사 이씨라는 이를 불러 처방을 주어 두종을 가지고 경성 이북 지방으로 가게 했는데, 선비 집안에서 많이들 접종했다고 한다.

종두법을 연구하게 된 사연

정약용이 종두 연구에 힘을 기울인 데는 개인적으로도 절절한 사연이 있었다. 6남 3녀 중 3명씩이나 되는 자식을 천연두로 잃었던 것이다.* 정약용은 아이를 잃을 때마다 비통한 심정으로 글을 지었으며 아무런 도움이 되지 못한 자신을 책망했다.

> 네 모습은 숯처럼 검게 타
> 예전의 귀여운 얼굴 다시 볼 수 없구나
> 귀여운 얼굴은 황홀하여 기억조차 희미하니
> 우물 밑에서 별을 보는 것과 마찬가지구나
> 네 영혼은 눈처럼 결백하여
> 날아올라 구름 속으로 들어갔구나
> 구름 속은 천 리 만 리 멀기도 하여
> 부모는 하염없이 눈물만 흘린다

* 정약용 자신도 어렸을때 천연두에 걸린 적이 있다. 정약용의 호 중에 '삼미자三眉子'라는 것이 있는데, 이것은 천연두를 앓은 흉터 때문에 눈썹 끝이 세 갈래로 갈라져 있는 것처럼 보인다고 해서 붙여진 이름이다.

특히 귀양지에서 전해들은 막내 농아의 죽음은 충격적이었던 모양이다. 난리통에 낳은 자식이라 농사나 지으며 조용히 살라는 뜻으로 농아라는 이름까지 붙여주었는데, 3년을 넘기지 못하고 천연두로 죽고 만 것이다. 정약용은 이때의 슬프고 안타까운 마음을 절절히 늘어놓고 있다.

네가 세상에 태어났다가 죽은 것이 겨우 세 돌일 뿐인데, 나와 헤어져 산 것이 2년이나 된다. 사람이 60년을 산다고 할 때 40년 동안이나 부모와 헤어져 산 것이니, 이야말로 슬픈 일이라 하겠다. 네가 태어났을 때 나의 근심이 깊어 너를 농農이라고 이름지었다. 얼마 후 집안의 화가 근심하던 대로 닥쳤기에 너에게 농사를 지으며 살게 하려 한 것이니, 이것이 죽는 것보다 낫기 때문이었다.

신유년(1801) 겨울에 과천의 점사에서 너의 어미가 너를 안고 나를 전송할 때, 너의 어미가 나를 가리키며 "너의 아버지이시다"라고 하니 네가 따라서 나를 가리키며 "너의 아버지이시다"라고 했으나 너는 아버지가 아버지인 줄을 실은 알지 못했던 것이다. 참으로 슬픈 일이다. 이웃 사람이 마현으로 간다기에 소라껍질 2개를 보내며 너에게 주라고 했더니, 네 어미의 편지에 "애가 강진에서 사람이 올 때마다 소라껍질을 찾다가 받지 못하면 풀이 죽곤 했는데, 그애가 죽어갈 무렵에야 소라껍질이 도착했습니다"라고 했으니 참으로 슬픈 일이다.

네 모습은 깎아놓은 듯이 빼어난데, 코 왼쪽에 조그마한 검은 사마귀가 있고, 웃을 적에는 양쪽 송곳니가 뾰족하게 드러났다. 아아, 나는 오로지 네 모습만이 생각나서 거짓 없이 너에게 고하노라.

나의 자식이든 남의 자식이든 다시는 천연두로 잃지 않겠다는 각오가 그를 천연두 연구에 매진하게 했던 것이다.

『마과회통』이나 종두설에서 정약용이 연구하는 모습을 보면 현대의 과학자들이 행하는 방식과 크게 차이가 없다는 사실을 알 수 있다. 자세한 임상 기록이나 조심스러운 실험 태도는 200년 전에 행해졌던 일이라고 쉽게 받아들이기 힘들 정도이다. 국내에서 외국에 이르기까지 다양한 정보를 발빠르게 수집하여 정리, 비판하는 모습은 놀랍기까지 하다. 그러나 당시 정약용과 박제가의 선구적인 연구를 발전시켜 나가기에는 사회의 풍토가 너무나도 열악했다. 발달된 과학 기술을 보급하고 발전시키는 데 지나치게 소극적이었던 것이다. 이러한 태도는 곧 암울한 현대사를 남기게 되는 원인이 되고 만다.

이해 6월에 임금께서 승하하셨다. 그 다음해 봄에 나는 장기로, 초정은 경원으로 유배를 떠났다. 그런데 간사한 무리가 시의時議*와 관련지어 의사 이씨를 모함했고, 이씨는 고문을 받아 거의 죽게 되었다. 두종도 단절되고 말았다.

그로부터 7년이 지난 정묘년(1807)에 나는 강진에서 머물렀다. 이때 상

* 신유박해를 가리킨다.

주에 있는 의사가 종두를 접종하는데, 백 명에게 종두를 하면 백 명이 모두 살아나 큰 이익을 보고 있다는 소식을 들었다. 아마도 그때의 처방이 영남 지방에서 다시 행해졌던 모양이다. 내가 편찬한 종두방은 난리통에 분실해버리고 말았다.

유배지로서의 역사

송문석 씨의 집은 사진에서 본 것과는 전혀 딴판이었다. 지석영이 살았을 당시에는 네 칸 초가였던 집이 몇 번의 개축을 겪은 끝에 지금은 슬레이트 지붕에 블록담을 쌓은 평범한 시골집으로 변해 있었다. 문을 두드리자 인상 좋은 장년 남자가 걸어나왔다. 송문석 씨였다.

송문석 씨는 처음 보는 여행객을 반갑게 맞아주었다. 찾아온 목적을 밝혔더니 바로 이야기를 늘어놓기 시작했다.

"옛날에 예향에서도 나오고, 농촌지도소에서도 와서 사진도 찍어가고 그랬지라. 집은 변했어도 자리는 이 자리가 틀림없제. 마을 어르신들하고 물어서 다 고증을 했다더만요."

그리고 진지가 있었던 자리를 물었더니 손가락으로 일일이 가리켜가며 설명해주었다.

"저기 망산 아래쪽이 무기 창고였다 그라지라. 그 왼쪽으로는 동헌터, 형장터, 객사터 자리가 있었고."

◉ **지석영의 유배지** 송문석 씨의 집은 사진에서 본 것과는 전혀 딴판이었다. 지석영이 살았을 당시에는 네 칸 초가였던 집이 몇 번의 개축을 겪은 끝에 지금은 슬레이트 지붕에 블록담을 쌓은 평범한 시골집으로 변해 있었다.

"추운데 들어갑시다."

송문석 씨 부인은 따뜻한 차와 과일을 내놓았다.

"여그가 옛날 만호진이 있던 자리여. 선착장 있는 데 가면 만호비가 서 있제. 옛날에는 많았는데 지금은 박만호비 하나밖에 안 남았어라. 70년대 새마을운동하느라 다 없어져버렸제."

일본군 진지터에 대해서 물었더니 역시 실망스러운 대답이 돌아왔다.

"우리는 거기를 관터라고 불렀제. 왜정 때 대대병력이 있었다고 하더만. 가두리 있는 데 거기. 꼭대기에는 포진지가 지금도 있어. 선창도 없어지고 비석 같은 것도 있었는데 없어졌어라. 선창은 죽방렴한다고 다 들어 써버리고. 죽방렴 말이여. 거 나무 세울 때 밑에 고정시키느라고 돌을 쌓아놓거든. 옛날에는 죽방렴이 여러 군데 있었지. 50년대쯤 없어졌나."

죽방렴을 만들기 위해 선착장의 돌을 뜯어 썼다는 말이었다. 그후에 다시 가두리양식장이 들어서면서 옛 흔적은 완전히 사라지고 말았다고 한다. 논밭에 있다던 성축도 없어진 지 오래였다.

"여기가 귀양살이 동네여. 죄다 고금을 거쳐서 이리로 귀양을 왔지라. 정약전 선생은 들어본 적이 없어. 지석영 선생 말고 경평군(이세보)도 여기서 귀양살이 했고,* 김병서도. 병서가 무슨 벼슬 이름 같은데 잘 모르겠어요. 송곡에서 사약받은 사람도 있다더만 누군지는 모르겠어. 어쨌든 많이들 왔던 모양이여."

송문석 씨는 송곡리로 귀양 왔던 사람들을 죽 늘어놓았지만 정작 정약전

◉ **이광사** 명필로 유명한 원교 이광사도 신지도에 귀양 왔던 사람들 중의 하나였다. 대곡리에서 유배 생활을 했으며, 상산에 있는 절에 친필의 서액을 걸어주었다거나 신지도에 머무르는 동안 많은 문하생을 양성하였다는 이야기들이 전해내려온다. 정약전도 신지도 귀양 시절 이광사의 서적을 얻어보지 못한 것을 한탄한 일이 있다.

* 이세보는 송문석 씨의 말과는 달리 송곡리가 아니라 대평리에서 유배 생활을 한 것으로 알려져 있다.

에 대해서는 고개를 저었다. 애초에 송곡에서 정약전의 흔적을 찾을 수 있으리라고 큰 기대는 하지 않았다. 자료에도 전혀 나타나 있지 않은 데다 일 년도 채 못 되는 유배 기간은 섬사람들에게 깊은 인상을 남겨주기에는 불충분했을 것이라고 생각했기 때문이다.

송문석 씨 부부는 신지도에서 나는 해산물에 대해서도 많은 이야기를 들려주었다. 갖가지 물고기, 고둥, 조개류, 해조류에 대한 방언과 특성 등 다양한 자료를 수집할 수 있었다. 한참 동안 얘기를 들은 후, 아쉬운 작별 인사를 나누고 밖으로 나와 진터가 있는 언덕을 올랐다.

동북아 지중해의 패자

마을 뒤쪽 언덕배기에 있었다던 진터는 이미 논밭으로 변해버려 흔적조차 찾아볼 수 없었다. 드문드문 흩어진 밭과 어디에 쓰였을지 모를 커다란 돌무더기들만 눈에 띌 뿐이었다. 더 이상 찾기를 포기하고 섬의 지세나 살펴보자는 생각으로 고갯마루에 올랐다. 마을 오른편으로 멀리 대평리가 내다보였다. 송곡리에 만호진이 설치되기 전까지 대평리는 말을 키우는 양마지로 활용되던 곳이었다. 지금은 말이 뛰노는 섬이라면 누구나 제주도만을 떠올리지만 예전에는 많은 섬들에서 말을 방목했다. 당시 정치가들에게는 우리 나라 해안 곳곳에 흩어진 섬들의 가치가 그 정도로밖에 여겨지지 않았던 것이다.

다시 왼쪽으로 고개를 돌리니 고금도와 완도의 모습이 차례로 떠올랐다. 북서쪽으로는 해남 두륜산이 바라보이고 송곡포구 바로 맞은편에는 죽청리, 장좌리, 대야리가 늘어서 있었다. 장좌리 앞쪽의 조그만 섬 장도도 보였다. 일반적으로 장도가 있는 장좌리長佐里 일대를 청해진의 중심지로 본다.

◉ **신지도 진터** 마을 뒤쪽 언덕배기에 있었다고 전해오는 진터는 이미 논밭으로 변해버려 흔적조차 찾아볼 수 없었다. 드문드문 흩어진 밭과 어디에 쓰였을지 모를 커다란 돌무더기들만 눈에 띌 뿐이었다.

실제로 장좌리에는 그 당시의 유물이며 무덤 등이 남아 있고, 그 앞에 떠 있는 장도將島에는 건물터와 목책, 토성, 우물의 흔적이 남아 있다. 토성에서 발견된 수많은 기와 파편들은 당시 경주 귀족들이 사용하던 것과 같은 것이어서 이곳에 대단히 중요한 건물이 있었음을 보여준다. 그러나 1만 군사 이상을 거느리고 동아시아의 해상권을 장악한 장보고의 세력권은 이곳에만 한정되지는 않았을 것이다. 장좌리, 대야리 일대에는 수많은 상인들이 몰려들었을 장터와 큰 건물의 흔적들이 남아 있다. 당시 이곳에는 객관, 영빈관이 있어 청해진을 찾았던 이들이 머물렀을 것으로 추측된다. 또한 죽청리 옆에는 옥터가 있는데, 감옥이 있던 자리라거나 군사 시설이 있었던 자리라는 이야기가 전해온다. 한들에서도 성터가 발견된다. 이 밖에도 완도군, 강진군 등을 포함한 광범위한 지역과 그 주변의 크고 작은 여러 섬들이 모두 청해진의 직접적인 세력권에 속해 있었을 것이다.*

시야를 넓히면 청해진은 국내에만 머무르지 않는다. 장보고가 동북아의 해상권을 장악할 수 있었던 배경에는 중국 본토의 튼튼한 기반이 자리잡고 있었다. 오래 전부터 중국 땅에는 많은 신라인들이 살고 있었다. 신라의 삼국통일 당시 패배하여 포로로 잡혀온 고구려인과 백제인, 굶주림을 피해 건너온 신라인, 그리고 삼국의 해외 발전기에 진출해온 무역 상인 · 유학생 · 승려 · 군인 · 선원 · 농민 등 그 구성도 다양했다. 특히 이들은 산동반도 연안, 회수와 대운하변 그리고 양자강 하류 및 남중국 연해에 마을을 이루어 살면서 상업, 운송업 등 폭넓은 활동을 하고 있었다. 장보고는 이들을 조직

* 신지도 역시 청해진의 일부였을 것이다. 뿐만 아니라 완도, 해남, 강진, 장흥, 고금도, 약산도, 금일도, 청산도, 노화도 일대의 중앙에 위치한 신지도는 청해진에서도 꽤 중요한 위치를 차지하고 있었으리라 생각된다. 후대에 군진이 설치되었다는 사실도 이 같은 추측을 뒷받침하고 있다.

화하여 거대한 세력으로 결집했다. 또한 일본 북큐슈 · 하카다 언저리에 자리잡고 있던 신라인 사회도 무역 활동의 중요한 기반이 되었다.

장보고 선단은 우수한 성능의 배와 잘 훈련된 선원을 보유하고 있었으며, 당시 아랍이나 동양의 어떤 나라들보다도 바다를 가로지르는 원양 항해에 능숙했다.* 근해 항해에서의 경쟁력도 압도적인 것이었다. 중국과 일본을 왕래하려면 반드시 완도 근해를 지나야만 했는데, 조수간만의 차가 심하고 주변에 크고 작은 섬들이 산재해 있어 물길이 복잡한 이곳을 통과하려면 물때와 조류, 암초에 대한 지식이 필수적이었다. 이러한 상황은 장보고 선단에게는 커다란 이점으로 작용했지만, 이 지역의 물길에 익숙하지 않은 외부인들로서는 넘기 힘든 장벽이었다.

장보고가 완도에 청해진을 건설하여 동북아의 국제 무역을 독점할 수 있었던 배경에는 이처럼 다양한 전제 조건들이 자리잡고 있었던 것이다.

장보고는 자신이 구성한 무역망을 바탕으로 다양한 물품들을 교역했다. 그중에서도 최대 인기 품목 중의 하나는 월주요 해무리굽자기였다. 당시 해무리굽자기는 수요가 많아 부르는 것이 값일 정도로 가치가 높았다. 장보고 선단은 해무리굽자기를 일본에 팔아 이윤을 창출했을 뿐만 아니라 수요가 늘어나자 해무리굽자기의 제작 기술을 확보하고 직접 생산하여 일본과 당나라에 역수출하기에 이른다. 청해진에 속해 있던 강진에서 고려청자가 만들어지게 된 것도 우연이 아니었던 것이다.

교역은 당나라에만 한정되지 않았다. 당은 국제성이 농후한 국가였다. 특

* 예전에는 먼 바다를 항해하기보다는 시간이 걸리더라도 가능하면 육지와 가까운 해안선을 따라 이동하는 것이 일반적이었다. 황해를 가로지르는 것도 특별한 능력이 없으면 불가능한 일이었다. 신라인들은 원양 항해에 필요한 조선술과 항해술을 모두 보유하고 있었다.

히 중국 최대의 국제도시였던 양주에는 동남아 · 아랍 · 페르시아 등 세계 각국의 상인들이 거류하고 있었다. 장보고 선단은 이들과 직접 교역을 시도했다. 동남아와 아랍의 사치품들을 사들여 신라나 일본에 되팖으로써 막대한 이익을 거두었던 것이다. 일본 귀족들은 물건 값을 미리 주고서라도 장보고 선단의 상품을 사려 했으며, 신라에서도 귀족들이 장보고 선단의 외래 사치품을 다투어 사려다 결국 정부에 의해 외래품 사용 금지령이 내려지는 사태까지 벌어지게 된다.*

장보고는 서역과 중국, 청해진, 일본을 연결하는 거대한 교역망을 구성하고, 황해와 동중국해에 횡행하던 크고 작은 해상 세력들을 철저히 통제하여 그의 세력권 아래에 두었다. 말 그대로 동북아를 호령하며 국제 무역을 독점하는 해상왕이 되었던 것이다.

◉ **해상왕 장보고** 장보고는 서역과 중국, 청해진, 일본을 연결하는 거대한 교역망을 구성하고, 황해와 동중국해에 횡행하던 크고 작은 해상 세력들을 철저히 통제하여 그의 세력권 아래에 두었다. 말 그대로 동북아를 호령하며 국제 무역을 독점하는 해상왕이 되었던 것이다.

* 아랍인들은 장보고 선단의 이러한 활동에 깊은 인상을 받은 듯 신라를 황하 너머의 황금국, 개나 원숭이마저 금목걸이를 하는 환상의 나라로 묘사했다.

장보고의 죽음 이후

장보고는 한 · 중 · 일 삼국의 정사에 모두 이름이 올라 있을 정도로 중요한 인물이었으며, 중국이나 일본에서는 거의 신적인 존재로 추앙받기도 했다. 그러나 그의 출생은 그리 화려하지 않았다. 장보고는 완도 근해의 섬에서 태어나서 어린 시절을 보냈다. 그리고 신분제가 지배하는 신라를 벗어나 자신의 뜻을 펼칠 수 있는 중국으로 떠나게 된다.* 당시 중국의 산동반도는 고구려 유민 출신의 이정기가 지배하고 있었는데, 이정기의 번진은 비옥한 영토에다 중국 최대 규모의 염전, 잘 발달한 내륙과 해상의 교역로를 바탕으로 황제에 도전하는 최대의 세력으로 성장했다. 조정의 견제가 심해지자 이정기는 결국 이에 맞서 전쟁을 벌이게 된다. 초기의 우세했던 전황은 이정기의 갑작스런 죽음으로 역전되기 시작했고, 결국 황제의 명을 받은 주변 번진들의 협공으로 이정기 왕국은 멸망에 이르게 된다. 바로 이때 장보고가 등장했다. 장보고는 밑바닥에서 시작하여 이정기 일가의 반란을 진압하는 데 공을 세워 결국 '무령군武寧軍 군중소장'이라는 지위에까지 오르게 된다.

* 당시에는 장보고처럼 신분질서나 가난을 벗어나기 위해, 혹은 새로운 지식을 접하기 위해 중국행을 택하는 사람들이 많았다.

그러나 전쟁이 끝나고 나자 군대의 필요성이 줄어들었다. 징집되었던 병사들은 고향을 찾아 뿔뿔이 흩어졌고, 장수들은 일자리를 잃었다. 당나라 정부도 지방에서 군사력이 강성해지는 것을 원하지 않았다. 이러한 군축의 와중에서 장보고는 다시 우리 나라로 건너오는 길을 택하게 된다. 이때 내세운 가장 중요한 명분이 해적을 없앤다는 것이었다. 당시 동아지중해에는 해적들이 횡행하며 교역품들을 약탈하는 일이 빈번하게 벌어지고 있었다. 이들은 교역을 방해하거나 사람들을 잡아 노예로 매매하는 일까지 서슴지 않았다. 나라 간의 교역이 활성화되면서 해적들을 통제하고 교역을 안정적으로 지원할 수 있는 체제가 필요해졌는데, 어느 나라도 이러한 체제를 완성하고 운영해나갈 만한 능력이 없었다. 이때 장보고가 그 역할을 맡고 나섰던 것이다. 장보고는 정부의 지원 아래 청해진을 설치하고 실제로 해적들을 소탕하는 성과를 거둔다. 그러나 처음부터 장보고의 목표는 여기에만 머물지 않았다. 당나라에 머물면서 쌓은 경험과 지식, 국제 질서를 꿰뚫는 견문이 그를 국제 무역의 세계로 이끌었다. 장보고에게는 중국의 신라인 조직과 중국 생활 중에 맺어둔 굳건한 인맥이 있었다. 여기에 정부로부터 '청해진 대사'란 직함을 받아 명분까지 얻고 나니 장보고의 성공은 기정사실화된 것이었다.

장보고는 정치에도 뛰어들어 신무왕을 즉위시키는 데 결정적인 공헌을 하게 된다. 신무왕은 즉위 후 장보고에게 벼슬과 토지를 내려 완도의 지배권을 완전히 인정하고 그의 딸을 왕비로 맞이하려고까지 했다. 남해의 한

섬에서 태어나 혈혈단신 당나라로 건너간 청년 장보고가 왕의 외척이 되려는 순간이었다. 그러나 골품제도와 자신의 기득권을 고수하려는 귀족층은 이를 용납할 수 없었다. 장보고의 세력에 눌린 지방의 무역업자들과 호족들도 그의 반대편에 서 있었다. 끝내 장보고는 한때 그의 부하였지만 귀족 세력과 결탁해버린 염장에게 암살되고 만다. 이후 신라 조정에서는 청해진을 없애고 주민들을 다른 곳으로 이주시켜버렸다. 청해진의 주역들은 몇 차례의 반란을 일으킨 끝에 이웃나라로 뿔뿔이 흩어지고 말았다. 이들은 타국에서 서로를 묶어줄 주체를 상실한 채 시간이 흐름에 따라 중국에 동화되어 갈 수밖에 없었다.

신라는 동북아 해상 무역의 중심지 자리에서 완전히 물러나게 되었다. 신라의 대외무역은 거의 자취를 감추고 장보고의 휘하에 있었던 재당 신라인 무역상들에 의해 중국과 일본 간의 무역이 근근이 행해질 뿐이었다. 그러나 청해진의 역사는 일부 해상 세력으로 살아남아 결국 고려의 건국에 기여하게 된다. 고려를 건국한 왕건이 바로 해상 호족 출신이었던 것이다.* 그러나 고려를 건국한 해양 세력은 권력이 안정되어가면서 육지에 안주해버리고 만다. 또한 해외 무역을 왕실과 일부 귀족에게만 한정하여 민간 무역의 발달을 저해하는 결과를 초래했다. 장보고가 장악했던 해상 무역의 주도권은 점차 송나라와 이슬람 상인들에게로 넘어가고 있었다. 그러나 아직 해양 활동이 완전히 위축된 것은 아니었다. 송나라의 수도는 남쪽에 있었기 때문에 해양로의 중요성이 더욱 커졌고, 서해안에 위치해 있던 개성은 세계 각

* 그래서 어떤 학자들은 고려가 장보고의 해상 세력의 후예라고 자신 있게 주장하기도 한다.

국의 사람들이 찾아들어 대규모의 공무역과 사무역을 벌이는 국제도시가 되었다. 이러한 교역은 원나라가 세워진 다음에도 지속되었으나, 성리학을 지배 이념으로 삼아 농업을 절대시하는 조선시대에 접어들면서 마침내 해양국으로서의 전통은 막을 내리게 된다.

청해 군사의 노래

당나라의 이름난 시인 두목杜牧은 『번천문집樊川文集』에서 장보고의 용맹성과 의협심, 그리고 한없이 넓은 도량을 칭송한 바 있으며, 그가 쓴 글은 중국의 정사인 『신당서新唐書』에 옮겨지기도 했다. 장보고는 당나라에서도 무시할 수 없는 큰 비중을 차지하고 있었던 것이다. 일본 천태종의 좌주座主이자 일본 불교의 중흥조로 꼽히는 엔닌도 장보고를 높이 평가한 사람 중의 하나였다. 다음은 엔닌이 장보고에게 보낸 편지의 일부이다.

생전에 귀하를 직접 뵈온 적은 없으나 높으신 이름을 오래 전에 들었기에 흠앙하는 마음이 더욱 깊어만 갑니다. 봄이 한창이어서 이미 따사롭습니다. 엎드려 바라옵건대 대사의 존체에 만복이 깃드소서. 이 엔닌은 대사의 어진 덕을 입었기에* 삼가 우러러뵙지 않을 수 없습니다. 저는 이미 뜻한 바를 이루기 위해 당나라에 머물러 있습니다. 부족한 이 사람은 다행히도 대사께서 발원하신 곳에 머물 수 있었던 데 대해 감경한 마음을

* 엔닌은 장보고가 활동하던 시기에 중국으로 건너갔는데, 입국에서부터 현지에서의 체류와 귀환, 배와 선원, 통역을 구하는 것에 이르기까지 거의 모든 일을 장보고 선단에 의존했다.

달리 비교해 말씀드리기가 어렵습니다.

이 글을 보면 당시 장보고의 위상이 어느 정도였는지 어렵지 않게 짐작할 수 있다. '대사께서 발원하신 곳' 이란 장보고가 세운 적산 법화원을 말한다. 산동 지방의 적산촌은 이 일대 교통의 중심지이자 나 · 당 · 일 삼국을 잇는 국제 교역의 중심지이기도 했다. 장보고는 여기에 법화원을 지어 당시 중국에 살던 신라인들이 마음의 안정을 얻고 우의를 다지며 정보를 교환할 수 있는 장이 되도록 했다. 엔닌도 당나라 체류 기간의 상당 부분을 적산 법화원에서 편안히 보낼 수 있었고, 장보고에게 존경심이 가득 담긴 편지를 보냄으로써 이에 대한 고마움을 표시했던 것이다.

엔닌은 일본으로 돌아가 죽기 전에 적산선원赤山禪院을 짓고 적산대명신赤山大明神을 모시도록 제자들에게 유언을 남긴다. 적산대명신이란 적산신라신(新羅明神)을 뜻한다. 그들은 신라의 신을 섬기며 제를 올렸던 것이다. 그런데 우리가 무관심한 틈을 타서 국수적인 일본 사학자들과 언론인들이 역사 조작을 감행했다. 산동성 적산 법화원의 복원을 지원하면서 절 내에 여러 기의 비석을 세워 이 절을 엔닌의 옛 절터라고 기록한 것이다. 장보고에 대한 언급은 전혀 없었다. 졸지에 장보고의 식객이었던 엔닌이 절 주인으로 바뀌어버렸으니 적반하장도 이만저만이 아니다. 다행히 우리 역사학자들의 노력으로 엔닌 화상 그림 자리에는 장보고의 영정이, 일본 비석이 서 있던 곳에는 우리 손으로 만든 '장보고 대사 적산 법화원 기념비' 가 대신 세워지

◉ **장보고 영정** 일본인들은 1990년 적산 법화원을 중건하면서 설립자인 장보고 대신 그의 식객이었던 엔닌의 영정을 별관 중앙에 배치해놓았다. 다행스럽게도 지금은 우리 역사학자들의 노력으로 장보고의 영정이 엔닌의 영정이 걸려 있던 자리를 다시 차지하게 되었다.

게 되었지만, 광개토대왕비문 조작에서 근래의 역사 교과서 조작에 이르기까지 엔닌의 겸손함과 진실성을 전혀 계승하지 못하고 있는 후손들의 모습이 안타깝게 느껴진다.

그러나 아직도 중국이나 일본의 일부 학자들은 장보고를 해적이나 노예상으로 평가하고 있다. 당시 신화적인 인물이었던 장보고의 이름을 사칭하는 해적들이 출몰하곤 했는데, 이에 관한 옛 기록들을 곧이곧대로 받아들였기 때문에 생긴 일이다. 실패한 혁명 때문이겠지만 장보고는 고국인 신라에서도 정당한 평가를 받지 못했다. 이후에도 상황은 크게 달라지지 않았다. 시간이 흐를수록 해양제국을 꿈꾸었던 장보고의 정신은 퇴색해갔고, 나라에서는 삼면이 바다로 둘러싸인 국토를 가지고 있으면서도 이를 적극적으로 활용하려는 노력을 보이지 않았다. 특히 성리학적 농본주의가 정착하게 된 조선시대에는 해양의 중요성을 간과하고 국제 교류에 힘을 쏟지 않아 시대의 흐름을 놓쳐버리는 중대한 과오를 저지르고 말았다. 그 결과 조선은 근대사의 혹독한 시련을 겪게 된다.

해양 국가 그리스에서 과학이 발달하게 된 것은 우연이 아니다. 그리스인들은 반도국이라는 현실에 안주하지 않고 해외로 눈을 돌렸다. 외국과의 통상을 통해 물질적 · 정신적 풍요로움을 얻을 수 있다는 사실을 일찍부터 깨달았기 때문이다. 새로운 땅 · 사람 · 문화를 만나러 가는 여정은 그들의 모험심과 지식욕을 자극했다. 지중해 건너편은 고대문명의 발상지였다. 그리스인들은 지중해를 통해 이집트와 메소포타미아의 발달된 문명을 받아들일 수 있었고, 이들 주변국들과의 물적 · 인적 교류는 짧은 시간에 높은 수준의 학문적 성취를 가져다주었다. 다양한 문화를 받아들이다보면 선택의 문제에 직면하게 된다. 어떤 정보가 옳은 것이며 어떤 정보가 잘못된 것인지, 기존의 정보에 비해 어떤 점에서 차이가 나고 또 나은 점은 무엇인지, 깊이 사고하여 가장 객관적이고 합리적인 내용을 골라낼 수 있어야 한다. 기존의 지식을 바탕으로 논리적인 추론을 거쳐 새로운 지식의 규칙과 본질을 꿰뚫어보는 능력은 그리스에서 최초로 과학 정신이 탄생하게 되는 직접적인 계기가 되었다.

물이 고이면 썩기 마련이듯 물산과 정보의 흐름이 막히면 국가 발전은 지체될 수밖에 없다. 이와 반대로 물산과 정보의 활발한 교류는 나라를 부강하게 하는 첫걸음이 된다. 과거의 그리스처럼 강대국으로 둘러싸인 반도국이라는 처지를 국제 교류의 장으로 승화시킨다면 동북아의 상권을 장악하고 문화 교류의 첨병이 되었던 장보고의 정신을 계승할 수 있을 것이다. 지금은 배타적 경제수역이다, 무역 장벽이다 해서 국가의 사활을 건 해양 전쟁이 진행되고 있는 시대이다. 또 한편으로 우리 나라와 중국 사이에는 황해를 매개로 한 새로운 동북아 경제권을 만들려는 시도가 활발히 논의되고 있다. 이 같은 상황에서 장보고의 삶은 우리가 적극적으로 국제적 협력 관계를 이끌어내고 여기에서 중심적인 역할을 수행할 수 있다는 자신감과 용기의 원천이 될 수 있을 것이다.

고개를 들어 주위를 둘러보며 다시 한번 청해진의 옛 모습을 그려본다.

완도에서 구전되어 오는 청해 군사의 노래가 들려오는 듯하다.

청청 군사뫼자 청해엮자 군사청해
바다건너 오랑캐들 떼를지어 침노해서
살림세간 빼앗으고 백의겨레 종을삼니
흥덕임금 윤허받아 청해진에 대사됐네
억센파도 헤쳐가며 구리빛에 타는팔뚝
여기저기 진을짜서 마주치는 해적무리
칼로베고 활을날려 후한없이 평정하세
당나라엔 교관선을 일본에는 회역사를
금은보화 산더미가 강남바다 건너왔네
청청 청해넘자 종사진에 청해넘자

언덕에서 내려오던 길로 선착장을 찾았다. 만호비를 확인하기 위해서였다. 부두로 들어서자마자 낡은 비석 하나가 서 있는 것이 보였다. 비석 표면의 풍화가 심해 박만호라는 글자만을 겨우 알아볼 수 있었다. 나머지 비석들은 송문석 씨의 말대로 전혀 눈에 띄지 않았다. 예전에 서 있었을 만호비의 주인공들 중 하나가 정약전이 이웃하여 살았다는 '대장' 일 수도 있을 텐데 정약전의 기억과 함께 신지도에서 완전히 사라져버리고 만 것이다.

◉ 박만호비 부두로 들어서자마자 낡은 비석이 하나 서 있는 것이 보였다. 비석 표면의 풍화가 심해 박만호라는 글자만을 겨우 알아볼 수 있었다.

정약용, 정약전, 프리윌리

선착장에서 배를 기다리며 바다를 바라보았다. 하늘이 잔뜩 찌푸린 탓인지 바닷물도 짙은 회색을 띠고 있다. 정약전이 신지도에서 유배되어 있는 동안 정약용은 장기에 머물렀다. 장기 유배기는 정약용에게도 힘든 시기였다.

> 쓸쓸한 여관에 홀로 앉아 있을 때면
> 대 그늘도 끄덕 않고 왜 그리도 해는 긴지
> 일어나려는 향수를 그대로 주저앉히고
> 익어가는 시구나 마무리를 짓는다네
> 잠시 갔다 다시 오는 꾀꼬리는 미더운데
> 제비는 무슨 생각에 말을 하다 입 다물까
> 다만 하나 두고두고 후회가 되는 일은
> 소동파를 배우느라 바둑을 못 배웠어
> 간들간들 버들가지 주위는 적막한데

봄 잠을 깨고 나니 들빛이 어둑하네
산에 구름 멀리 걷히니 달이 뜬 양 훤하고
숲에 잎이 흔들리는 것 바람 있어서 아니라네
녹음방초 찾아서 눈은 가고 있지마는
마음은 마른나무 죽은 재와 똑같구나
집으로 돌아가게 나를 비록 놔준대도
기껏해야 그 모양의 한 늙은이일 뿐이리

유배지의 밤은 더욱 서러웠다.

병이 낫고 나니 봄바람은 가버렸고
시름이 많아 여름밤도 길구나
잠깐잠깐 잠자리에 들었다가
금방 고향을 그린다네
불을 붙이면 솔그을음이 침침하고
문을 열면 대나무가 시원하게 느껴져
아마 저 멀리 소내 위에는
달그림자가 서편 담을 비치련만

정약용은 장기에서 머무르는 동안 낙담만 하고 있지는 않았다. 사회성이 두드러지는 글을 남기기도 했는데, 그중에서 바다와 관련된 것으로 재미있는 글이 한 편 있다.

솔피란 놈 이리 몸에 수달의 가죽
가는 곳엔 수백 마리 떼지어 다니는데
물속 동작 날쌔기가 나는 것 같아
갑자기 덮쳐오면 고기들도 알지 못해
큰 고래 한 입에 천 고기 삼키니
한번 스쳐간 곳 고기 씨가 말라 버려
솔피 차지 없어지자 고래를 원망하여
고래 죽이기로 솔피들 모의하네
한떼는 달려들어 고래 머리 공격하고
한떼는 뒤로 가서 고래 꼬리 얽어매고
한떼는 왼쪽에서 기회 노리고
한떼는 오른쪽서 옆구리 치고 받고
한떼는 물속에서 배때기를 올려치고
한떼는 뛰어올라 고래 등에 올라타고
상하사방 일제히 고함지르며
난폭하게 깨물고 잔인하게 할퀴니
우뢰처럼 소리치고 물을 내뿜어

바닷물 끓어올라 무지개 일어나네
무지개 사라지고 파도 점점 가라앉자
아! 슬프도다 고래 죽고 말았구나
혼자 힘이 많은 힘 당하지 못해
작은 영리 드디어 큰 흉악 이겼구나
너희들 혈전이 이런 꼴을 낳단 말가
원래 뜻은 먹이 싸움 아니었더냐
호호탕탕 끝없이 넓은 바다에
지느러미 흔들고 꼬리치면서
사이좋게 놀지 못하고

정약용은 세태를 동물에 빗대어 풍자한 우화시를 많이 남긴 것으로 유명하다. 이 시에서는 먹이가 되는 작은 고기를 힘없는 백성, 솔피率皮*와 고래를 백성을 수탈하기에 바쁜 집권층에 비유하여 혼탁한 세태를 풍자하고 있다. 백성을 사랑하고 학정을 비난하는 정약용의 마음이 느껴지는 듯하다. 그러나 정작 내 흥미를 끈 것은 솔피라는 생물 자체였다.

처음 솔피라는 단어를 보았을 때, 어렸을 적 동경했던 한 동물이 떠올랐다. 그것은 범고래**였다. 범고래는 돌고래의 일종으로 흰줄박이물돼지라고도 불린다. 사실 이처럼 구구한 설명보다는 영화 〈프리윌리〉에 나오는 고래가 솔피라고 하면 더욱 이해가 빠를 것이다.

* 위에 나온 시의 제목은 〈해랑행海狼行〉이다. 솔피라고 번역한 부분도 원문에는 해랑海狼(바다의 늑대)이라고 나와 있다. 그러나 정약용은 주에서 해랑의 방언이 '솔피'라는 사실을 밝혀놓았다.

** 예전에 읽었던 책에서는 수면을 박차고 날아오르는 범고래의 멋진 모습 아래 솔피 또는 쏠피라는 이름이 붙어 있었다. 그런데 요즘에는 아무리 사전을 뒤져보아도 이 단어를 찾아낼 수가 없다. 순우리말로 오랜 역사를 가지고 있는 솔피라는 말이 어느새 죽은 말이 되어버린 것이다. 솔피 대신 범고래라는 이름이 득세하게 된 데에는 솔피라는 이름이 무슨 뜻인지 추측하기 힘들다는 점이 한몫했을 것이다. 꽤 노력했지만 솔피라는 이름의 유래에 대한 자료는 어디에서도 찾아볼 수 없었다. 다만 정약용이 솔피의 '솔' 자를 무리 솔率로 쓴 것은 범고래의 떼를 지어다니는 습성 때문이었으리라는 추측 정도만이 가능할 뿐이었다.

등지느러미가 높이 솟아 있다.

몸의 윗부분은
광택을 띤 짙은 검은색이다.

눈 뒤쪽과 등지느러미 아래쪽에
흰색의 띠를 두르고 있다.

양 턱에는 길이 10센티미터 안팎의
원추형 이빨이 줄지어 늘어서 있다.

배 쪽은 흰색을 띠고 있다.

범고래는 해양 생태계의 정점에 서 있는 동물이다. 몸길이 10미터, 몸무게 10톤에 가까운 거대한 체구와 크고 튼튼한 이빨을 사용해서 물고기, 오징어, 바다표범, 물개, 돌고래, 고래를 닥치는 대로 사냥한다. 바다의 난폭자라는 상어조차도 범고래 앞에서는 한낱 먹이일 뿐이다. 범고래는 1마리의 위胃 속에서 60마리의 물개 새끼가 나온 적이 있을 정도로 대식가이며, 해변 모래사장 위에까지 올라와 바다사자를 습격하는 대담성을 보이기도 한다. 그러나 범고래에게 있어 최고의 사냥감은 역시 자신보다 훨씬 커다란 덩치를 하고 있는 고래들이다. 수십 마리씩 떼를 지어 고래를 습격하고 잡

◉ **범고래** *Orcinus orca* Linnaeus

아먹는데, 범고래의 영어명인 killer whale도 이 같은 습성에서 유래한 것이다. 그러나 신기하게도 범고래가 사람을 습격했다는 보고는 아직 없다. 치명적인 힘을 가진 바다의 살육자를 동물원에서 사육할 수 있는 이유도 이 때문이다. 범고래는 매우 영리해서 잘 훈련시키면 여러 가지 재주를 부리기도 한다. 사람과 친한 데다 영리하기까지 하니 영화의 주인공으로 캐스팅되는 것도 무리는 아니다.

정약용이 지은 시를 통해 범고래가 우리 나라에 살고 있었으며, 선조들이 오래 전부터 이를 알고 있었다는 사실을 확인할 수 있다. 물론 시에 나타난 '이리 몸에 수달의 가죽'이란 표현은 범고래의 실제 모습과 거리가 멀다.* 그러나 시에 나타나는 행동적 특성은 해랑, 즉 솔피가 범고래라는 사실을 분명하게 보여준다. 범고래가 고래를 습격하는 장면은 실제 범고래의 습성과 정확히 일치할 뿐만 아니라 다큐멘터리의 한 장면처럼 실감이 난다. 정약용은 범고래가 고래를 습격하는 장면을 직접 보았던 것일까?

이 질문에 대한 한 가지 단서가 있다. 우리 나라에서 범고래의 포획 기록은 극히 드물지만 그 기록 장소로 남아 있는 곳 중의 하나가 바로 울산이다. 정약용은 울산에서 멀지 않은 장기에서 유배 생활을 했고, 그가 범고래를 접할 기회가 있었다면 여기에서였을 가능성이 매우 높다. 예로부터 동해는 고래의 다산지로 유명했다. 범고래는 먹이인 고래를 따라다니므로 고래가 많았던 예전에는 범고래도 희귀하지 않았을 것이다.

그러나 엄밀히 말하면 정약용이 실제로 범고래를 관찰했을 가능성은 그

◉ **영화 〈프리윌리〉 포스터** 이 영화에 나오는 고래가 바로 범고래다.

* 이 부분은 『산해경』이나 각종 중국 기서에 나타나는 표현과 유사한데, 정약용이 민중들 사이에 떠돌아다니는 말을 채록한 것일 가능성이 많아 보인다.

리 높지 않다. 당시 그가 쓴 글들을 살펴보면 운신이 자유롭지도 못했을 뿐더러 정서적으로 매우 불안정한 상태였음을 알 수 있다. 바닷가에 나가거나 배를 타고 다닐 정도의 여유를 갖기 힘들었을 것이란 뜻이다. 오히려 서민과 친숙하여 대화 나누길 좋아하고 사소한 것 하나라도 배우려 노력했던 그의 성품으로 미루어 주변의 어부들로부터 범고래에 대한 이야기를 전해듣고 이를 시의 소재로 삼았던 것이 아닌가 생각된다.

상어와 고래 사이

뜻밖에도 범고래에 대한 기록은 옛 문헌에서 쉽게 찾아볼 수 있다. 19세기 중엽에 저술된 조재삼의 『송남잡지』에는 다음과 같은 대목이 나온다.

물고기 중에 솔피라는 것이 있는데, 능히 고래를 죽인다. 모양이 말과 비슷하다. 진을 치고 에워싼 다음 달려들어 살을 물어뜯는데, 그 크기가 농籠만 하다. 어부는 솔피를 좇아 고래고기를 얻는다.

서유구는 『난호어목지』에서 장슈피〔長須平魚〕라는 물고기에 대해 설명하고 있다.

고래류이다. 모양이 서사어犀沙魚와 같다. 몸이 둥글고 길다. 비늘이 없고 빛깔은 창흑색이다. 큰 것은 10여 장이고 작은 것은 5~6장이다. 입은 뾰족하고 크다. 꼬리는 길고 모양이 칼과 같다. 등에는 지느러미가 있는

데, 크기가 문짝만 하다. 물 위에 떠서 달리는 것이 마치 조그만 배가 돛을 펼친 것처럼 보인다. 『화한삼재도회和漢三才圖會』를 살펴보니 장수경長須鯨은 등의 지느러미가 큰 놈으로 크기가 10장에 이르며 항상 물속 깊은 곳에서 다니므로 쉽게 잡을 수 없다고 했는데, 이 물고기가 아닌가 생각된다.

형태와 습성이 범고래와 정확히 일치하고 있다. 장슈피는 이규경의 『오주연문장전산고』에서도 어호魚虎, 장수피長酥被, 장수피長藪被 등으로 이름을 바꾸어 등장한다. 이규경은 『화한삼재도회』에 실린 어호에 대해 다음과 같이 설명하고 있다.

어호는 이빨과 등지느러미가 칼이나 창처럼 날카롭다. 수십 마리가 고래의 입 옆에 붙어서 볼을 들이받는데, 고래가 괴롭고 힘들어하여 입을 벌리게 되면 그 속에 들어가 혀뿌리를 물어뜯어 끊음으로써 고래를 죽게 한다.

다음은 장수피에 대한 설명이다.

동북해중에 물고기가 있는데, 속명이 장수피長酥被이다. 길이는 겨우 한 치 남짓하다. 바다를 뒤덮으며 유영하는데, 고래를 만나면 사면에서 둘러싸고 살을 뜯어먹는다. 어호 이외에 이것 역시 고래를 죽이는 물고기다.

길이가 한 치 남짓하다는 말은 오기이거나 전해지는 말을 잘못 옮긴 것으로 보이며, 장수피 역시 범고래임은 거의 확실하다. 이규경은 다시 강원도에 살았던 이원옥이란 사람으로부터 들은 이야기를 전하고 있다.

통천군에는 장수피長藪被라는 것이 있다. 형상이 가지可支*와 유사하며 검은색이다. 수백 마리나 되는 것이 바다를 뒤덮고 무리를 이루어 유영하다가 고래를 보면 사면에서 둘러싸고 물어뜯는다. 고래는 반드시 죽게 되며 솔피는 이것을 먹는다.

역시 범고래를 말한 것이다. 약간 허무맹랑한 감이 없지 않지만, 다음 이야기를 들어보면 당시 뱃사람들이 범고래와 자주 접촉하고 있었다는 사실을 알 수 있다.

배가 고래를 공격하고 있는 장수피 사이를 지나갈 때 뱃사람이 실없는 말로 "장사공長沙工아, 나에게 고래고기 한 덩어리만 다오"라고 하면 반드시 한 덩어리를 배 안에 던져준다고 한다.

범고래의 포악성에 대해서는 동·서양이 같은 인식을 하고 있었던 것 같다. 13세기 중반에 씌어진 『스페쿨룸 레갈레』라는 책에서는 아이슬란드 근해에 살고 있는 여러 종류의 고래를 자세하게 묘사하고 있다. 범고래에 대

* 가지는 물개와 비슷하게 생긴 강치라는 동물을 가리키는 이름이다. 아마 이원옥은 크게 발달한 가슴지느러미와 꼬리지느러미에서 범고래와 강치의 유사성을 발견했던 것 같다.

한 내용을 살펴보면 이 고래가 개와 똑같은 이빨을 갖고 있는데, 개가 다른 뭍짐승에게 공격적인 것처럼 범고래도 다른 종류의 고래에 대해 공격적이라는 설명이 나온다. 여기에서 말하는 개와 범고래 사이의 유사성은 동양에서 범고래를 늑대에 비유한 이유에 대한 대답이 되기도 한다.

1912년 1~2월에 울산 근해의 귀신고래를 조사한 앤드류즈(R. C. Andrews)는 범고래가 귀신고래를 공격하는 모습을 관찰하고 다음과 같이 묘사했다.

> 귀신고래는 다른 어떤 고래보다도 범고래의 끊임없는 박해 대상으로 보인다. 내가 울산에서 처음 조사한 8~9마리의 귀신고래 중에서 세 마리는 곧 나의 주목을 끌었는데, 그것은 혀의 앞부분이 완전히 잘려 있었기 때문이다. 남아 있는 부분에는 이빨 자국들이 뚜렷이 남아 있었다. 포수 한스 후룸(Hans hurum) 선장에게 물어보았더니, 그것은 그가 그 고래들을 쏘았을 때 범고래들이 한 짓이라고 했다. 7마리의 귀신고래가 떼지어 있었는데, 그가 사냥을 시작하자 곧 15마리의 범고래가 나타났다. 고래들은 당장에 겁을 집어먹었고, 그는 어려움 없이 7마리 중에서 3마리를 죽일 수 있었다. 범고래들이 모여들자 귀신고래들은 배를 위로 하여 몸을 뒤집고 지느러미를 편 채 꼼짝하지 않고 누워 있었는데, 그것은 분명 겁에 질려 마비된 것처럼 보였다. 한 마리의 범고래가 귀신고래의 다문 입술에 주둥이를 대고 억지로 자신의 머리를 쑤셔넣으려 날뛰었다. 이 별난 공격

방법은 동일한 귀신고래 떼를 잡고 있었던 욘손(Johnson) 선장에 의해서 확증되었으며, 또한 그러한 일을 많이 본 일이 있는 같은 지역의 모든 고래잡이들의 말을 통해서도 확인되었다. 내가 특별히 조사한 35마리의 귀신고래 중에서 7마리는 많건 적건 그 혀를 뜯어먹혔으며, 1마리에는 아랫입술 왼쪽에 몇 개의 큰 반원형의 물린 자국이 남아 있었다. 그러나 범고래가 공격할 때의 관심은 전적으로 혀에만 한정되어 있지는 않다. 잡아온 고래 중 거의 모두는 지느러미와 꼬리의 끝이나 뒷부분의 가장자리가 다소간 찢겨나가고 없었다. 몇 마리의 고래에는 그들이 범고래의 입속에서 자신의 지느러미를 빼낼 때 생긴 이빨 자국들이 선명하게 남아 있었다.

『현산어보』에 나타난 범고래

가장 흥미로운 사실은 『현산어보』에 정약용이나 서유구, 이규경이 말한 것과 거의 같은 특징을 가진 동물이 등장한다는 것이다.

[기미사箕尾鯊 속명 내안사耐安鯊 또는 돈소아豚蘇兒]

큰 놈은 5~6장丈에 이른다. 모양은 다른 상어와 비슷하고 몸빛깔이 순흑색이다. 지느러미와 꼬리는 커서 키(箕)와 같다. 바다의 상어 중에서 가장 큰 놈이다. 큰바다에서 살며 비가 내리려 할 때는 무리지어 나타나 물을 뿜는데, 그 품이 마치 고래와 같아서 배들이 감히 가까이 가지 못한다.

(원문에 빠져 있으므로 지금 보충함)

『사기』「시황본기」에는 "방사方士* 서시 등이 바다에 나가 신약神藥을 구하려고 수년 동안 노력했으나 끝내 이를 얻지 못했다. 그래서 봉래산(蓬萊)에 가면 약을 구할 수 있는데 항상 큰 상어가 나타나 괴롭히는 까닭에 신약이 있는 곳에 이르지 못했다

* 신선의 술법을 닦는 사람.

고 거짓말을 했다"라는 내용이 나온다. 『조수고鳥獸考』에서는 "바다의 상어 중에 호두사虎頭鯊는 몸이 까맣고 큰 놈은 2백 근이나 나간다. 봄철 그믐밤만 되면 해산海山 기슭으로 나아가 열흘 동안 둔갑하여 호랑이로 변한다"라고 했다. 이 모두가 지금의 내안사를 말하는 것이다. 그러나 호랑이로 둔갑한다는 설을 실제로 확인한 사람은 없다. 『술이기述異記』에는 악어와 범〔魚虎〕이 늙어서 변하면 상어〔鮫魚〕가 된다고 씌어 있다. 또한 이시진은 녹사鹿鯊가 사슴으로 변하고 호사虎鯊는 호어가 변한 것이라고 했는데, 이를 보면 사물은 원래 서로 변하는 것이라고 할 수 있겠다. 그러나 아직 분명히 밝힐 수 있는 것은 아니다.

이 항목은 이청이 기록한 것이다. 이청은 기미사를 상어의 일종으로 보고 있다. 그러나 무리 지어 나타난다거나 물을 뿜는다는 것은 이 종이 고래의 일종임을 분명히 보여준다.* 이청이 말한 기미사의 특징들은 범고래의 모습과 정확히 일치한다. 범고래의 등면은 짙은 검은색을 띠고 있다. 배 부분이 흰색이고 눈 위에도 뚜렷한 백색 무늬가 있지만 수면 위쪽으로 보이는 부분은 거의 새까만 색이므로 순흑색이라고 표현해도 아무 문제가 없다. 모양이 다른 상어와 같다고 한 것은 전체적인 체형이나 수면 위로 드러나는 커다란 삼각형의 등지느러미 모양에 주목했기 때문일 것이다. "지느러미와 꼬리는 커서 키와 같다"라는 표현이 어울릴 만한 종 역시 범고래밖에 없다. 흑산도 연안은 고래들의 중요한 회유로였으므로 이들을 먹고 사는 범고래가 출현했을 가능성도 매우 높다.**

* 김대식은 흑산도에서 '돗새이'라는 방언을 채록했다. 돗새이는 돈소아를 연상케 하는 이름이다. 돈소아의 돈豚은 돼지를 뜻하므로 '돝'으로 옮길 수 있으며, 새이를 새끼가 변한 말로 본다면 돈소아는 '돼지 새끼' 정도로 풀이할 수 있을 것 같다. 돌고래류가 흔히 해돈이나 물돼지로 불린다는 사실을 생각하면 돈소아, 즉 내안사가 고래 종류임은 더욱 분명해진다. 실제로 김대식에게 돗새이라는 이름을 제보한 사람들은 이 동물을 돌고래의 일종으로 보고 있었다.

** 실제로 2001년 4월 23일 서해에서 고래를 연구하고 있던 한 탐사팀이 홍도 부근에서 10여 마리의 범고래를 관찰했다고 보고한 일이 있다.

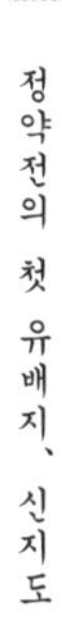

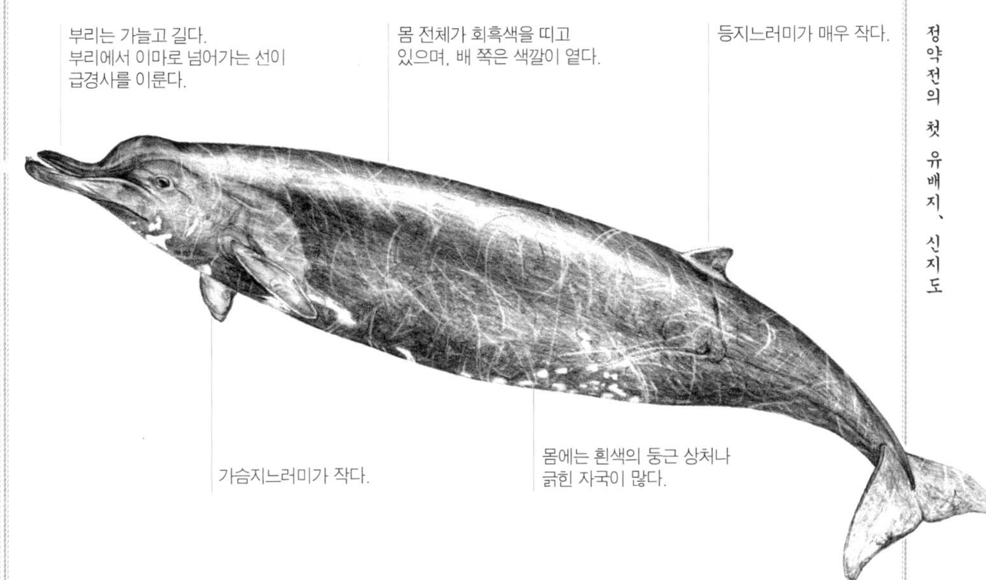
부리는 가늘고 길다.
부리에서 이마로 넘어가는 선이 급경사를 이룬다.
몸 전체가 회흑색을 띠고 있으며, 배 쪽은 색깔이 옅다.
등지느러미가 매우 작다.
가슴지느러미가 작다.
몸에는 흰색의 둥근 상처나 긁힌 자국이 많다.

속명으로 나와 있는 내안사는 『난호어목지』에 등장하는 내인어와 같은 이름으로 보인다. 서유구는 이 종을 고래의 일종으로 추정하고 있다.

바다 속의 큰 물고기이다. 몸은 길어서 10여 장에 이르고 허리 둘레가 5~6아름〔把〕이다. 몸은 검푸른 빛이다. 머리 위에 물을 내뿜는 구멍이 있는데 30~40장丈까지 물을 뿜는다. 모양과 색깔은 모두 고래와 유사하지만 주둥이가 지나치게 길어 거의 1장에 이른다는 점이 고래와 다르다. 고래의 일종으로 생각된다. 어부들은 이 물고기가 깊은 소에 숨어 있어 사람들이 드물게 본다고 하여 내인어內人魚라고 부른다. 내인은 용궁의 궁

◉ **큰부리고래** *Berardius bairdii* Stejneger

녀라는 뜻이다.

박구병은 내인어를 큰부리고래로 보고 있다. 몸크기나 부리의 길이가 과장되어 있기는 하지만, 분기공과 부리가 있는 큰 해양동물이라면 우리 나라 연해에서 큰부리고래 이외에는 찾아볼 수 없다는 것이 그의 주장이다. 큰부리고래는 이빨고래류 중에서 향유고래를 제외하고는 최대형종으로 몸길이가 13미터까지 자란다. 몸은 검은색이며 군데군데 희게 긁힌 자국 같은 것이 있다. 등지느러미는 매우 짧고, 입을 다물었을 때 밖으로 노출되기도 하는 두 쌍의 이빨을 가진다는 점이 가장 중요한 특징이다.

『난호어목지』에 나오는 내인어는 실제로 큰부리고래를 말한 것일지도 모른다. 박구병의 말처럼 크기나 색깔, 분기공의 존재라는 측면에서 내인어의 후보로 적당한 면이 있으며, 잠수 능력이 뛰어나므로 서유구가 설명한 바와 같이 용궁의 궁녀라고 부르는 데도 아무런 문제가 없다. 그러나 내인어 항목은 장슈피 항목 바로 다음에 나오고, 설명 내용에서도 장슈피의 특징과 크게 다른 점을 찾아볼 수 없다. 혹시 서유구가 내인이라는 범고래의 지방 사투리를 전해듣고, 이를 범고래와 다른 종으로 여겨 따로 기록하게 된 것은 아닐까? 만약 『현산어보』에 등장하는 종이 범고래이고, 흑산 사람들이 이를 내안이라고 불렀던 것이 확실하다면, 역시 내인어를 범고래로 보는 것이 옳을 듯하다.

정약용의 유배지, 강진

황사영 백서 사건

앞서 소개한 글을 보면 정약전의 유배 생활이 편치 않았음을 알 수 있다. 그러나 다가올 시련에 비하면 신지도에서의 생활은 차라리 나은 편이었다. 1801년에 일어난 한 사건은 두 형제의 운명을 다시 한번 뒤흔들어 놓았다. '황사영 백서* 사건' 이 바로 그것이다.

신유박해로 인해 수많은 사람들이 처형되고 유배되었으며 가까스로 살아남은 사람들도 끈질긴 당국의 추적을 피해 도망다니는 신세가 되었다. 황사영도 그중의 한 사람이었다. 그의 운명은 파란만장했다. 황사영은 어릴 때부터 학문에 뛰어난 자질을 보여 신동 소리를 들으며 자랐다. 17살의 어린 나이로 초시에 장원으로 합격하여 진사벼슬에 올랐고, 정조가 친히 불러 격려하기까지 했다. 그러나 천주교에 빠져들게 되면서부터 그의 인생은 가시밭길로 변하게 된다. 1794년 황사영은 한국에 온 중국인 신부 주문모周文謨가 지도하는 명도회明道會에 가입했다. 여기에서 교리를 공부하고 종교 활동에 열을 올리던 중 신유박해를 맞았다. 중국인 주문모 신부를 비롯하여 많

◉ **황사영** 백서 1801년에 일어난 한 사건은 두 형제의 운명을 다시 한번 뒤흔들어 놓았다. '황사영 백서 사건' 이 바로 그것이다.

* 백서帛書란 명주천에 쓴 편지라는 뜻이다. 황사영이 쓴 백서는 두 자 가량 되는 비단에 깨알같이 작은 글씨로 13,311자나 되는 방대한 내용을 빽빽하게 써놓은 것이었다.

은 교회 지도자들이 체포되었고, 황사영도 쫓기는 몸이 되어 충청도 제천에 있는 한 토굴 속으로 숨어들었다. 황사영은 그를 찾아온 황심黃沁과 의논한 끝에 조선의 천주교 박해를 알리고, 청나라에 도움을 요청하는 글을 백서에 써서 옥천희玉千禧를 통해 북경 주교에게 전달하려는 계획을 세웠다. 그러나 편지는 북경에 도착하지 못했다. 1801년 9월 20일, 옥천희가 먼저 잡히고 이어 황심이 9월 26일에 체포되었다. 백서는 압수되었고 황사영 자신도 3일 후에 체포되고 만다. 이제 사태는 극을 향해 치닫기 시작했다.

백서의 내용은 위정자들을 분노시키기에 충분했다. 황사영은 백서에 당시 조선에서의 천주교 교세와 중국인 주문모 신부의 활동, 신유박해 사실과 이때 죽은 순교자들의 간략한 사적을 기록한 다음, 주문모 신부의 자수와 처형 사실, 조선 국내의 실정과 포교하는 데 필요한 방안들을 제시했다. 백서의 마지막 부분은 더욱 충격적인 것으로 조선은 경제적으로 전혀 힘이 없고 무기력하여 망할 지경에 이르렀으니, 종주국인 청나라 황제가 서양인 선교사를 받아들이도록 강제해줄 것을 요청하는 내용이었다. 또한 조선을 청나라의 한 성省으로 편입시켜 감독할 것과 서양의 배 수백 척과 군대 5~6만 명을 조선에 보내어 신앙의 자유를 허용하도록 조정을 굴복시킬 것을 부탁하기도 했다.

이 나라의 병력은 본래 미약하여 모든 나라 가운데 꼴찌인 데다 태평세월이 2백 년을 계속해왔으므로 백성들은 군대가 무엇인지조차 모릅니다. 게다가 위로는 뛰어난 임금이 없고, 아래로는 어진 신하가 없어 불행한 사태가 일어나기만 한다면 흙더미처럼 무너지고, 기왓장처럼 흩어질 것이나 그대로 보고 있을 수밖에 없습니다.

만일 가능하다면 군함 수백 척과 정예군 5~6만 명을 얻어 대포와 무서운 무기를 많이 싣고, 말도 잘하고 사리에도 밝은 중국인 3~4명을 태워 조선의 해안으로 보내십시오. 그리고 국왕에게 서한을 보내어 "우리는 서양 전교대인데 여자와 재물을 탐하여 온 것이 아니고, 교황의 명을 받고 귀국의 백성을 구하고자 온 것이다. 귀국에서 포교하는 일만 허락해준다면 우리는 그 외에 더 바랄 것이 없다. 절대로 대포 한 방이나 화살 하나 쏘지 않고, 티끌 하나 풀 한 포기 건드리지 않을 뿐만 아니라, 영원한 우호의 조약을 맺고 즐겁게 되돌아갈 것이다"라고 말하게 하십시오.

조정은 발칵 뒤집어졌다. 관련자들을 즉각 처형했고, 천주교인들에 대한 탄압을 한층 더 강화했다. 서울 의금부로 끌려온 황사영은 여러 차례의 문초와 혹형을 받은 끝에 결국 옥천회와 함께 시체를 여섯 토막 내는 육시형을 당하게 된다.

◉ **황사영의 묘와 그가 숨어지냈던 토굴** 서울 의금부로 끌려온 황사영은 여러 차례의 문초와 혹형을 받은 끝에 결국 옥천회와 함께 시체를 여섯 토막 내는 육시형을 당하게 된다.

두 번째 유배길

황사영은 나름대로의 종교적 신념에 따라 백서를 썼다. 또한 중국이나 서양 각국과 교류하면서 앞선 문물을 받아들이고, 그들의 힘을 빌려 체제 모순을 개혁하려는 의도 또한 순수했을 것이다. 그러나 안타깝게도 황사영은 정부와 마찬가지로 당시의 국제 정세나 제국주의의 속성에 대해서 너무 무지했다. 서찰이 북경에 도착했다고 하더라도 청나라가 그의 의견을 받아들였을 리가 없으며, 서양인들이 조선이란 나라를 도와 개화시키려는 선한 의도를 가졌으리라는 것 또한 순진한 생각이었다. 오히려 황사영의 백서는 정국의 주도권을 휘어잡고 반대파를 제거하려는 노론 집권 보수 세력에게 탄압의 수위를 높일 수 있는 전가의 보도로 이용되었을 뿐이었다. 이 서슬 퍼런 칼날은 결국 정약전과 정약용 형제에게까지 미치게 된다.

정적들에게 황사영 백서는 정약전 형제를 탄압하기 위한 더없이 적절한 도구였다. 황사영은 정약전의 동생 정약종의 문하로 들어가면서 천주교를 접했고, 그의 아내는 형 정약현의 외동딸이었으니 정약전에게 황사영은 조카사위뻘이 된다. 신해박해의 중심 인물이었던 윤지충을 사촌으로 두고 이승훈을 자형으로 두었던 집안 이력은 더더욱 박해를 피해갈 수 없게 했다. 정약전은 신지도의 유배지에서 백서 사건을 전해듣고 전율을 느꼈으리라.

반대파들의 거센 공격이 다시 시작되었다. 특히 윤영희가 정약전과 정약용 형제의 안위를 살피기 위해 박장설의 집에 찾아갔다가 엿들었다는 이야기는 그 공세가 워낙 잔악하여 이들 형제를 공격하던 박장설마저도 고개를 내저을 정도였다는 사실을 보여준다.

> 이 무렵 나의 벗 윤영희가 우리 형제의 생사를 알려고 대사간 박장설의 집으로 탐문하러 갔더니, 마침 이때 홍희운이 찾아와 윤영희는 옆방으로 숨었다. 홍희운이 성질을 내며 주인 박장설에게 "천 사람을 죽인들 약용을 죽이지 않으면 무슨 소용이 있는가?" 라고 하니, 박장설이 "사람의 생사는 본인에게 달린 것이어서 저가 살 짓을 하면 살고 저가 죽을 짓을 하면 죽는 것이니, 저가 죽을 짓을 하지 않았는데 어찌 저를 죽인단 말이오?" 라고 말했다고 한다. 홍희운이 가버리자 박장설이 윤영희에게 "답답한 사람 같으니라고, 죽어지질 않는 사람을 음모해서 죽이려고 재차 큰 옥사를 일으켜놓고는 또 나보고 다투지 않는다고 책망하는구려" 라고 하더란다.

그러나 유배지에서 지은 글까지 압수하여 조사한 결과 두 형제에 대한 어떤 혐의점도 나타나지 않았다. 조사에 참여한 신하들과 대비도 모두 무고임을 인정했다. 그러나 결국 호남에는 아직도 서교에 대한 우려가 있으니 정약용을 강진현으로, 정약전을 흑산도로 보내어 이를 진정시키도록 하라는 내용의 유배령이 떨어지게 된다.

대비가 적절한 처벌을 하라는 명령을 내리자 옥관들이 의결하기를 "엎드려 대비의 전교를 받자오니 덕성스러운 뜻이 매우 크시옵니다. 역적 황사영의 흉서에 대한 관련 여부로써 살리고 죽이는 한계를 분명히 지시하셨으니, 신들은 머리를 조아려 전교를 읽고는 이루 말할 수 없는 흠모와 감동으로 받들어 따랐을 뿐 감히 복심과 논란을 하지 않았습니다. 정약전 형제는 황사영의 흉서에 참가하거나 간섭한 일이 없으니 둘 다 죽이지 말기를 청합니다"라고 하여 마침내 공은 흑산도로 귀양가고 약용은 강진현으로 귀양가게 되었다. 나란히 고삐에 매인 듯, 재갈에 물린 듯 함께 묶여 같은 길을 떠났다.

다산초당 가는 길

신지도에서 완도로 나오자마자 강진행 버스에 올랐다. 전남 강진군 도암면 만덕산 서남쪽 기슭. 정약용이 18년에 걸친 강진 유배 생활 중 10년을 머물렀던 다산초당을 찾기 위해서였다. 하지만 다산초당 가는 길은 쉽지 않았다. 배차시간이 길어 버스를 한 번 놓치고 두 시간 가까이 기다리다 하는 수 없이 택시를 잡아타야 했다.

귤동 서편에 그윽하고 예쁜 다산
천 그루 소나무 속에 흐르는 시내 하나
시냇물이 처음으로 발원한 곳 가면
깨끗한 바위 사이에 조용한 집 있다네

정약용이 지은 〈다산화사茶山花史〉라는 시다. 시에서처럼 고즈넉한 분위기를 기대했지만 귤동 입구는 여느 관광지와 다름없는 모습이었다. 넓은 주차

◉ **귤동 마을** 시에서처럼 고즈넉한 분위기를 기대했지만 귤동 입구는 여느 관광지와 다름없는 모습이었다.

장을 지나고 잘 포장된 도로를 따라 걸어 올라가니 기와집들이 하나둘 나타나기 시작했다. 포장된 도로가 끝나는 곳에는 초당을 안내하는 커다란 안내판이 서 있었다. 여기서부터는 산길이다. 초당으로 가는 오솔길 양편은 소나무와 대나무, 그 아래편으로 갖가지 상록수들이 하늘을 가릴 정도로 우거져 있었고 경사도 그리 급하지 않아 산책하듯 걸어 올라갈 수 있었다. 길가 곳곳에 우거진 대숲이 바람에 흔들리는 소리는 최근 환경부가 선정한 '아름다운 우리 소리'에 선정되었다고 하는데, 잠시 멈춰 서서 귀를 기울이고 있으려니 과연 가슴속을 상쾌하게 씻어 주는 듯했다.

비탈길을 한참 오르다 보니 갑자기 시야가 트이며 길 오른편으로 무덤 한 기가 나타났다. 그리고 무덤 양 옆으로는 조그만 동자석이 귀여운 미소를 지으며 무덤을 지키고 서 있었다. 사진에서 본 모습

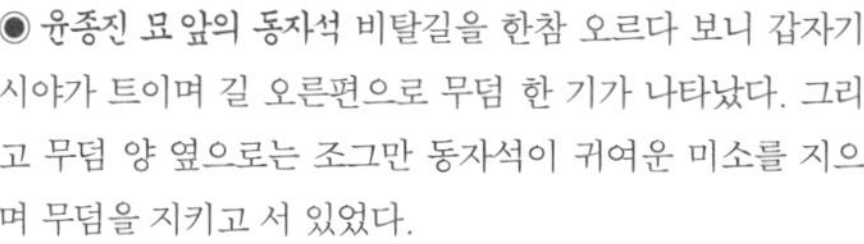

◉ **윤종진 묘 앞의 동자석** 비탈길을 한참 오르다 보니 갑자기 시야가 트이며 길 오른편으로 무덤 한 기가 나타났다. 그리고 무덤 양 옆으로는 조그만 동자석이 귀여운 미소를 지으며 무덤을 지키고 서 있었다.

그대로였다. 이 무덤은 윤단의 손자이며 정약용의 제자였던 윤종진의 것이다. 다산초당은 본래 귤동 마을에 터를 잡고 살던 해남윤씨 집안의 귤림처사 윤단의 산정이었다. 귀양살이가 여러 해 지나면서 삼엄했던 관의 눈길이 어느 정도 누그러지자 정약용의 주위에는 자연히 제자들이 모여들었는데, 그중에 윤단의 아들인 윤문거 3형제가 있어서 정약용을 다산초당으로 초빙했던 것이다.

길의 경사는 갈수록 급해졌다. 하지만 나무 그늘 사이로 시원한 산들바람이 불어와 힘들다는 생각은 들지 않았다. 동백나무가 우거진 터널을 지나자 먼저 조그만 기와 건물인 서암이 모습을 보이고 뒤이어 큰 건물이 나타났다. 다산초당이었다. 지금의 건물은 이미 폐허가 되어 있던 것을 다산유적보존회가 1957년에 복원한 것이다. 초가집이었던 초당을 번듯한 기와집으로 바꿔놓은 것을 비난하는 여론도 높지만, 복원 사업 자체를 민간에게 떠넘긴 정부 측이나 별 관심을 기울이지 않다가 뒤늦게 떠들어대는 민간 측이나 그리 할 말은 없어 보인다.

〈다산화사〉에서 읊었던 조용한 집을 떠올리기엔 규모가 너무 크고, 초당이 아니라 번듯한 기와 건물이라는 점이 아쉽긴 하다. 그러나 정약용이 머물며 수많은 저서들을 써내려가던 곳, 그의 숨결이

◉ **서암과 다산 초당** 동백나무가 우거진 터널을 지나자 먼저 조그만 기와 건물 서암이 모습을 보이고 뒤이어 큰 건물이 나타났다. 다산초당이었다.

곳곳에 배어 있는 곳이 여기라는 것만은 분명한 사실이다.

정약용은 전부터 있던 윤단의 초당 좌우에 동암과 서암을 지었다. 서암은 제자들의 거처로 사용했고 초당은 교실로 썼다. 정약용의 현손玄孫 정규영이 엮은 『사암선생연보俟菴先生年譜』의 끝부분에는 활기로 가득한 다산초당의 모습이 잘 묘사되어 있다.*

공은 일찍이 다산초당에서 연구 저술에 마음을 기울여 여름의 무더위에도 쉬지 않았고, 겨울밤엔 새벽닭이 우는 소리를 듣곤 했다. 그 제자들 가운데 경전을 열람하고 역사서를 탐색하는 자가 두어 사람, 부르는 대로 받아쓰는데 붓 달리기를 나는 듯하는 자가 두세 사람, 손을 바꾸어가며 수정한 원고를 정서하는 자가 두세 사람, 옆에서 거들어 줄을 치거나 교정 대조하거나 책을 매는 작업을 하는 자가 서너 사람이었다. 무릇 어떤 저술을 시작할 때면 먼저 거기에 대한 자료를 수집하되 서로서로 대비하고 이것저것 훑고 찾아 마치 빗질하듯 정밀을 기했던 것이다.

정약용 자신은 주로 동암에서 지냈는데 천여 권의 책을 쌓아놓고 독서를

◉ **동암** 정약용은 주로 동암에서 지냈는데 천여 권의 책을 쌓아놓고 독서를 즐겼다.

* 정약용의 제자들은 사실 제자이자 조수였으며 동료이기도 했다. 500여 권이 넘는 방대한 저서는 이들의 도움이 없었더라면 제대로 이루어지지 못했을 것이다. 이들은 숙련된 솜씨로 정약용의 저술 작업을 돕거나 직접 참여했다.

즐겼다고 한다. 동암 현판에는 '보정산방 다산동암'이라는 글자가 씌어 있었다. 김정희의 글씨다. 정약용은 그의 스승 박제가와 절친한 사이였다. 그리고 김정희 스스로도 정약용을 가슴 깊이 존경했기에 현판의 이름을 짓는 데 어찌 보면 지나치게 높이는 것이 아닐까 하는 생각이 들 정도의 표현을 썼던 것이다.

초당 주위를 둘러보았다. 초당 앞마당에는 둥글넓적한 바위가 하나 놓여 있었다. 다조茶竈였다. 정약용은 이 다조 위에 갖가지 다구를 늘어놓고 다산에서 직접 따온 찻잎으로 차를 끓였을 것이다. 차를 끓일 물은 초당 왼쪽 뒤편에 있는 약천藥泉에서 길어왔다. 약천에서 샘물을 한 모금 떠 마시고 초당 뒤편으로 돌아가자 병풍처럼 생긴 바위가 나타났다. 바위의 편평한 면 위에는 정석丁石이라는 두 글자가 또렷하게 새겨져 있었다. 정약용이 해배를 앞두고 자신이 머물렀다는 흔적을 남기기 위해 직접 새긴 것이라는 이야기가 전해온다. 글자를 새긴 위치가 꽤 높은 데다

◉ **다조, 약천, 정석** 초당 앞마당에는 둥글넓적한 바위가 하나 놓여 있었다. 다조였다. 정약용은 이 다조 위에 갖가지 다구를 늘어놓고 다산에서 직접 따온 찻잎으로 차를 끓였을 것이다. 차를 끓일 물은 초당 왼쪽 뒤편에 있는 약천에서 길어왔다. 약천에서 샘물을 한 모금 떠 마시고 초당 뒤편으로 돌아가자 병풍처럼 생긴 바위가 나타났다. 바위의 편평한 면 위에는 정석이라는 두 글자가 또렷하게 새겨져 있었다.

바위 중간에 돌출부가 있어 꽤 만만치 않은 작업이었으리라 생각된다. 직접 바위에 기대어봤는데 아무리 해도 편한 자세가 나오지 않았다. 정약용이 어떤 자세로 작업을 했을지 상상해보니 절로 미소가 머금어진다.

초당과 동암 사이에는 연지蓮池라는 연못이 있었다. 그런데 이 연못에 들인 공이 또한 만만치 않다. 못을 판 후에 꽃과 나무를 심었고, 물을 끌어다 폭포 형상을 만들었으며, 바닷가에서 주워온 기묘하게 생긴 돌을 쌓아 연못 가운데에 연지석가산蓮池石假山이라는 조그만 산을 만들었다.*

바닷가의 괴석 모아 산을 만드니
진짜 산보다 만든 산이 더 멋있구나
가파르고 묘하게 앉힌 삼층탑 산
오목한 곳 모양 따라 한 가지 소나무를 심었네
묘하게 뒤얽힌 모양은 봉황의 춤 같고
뾰족한 곳 얼룩무늬 죽순이 치솟은 듯
오줌 줄기 산 샘물을 끌어다 빙 둘러 만든 연못
물밑 고요히 바라보니 푸른 산 빛이 어렸구나

외가 쪽 선조 윤선도의 보길도 부용동을 생각했음일까? 정약용은 연못을 자주 찾아 감상하며 시를 지었다. 또한 연못에는 잉어를 놓아 길렀다. 생각날 때마다 먹이를 주며 물고기와 마음의 대화를 나누었던 것이다.

* 다조, 약천, 정석, 연지석가산을 묶어서 다산 4경이라고 부른다.

오월의 가랑비가 수풀 가지에 젖을 때면
수면에는 천 개나 동그랗게 파문이 일지
저녁밥 몇 덩어리 일부러 남겼다가
난간에 기대앉아 고기 새끼 밥을 주네

정약용은 해배되어 고향에 되돌아가고 난 이후에도 걱정이 되었는지 제자들에게 "연못 속의 두 마리 잉어는 얼마나 자랐느냐?" 하고 편지를 띄운 일이 있다. 그 잉어들의 운명은 어찌 되었을까?

연못 주변에 학생들 몇몇이 모여 물속을 가리키고 있었다. 다가가 들여다보았더니 잉어와 비단잉어가 한곳에 몰려 있는 모습이 눈에 띄었다. 죽었다 살았다 한참 실랑이를 벌이더니 급기야 한 남학생이 막대기로 물고기를 툭툭 건드린다. 물고기들이 추운 겨울 대사량을 최대한으로 줄이고 깊은 곳에 머물러 있는 이치를 이해하지 못하는 것이다.

◉ **연지와 연지석가산** 초당과 동암 사이에는 연지라는 연못이 있었다. 그런데 이 연못에 들인 공이 또한 만만치 않다. 못을 판 후에 꽃과 나무를 심었고, 물을 끌어다 폭포 형상을 만들었으며, 바닷가에서 주워온 기묘하게 생긴 돌을 쌓아 연못 가운데에 연지석가산이라는 조그만 산을 만들었다.

천일각에서

동암을 지나 백련사 쪽으로 향하자 몇 걸음 걷지 않아 천일각 건물이 나타났다. 건물 앞에는 정약용이 흑산도로 유배간 둘째형 약전과 가족들이 생각날 때마다 멀리 남해를 바라보며 그리움을 달래던 곳이라는 내용의 안내판이 서 있었다. 사실 천일각은 1970년대에 세워진 것으로 정약용이 살던 시절에는 없었던 건물이다. 다만 건물이 서 있는 위치가 의미를 가질 뿐이다. 천일각이 서 있는 동암재 언덕에서 바라보던 경치는 예로부터 유명했다. 구강포의 너른 갯벌과 갈대가 어우러져 장관을 이루었고, 밤이면 어선들의 불빛이 가득하여 구강어화九江魚火라고 불리기도 했다. 강진 일대의 여덟 가지 아름다운 광경, 금릉팔경의 하나였던 것이다. 그러나 게와 짱뚱어가 뛰놀고 반지락과 꼬막이 지천이던 갯벌은 어디론가 사라지고 지금은 단조로운 간척지만이 시야를 메우고 있다. 정약전을 그리던 그 마음이 아직 여기에 머물고 있

◉ **천일각** 1970년대에 세워진 것으로 정약용이 살던 시절에는 없었던 건물이다.

다면 어떤 기분일지 궁금해진다.

정약용은 지역 주민들의 배려로 20년 가까이 되는 세월 동안 비교적 안정된 생활을 누릴 수 있었다. 귤동의 윤씨 일가는 정약용을 다산초당으로 초대하여 안정적인 거처를 제공했고, 훗날 자신의 딸을 시집보내기까지 한 목리의 윤씨 일가도 경제적으로 큰 도움을 주었다. 아버지의 친구이자 당대의 큰 부호였던 윤광택이 여러모로 돌보아주었으며, 외가 해남윤씨들도 윤선도 이후 윤두서에 이르는 실학풍의 책들을 제공해 저술 작업에 큰 힘을 실어주었다. 대흥사 혜장선사는 지적으로 교감할 수 있는 친구가 되었을 뿐만 아니라 힘겨운 강진 읍내 생활을 접고 보은산방에서 거주할 수 있도록 힘을 써주기도 했다. 혜장이 죽고 나서는 초의선사와 함께 다도에 몰입하는 기쁨을 나눌 수 있었다. 또한 자신을 존경하고, 진보가 빨라 성취감을 느끼게 하는 우수한 제자들이 늘 함께 있었다.

다산으로 거처를 옮긴 후에는 정약용의 글도 이러한 변화를 반영하듯 한결 여유를 되찾고 있다.

아침 일찍 일어나 참선을 마친 뒤에 시원한 누각에 올라앉아 향취 좋은 차 한 잔을 마시고는 위응물의 시 한 편을 낭랑히 읊조린다.

책을 읽고 글을 쓰다 지치면 인근에 있던 사돈집 정자로 나들이를 다니며 휴식의 시간을 갖기도 했다.

내가 다산에 우거한 지 이제 4년이 되는데, 언제나 꽃이 피면 산보를 나간다. 산의 오른쪽 고개를 하나 넘고 시내를 건너가 석문에서 바람을 쐰다. 용혈에서 쉬고 청라곡에서 물을 마시며 농산에 있는 농막에서 잠을 잔 뒤에, 말을 타고 다산으로 돌아오는 것이 늘상 하던 일이었다. 개보와 그의 사촌아우 군보가 술과 생선을 가지고 와서 어떤 때에는 석문에서 기다리고, 어떤 때에는 용혈에서 기다렸으며, 청라곡에서 기다릴 때도 있었다. 취하도록 마시고 배불리 먹은 뒤에는 그들과 함께 농산에 있는 농막에서 낮잠을 자는 것도 늘상 하던 일이었다.

그러나 평화로운 생활 속에서도 형 약전에 대한 생각은 버리지 못했다. 다음은 정묘년(1807) 4월 보름날 고을 사람 몇과 함께 구십포로 뱃놀이를 다녀온 후에 지은 시다.

강진고을 영감들도 진기한 걸 좋아하여

◉ **천일각에서 바라본 강진만** 천일각이 서 있는 동암재 언덕에서 바라보던 경치는 예로부터 유명했다.

포구도 호수처럼 물이 맑다 말을 하네
밀물이 앞에 차면 천지가 광활하고
푸르른 유리바닥이 미풍 앞에 부서지는데
키를 틀고 물결을 쳐가며 흥따라 들어가서
한 잔씩 지레 돌리며 작은 모임 가졌다네
입이 있어 마실 수 있고 말도 할 수 있지마는
문인 학사야 어떻게 따라나 갈 것인가
금사산 석름봉이 마주보고 열려 있고
궂은비는 말끔히 개어 먼지 하나 없는데
석청과 푸른 고목은 번갈아서 숨바꼭질하고
달리는 언덕 나는 봉우리가 배를 따라 오락가락
사미촌이 있는 서쪽을 바라보니 험악하기 그지없어
넘치는 눈물을 혼자 자꾸 닦았다네

여흥 중에도 항상 흑산도에 있는 형 약전을 생각하고 있었음을 알 수 있다. 자신보다 훨씬 열악한 처지에 놓여 있던 형에 대한 안쓰러운 감정도 마냥 즐거워할 수만 없게 하는 이유가 되었을 것이다.

장다리꽃 정원에 먼지라곤 하나 없어
병을 털고 일어나 옛 책들을 다시 들추네

꾀꼬리가 오지 않아 봄은 그저 적적하고
녹음이 점점 짙어 대낮인데 침침하네
옷은 남아 채석강 배 안의 비단인데
밥은 없어 동파의 지붕 위 구리라네
사미로 집을 옮겨 살 수만 있다면야
파도라도 갈 길 없다고 울지는 않으련만

정약용은 좋은 환경에 살고 있었으면서도 차라리 흑산도 사미촌(사리)에서 형과 함께 지내기를 바랐던 것이다.

『현산어보』의 서문

함께 떠난 귀양길이었지만 두 사람의 유배 생활은 큰 차이를 보였다. 흑산도의 상황은 강진과 전혀 달랐다. 대화를 나눌 만한 상대도, 면식 있는 사람들을 만날 수도 없는 그야말로 적소였던 것이다. 정약전은 그러한 상황을 어떻게 견뎌냈을까? 성격이 활달했던 정약전은 배움이 적고 거칠지만 인정 있는 섬사람들과 친밀한 관계를 유지했던 것으로 보인다. 그러나 한때 죽란시사를 앞장서서 이끌며 벗과의 만남을 즐기던 정약전이 느꼈을 박탈감과 외로움은 감당하기 힘들 만큼 큰 것이었으리라. 이러한 공허함을 채우기 위해서였을까. 정약전은 언제부터인가 『현산어보』를 구상하기 시작했다.

서문

현산玆山은 흑산黑山이다. 나는 흑산에 유배되어 있었다. 흑산이라는 이름은 어둡고 처량하여 매우 두려운 느낌을 주었으므로 집안 사람들은 편지를 쓸 때 항상 흑산을 현산이라 쓰곤 했다. 현玆은 흑黑과 같은 뜻이다.

현산 바다에 사는 어족들은 매우 풍부하지만 그 이름이 알려진 것은 희귀하여 박물학자들이 마땅히 살펴보아야 할 곳이다. 나는 어보魚譜를 만들어보려는 생각으로 섬사람들을 널리 만나보았다. 그러나 사람마다 말하는 바가 달라 어떤 것을 믿어야 할지 알 수가 없었다. 그러던 어느 날 장덕순張德順 창대昌大라는 사람을 만났다. 창대는 늘 집안에 틀어박혀 손님을 거절하면서까지 고서를 탐독했다. 집안이 가난하여 책이 얼마 없었기에 손에서 책을 놓은 적이 없었는데도 소견은 그리 넓지 못했다. 그러나 성격이 조용하고 정밀하여 풀, 나무, 물고기, 새 등 눈과 귀로 보고 듣는 모든 것을 세밀하게 관찰하고 깊이 생각하여 그 성질을 이해하고 있었으므로 그의 말은 믿을 만했다. 나는 마침내 이 사람을 초대하여 함께 묵으면서 어족들을 연구하기 시작했고 그 내용을 책으로 엮어 『현산어보』라고 이름 붙였다. 어족 외에도 바다물새〔海禽〕와 해조류〔海菜〕까지 두루 다루어 후세 사람들이 연구하고 고증을 하는 데 도움이 되도록 하였다.

돌이켜 생각해보니 내가 고루固陋하여 이미 『본초本草』를 보았지만, 그 이름을 듣지 못했거나 혹은 예전부터 그 이름이 없어 고증해낼 수 없는 것이 태반이었다. 이런 경우에는 단지 현지에서 부르는 이름대로 적었다. 수수께끼 같아서 해석하기 곤란한 것은 감히 그 이름을 지어냈다. 후세의 선비가 그 정확한 뜻을 알아내고 내용을 보다 훌륭하게 다듬는다면, 이 책은 치병治病, 이용利用, 이재理財를 따지는 사람들에게는 큰 도움이 될 것이며, 시인들도 이를 잘 활용한다면 비유를 써서 자기의 뜻을 나타낼 수

玆山魚譜

玆山者黑山也余謫黑山黑山之名幽晦可怖家人
書牘輒稱玆山玆亦黑也玆山海中魚族極繁而知
名者鮮博物者所宜察也余乃博訪於島人意欲成
譜而人各異言莫可適從島中有張德順昌大者杜
門謝客篤好古書顧家貧少書手不釋卷而所見者
不能博然性恬靜精密凡草木鳥魚接於耳目者皆
細察而沈思得其性理故其言爲可信余遂邀而館
之與之講究序次成編名之曰玆山魚譜旁及於海

序

◉ 『현산어보』의 서문 현산은 흑산이다. 나는 흑산에 유배되어 있었다. 흑산이라는 이름은 어둡고 처량하여 매우 두려운 느낌을 주었으므로 집안 사람들은 편지를 쓸 때 항상 흑산을 현산이라 쓰곤 했다. 현은 흑과 같은 뜻이다.

있을 뿐만 아니라 이제까지 미치지 못한 것까지 표현할 수 있게 될 것이다.

흑산을 현산이라고 불렀던 집안 사람은 다름 아닌 정약용이었다.

흑산이라는 이름이 듣기만 해도 으스스하여 내 차마 그렇게 부르지 못하고 서신을 쓸 때마다 현산으로 고쳐 썼는데 '현玆'이란 검다는 뜻이다.

흑산보다 어감이 좋은 현산이란 말을 씀으로써 형의 기분을 상하게 하지 않으려는 조그만 배려였다. 그러나 아무리 흑산을 현산이라고 불러도 실제로 변하는 것은 없었다. 섬 생활을 하면서 겪는 외로움과 외딴 섬에서 생을 마감하게 될지도 모른다는 두려움은 늘 정약전의 마음을 뒤흔들었으리라. 그러나 정약전은 이러한 상황 속에서도 결코 좌절하지 않았다. 사방이 바다에 면한 흑산도에는 해산물이 풍부했다. 어린 시절 물고기잡이의 경험, 그리고 박학다식한 이익으로부터 이어받은 박물학의 정신이 그를 바닷가로 이끌었고, 눈앞에 살아 숨쉬는 생물들의 이름을 알아내도록 충동질했다. 희미한 기억을 되살려, 혹은 직접 관찰하고 해부를 해가며 한 종 한 종을 규명해나갔다. 섬사람 창대는 이 작업에 절대적인 도움을 주었다. 사물에 대한 호기심과 관찰력, 과학적인 사고 방식을 고루 갖춘 이인을 외딴 섬마을에서 만나게 되었다는 것은 정약전으로서는 엄청난 행운이었다.

정약전이 단순히 호기심만으로 이 일을 시작한 것은 아니었을 것이다. 당시는 새로운 학문의 기풍이 기지개를 켜던 때였다. 이른바 진경시대를 맞아 더욱 높아진 민족의식과 우리 것에 대한 관심은 이 땅에서 살아가는 생물들 하나하나를 애틋한 눈으로 바라보게 했다. 변방의 조그만 외딴 섬에서 민초들이 부르던 방언 하나도 큰 의미로 다가왔다. 정약전은 이용후생의 중요성을 누구보다도 절감하고 있었기에 주민의 생활에 막대한 영향을 미치는 이 분야를 내버려둘 수 없었다. 사람들의 병을 치료하고, 해산물을 이용하고, 학자들의 실제적인 연구에 도움을 주자는 데에까지 관심사를 넓혀갔다. 결국 정약전은 지적인 관심 위에 실리를 추구했던 것이다. 이는 자신뿐만 아니라 당시의 실학자들이 가졌던 생각을 대표하는 것이기도 했다.

천일각에 올라 강진만을 바라보다가 다시 다산초당으로 돌아왔다. 동암 마루에 걸터앉아 잠시 상념에 젖어들었다.

나는 본래 조선 사람, 조선 시를 즐겨 쓰리

정약전은 『현산어보』를 쓴 목적을 밝히는 서문의 마지막 부분에서 난데없이 시인을 들먹이고 있다. 시인이 이 책을 활용하면 비유하는 데 활용할 수 있을 것이라느니, 표현의 범위가 넓어질 것이라는 등의 이야기가 무엇을 의미하는 것인지 얼핏 감이 오지 않는다. 대체 『현산어보』가 시를 짓는 것과 무슨 상관이며, 시인에게 이 책이 무슨 도움이 된단 말인가. 정약용의 다음 시는 이러한 의문에 어느 정도 답을 해줄 수 있으리라 생각된다.

> 늙은 사람 한 가지 즐거운 것은
> 붓 가는 대로 마음껏 써버리는 일
> 어려운 운자에 신경 안 쓰고
> 고치고 다듬느라 늦지도 않네
> 흥이 나면 당장에 뜻을 실리고
> 뜻이 되면 당장에 글로 옮긴다

나는 본래 조선 사람
조선 시를 즐겨 쓰리
그대들은 그대들 법 따르면 되지
이러쿵저러쿵 말 많은 자 누구인가
까다롭고 번거로운 그대들의 격과 율을
먼 곳의 우리들이 어떻게 알 수 있나

이 시에는 조선 사람이기 때문에 조선 시를 쓰겠다는 정약용의 당당한 자신감이 담겨 있다. 정약용은 중국의 격과 율, 중국의 언어에 얽매이지 않고, 우리 나름대로의 방식으로도 얼마든지 좋은 시를 쓸 수 있다는 생각을 가지고 있었다. 오랫동안 우리 나라의 선비들은 중국의 한시들을 시의 전형으로 보았으며, 그들이 지은 시들도 중국의 인물, 중국의 고사를 소재로 한 것들이 대종을 이루고 있었다. 그러나 정약용은 이런 시류를 탐탁지 않게 보았다.

수십 년 이래 일종의 괴이한 의론이 있어 우리 나라의 문학을 덮어놓고 배척한다. 무릇 선배들의 문집에 대해서는 눈길도 돌리려 하지 않는 지경에 이르렀으니, 이것이 큰 병통이다. 사대부 집안의 자제들이 우리 나라의 고사를 알지 못하고 선배들의 의론을 보지 못한다면, 비록 그 학문이 고금을 꿰뚫는다고 하더라도 무엇에 쓸 것인가.

우리 나라 사람들은 중국의 고사를 사용하는데, 이 역시 비루한 문풍이다. 응당 『삼국사기』, 『고려사』, 『국조보감國朝寶鑑』, 『여지승람輿地勝覽』, 『징비록懲毖錄』, 『연려실기술』 및 기타 우리 나라의 글들에서 여러 가지 사실을 뽑아 시에 사용한 연후에라야 바야흐로 세상에 이름을 떨치고 후세에까지 전할 수 있을 것이다.

조선 후기 실학자들의 특징 중 하나는 자주성이었다. 중국 중심의 세계관을 극복하고 자신에게 관심을 돌리기 시작했던 것이다. 우리 민족의 역사, 우리 민족의 문학, 우리 민족의 언어에 대한 관심이 그 어느 때보다도 높아졌다. 보지도 않은 중국의 풍경을 그리는 것에서 탈피하여 우리 나라의 실제 풍경을 그리려는 진경산수화가 탄생한 것도 바로 이때였다.

중국의 시에는 생물의 이름이 많이 등장한다. 중국의 시인들이 경전으로 삼은 『시경』만 하더라도 무수히 많은 동식물을 담고 있어 책에 등장하는 생물들만 따로 설명하는 책이 나올 정도였다. 정약용의 우화시에서 볼 수 있듯 생물의 속성에 빗대어 어떤 의미를 표현하는 것은 예나 지금이나 숱하게 사용되는 시작 기법이다. 오랜 세월을 거치면서 생물은 나름대로 의미의 코드를 갖게 되는데, 이를 적절히 사용하면 호소력 있는 글을 만들 수 있다. 그러나 중국 시에 나오는 생물들은 중국의 생물들이지 우리 나라의 생물들이 아니다. 예외가 있긴 하지만 그래도 역시 중국에서만 볼 수 있는 생물들이 상당수를 차지하는 것이 사실이다. 그런데도 우리 나라의 시인들은 늘 중국을 모방하여 중국 시에 등장하는 생물들을 시의 소재로 삼으려 했다. 우리 나라에 비슷한 종이 있으면 중국 이름을 대충 갖다붙이고, 우리 나라에 살고 있는 생물이라도 중국 문헌에서 찾아볼 수 없으면 시에 사용하기를 꺼렸다.* 물론 한자로 표기해야 한다는 점이 우리 나라 고유의 생물들을 시에 담지 못하는 이유가 될 수도 있다. 그러나 정약용은 이런 작업에도 전혀 문제가 없다는 것을 직접 증명하고 있다. 보릿고개를 맥령麥嶺, 아가를 아가兒哥, 높새바람을 고조풍高鳥風, 마파람을 마아풍馬兒風으로 옮겨 우리 나라의 토속적인 방언을 그대로 시에 사용했던 것이다.

정약전의 의도도 이런 것이 아니었을까? 괜히 있지도 않은 중국의 생물을 찾을 것이 아니라, 우리 나라에 있는 생물들을 시어로 사용한다면 더욱 조선적인 시를 쓸 수 있을 것이다. 각 생물의 특징까지 상세히 밝혀놓았으니 활용하기도 편리하기 그지없다. 정약전도 정약용과 마찬가지로 주체적인 문학을 외치고 있었던 것이다.

『이담속찬耳談續纂』도 이런 분위기에서 씌어진 책이다. 이 책은 당시 시중에서 떠돌고 있던 속담을 수집하여 이를 한역한 것으로, 지금까지도 우리 선조들의 언어문화 생활, 구비문학, 민속학을 연구하는 데 중요한 자료로 쓰이고 있다. 정약용은 우리 속담을 시나 문학에 활용할 수 있을 뿐만 아니라, 공자가 당시 민간에 떠돌던 속담을 이용해서 제자를 가르친 것처럼 우리 속담을 교육에 활용하는 것도 충분히 가능한 일이라고 생각했다. 이는 우리 문화에 대한 애정과 자신감의 표현이었다.

* 우리 나라의 시에는 종종 원숭이가 등장한다. 심지어 지리산을 읊은 시에서도 원숭이가 울어댄다. 우리 나라에 아예 없는 생물까지 들먹였던 것이다.

아마 정약용이 속담에 관심을 가지게 된 데에는 이익의 영향이 컸을 것이다. 이익은 『백언해百諺解』의 발문에서 속담에 대해 다음과 같이 말한 바 있다.

> 속담이란 것은 거칠고 속된 말이다. 아낙네와 아이들의 입에서 만들어져 거리에 유행하게 되는데, 인정을 살피고 사리를 징험하는 데 골수에 스며드는 풍자가 있어 아주 작고 세세한 것을 살필 수가 있다. 그렇지 않다면 어찌 널리 퍼지고 오랫동안 없어지지 않겠는가.

이익은 이에 덧붙여 속담은 집안일이나 나라를 다스리는 데 중요한 것이며, 성인의 말이든 평범한 사람의 말이든 도움이 된다면 다를 바가 무엇이겠느냐고 반문했다. 그리고 직접 민간에서 떠도는 속담을 수집하여 책으로 엮은 것이 『백언해』였다. 이익을 존경했던 정약용이 그 뜻을 이으려 한 것도 자연스러운 일이었다. 정약용은 『이담속찬』의 서문에서 직접 자신의 책이 이익의 『백언해』를 보완한 것이라고 밝히고 있다. 그런데 재미있는 것은 이 서문에 정약전의 이름이 등장한다는 사실이다.

> 약전 형님이 흑산도에서 속담 수십 가지를 보내주셨다.

정약전은 힘겨운 유배 생활 중에도 60개의 속담을 수집하여 정약용에게 보내주는 열성을 보였던 것이다. 다음은 정약전이 흑산도에서 수집한 대표적인 속담들이다.

모난 돌이 정 맞는다.
내 코가 석 자인데 남의 설움 어찌 알랴
여편네가 세상 물정에 어두우면 아무리 벌어도 시루에 물붓기다
외손뼉이 울지 못하고, 한 다리로는 가지 못한다
병든 놈 차기 쉽고, 깡마른 중 치기 쉽다
산 꿩은 길들일 수 없고, 연못에 게 못 기른다

『현산어보』 서문의 의미가 가슴에 더욱 깊이 와 닿는다.

다신계

길을 내려오다가 한곳에 눈길이 멈췄다. 길 왼편에 나무로 지은 전통찻집이 있었는데, 건물 앞에 가판대를 설치하고 기념품과 책을 팔고 있었다. 무슨 책인지 궁금해서 살펴보니 『목민심서牧民心書』와 정약용의 일대기를 다룬 것이었다. 책을 뒤지고 있는데 가판대에 나와 있던 아르바이트생이 찻집으로 들어가서 강의를 들어보라고 한다. 이곳은 단순한 찻집이 아니라 다신계문화원으로 다산학 관련 세미나나 워크샵 등을 겸하는 곳이라는 것이다. 그러고 보니 다신계*라는 현판이 붙어 있다.

윤동환 씨는 다산초당의 본래 주인인 윤단의 6대손으로 다산 정신의 맥을 잇는다는 뜻에서 이 집을 지었는데, 오가는 사람들에게 다산학에 대한 짤막한 5분 강의를 들려준다고 했다. 흥미가 일어 들어가보기로 했다. 윤동환 씨는 다산에 자생하는 찻잎을 따서 만든 녹차를 내놓으며 이야기를 시작했다. 계속해서 찾아오는 손님들 때문에 많은 이야기를 나누지는 못했지만 좋은 시간이었다.

◉ **다신계 전통찻집** 길을 내려오다가 한곳에 눈길이 멈췄다. 길 왼편에 나무로 지은 전통찻집이 있었는데, 건물 앞에 가판대를 설치하고 기념품과 책을 팔고 있었다.

* 다신계란 정약용이 해배되어 고향으로 돌아갈 때, 그동안 함께 공부하면서 호형호제하고 지냈던 제자들이 신의와 도리를 잊지 않고 서로 만날 것을 다짐하며 조직한 우리 나라 최초의 다회이다.

윤동환 씨와 나눴던 대화 중에서 가장 인상적이었던 부분은 정약용의 종교 문제에 대한 것이었다. 정약용의 신앙 문제는 종교계나 관련 학계에서 민감한 사안일 뿐만 아니라 정약전의 신앙 문제와도 연관되어 있기 때문에 관심을 기울이고 있던 차였다. 윤동환 씨는 정약용이 신앙인이었다는 사실을 굳게 믿고 있었다. 다신계문화원 건물 자체를 아亞자 형으로 지어놓은 것도 정약용이 천주교 신자였다는 것을 상징하기 위해서라고 했다.

한두 번씩 들어본 내용들이 대부분이었지만 대화가 끝날 즈음 흥미로운 이야기가 나왔다. 전각가 소산小山 오규일吳圭一에 대한 이야기였다.* 오규일이 새긴 전각들이 인근 지역에서 무더기로 발견되었는데, 놀랍게도 그중에는 정약용의 인장이 상당수를 차지하고 있었다고 한다. 스승 김정희가 평생을 통해 정약용을 존경했고, 또 오규일이 귤동 가까이 살고 있었다는 점을 생각할 때 그가 정약용의 인장을 만들었다는 사실은 전혀 이상할 것이 없다. 그런데 문제는 그 전각의 형태였다. 네 귀퉁이를 깎아내어 다신계문화원 건물처럼 아亞자, 즉 십자가 모양을 하고 있었다는 것이다. 이로써 정약용이 천주교 신자임이 분명하지 않느냐는 것이 윤동환 씨의 주장이었다. 뿐만 아니라 정약용의 신앙 생활을 증명하는 문서가 발견되어 이를 곧 발표할 것이라는 이야기도 나왔다. 그러나 정약용의 인장이 십자가 모양이라 하더라도 이것이 그가 신자였음을 증명하지는 못한다. 오규일이 자신의 신앙심을 담아 새긴 것일 수도 있기 때문이다. 또 예의 문서도 아직 보지 못한 입장에서는 가타부타할 수 없는 것이고, 문서의 내용이 완전히 정리되어 발표

* 오규일은 당대 최고의 전각가로 김정희의 제자였다. 다양한 방면에 특출한 재능을 보였던 김정희는 전각에 있어서도 독보적인 경지에 도달했는데, 그의 전각 세계를 이어받은 최고의 제자가 오규일이었다. 김정희는 오규일을 전각에 있어 삼매의 맛을 다하였다고까지 극찬하며 매우 아꼈다. 제주도 유배 생활 중에도 편지로 가르침을 주고받으며 자신의 인장을 새겨줄 것을 부탁했고, 자신의 지식을 전수해주지 못함을 이기지 못해 병이 날 것 같다는 편지를 보내기까지 했으니, 그 애착의 정도를 알 만하다.

되기 전까지는 뭐라고 결론 짓기는 힘들 것 같다.

정약용은 "정미년(1787) 이래 4~5년은 매우 열심히 마음을 기울였다"라고 하여 신앙 생활을 고백했으며, 이승훈도 "지난 갑진년(1784) 무렵에 정약용과 더불어 이벽의 집에서 모였습니다. 정약용은 천주교에 고혹하여 나에게 영세받기를 청했습니다. 그래서 내가 세례하였습니다"라고 밝힌 바 있으니, 이 무렵 정약용이 천주교에 경도되었던 사실은 부인할 수 없다. 그러나 정약용의 신앙 생활은 곧 막을 내리게 된다. 황사영은 그의 백서에서 정약전과 정약용 등이 "모두 전에는 주님을 믿었으나 목숨이 두려워 배교한 사람들이다"라고 밝혔다. 또한 신유박해 당시 두 형제의 목숨을 구한 것은 죽음을 두려워하지 않고 자신이 신자임을 주장한 정약종의 일기와 서찰이었는데, 여기에는 "형 약전과 동생 약용이 함께 천주교를 믿지 않은 것이 한스럽다", "약용이 알게 해서는 안 된다"라는 구절이 나온다. 죽음으로써 의리를 지킨 정약종의 말이기에 더욱 믿음이 가는 내용이다.

무엇보다도 정약용 자신이 자명소와 묘지명을 통해 자신이 천주교도가 아님을 여러 차례 밝히고 있다. 젊은 시절 천문 · 역상 · 수리 등에 매혹을 느끼면서 서학을 접하고 종교적인 믿음을 가졌지만, 이는 새로운 지식에 대한 호기심 때문이었고, 곧 벼슬길에 올라 더 이상 신경을 쓸 겨를이 없었으며, 제례가 문제가 된 신해박해(1791) 이후로부터는 완전히 서교에서 손을 떼었고, 잘못을 뉘우쳤다고 말한 것이다. 정조는 정약용이 자신의 결백함을 밝힌 글 「자명소」를 읽고 "착하겠다는 단서의 움이 분명하여 봄에 만물이 솟아나는 부르짖음같이 모든 글 내용에 조리가 있어 말을 듣고 진실한 느낌을 주기에 충분하다"라고 하며 이를 받아들였다. 정약용은 정약전의 신앙생활에 대해서도 적극적으로 부정하고 있다. 다음은 정약용이 민명혁의 소를 반박하면서 한 말이다.

신이 며칠 전에 헌납 민명혁의 소를 보았습니다. 전 대사간 신헌조의 계어 가운데 신의 형 이름을 끌어들여 언급한 것을 말하면서 신에게 태연히 무사한 듯 양양하게 공무를 집행한다고 나무랐으니 아, 신의 바른 행실은 그만두고라도 신의 형이 진실로 무슨 죄입니까? 그 죄는 오직 신처럼 불초한 자를 아우로 둔 것뿐입니다. 아직도 우리 전하께서 신을 책망하신 전교를 기억하고 있습니다. 그 전교에서 "죄 없는 너의 형이 어찌하여 공거에 올랐느냐?"라고 하셨으니, 그때의 열 줄 윤음은 더할 나위 없이 밝고 확실하였습니다. 신은 오직 공경하여 외고 감축하며 이를 안고서 지하로 갈 따름인데, 지금 어찌 다시 필설을 놀려 부질없이 쓸데없는 짓을 하겠습니까. 아, 신의 형이 급제한 지 10년 동안 엄체되어 이룬 것이 없는데 지금 벌써 백발이 성성합니다. 성명 3자를 조정이 아직도 잘 모르는 처지인데, 어찌 증오가 맺혀 이토록 단단하단 말입니까. 그 뜻은 신을 입조하지 못하게 하려는 데 불과합니다.

정약전은 천주교로 인해 가장 큰 피해를 입은 당사자였다. 그러나 젊어서의 신앙 생활이나 과거 답안이 문제가 되기도 했지만, 관직에 있을 때나 관계에서 밀려난 후에도 일생이 순탄치 못했던 것은 무엇보다도 정약용과의 형제 관계 때문이었다. 반대파들의 직접적인 목표는 정약용이었지만, 그의 형이라는 이유로 항상 정약전을 걸고넘어졌다. 정약용은 이 같은 상황을 개탄스러워하고 있다.

> 아, 아우를 배척하면 형이 막히고 형을 배척하면 아우가 막혀서 일거양득으로 이해가 이미 똑같은데, 어찌 그 속에 나아가 옥석을 구별해서 말이 이치에 맞게 하지 않는단 말입니까?

유배 생활 중의 행적도 이들의 신앙 생활을 의심하게 되는 근거가 된다. 정약용은 유배 생활 중 끊임없이 상례와 제례에 대해 연구하고 있다. 예학이란 천주교 교리와는 전혀 동떨어진 것이다. 그런데도 이 연구에 그토록 많은 시간을 투자하여 여러 권의 저서를 저술했다는 것은 무엇을 의미하는가. 형 정약전과 주고받은 편지를 보더라도 그 내용은 거의 유교에 관한 것들이다.* 그러나 역시 정약전이나 정약용에 대한 보다 구체적인 기록이 나타나지 않는 한 논란은 끝없이 계속될 수밖에 없을 것 같다.

* 물론 감시의 눈길을 피하기 위해 본의를 숨겼을 가능성도 있다. 정약용 스스로도 편지를 쓸 때 남의 눈에 띄더라도 문제없도록 항상 신경을 쓴다고 밝혔다. 그러나 그 숱한 저서들 속에, 또한 무덤까지 가지고 들어갈 묘지명에서도 일관되게 신앙을 부정하는 글만을 싣고 있다는 것은 여전히 정약전과 정약용의 신앙 생활에 대해 의문을 갖게 하는 부분이다.

〈다신계절목〉과 읍중 제생

다신계 모임에는 엄격한 규약이 있었다. 규약의 내용은 〈다신계절목茶信契節目〉으로 정리되어 있는데, 이 문서에는 모임의 취지, 참가자 명단, 구체적인 규약 내용이 잘 나와 있다.

사람이 귀한 것은 신의가 있기 때문이다. 만일 우리가 모여 살면서 서로 즐거워하다가 흩어진 다음에 서로 잊어버린다면 그것은 짐승이나 다를 바 없다. 우리들 수십 인이 무진년 봄부터 오늘에 이르기까지 모여 지내면서 글 공부를 하여 형제나 다름이 없었는데, 이제 스승은 고향으로 돌아가고 우리들은 뿔뿔이 흩어지게 되었다. 만약 막연하게 흩어져 신의와 도리를 배운 까닭을 생각지 않는다면 이 어찌 경박한 짓이 아니겠는가? 지난 봄에 우리들은 이런 날이 올 것을 미리 짐작하고 돈을 모아 계를 만들었는데, 처음에 한 사람마다 돈 1냥씩을 출자하여 2년 동안 이식利息을 치렀더니 이제 35냥이 되었다. 이미 흩어진 후에 돈을 출납하기가 쉽지

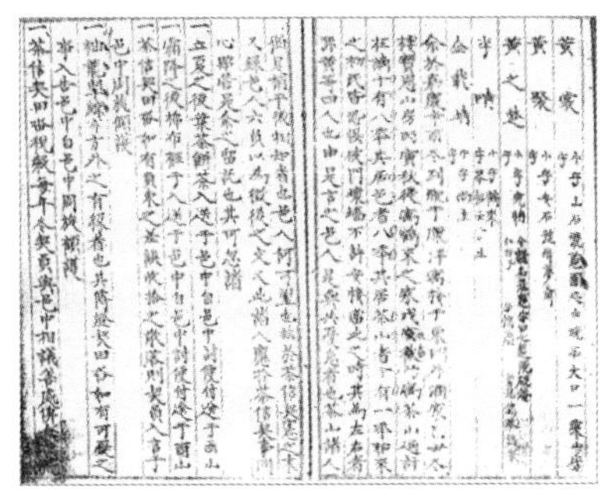

◉ 〈다신계절목〉 다신계 모임에는 엄격한 규약이 있었다. 규약의 내용은 〈다신계절목〉으로 정리되어 있는데, 이 문서에는 모임의 취지, 참가자 명단, 구체적인 규약 내용이 잘 나와 있다.

않을 것을 염려하여 선생께서 떠날 무렵에 보암 서촌에 있는 박전薄田 몇 구를 팔려고 했지만 대부분 팔리지 않았다. 이에 우리들은 35냥을 행장 속에 넣어 드리고, 선생의 서촌 전답 몇 구를 그대로 계 자산으로 하여 후일 강신講信지의 자산으로 삼았으니 그 조례와 토지 결부권을 아래에 자세히 적는다. (하략)

마침내 해배되어 고향으로 떠나게 되었지만, 어려운 상황 속에서 맺어진 스승과 제자의 인연은 끈끈하고도 질긴 것이었다. 제자들은 다신계를 결성함으로써 새로운 학문에 눈뜨게 해준 스승의 은혜에 보답했다. 다신계는 다산초당에 머무는 동안 제자로 맞은 지방 명문가의 자제들 18명을 중심으로 이루어졌다. 그러나 정약용은 이들 외에 다산으로 옮겨오기 전 강진 읍내에서 맞은 제자, 즉 읍중 제생들도 다신계에 포함시킬 것을 요구했다.

내가 처음 강진에 도착하자 주민들이 너나없이 벌벌 떨며 문을 닫아 걸고 받아주려 하지 않았다. 이 지경을 당하고 있을 때 나에게 친근히 대해 주었던 사람은 손孫, 황黃 등 4인이다. 다산의 여러 사람들은 그래도 다소 평안해진 뒤에 만난 이들이나, 읍중의 제생諸生들은 우환을 같이한 사람들이니 어찌 이들을 잊을 수 있겠는가. 이런 연유로 다신계 문건의 말미에 읍중 제자 6인을 기록하여 후세의 증빙 자료로 삼도록 하는 것이니, 이들 읍중 제생들도 다신계의 일에 호응해서 한마음으로 참여하기를 바란다.

내가 당부하는 말이니 소홀히 여기지 말라.

정약용이 처음 강진에 도착했을 때 마을 사람들은 정약용을 매우 두려워하여 멀찌감치 피하려고만 했다. 그때 한 주막집의 노파가 그를 가엽게 여기고 방 한 칸을 내어주었다. 정약용은 이 방에 사의재四宜齋라는 이름을 붙이고 학문 연구에 몰입하게 된다. 이때 제자로 들어온 사람들이 손병조孫秉漕, 황상黃裳, 황취黃聚, 황지초黃之楚, 이청李晴, 김재정金載靖 등이었다. 이들은 유배 생활의 외로움을 달래주었을 뿐만 아니라 경제적으로도 많은 도움을 주었다. 그러나 이들 대부분이 아전의 자제로 낮은 신분이었기에 다산의 제자들과 어울리지 못할 것을 염려하여 정약용은 〈다신계절목〉의 뒤에 따로 이 사실을 기록하고 다신계에 함께 참여시킬 것을 당부했던 것이다.

정약용이 읍내의 제자들에 대해 애착을 가진 것은 꼭 이런 이유 때문만은 아니었다. 정약용은 상류층 자제들의 문약에 대해 비판적인 견해를 가지고 있었다. 정약전에게 보낸 편지를 보면 정약용의 이런 마음을 알 수 있다.

귀족 자제들에 이르러서는 모두 쇠약한 기운을 띤 열등생들뿐입니다. 그래서 정신은 책만 덮으면 금방 잊어먹고 뜻이 향하는 바는 낮은 곳에 안주해버립니다. 시詩·서書·역易·예禮 등의 경전 가운데서 미묘한 말과 논리를 가끔 한 번씩 말해주어 그들의 향학을 권해줄라 치면, 그 형상은 마치 발을 묶어놓은 꿩과 같습니다. 쪼아 먹으라고 권해도 쪼지 않고, 머리를 눌러 억지로 곡식 낟알에 대주어서 주둥이와 낟알이 서로 닿게 해주는데도 끝내 쪼지 못하는 자들이니, 아아, 어떻게 할 수가 있겠습니까? 이곳의 몇몇 고을만이 그런 것이 아니라 온 도가 모두 그러합니다.

대저 인재가 갈수록 묘연해져서 혹 변변치 못한 재주로 조금쯤 이름이라도 기록할 줄 아는 사람은 모두 신분이 낮은 계층 출신입니다. 사대부들은 지금 운수가 다했으니, 사람의 힘으로는 어떻게 할 수가 없는 일입니다.

편안한 현실에 안주하여 발전이 없는 귀족 자제들보다는 낮은 신분을 극복하기 위해 열심히 노력하는 낮은 계층들이 훨씬 정약용의 마음을 끌었던 것이다. 특히 황상과 이청은 정약용이 가장 아끼던 제자였다. 황상은 정약용이 강진 땅에서 얻은 첫 번째 제자로, 시 짓는 솜씨가 뛰어나 추사 김정희로부터 "지금 세상에 이런 작품이 다시 없다"라는 극찬까지 받은 일이 있었다. 정약용은 황상을 아꼈고 황상은 이에 부응하여 평생 스승을 존경하며 따랐다. 정약용이 해배되어 고향으로 돌아가자 마재 마을까지 찾아다녔으며, 스승이 죽고 난 이후에는 그의 아들 형제와도 친밀한 관계를 유지하여 정씨와 황씨 양가가 자자손손 우의를 다지자고 맹세하는 정황계丁黃契를 맺기까지 했다.

그러나 정약용이 가장 아꼈고, 그의 글에서도 가장 빈번하게 등장하는 제자라면 단연 이청을 들 수 있다. 정약용은 보은산방에 머무르다가 1806년 가을 이청의 집으로 거처를 옮긴 후, 1808년까지 여기에서 생활했다. 그만큼 이청이나 그의 집안과 친밀한 관계를 유지하고 있었다는 뜻이다. 이청은 1792년생으로 황상에 비해 4년 연하였지만, 어린 나이에도 특출한 재능을 지니고 있었던 것 같다. 정약용이 이청의 집에 머물고 있었을 때의 일화가 있다.

금초琴招(이청의 자)는 14세 때 나의 곁에 있었다. 내가 우연히 운서를 보다가 시험 삼아서 '대양위달 하위소양大羊爲羍 何謂小羊'이라는 글귀를 불렀더니, 금초는 말이 떨어지자마자 '범조위봉 고칭신조凡鳥爲鳳 故稱神鳥'라고 대답하는 것이었다. 그의 슬기는 이와 같은데, 그의 시는 굳건한 기상이 조금 부족하다. 그러나 세월을 두고 더욱 연마한다면 아마 손색이 없게 진취할 것이다.

정약용은 크다는 뜻의 대大자와 양羊자가 합쳐졌는데, 왜 작은 양이라는 뜻의 달羍자가 되느냐고 물었다. 이청은 망설임 없이 기가 막힌 답변으로 스승의 기대에 부응한다. 즉, 보통이란 뜻의 범凡자와 새 조鳥자가 합쳐져 신령스러운 새인 봉鳳이 되는 일도 있는데, 뭘 그러냐며 맞받아친 것이다. 놀라운 재치가 아닐 수 없다. 정약용은 이런 제자를 특별히 아껴 유배 기간 동안 늘 곁에 두었다. 이청의 재질才質을 간접적으로 보여주는 글이 또 하나 있다. 다음은 정약용이 정약전에게 보낸 편지의 일부분이다.

> 읍내에 있을 때 아전 집안 아이들 네댓 명을 가르쳤는데, 거의 모두가 수년 안에 공부를 그만두었습니다. 아이 하나가 단정한 용모에 마음도 깨끗한 데다 글씨는 상급에 속하고 문장력 또한 중급은 되는 재질을 가지고 있었습니다. 성리학을 공부했는데, 만약 내 가르침을 받아 열심히 공부했더라면, 이청과 서로 짝을 이룰 만했을 것입니다. 그런데 어찌된 셈인지 혈기가 매우 약하고 비위가 아주 편벽되어, 거친 밥이나 맛이 변한 장은 절대로 목으로 넘기지 못했습니다. 이 때문에 저를 따라 다산으로 올 수가 없었습니다. 이제 이미 폐학한 지가 4년이 되는데, 서로 만날 때마다 탄식하며 애석해합니다.

정약용은 읍내에서 가르쳤던 뛰어난 제자 한 명을 언급하며 제대로 배웠으면 이청에 맞먹는 수준에 이를 수 있었을 것이라고 안타까워하고 있다. 이 말은 반대로 해석한다면 이청이 가장 뛰어난 제자였다는 뜻이 된다.

이청은 스승의 각종 저술 활동에 활발하게 참여했다. 정약용은 이청에게 자신이 부르는 내용을 받아쓰게 하거나, 자료 수집이나 주석을 맡기기도 했다. 다음은 정약용이 『시경강의보유詩經講義補遺』의 머리말에 기록한 내용으로 이청이 정약용을 어떻게 돕고 있었는지 잘 보여준다.

> 경오년(1810) 봄 내가 다산에 있을 적에 작은 아들 학유마저 돌아간 뒤 오직 이청만이 곁에 있었는데, 산은 고요하고 해는 길어 마음을 붙일 곳

이 없었다. 당시 시경을 강의하고 있었는데, 남은 뜻을 이청으로 하여금 받아쓰게 했다.

『주역심전周易心箋』은 갑자본, 을축본, 병인본, 정묘본, 무진본 등 몇 차례나 내용을 개정할 만큼 정약용이 심혈을 기울인 작품이었는데, 여기에서도 어김없이 이청의 이름이 등장한다.

병인본이 파성유동播性留動의 뜻에 있어서 빠지고 잘못된 점이 많았으므로 또 고치게 했다. 원고가 끝마쳐지지 않았는데, 아들이 북쪽으로 돌아갔으므로 이청으로 하여금 완성하게 했다.

『대동수경大東水經』에서는 아예 이청에게 집주集注를 맡겼다. 이청은 광범위한 문헌을 섭렵하고 솜씨 있게 이를 모아 사실을 고증함으로써 스승의 기대에 부응했다. 정약용의 의견은 중간 중간에 선생운先生云이라고 하여 등장하고 있을 뿐, 『대동수경』은 정약용과 이청의 공저라고 불러야 될 만큼 이청의 손길이 구석구석까지 미쳐 있다. 이청은 이 밖에도 『상서고훈尙書古訓』, 『악서고존』 등 정약용의 수많은 저서들에 직 · 간접적으로 참여했을 것으로 추측된다.

비운의 천재, 이청

정약전도 이청을 알고 있었던 것 같다. 정약용이 정약전에게 보낸 편지에서 이청의 이름을 찾아볼 수 있기 때문이다.

만약 내 가르침을 받아 열심히 공부했더라면 이청과 서로 짝을 이룰 만했을 것입니다.

『상서고훈』 6권은 복생 이하와 마융, 정현 이상의 구양, 하후, 왕도, 반고, 유향의 제설과 『좌전左傳』 이하 한漢 · 위魏 이상 제자백가의 『서경』에 관한 학설들입니다. 이 책은 이청이 편집하였는데, 또한 안설案說은 없습니다.

정약용은 『악서고존』을 집필할 때 정약전의 도움을 많이 받았다. 그런데 이 책을 직접 받아써가며 완성했던 사람이 바로 이청이었다. 이때도 말이

오고 가지 않았을 리가 없다.

여러 가지 정황으로 보아 정약전도 이청을 알고 있었다는 사실은 분명했다. 그런데 〈다산 21〉이란 모임에서 만난 현대실학사 대표 정해렴 씨로부터 더욱 놀라운 이야기를 들었다.

"내가 생각하기에는 아무래도 『현산어보』를 이청이 편집한 것 같아요."

"이청이라구요?"

당시 나는 이청이라는 사람에 대해 전혀 아는 바가 없었다.

"『현산어보』에 보면 청안晴案이라는 표현이 많이 나오잖아요. 이 말이 다른 책에도 많이 나와요. 이지형 선생이라고 있어요. 이 사람이 『맹자요의』를 번역하는데 청안이 해석이 잘 안 되니까 빼버리기도 하고 그랬어요. 청이라는 제자가 있었다는 것을 알아야 알 수 있는 내용이니까. 내가 가르쳐줬지."

돌아와서 확인해보니 정말 『현산어보』의 곳곳에 청안이라는 단어가 수없이 등장하고 있었다. 그제서야 기억이 났다. 청안의 안案이 '상고하다'를 의미한다는 사실은 알겠는데, 청晴은 자전에도 나오지 않는 글자여서 무슨 뜻인지 전혀 알 수가 없었다. 그냥 저렇게도 쓰나 보다 하고 넘어갔는데 알고 보니 중요한 의미가 숨어 있었던 것이다. 정약용의 다른 저서들을 찾아보았다. 역시 청안이라는 단어가 곳곳에서 눈에 띄었다.*

청안은 『현산어보』에 대해 오랫동안 가지고 있었던 수수께끼 하나를 해결해주었다. 흑산도는

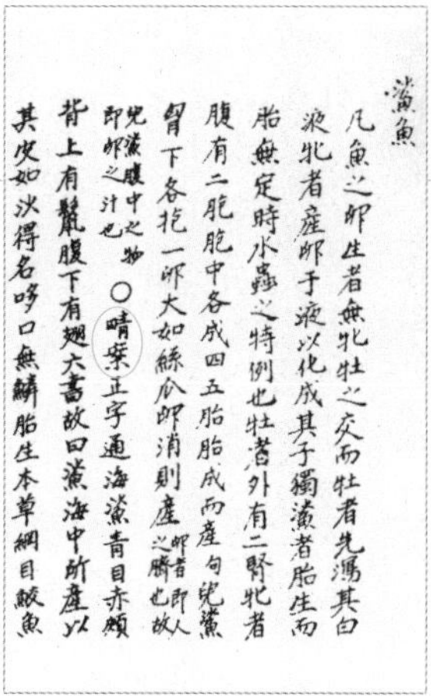
鯊魚
凡魚之卵生者無牝牡之交而牡者先瀉其白
液牝者產卵于液以化成其子獨鯊者胎生而
胎無定時水族之特例也牡者外有二腎牝者
腹有二胞胞中各成四五胎胎成而產句兒鯊
胷下各抱一卵大如絲瓜卵消則產 卵者即人之膵也故
兒鯊腹中之物即卵之汁也 ○晴案正字通海鯊青目赤頰
背上有鬣腹下有翅大書故曰鯊海中所產以
其皮如沙得名哆口無鱗胎生本草綱目鮫魚

◉ **청안의 의미** 청안이라는 단어는 『현산어보』의 곳곳에서 수없이 등장하고 있다.

* 정약용의 저서 중에는 용안鏞案으로 시작하는 부분이 많다. 청안과 용안을 각각 '청이 상고하니', '약용이 상고하니'의 뜻으로 해석하면 앞뒤가 들어맞는다.

책 한 권 구해보기 힘들 만큼 육지에서 멀리 떨어진 곳이다. 그런데도 『현산어보』에는 수많은 문헌들이 등장한다. 이러한 사실을 어떻게 이해해야 할 것인가. 소설가 황인경 씨는 『소설 목민심서』에서 이를 소설적으로 해석하고 있다. 정약전은 천재적인 기억력을 가지고 있어 자신이 한번 읽은 책은 모조리 기억하고 있었다고 설명한 것이다. 그러나 이청이 『현산어보』에 관여했다는 사실을 안다면 쉽게 이 수수께끼를 풀어낼 수 있다. 『현산어보』의 구체적인 내용은 정약전의 작품이고, 각 항목 뒷부분의 고증에 대한 부분은 이청의 작품이라고 보면 모든 의문이 풀리게 되는 것이다. 정약용은 형의 저서를 이청에게 맡겨 편집하게 했다. 이청이야 정약용이 보유하고 있던 모든 서적을 맘껏 참조할 수 있었을 것이고, 정약전은 이를 찾아볼 필요가 전혀 없었을 것이다.

정약전은 『현산어보』의 서문에서 후학이 이를 보완해 모두에게 도움이 될 수 있는 책으로 거듭나게 해줄 것을 부탁하고 있다. 정약전은 그 후학이 이청이 되리라고 생각이나 했을까? 정약용은 형의 뜻을 충실히 받들어 제자 이청으로 하여금 이를 보완하도록 지시했던 것이다.

정약용이 이청에게 『현산어보』의 보완을 맡긴 데에는 또 다른 이유가 숨어 있을지도 모른다. 정약용은 형을 매우 존경하고 따랐지만 이상하게도 『현산어보』의 내용 자체에 대해서는 구체적으로 언급한 적이 없다. 혹시 형의 책을 그리 만족스럽게 여기지 않았기에 내세우지 않았고, 이청에게 맡겨 보다 완벽하게 마무리하기를 원했던 것은 아닐까? 정약용은 책을 저술할 때 매우 꼼꼼하고 세심한 면을 보였으며, 완성된 체계를 강조했다. 이러한 측면에서 바라볼 때 『현산어보』는 그의 기호에 맞지 않는 책이었을 수도 있다. 정약전은 별다른 참고문헌을 구해볼 수 없는 상황에서 순수하게 관찰과 경험만을 통해 책을 저술했다. 오늘날에는 바로 이런 점이 『현산어보』의 가장 중요한 가치로 평가받고 있지만, 정약용의 입장에서는 뭔가 부족하고 미완성인 듯한 느낌을 받았을는지도 모른다. 제자 이청을 시켜 고서를 상고하고 주석을 붙여 새로운 책을 만들어보려 했던 것도 이 때문 아닐까?*

이청에 대해서는 알려진 사실이 거의 없다. 정약용이 해배된 이후 이청의 행적은 묘연하기 짝이 없으며, 그의 신상에 대한 내용도 온통 수수께끼로 남아 있다.**

이청의 사형이었던 황상은 정약용의 아들이 살고 있던 마재와 김정희가 살고 있던 과천 사이를 지나가다가 이청을 만나 다음과 같은 시를 남긴 일이 있다.

> 하늘가에서 만나 악수하니 마음 서로 어떠한가
> 두 백발 늙은이 어린 시절 이야기꽃 피우네
> 천리길 행장을 그대여 웃질 마오
> 20년 사제 간의 의리, 나의 발 딛는 곳
> 지금 광하廣廈에서 명사들과 종유하노니
> 일찍이 외로운 등불 아래 여관의 편지 받았노라

* 어쨌든 『현산어보』는 정약전과 이청의 공동 저술 형태를 띠게 되었고, 우리는 이를 통해 당시 사람들이 생물에 대해 가지고 있었던 그림을 전체적으로 투영해볼 수 있는 도구를 갖게 되었다.

** 임형택은 1998년에 발간된 『한국한문학연구』 21집에서 이청의 삶과 숨겨져 있던 그의 작품 중 일부를 밝혀내는 데 성공했다.

선생님의 유고 마냥 방치되어 있거늘
잘 자고 잘 먹고 편히 지낼 수 있느냐?

이청은 백발의 늙은이가 되기까지 건재하게 살아 있었던 것이다. 그런데 글의 분위기가 심상치 않다. 사형제 사이임에도 두 사람은 자주 만나지 않았던 것으로 보이며, 황상은 정약용의 유고가 방치되어 있는데도 별다른 관심을 보이지 않는다며 이청을 꾸짖고 있다. 정약용의 아들 정학연도 이 시에 "이청은 응당 이 풍자의 뜻을 알지 못하리라"라는 말을 덧붙여 못마땅한 기색을 드러내고 있다. 그토록 정약용의 사랑을 받았던 이청이 왜 이런 지경에 이르게 된 것일까? 정약용이나 그 아들과 어떤 문제라도 일으켰던 것일까? 여러 가지 의문이 꼬리를 문다.

이상적李尙迪(1804~1865)은 서얼 출신의 역관으로, 유명한 시인이기도 했다. 김정희의 문하에서 공부를 했으며, 정약용의 아들 정학연과도 친한 사이였다. 그러나 김정희나 정학연과는 달리 이상적은 평생 이청과 친밀한 관계를 유지했던 것 같다. 다음은 이상적이 이청을 위해 지은 시다.

사대부집 문 앞에도 낙엽이 흩날리는데
문장가들 가난하기란 예로부터 한가지라
글방 시절부터 선배들은 그대를 촉망했고
나 역시 언제나 그대 급제 의심치 않았노라

부를 짓는 데도 세상에 드문 재주
시를 쓰는 데도 누구 못지않았건만
뛰어난 학식 누구 하나 몰라주고
머리가 다 세도록 진사방에 그대 이름 없구나

이상적은 이 시의 첫머리에 이청의 나이가 지금 70인데 과거에 또 낙방해서 시를 지어 위로한다고 썼다. 이청은 70세가 되기까지 과거 공부를 하고 있었고, 계속해서 탈락의 고배를 마셨던 것이다. 그렇다면 정약용의 유작을 정리하지 못한 것도 과거 공부에 매달린 탓이고 정약용의 가족들과 멀어진 것도 이 때문이 아니었을까? 정약용은 과거 공부의 병폐를 비판하면서도 자신의 아들에게는 과거 공부를 시킨 적이 있다. 또 어떤 제자에게는 사람이라면 모름지기 입신양명에 뜻을 두어야 한다고 강조하고 과거시험을 위한 공부를 소홀히 해서는 안 된다고 말하기도 했다. 이청도 혼란을 느꼈던 것일까? 왜 과거에 목매달아야만 했을까? 그 뛰어난 재능으로도 과거에 합격하지 못했던 것은 낮은 신분 때문이었을까? 그렇지 않으면 시대가 이청의 재능을 살려줄 만큼 무르익지 않았기 때문이었을까? 안타까운 상념들이 밀려든다.

『대동시선大東詩選』에는 이청의 시 4편이 수록되어 있는데, 저자 소개란을 보면 자字는 경고景皐, 호號는 청전靑田이라 하며, 전주全州 사람으로 벼슬이 부사에 이른 것으로 기록되어 있다. 또한 『조야시선朝野詩選』에는 이청이 광주廣州 사람으로 나와 있다. 그러나 역시 이청 자신이 직접 쓴 것으로 보이는 『정관편井觀編』*의 기록이 가장 정확할 것 같다. 이 책에서는 이청의 본관을 계림鷄林(경주)으로 기록하고 있다. 또한 『정관편』은 이청이 과거 공부를 하면서도 나름대로의 연구 작업을 계속하고 있었다는 사실을 잘 보여준다. 이 책은 천문이나 역상에 관한 전문적인 내용을 다루고 있다. 이청은 책을 쓰면서 옛 학설과 이론들을 '화살을 따라 표적을 세운 꼴'**이라고 비판한 다음, 자신은 우물 속에서 하늘을 바라보는 것과 같은 겸허한 자세로 사실을 탐구하겠다는 뜻을 밝혔다. 『정관편』이라는 책 이름도 이와 같은 의도로 붙여진 것이었다. 실제로 이청은 자신의 말을 실천으로 옮겼던 것 같다. 성인의 말씀이나 지금까지의 학설에 연연하지 않았고, 사실을 보다 잘 설명할 수 있는 서양 학설을 과감히 수용하여 땅이 둥글다는 '지원설地圓說'과 지구가 움직인다는 '지운설地運說'을 집중적으로 다루었던 것이다. 또 한 가지 재미있는 사실은 이청이 『정관편』을 『동이자東夷子』 17~24편이라고 불렀다는 점이다. 『정관편』이 『동이자』 전집의 일부라면 나머지 저서 1~16편도 존재한다는 말이 된다. 이청의 또 다른 저서들이 어떤 내용을 담고 있었을지 궁금해진다.

이청의 죽음도 극적인 것이었다. 1861년 이상적은 이청이 죽었다는 소식을 듣고 〈학래가 우물에 빠져 죽었다는 소식을 듣고〉라는 시를 지어 그를 추모했다.

* 임형택이 이화여자대학교 도서관 서고에서 발견한 이 책은 필사본으로 8권 3책으로 되어 있다.
** 정확한 원리를 탐구하지 않고 나타나는 결과를 임시 방편으로 끼워 맞추는 것을 의미한다.

곤궁한 인생길 한번 삐끗하여 황천행 하다니
하늘가에서 술잔 올리노니 수선水仙이여 내려오소서
70년 세월 저술을 많이도 하였거늘
어찌 정관편으로 절필을 하시었소

이청의 죽음은 하늘을 관찰하며 길을 걷다가 우물에 빠진 탈레스의 일화를 떠올리게 한다. 그러나 이청의 죽음이 실수였는지 자신의 의지였는지는 명확하지 않다. 자신의 마지막 책 제목은 그의 비극적인 죽음을 예언하고 있는 것 같기도 하다. 이상적도 이 시에 “학래가 마지막으로 『정관편』 몇 권을 저술하였다. 이 책 이름이 자기가 죽을 것을 예언한 것은 아니었을까?”라는 주를 붙여놓았다. 이청은 연이은 낙방에 낙담하여 스스로 목숨을 끊었던 것인지도 모른다. 물에 빠져 허우적거리던 그의 눈에 비친 한 뼘 하늘은 한없이 넓지만, 자기를 알아줄 이 하나 없는 이 세상에 대한 원망으로 가득하지 않았을까?

눈 이야기

고개 너머에 있는 다산유물전시관을 둘러보기 위해 윤동환 씨에게 작별 인사를 하고 다신계전통찻집을 나왔다. 샛길을 따라 전시관 쪽으로 걸어가는데 눈송이가 흩날리기 시작했다. 눈이 많은 겨울이다. 유배 기간 중에 맞는 눈은 어떤 느낌이었을까? 남도에는 눈 내리는 날이 드물다. 이렇게 눈이 내릴 때면 정약용은 눈 많던 고향 마재를 생각했을 것이다. 그리고 봄이 찾아와 쌓인 눈이 녹듯 얼어붙은 정국이 풀려 하루라도 빨리 가족의 품으로 돌아가고 싶다고 기원하며 눈시울을 붉혔으리라.

멀리 짐작건대 눈 속의 집 매화 동산에는
일천 그루에 설 뒤의 꽃을 한창 피우리

자신의 심정을 시나 문장을 통해 있는 그대로 잘 표현한 정약용에 비해 정약전은 남긴 글이 적을 뿐만 아니라 자신의 감정을 드러내지도 않았다.

정약전을 생각하면 오히려 슬픈 감정보다도 그가 읽었을 『성호사설』의 한 대목이 떠오른다.

주자는 "눈송이가 모두 여섯 모를 이루는 것은 싸락눈이 내리다가 맹렬한 바람에 부딪치면서 납작하게 펴지기 때문이다. 진흙 한 덩어리를 땅바닥에 던지면 쫙 펴지면서 모가 생기는 것과 같은 이치이다"라고 했다. 그러나 내가 증험해보니 아무래도 이 말은 옳지 않은 것 같다. 눈에 모가 난 것은 초목의 꽃에 모가 난 것과 같다. 맹렬한 바람에 부딪치고 납작하게 펴지기 때문에 초목의 꽃에 모가 난다니 이것은 말도 안 되는 소리다.

눈송이는 좁쌀처럼 작은데 자세히 살펴보면 각각이 모두 여섯 모로 되어 있어 초목의 꽃과 비슷하게 생겼다는 사실을 알 수 있다. 하늘에서 싸락눈이 내려올 때 반드시 여러 송이가 한데 뭉쳐지게 되는데, 때로는 40~50송이가 한 덩어리로 뭉쳐지는 경우도 있다. 사람들은 이런 덩어리를 한 송이로 보지만 이는 사실과 다르다. 뭉쳐진 눈 덩어리 역시 땅에 부딪칠 때 펴지면서 모가 생길 수 있다. 그러나 이것은 단지 우연일 뿐이다. 이백의 시에 "눈송이가 방석만큼 크다"라고 한 대목이 있는데, 이 역시 눈 덩어리를 한 송이로 잘못 본 것이다. 이몽양의 〈눈〉이라는 시에서 "내일이면 입춘, 다섯 모의 눈이 내리겠지"라고 한 것이나 하맹춘이 "봄눈은 다섯 모이다"라고 한 것은 모두 땅에 부딪쳐 납작하게 펴진 눈 덩어리가 우연히 다섯 모를 이룬 것을 보고 한 말이다. 눈의 형태가 계절에 따라 변할

◉ **육각형을 이루는 눈의 결정** 눈송이는 좁쌀처럼 작은데 자세히 살펴보면 각각이 모두 여섯 모로 되어 있어 초목의 꽃과 비슷하게 생겼다는 사실을 알 수 있다.

리가 없지 않은가. 나는 봄눈이라고 해서 다섯 모인 것은 아니라고 본다.

자연을 있는 그대로 바라보고, 특별한 관념적 이념을 찾아내기보다는 자연 그 자체의 생성과 변화 원리를 알아내려 노력하는 모습이 과학자가 갖추어야 할 조건이다. 정약전은 당시로서는 보기 드물게 이런 조건을 갖춘 인물이었고, 자연과학적 성격이 농후한 『현산어보』가 그의 손에 의해 완성된 것도 결코 우연이 아니었다.

발등으로 눈을 헤쳐가며 내려온 길 끝에는 한산한 전시관이 있었다. 이곳에는 정약용이 집필한 각종 책자와 편지 등이 전시되어 있었고, 거중기와 이를 이용해서 수원성을 축조하는 장면이 모형으로 만들어져 있었다. 또 영사실에서는 7분 동안 정약용의 일생과 강진을 소개하는 홍보물이 방영되었다. 단순히 업적을 나열하는 식이 아니라 역사적 인물들의 고민과 생각들을 생생하게 느낄 수 있는 전시가 이루어지기를 바란다.

◉ **다산유물전시관** 발등으로 눈을 헤쳐가며 내려온 길 끝에는 한산한 전시관이 있었다.

고성사 병든 종의 울음소리

정약용은 다산초당에서 생활하기 전 강진의 이곳저곳을 떠돌아다니는 생활을 했다. 정약용의 강진 생활은 결코 순탄치 않았다. 서울에서 그것도 천주교와 관련되어 귀양온 사내는 지역 주민들에게 두려움의 대상이었다. 정약용이 강진에서 쓴 편지나 잡문을 보면, 그 생활이 얼마나 고달픈 것이었는지 쉽게 짐작할 수 있다.

> 가경 신유년 겨울에 내가 영남에서 체포되어 서울에 올라왔다가 또다시 강진으로 귀양가게 되었다. 강진은 옛날 백제의 남쪽 변방으로 지역이 낮고 풍속이 고루했다. 이때에 그곳 백성들은 유배된 사람 보기를 마치 큰 해독처럼 여겨서 가는 곳마다 모두 문을 부수고 담장을 허물어뜨리면서 달아나버렸다. 그런데 한 노파가 나를 불쌍히 여겨 자기 집에 머물게 해주었다. 이윽고 나는 창문을 닫아걸고 밤낮 혼자 오뚝이 앉아 있노라니 함께 이야기할 사람이 없었다.

다행히 읍내 사람들 몇몇의 도움을 받기 시작하면서 형편은 조금씩 나아졌다. 손병조 · 황상 · 이청 · 김재정 등이 찾아와 글을 배우며 생활에 도움을 주었던 것이다. 그러다가 보다 편한 처소를 찾아 옮긴 곳이 강진 읍내 뒷산에 위치한 고성사였다.* 유배중인 죄인은 배소에서 마음대로 벗어날 수 없었다. 정약용이 답답한 주막에서 벗어날 수 있었던 것은 강진에 도착한 지 2년이 되던 해였다. 이런 정도로라도 고삐가 풀린 것은 고금도에 귀양왔다 풀려나 서울로 돌아간 친구 김이재가 요로에 손을 쓴 덕분이었다.

강진 군청과 경찰서 사이에 난 산책로를 따라 걸어 올라갔다. 고성사를 찾아가는 길이었다. 구암정까지 가는 산책로 초입에는 빨간 잎줄기에 윤기 있는 장타원형 잎을 늘어뜨린 굴거리나무가 줄을 지어 서 있었다. 그 아래쪽으로는 호랑가시나무와 마삭줄이 무성했다. 남도의 겨울은 언제나 푸르다. 길은 경사가 급하지 않고 잘 닦여 있어 산책하기에 좋았다. 얼마 지나지 않아 갈림길과 표지판이 나타났다. 우두봉 1.4 Km, 약수터 0.3Km, 고성사 0.9Km. 표지판 왼쪽에 서 있는 태양열 가로등이 특이했다. 우두봉부터 먼저 올라갈까 고성사부터 갈까 망설이다 고성사 쪽을 택했다. 기왕이면 정약용이 올랐던 보은산방에서 우두봉으로 이어지는 길을 걸어보고 싶었기

◉ **태양광 가로등** 얼마 지나지 않아 갈림길과 표지판이 나타났다. 우두봉 1.4Km, 약수터 0.3Km, 고성사 0.9Km. 표지판 왼쪽에 서 있는 태양광 가로등이 특이했다.

* 1804년 4월 17일 정약용은 읍내에서 멀지 않은 만덕산의 백련사로 유람을 갔다. 다산초당의 동편에 있는 꽤 큰 규모의 절이 백련사인데, 이곳에는 해남 대흥사의 큰 학승인 혜장선사가 묵고 있었다. 혜장은 정약용에게 고성사를 소개해주었다. 백련사나 고성사는 대흥사의 말사였으니, 혜장의 소개만으로도 몸을 의탁하는 데 무리가 없었다.

때문이었다. 사람들이 많이 지나다니지 않는 듯 길목 곳곳에 고라니 발자국이 찍혀 있었다. 중간에 있는 약수터에서 물을 마시고 얼마간을 더 올라가자 꼬불꼬불한 길 끝에 꽤 큰 사찰이 보였다. 고성사였다.

보은산방은 대웅전 오른편에 외따로 떨어져 있었다. 배낭을 풀고 마당 한편에 앉아 아래를 내려다보니 산자락 사이로 읍내가 보이고 멀리 만덕산의 모습이 떠오른다. 지금은 절 바로 앞까지 아스팔트로 포장이 되어 있어 차를 타고 쉽게 접근할 수 있지만, 예전에는 걸어서 오르기에 꽤 깊은 골짜기였을 것이다. 그러나 골이 깊을수록 감시의 눈길은 덜해지고 어차피 운신이 자유롭지 못한 상황이니 조용한 곳에 머무르는 것이 독서나 저술 작업에 도움이 되었으리라. 정약용은 이때의 심정을 다음과 같이 시로 읊고 있다.

우두봉 아래 있는 작은 선방
대나무가 조용하게 짧은 담을 둘러 있네
작은 바다 풍조는 낭떠러지와 연해 있고
고을 성의 연화는 산이 첩첩 막았어라
둥그레한 나물통은 중 밥자리 따라다니고
볼품없는 책상자는 나그네 행장이라네
청산이면 어디인들 못 있을 곳이 있나
한림의 춘몽이야 이미 먼 옛 꿈이라네

◉ **고성사** 약수터에서 물을 마시고 얼마간을 더 올라가자 꼬불꼬불한 길 끝에 꽤 큰 사찰이 보였다. 고성사였다.

정약용은 고성사에 머물면서 주역을 연구하고 몇 가지 저서를 남겼다. 또한 아들을 불러 직접 상례와 주역을 가르치기도 했다. 정약용은 이때까지도 마음의 평정을 유지하지 못했던 것 같다.

학가를 데리고 보은산방에 있다가 드디어 섣달 그믐이 되었다. 그믐날 밤에 마음이 서글퍼져서 별 생각 없이 이렇게 시를 읊어 아이에게 보였다.

고개를 움츠리고 깊숙한 방에 앉아
부자 서로가 냉랭한 심정인데
깜박이는 등불마저 병든 눈 모양이고
차가운 산바람은 창을 뚫고 들어오네
너의 얼굴빛 너무나 초라하여
내 스스로 부끄러운 생각 드는구나
이제야 알겠다 오늘밤 같은 때는
준수한 자식도 못난 벗만 못한 줄을
화로 안에 재를 모두 털어버리고
침상 위에 술 한 잔 있을 법도 한데
네 아내와 네 누이동생도
역시 너의 어머니 모시고서
졸망졸망 등불 아래 앉아

◉ **정약용이 머물렀던 보은산방** 정약용은 고성사에 머물면서 주역을 연구하고 몇 가지 저서를 남겼다. 또한 아들을 불러 직접 상례와 주역을 가르치기도 했다.

머나먼 남쪽 하늘 생각하리라
흑산도는 바다 복판에 있어
절벽 돌며 고래가 울 것이라
빳빳한 사람도 기가 쉬 꺾일 것인데
하물며 오랜 곤욕을 겪었음에랴
넓은 천지에서 요행 바라지 않는
그 마음 구차하지 않고 시원하시지
하늘 이치도 수레바퀴와 같고
만물도 바람 속을 달리는 건데
나 혼자서만 노심초사를 하며
늙어가는 걸 이리 애석히 여긴단다

자식과 마주앉아 있으면서도 서울에 남아 있는 가족 생각, 멀리 떨어진 흑산도에 머물고 있는 형님 생각에 서글픈 마음을 떨칠 수 없었던 것이다.

고성사는 방문객 하나 없이 마냥 조용하기만 했다. 부산하게 나뭇가지를 옮겨다니는 곤줄박이의 날개짓 소리와 공양을 준비하는지 아궁이를 들여다보고 있는 비구니의 움직임만이 절 안에 가득한 정적을 깨뜨리고 있었다. 눈을 감고 고즈넉한 분위기에 한껏 젖어들었다.

◉ **고성사에서 내려다본 강진읍** 배낭을 풀고 마당 한편에 앉아 아래를 내려다보니 산자락 사이로 읍내가 보이고 멀리 만덕산의 모습이 떠오른다. 지금은 절 바로 앞까지 아스팔트로 포장이 되어 있어 차를 타고 쉽게 접근할 수 있지만, 예전에는 걸어서 오르기에 꽤 깊은 골짜기였을 것이다.

절 서편 마당에는 커다란 종이 하나 매달려 있었다. 새로 만들어 매단 것이리라. 정약용이 머물렀을 때는 종이 없었다. 아니 정약용의 상처난 마음과 같이 병들어 절 다락에 방치되어 있었다.

절 다락에 병든 종 하나
그도 원래는 양공良工이 주조한 것
용 모양 꼭지에 섬세한 비늘 하며
두둑한 뺨도 쳐줄 만큼 선명하여
넉넉히 포뢰처럼 울어대며
큰 집에서 쓰는 물건 됐을 것인데
우악한 중이 큰 나무 방망이로
매 친 것이 잘못이 아니었던지
전대에 실금이 가서
몹쓸 병 든 소리가 난다네
표범의 목이 이미 쉬었으니
모두 다 싫어할 수밖에
지광이 죽은 지가 오래이니
저 답답함을 누구에게 호소하리
슬픈 바람 타고 가는 오열 소리에
적막한 청산이 저물어가네

◉ **고성사 종** 절 서편 마당에는 커다란 종이 하나 매달려 있었다. 새로 만들어 매단 것이리라. 정약용이 머물렀을 때는 종이 없었다. 아니 정약용의 상처난 마음과 같이 병들어 절 다락에 방치되어 있었다.

용광로는 그 힘이 대단하여
용해를 하면 예와 같이 되련만
듣지 못했는가 영주구가
공공연히 소호로 간했던 일을

정약용은 자신이 처해 있는 상황과 감정을 종에다 이입했던 것이다. 어쩌면 종을 보며 포뢰처럼 큰 인물이 될 수 있었지만, 제대로 능력을 펼치지 못한 형 약전을 생각했을지도 모르겠다.

보은산 정상에서

가방을 챙겨들고 절 마당을 나섰다. 고성사 왼편으로 난 산길을 따라 보은산 우두봉을 오르기 시작했다. 산 뒤쪽은 북사면이라 쌓인 눈이 녹지 않은 채였다. 땅바닥에는 고라니며 멧토끼, 멧돼지 발자국들이 어지러이 찍혀 있었고 멧비둘기, 어치, 직박구리가 쉴 새 없이 날아올랐다. 중간에 길을 잘못 들기도 하고, 눈길에 몇 번이나 미끄러지고 난 후에야 우두봉 정상이 보이기 시작했다. 주위를 한번 둘러보았다. 북쪽에는 월출산이 우뚝 솟아 있고 골짜기 곳곳마다 조그만 저수지들이 박혀 있었다. 동쪽의 장흥에서부터 흘러온 탐진강 물줄기가 낮은 평야 지대를 따라 꾸불꾸불 기어와 강진만으로 흘러들고 있었다.

우두봉 정상에는 산불 감시 초소가 있었다. 인기척을 들었는지 감시원이 문을 열고 나왔다. 감시원은 내가 들여다보고 있던 지도와 앞에 펼쳐진 풍경을 하나하나 비교해가며 설명해주었다. 흑석산, 서기산, 서산저수지, 만덕산 산줄기가 하나 둘 눈에 들어오기 시작했다. 강진만의 매립에 대한 이

◉ **월출산** 북쪽에는 월출산이 우뚝 솟아 있고 골짜기 곳곳마다 조그만 저수지들이 박혀 있었다.

야기도 실감나는 것이었다.

"저기가 우리 어릴 적에는 수영도 하고 고기도 잡고 하던 저수지였는디, 돌아와본께 공설운동장으로 변해버렸네. 저기 뚝도 내 어릴 적에는 없었어라. 다 질퍽질퍽한 갯벌이었지. 저기 다리 있는 데 남포, 목리까지도 다 바다였고 더 옛날에는 요 밑에 골짜기에 배가 들어와 댔다더만. 저기 읍내 자리도 다 바다 메꾼 거지."

넓게 펼쳐져 있는 평야가 옛날 갯벌이었다고 생각해보면 지금과는 전혀 다른 풍경이 떠오른다. 정약용이 바라보았던 강진의 모습을 상상해본다.

정약용은 보은산에 올라서도 우이도에 유배중인 형 약전을 그렸다. 다음은 정약용이 보은산에 올라와서 지은 글이다.

> 절정에 오르고 나서 서쪽을 바라보니 바다와 산이 얽혀 있었다. 안개와 구름이 스러진 곳에 나주의 여러 섬들이 또렷하게 눈앞에 보였다. 다만 어떤 것이 형님이 계신 우이섬인지 알 수가 없었다. 이날 중 한 사람이 따라왔는데, 그 중이 "보은산의 다른 이름은 우이산이고 절정의 두 봉우리는 형제봉이라고도 부릅니다"라고 일러주었다. 나는 바다를 사이에 두고 형님이 계신 곳을 바라볼 수 있으리라고만 여겼는데, 형제가 있는 두 곳 이름이 우이이고 봉우리 이름 또한 형제봉이라니, 특별한 일이지 우연만은 아니었다. 그러나 서글퍼지기만 할 뿐 기쁨은 없었다. 돌아와서 시를 지으니 아래와 같다.

◉ **우두봉에서 바라본 강진읍** "저기 뚝도 내 어릴 적에는 없었어라. 다 질퍽질퍽한 갯벌이었지. 저기 다리 있는 데 남포, 목리까지도 다 바다였고 더 옛날에는 요 밑에 골짜기에 배가 들어와 댔다더만. 저기 읍내 자리도 다 바다 메꾼 거지."

〈보은산 절정에 올라 형님 계신 유배지를 바라보며〉

나주 앞바다와 이곳 강진은 이백 리 뱃길
하늘이 우이산을 두 곳에 만드셨다네.
삼 년 동안 묻혀 살며 풍토를 익혔지만
흑산도의 이름이 여기에도 있는 건 내 몰랐구나
인간의 눈으로야 애써도 멀리 못 봐
백 걸음만 멀어져도 눈동자가 흐릿하니
게다가 흙비 구름까지 막걸리처럼 뿌연 날은
눈앞의 섬들마저 알아보기 어려워라
손에 쥔 옥돌 신표 바라본들 무엇하나
괴로운 마음 애타는 내 속을 남들은 모르겠지
꿈속에서 서로 보듯 안개 속 바라보니
눈물만 흐르는데 천지는 어두워지네

정약용의 안타까워하는 모습을 본 보은사의 스님은 우두봉의 다른 이름을 설명하며 정약용을 위로했다. 우두봉을 우이산, 형제봉이라고도 부른다고 전해주며 묘한 인연을 일깨운 것이다.

대기가 뿌옇게 흐려 있어 정약용이 보았다던 나주의 섬들은 쌍안경을 통해서도 보이지 않았다. 대충 흑석산 왼쪽 어딘가에 해남만이 있고, 그 너머

◉ **우두봉에서 바라본 서해 바다** 대기가 뿌옇게 흐려 있어 정약용이 보았다던 나주의 섬들은 쌍안경을 통해서도 보이지 않았다.

쪽에 나주 바다의 섬들이 떠 있으리라 추측만 할 수 있을 뿐이었다. 정약용이 느꼈을 그리움도 큰 것이었겠지만 그래도 보은산은 뭍이었다. 까마득한 외딴 섬에 홀로 떨어져 살아야 했던 정약전의 심정은 어떠했을까?

우두봉을 내려와 김영랑 생가에 들렀다. 다산초당에 비해 우두봉과 고성사에 대한 관심은 적은 편이다. 오히려 강진 읍내에서는 김영랑에게 더욱 큰 관심을 기울이고 있었다. 영랑세탁소, 모란아구찜 등 건물 이름 하나하나에 김영랑의 흔적이 묻어 있을 뿐만 아니라 김영랑의 생가를 아담하게 잘 가꾸어 관광명소로 만들어놓았다.

집앞 돌담길을 걸으며 '돌담에 속삭이는 햇발같이'를 읊조리고, 뜰 앞에 있는 모란을 보고 '봄을 여읜 설움'에 잠긴다. 안채 마당 앞에 있는 우물을 들여다보며 '별이 총총한 맑은 새암'을 그려보고, 집 뒤쪽 늙은 동백나무 숲 앞에서 동백잎에 마음을 비춘다. 감나무 옆 장독대에는 아예 시를 적어 놓았다.

> 오-메 단풍 들것네
> 장ㅅ광에 골 붉은 감잎 날아와
> 누이는 놀란 듯이 치어다보며
> 오-메 단풍 들것네

누이의 목소리가 들려오는 듯하다. 김영랑 생가에는 이 밖에도 각종 생활

◉ **김영랑의 마을** 영랑세탁소, 모란아구찜 등 건물 이름 하나하나에 김영랑의 흔적이 묻어 있었다.

집기, 농기구들을 잘 갖춰놓아 사람이 사는 집 같은 분위기를 연출하고 있었다. 이렇게 옛사람의 숨결이 살아 있고, 이를 쉽게 느낄 수 있는 장소로 유적지를 가꾼다면 사람들이 보다 친근감 있게 다가설 수 있을 것이다.

◉ **김영랑 생가** 집 앞 돌담길을 걸으며 '돌담에 속삭이는 햇발같이'를 읊조리며, 뜰 앞에 있는 모란을 보고 '봄을 여읜 설움'에 잠긴다. 안채 마당 앞에 있는 우물을 들여다보며 '별이 총총한 맑은 새암'을 그려보고, 집 뒤쪽 늙은 동백나무숲 앞에서 동백잎에 마음을 비춘다. 감나무 옆 장독대에는 아예 시를 적어놓았다.

찾아보기

보라성게와 말똥성게 216쪽

부세 268쪽

새꼬막 213쪽

새조개 207쪽

수조기 271쪽

전어 90쪽

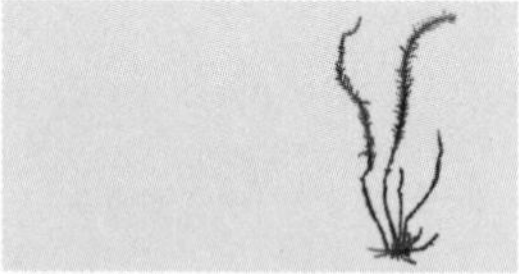

지충이 37쪽

참가자미 244쪽

참갑오징어 182쪽

참서대 238쪽

참조기 255쪽

청각 40쪽

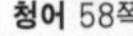

청어 58쪽

풀망둑 169쪽

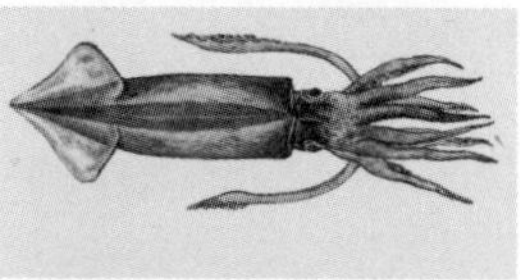

피둥어꼴뚜기 181쪽

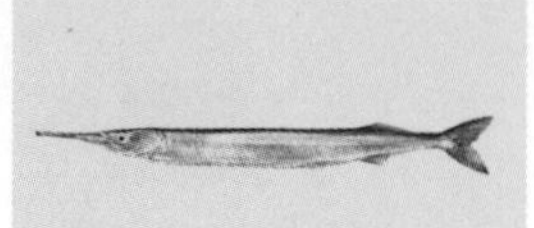

학공치 54쪽

황강달이 269쪽

흑대기 239쪽